Nosotros, los de entonces

Novela

Marta Rivera de la Cruz

Nosotros, los de entonces

Planeta

El papel utilizado para la impresión de este libro es cien por cien libre de cloro y está calificado como **papel ecológico**.

Avinguda Diagonal, 662, 6.ª planta. 08034 Barcelona (España)
www.planetadelibros.com

Adaptación de la cubierta: Booket / Área Editorial Grupo Planeta
Ilustración de la cubierta: © Silja Goetz
Fotografía de la autora: © Nines Mínguez
Primera edición en esta presentación en Colección Booket: marzo de 2017

Depósito legal: B. 2.433-2017
ISBN: 978-84-08-16777-8
Impresión y encuadernación: CPI (Barcelona)
Printed in Spain - Impreso en España

Biografía

Marta Rivera de la Cruz (Lugo, 1970) es licenciada en Ciencias de la Información y especialista en Comunicación Política por la Universidad Complutense de Madrid. En 1998 obtuvo el Premio Ateneo Joven de Sevilla por *Que veinte años no es nada*. Más adelante publicó *El inventor de historias* y *Hotel Almirante*, además de tres ensayos históricos. En 2006 fue finalista del Premio Planeta con la novela *En tiempo de prodigios*, de la que se vendieron más de 100.000 ejemplares. Ha publicado también *La importancia de las cosas* (2009), *La vida después* (2011), *La boda de Kate* (2013), las novelas juveniles *Otra vida para Cristina* y *Sombras,* y la novela infantil *La primera tarde después de Navidad* (Premio Anaya de Literatura Infantil). En estos años ha sido conferenciante invitada en varias universidades, fundaciones y centros culturales españoles y extranjeros. Es colaboradora en varios medios audiovisuales y escritos.
Síguela en www.martariveradelacruz.com
@CiudadanaMartaR

A Manolo. A Sacha. A Emilio. A Luis.
A los recuerdos de los veinte años.
Y a la memoria de Beatriz, que volvió a reunirnos.

«… una amistad de juventud, una vez interrumpida, raramente renace. Incluso más raramente de lo que puede formarse una nueva. Aunque solo sea porque de una antigua amistad se espera más de lo que esta puede dar.»

PATRICK MODIANO

«Hay amigos que sabes que son para toda la vida. Estáis unidos firmemente por el amor, la confianza, el respeto, la pérdida… o, en nuestro caso, simplemente por la vergüenza.»

Los amigos de Peter

«Nosotros, los de entonces,
ya no somos los mismos.»

PABLO NERUDA

CAPÍTULO UNO

De: lamondagalerie@telecom.fr
Para: ceciliar1970@gmail.com; decuadros1@hotmail.es; lolaFG@telefonica.net; robertopainter@telefonica.net
Asunto: ¿Qué hay de nuevo, viejos?

Queridos, queridos, queridos:

Según mis cálculos, hace más de diez años que no nos reunimos. Sí, amigos míos: el tiempo pasa sin que nos demos cuenta. El caso es que os echo de menos. Ya veis, tengo un corazón y a veces duele. Bueno, mi corazón siempre está dolorido por una u otra causa, pero ese no es el tema, y además, tras hacer balance de lo que hasta ahora ha sido mi vida, creo que podría calificarla con un noventa y nueve sobre cien. Tal vez un noventa y ocho…

Volviendo al principio, no estoy dispuesto a dejar que transcurran otros diez años sin pasar unos días todos juntos, así que se me ha ocurrido una idea: demos una sorpresa a nuestra Valvanera (ya habréis visto que no la incluyo en el correo) y aparezcamos por sorpresa en su bonito hotel de la Provenza, que apuesto a que ninguno de vosotros conoce. Y antes de que nadie me acuse de ser dispendioso con el dinero de los demás, dejad que os anticipe que correré con todos los gastos. He cerrado dos operaciones increíbles en la galería (Robe, te morirás cuando te cuente los detalles) y puedo permitirme el capricho de invitar a mis viejos amigos a pasar tres días en el corazón de la bella Francia. Además, hay algo que quiero contaros, pero no diré nada hasta que lleguemos a la Provenza.

Lo he organizado todo (no quiero protestas, ya me conocéis). Estaremos en Les Liserons del 24 al 26 de julio. He reservado vuestros pasajes. Volaréis a Marsella y allí me reuniré con vosotros. Un coche nos llevará a Saint-Rémy, que está a poco más de una hora. He bloqueado todas las habitaciones del hotel de Valva y Étienne —por supuesto, con un nombre falso—, así que el pequeño paraíso de nuestra amiga estará a nuestra entera disposición. No os asustéis, es uno de esos diminutos alojamientos rurales con solo cinco o seis cuartos, pero ya lo sabríais si os hubieseis tomado la molestia de ir por allí en estos años. En fin, tendremos tiempo para los reproches, y también para emborracharnos (los tintos de Côtes du Rhône son excelentes), reírnos, cantar y comer cosas que naden en mantequilla hasta que alguien se ponga enfermo. Nada del otro mundo. Lo hemos hecho otras veces, aunque entonces bebíamos vinos baratos y éramos guapos y jóvenes. Ah, y aunque no quiero humillar a nadie, os anticipo que sigo siendo guapo. Joven no. El maldito Mefistófeles se echó atrás en el último momento porque, según él, mi alma no vale tanto.

Por favor, por favor, por favor, que nadie rechace mi invitación. Este es un viaje verdaderamente especial para mí. Os necesito más de lo que puedo admitir y llevo un tiempo echándoos desesperadamente de menos. Soy un sentimental, ya lo sabéis. Así que haced la maleta y preparaos para un viajecito a la nostalgia. En primera clase, eso sí.

P. D. Enviad al correo de la galería vuestros números de pasaporte para poder confirmar los billetes cuanto antes.

Os quiero, por si alguno no se había dado cuenta.

Jorge

—¿Y bien?

—Muy teatral —respondió Isabel—. En su estilo, por supuesto.

—¿Vamos a ir?

Mauro no apartaba la mirada del ordenador. Había leído el mensaje una docena de veces.

—No veo qué sentido tiene. Además, a mí ni siquiera me invita.

—No digas tonterías. Lo más probable es que no tenga tu dirección de *e-mail*, o que crea que esta cuenta es de los dos. —Se puso de pie para servirse otra taza de café—. ¿De verdad no te apetece? Tres días en la Provenza… no suena mal.

—Esa no es la cuestión. Es que no sé a qué viene todo esto ahora. Han pasado siglos desde la última vez. Cuando la gente lleva tanto tiempo sin verse es por algo. Si hace diez años que no os reunís, será que no tenéis mucho interés. Así que todo ese rollo de os necesito, cuánto os quiero y blablablá me da bastante grima.

Mauro se encogió de hombros. A Isabel nunca le habían gustado mucho sus amigos. El que se hubiesen distanciado con los años suponía para su mujer un verdadero alivio, y a veces se preguntaba hasta qué punto había tenido ella algo que ver en el progresivo enfriamiento de sus relaciones. Se consolaba diciendo que la mayor parte de las personas no se lleva especialmente bien con los amigos de su pareja. Pero habría dado cualquier cosa a cambio de que Isabel hubiese congeniado con las que durante años habían sido las personas más importantes de su vida.

¿Cuándo se habían visto por última vez? Claro, en la boda romana de Valvanera y Étienne. Aquella boda divertida, espléndida, elegante. Recordó al marido de Valva. Era un tipo encantador que había encajado perfectamente con el resto del grupo. Todo lo contrario que Isabel, que parecía estar de más en todas las reuniones. ¿De quién era la culpa? Isabel, por supuesto, decía que de los demás. De las demás, para ser exactos. Cecilia, Lourdes y Valva la miraban por encima del hombro, aseguraba, y ella no tenía por qué aguantar su condescendencia y sus sonrisas despectivas. En realidad, y aunque sabía que no eran sus mayores admiradoras, Mauro jamás había sido testigo de ningún desplante de sus amigas hacia la que primero fue su novia y luego su mujer. Aunque nunca se lo dijo a Isabel, creía que el problema era suyo: arrastraba un complejo de inferioridad que cobraba nuevos bríos en presencia de aquellas tres chicas guapas, inteligentes y glamurosas. No era culpa de nadie que Isabel se considerase una mezcla de patito feo y cenicienta sin zapato de cristal, ni que sus tres compañeras de la universidad fuesen el tipo de chicas a las que todas quieren parecerse.

Cuando la presentó al grupo, en cuarto curso de carrera, Isabel iba ya amargamente predispuesta en contra de sus camaradas. Mauro creía que en parte era culpa suya, por haber hablado de ellos con tanto entusiasmo, por retratarlos como un ramillete de hermosos fenómenos desbordantes de brillantez natural, encanto e ingenio. Isabel, que había dejado los estudios en el segundo año de universidad y era bajita y con cierta tendencia al sobrepeso, empezó a temerse lo peor y tomó una decisión más bien mezquina: los ignoraría a todos desde el primer momento para no darles ocasión de hacerla de menos por sus algo excesivas redondeces, su mediocridad intelectual y su ausencia de objetivos vitales. Sí, eso haría. Y eso había estado haciendo los últimos veinticinco años, pensaba Mauro. Pero no solo con sus amigos, sino con todo el mundo, o al menos con todo aquel que consideraba ligeramente superior en: a) la escala social, b) la clase económica, c) cualquier canon estético. El problema no es que la gente se creyese mejor que Isabel. Es que ella se creía peor que todo el mundo, y se había armado con una discutible forma de defensa: se anticipaba a la antipatía siendo antipática, al desprecio siendo despectiva. Evidentemente, su estrategia era letal para las relaciones con terceros, pero al menos había conseguido un cierto equilibrio consigo misma.

Podría aventurarse que esa forma de comportamiento habría echado a perder una convivencia pacífica entre ella y Mauro, pero no era así, porque al no tener vida social tampoco había mucha ocasión de que Isabel desarrollase todo su potencial desagradable. Eran ellos dos, sus tres hijos, su tienda de manualidades —allí había conocido Mauro a Isabel cuando estudiaba Bellas Artes— y su piso dos veces hipotecado en un barrio de la periferia. No, no había grupos de amigos, ni reuniones informales, ni encuentros con otras parejas. Lo habían intentado en otro tiempo, pero Isabel siempre acababa encontrando una razón para sentirse incómoda, así que fueron reduciendo las salidas y al final se quedaron los dos solos.

Cuando los chicos dejaron de ser bebés empezó una etapa distinta, y es que entre los cinco construyeron su propio mundo, donde había conversaciones, intercambios más o menos interesantes, bandos enfrentados, pequeñas intrigas, enfados, reconciliaciones, pruebas de amor y de mala idea, incluso cotilleos inofensivos y algunos secretos. Sí, entre los cinco producían la suficiente cantidad de ocasiones para interactuar, de forma que no necesitaban nada fuera de aquella vida nuclear, hogareña, pacífica, donde cada cosa estaba en su sitio. Eran felices a su manera —como todo el mundo, se decía Mauro: la felicidad nunca es uniforme, y Dostoievski estaba completamente equivocado—, y él había dejado de echar de menos aquella sociedad de la que había formado parte en un tiempo distinto, tan lejano que ya dudaba que hubiese existido alguna vez.

—Fíjate en esto: «Correré con todos los gastos». —Isabel repasaba el correo una y otra vez como buscando entre líneas la más mínima posibilidad de indignación—. No pierde la costumbre de recordarnos que es rico.

—Yo creo que solo pretende ser amable.

—No lo sé, pero tiene que haber formas más sutiles de dejar claro que está en condiciones de invitar a todo el mundo.

—Bueno, Jorge no es sutil. —Se había bebido el café de un trago y ahora fregaba briosamente la taza antes de dejarla en su sitio—. Es muchas cosas buenas. Pero sutil no.

No lo necesita, pensó, y de pronto sintió unas ganas desesperadas de dar un abrazo a quien había sido uno de sus mejores amigos. Recordó a Jorge, y también recordó a Cecilia, y a Valva y a Lourdes. A Roberto lo veía de vez en cuando: solía adquirir en la tienda todo el material de pintura que necesitaba, a pesar de lo lejos que estaba de su estudio. Él le agradecía que se tomase tantas molestias para hacerle ganar dinero —otro en su lugar compraría sus bártulos en Internet— y también aquellas visitas, aunque eran encuentros fugaces porque Robe siempre iba con prisa.

Era un pintor de éxito. Tenía galerista en tres ciudades y marchante propio en otras seis. Hubo un tiempo en el que a Mauro le costó digerir que Robe había triunfado y él no: se suponía que el talento para la pintura se repartía entre los dos de forma salomónica, o eso decía la gente hacía veinticinco años. Pero Robe exponía en Berlín y en Nueva York, y él tenía una tienda de tres al cuarto y llevaba siglos sin pintar porque no tenía tiempo, ni ganas, ni motivos. Un día se dijo que las cosas irían mejor si lograba asimilar que nunca viviría de su supuesto talento, así que libró una lucha encarnizada contra su propio orgullo y ganó la batalla, o eso quería pensar. Al menos ya había dejado de dolerle la certeza del fracaso. Robe estaba en su sitio, él en el suyo. Y el mundo, por fortuna, seguía girando en la misma dirección.

Alguna vez se había sorprendido a sí mismo repasando en qué medida se habían cumplido o no las expectativas de futuro de sus amigos, y en esas ocasiones sentía un difuso sentimiento de vergüenza, porque había algo miserable en hallar consuelo pensando en que no era el único que había visto desplomarse el castillo de naipes que uno construye en la juventud. Cecilia se había convertido en ilustradora de libros infantiles, lo que quedaba bastante lejos de su sueño de ser una artista en sentido estricto. Lourdes era empresaria, aunque lo que de verdad había querido era dedicarse al diseño de moda y su negocio actual no tenía nada que ver con eso. En cualquier caso, era rica y salía de vez en cuando en las páginas salmón de los diarios, así que nadie consideraría que su destino se había torcido. En cuanto a Jorge, no había nada que decir: hijo de un millonario y una reputada crítica de arte, su futuro estaba escrito con letras doradas, de forma que él solo había tenido que ir adaptándose a los vaivenes de la suerte. Cuando se dio cuenta de que nunca iba a vivir de los mediocres cuadros que pintaba, fundó su propia galería. Ahora tenía una sala de exposiciones en París y se daba la gran vida, que era lo que había estado haciendo desde que tuvo uso de razón.

¿Y Valva? Había despuntado como escultora siendo muy joven y quería dedicarse a la enseñanza, pero lo dejó todo tras casarse con Étienne para ayudarlo en su proyecto de hotel rural en un pueblecito francés. De cualquier forma, Mauro pensaba que las renuncias por amor no pueden colocarse en la lista de los patinazos. Son, simplemente, un motivo para cambiar de vida, y no siempre a peor. Valva había seguido media docena de cursos de cocina hasta convertirse en una chef consumada, tanto que eran muchos los turistas que acudían a su hotelito atraídos por aquella carta de especialidades de fusión donde los platos de influencia española ganaban por goleada a las recetas provenzales. Sus postres tenían varios premios, y tres años atrás le había sido concedida a su restaurante una estrella Michelin.

Robe había sido lanzado al estrellato por un conocido de la madre de Jorge, un pintor chiflado y exitoso que estaba buscando a alguien con quien compartir estudio justo cuando estaban a punto de acabar la carrera. Por alguna razón, se lo propuso a Roberto. Era una ocasión de oro. Por allí desfilaban a diario críticos de arte, marchantes, coleccionistas adinerados que no tenían problema en invertir una cantidad para ellos ridícula en la obra de un joven artista emergente. Robe colocó algunos cuadros en colecciones privadas, y luego llegaron las oportunidades para exponer. El pintor chiflado se convirtió en su mentor, y aunque, como suele pasar, acabaron como el rosario de la aurora, las buenas relaciones duraron lo bastante como para que Robe se labrase su propio nombre. De los seis, él era el único que había conseguido hacer lo que de verdad anhelaba cuando empezaron los estudios en la facultad de Bellas Artes.

Entonces soñaban con el futuro, sobre todo los domingos por la tarde, cuando intentaban superar la resaca del fin de semana bebiendo cervezas de importación en el piso de Jorge, un apartamento en Conde Duque que su padre pagaba puntualmente junto con el resto de las facturas. El apartamento era grande y luminoso, y estaba atiborrado de cosas bonitas sacadas de los exquisitos descartes que la madre de Jorge hacía periódicamente en la casa familiar cuando algún impulso creativo la impelía a cambiar la decoración: «Es más fuerte que yo, querido, ya lo sabes», le decía a su hijo mientras le entregaba tallas africanas, tapices hechos en la India o lámparas japonesas. Jorge sacaba partido a todo, porque su propio instinto lo guiaba en la tarea de encontrar un mejor destino a aquellas piezas que, de no quererlas él, podrían haber acabado en un contenedor de basura. Su piso de estudiante parecía más bien la guarida de un anciano rico y con buen gusto, y en él encontraban refugio sus cinco amigos, que escapaban de sus propios cuchitriles de universitarios sin recursos, de las habitaciones impersonales de una residencia, el estudio destartalado en un barrio populoso o la casa familiar estrecha y modesta. La buhardilla de Jorge era su refugio y su puerto franco, y en él encontraban no solo bebidas de calidad y conservas caras, sino también todo lo que necesitaban para estimular su necesidad de belleza: había cuadros hermosos en las paredes, muebles inútiles en todos los cuartos, pesadas cortinas de terciopelo, libros de arte de precio inalcanzable para hojear perezosamente. El suelo, de madera, estaba cubierto de alfombras en las que se tumbaban con desgana despreciando los mullidos sillones, porque eso era lo que se esperaba de ellos: eran artistas, y los artistas no ceden a la tentación de aburguesarse en un sofá. Así que se quedaban allí, tendidos o con las piernas a la turca, y hacían planes en los que estaban siempre juntos, los seis. Abrirían un estudio y trabajarían codo con codo. Se mudarían a París para moverse por Europa siguiendo la preciosa estela de bienales, exposiciones y ferias de arte. Se ayudarían unos a otros. Formarían un temible grupo de presión al que nadie osaría enfrentarse. Subyugarían al mundo con su talento. Las revistas hablarían de ellos. Serían portada del *Newsweek* y los invitarían a las mejores inauguraciones, a los festivales de cine y..., y a la semana de la alta costura (cuando llegaban a ese punto estaban ya completamente borrachos y un poco colocados también). Sonrió al recordarlo, y una ola de nostalgia lo golpeó en el centro del pecho. Sería maravilloso volver a verlos, ponerse al día, compartir recuerdos y novedades... Un amable chapuzón de melancolía, un baño de afecto retrospectivo. Sus amigos, y todo el catálogo del pasado listo para examinar en un hotel de lujo del sur de Francia. Después de todo, ¿por qué no?

—Isabel, ¿de verdad no te apetece pasar tres días en Saint… como se llame? Siempre hemos querido ir a la Provenza.

Siempre habían querido ir a todas partes, pensó para sí. Pero no habían podido. Primero el embarazo y la boda exprés. Luego, cuando murió el padre de Isabel, tuvieron que comprar a los hermanos de ella su parte del negocio y hubo que empeñarse hasta las cejas. Y además, con tres chicos en casa, siempre había algo que obligaba a postergar el gasto extraordinario de los viajes de placer. No, no habían salido mucho. Una semana en la playa era lo máximo que podían permitirse.

Mauro sonreía al pensar que él y su mujer eran el perfecto exponente de la clase media. Tenían cuarenta y cinco años, dos hipotecas, muchas deudas, un negocio que se sostenía en vilo y, a pesar de todo, cierta fe en el futuro. Sus hijos no les habían dado problemas (cruzó los dedos por puro instinto). Tomás acababa de cumplir los quince y aún no podía intuir el tipo de persona en la que iba a convertirse, pero Isa y Esteban eran la clase de descendencia con la que uno sueña: buenos, inteligentes, capaces y con un sentido estricto de la justicia que los llevaba a organizarse para trabajar por horas en la tienda, evitando que sus padres tuviesen que contratar a un dependiente.

Sus hijos. Un sólido motivo de orgullo y de alegría. Y también, por supuesto, de preocupación y de incertidumbre. El motor de las cosas… y los responsables de lo que habían construido. Sobre todo Esteban, el mayor. Hubo un tiempo en el que se recordaba media docena de veces al día que no habría seguido con Isabel de no haberse quedado embarazada. Ahora ni siquiera recordaba haber hecho aquella reflexión: lo que habían levantado era demasiado firme, demasiado importante. Ojalá lo hubiese sabido cuando, sin haber cumplido los veinticuatro años, Isabel le anunció que estaba esperando un bebé. Hasta entonces ni siquiera se había parado a pensar en el futuro con ella: era una joven tímida a la que encontraba tras el mostrador de la tienda de pintura y a la que había invitado a salir por una mezcla de simpatía, compasión y curiosidad. Isabel no tenía nada que ver con las chicas que frecuentaba, la mayoría de ellas universitarias que vivían a la espera del futuro esplendoroso que algún dios les tenía reservado. Aquellas artistas en ciernes andaban por los pasillos de la facultad de Bellas Artes con el cabello recogido en moños deliberadamente desmañados y sujetos con pinceles, los vaqueros salpicados de manchas de acuarela y blusas con estampados imposibles. Isabel llevaba vestidos anticuados, faldas más largas de la cuenta que ocultaban unas piernas que empezaban a ser rollizas, el pelo corto a la altura de las mejillas —tenía un pelo precioso, aunque nadie se lo había dicho— y jerséis de cuello en pico que evidenciaban su generosa talla de sujetador y que cambiaba en verano por aburridas camisetas blancas o rojas. Pero le gustaba. A pesar de su simpleza, a pesar de su aire pasado de moda, a pesar de su falta de ingenio y de sus vestidos llenos de botones. Fue Lourdes, con su lengua afilada y aquella proverbial falta de tacto, quien se lo dijo:

—Creo que estás enamorado.

—¿Por qué?

—Porque llevas dos meses saliendo con ella y no hay otra explicación.

Habría debido ofenderse. Aquel comentario era un insulto en toda regla. Sin embargo, no parecía que la intención de Lou fuese molestarlo. Ella era así: directa, lineal hasta la impertinencia. Pero se equivocaba. Lo que Mauro sentía por Isabel no era amor. Él era un artista, y no podía enamorarse de la chica corriente y moliente que ayudaba a su padre a vender tarros de témpera y resmas de papel Guarro. Además, tampoco era el momento de entregar el corazón para siempre. Se encontraba en el último curso de la universidad y hasta entonces su vida sentimental era —como la de sus compañeros— un amable revoltijo de citas más o menos trascendentes, flechazos pasajeros y sensatos escarceos sexuales: estaban en los primeros noventa, empezaban a saber demasiado sobre el sida y no había nadie con dos dedos de frente que saliese un sábado por la noche sin los preservativos en el bolsillo. Por eso se preguntó mil veces cómo podía haber ocurrido aquel desastre que, veintidós años después, tenía que reconocer como lo mejor que le había pasado en toda su vida. Aunque también había significado unirse para siempre a una mujer que estaba destinada a convertirse en una historia para recordar, una historia importante, por supuesto, pero sobre la que se pasa página con más o menos dolor, por propia voluntad o por expreso deseo de la otra parte. Y sí, aquella noche en que llevó a Isabel a conocer a sus amigos lo último que pensó es que acabaría casado con ella, siendo padre de sus tres hijos y regentando la tienda de pinturas en la que se habían conocido, con su olor picante a aguarrás y madera vieja.

—No digo que no me apetezca ir a Francia, pero es que es imposible. —Isabel había cerrado el portátil con un gesto seco, como si aquello bastase para borrar el *e-mail* no solo de la bandeja de entrada, sino también de la memoria de su marido—. ¿Quién abriría la tienda?

—El 25 es festivo…

—¿Y el sábado por la mañana?

Mauro suspiró. Habría querido decirle a Isabel: «Querida mía, ¿de verdad crees que perderíamos mucha parroquia por cerrar la tienda un maldito sábado del mes de julio en pleno puente?». ¿Qué iban a vender si abrían? ¿Dos pinceles y una caja de acuarelas?

—Los chicos pueden encargarse. Al fin y al cabo, serían solo unas horas…

Ella no dijo nada. Tamborileó los dedos sobre la tapa del ordenador y torció un poco la boca. A Mauro no le gustaba aquel gesto de Isabel: la hacía parecer mayor. El gran atractivo de su mujer era su aspecto levemente aniñado: los ojos pequeños y traviesos, la nariz respingona, una piel sonrosada. Pero cuando curvaba así la comisura de sus labios parecía echarse diez años encima.

—Es que… No sé, se me hace cuesta arriba volver a ver a tus amigos. No tenemos nada que ver con ellos…

Mauro se dijo que, en beneficio de la paz del hogar, no debía contestar. Era volver a entrar en un callejón sin salida en el que ya habían estado y del que ambos salían magullados y tristes. Otra vez defender a su grupo de las extemporáneas acusaciones de Isabel, otra vez ser testigo de todo el potencial neurótico de la mujer a la que amaba… No, no merecía la pena. Ella era como era, y tendría que nacer de nuevo para cambiar. Durante aquellos años había aprendido a amarla así. A amarla incluso así, porque había otras cosas que ayudaban a olvidar sus inseguridades y su egoísmo. Isabel se acercó y le dio un abrazo.

—Lo siento…

—Ya...

Pero ella no le dijo: «¿Por qué no vas tú?». Es lo que él habría hecho si la situación fuera a la inversa: animar a Isabel a salir en busca de sus camaradas. El sábado habría levantado solo la persiana de la tienda, silbando una canción desafinada e intentando imaginar el paisaje provenzal a partir de las películas que había visto, los libros que había leído y los tópicos que había manejado, celebrando que ella estuviese disfrutando de la excursión. Y, sin embargo, Isabel ni siquiera contemplaba la posibilidad de sugerirle que emprendiese solo el viaje con el que soñaba. Un viaje que podrían disfrutar los dos si no fuera porque su mujer tenía la cabeza llena de ideas peregrinas.

De: lolaFG@telefonica.net
Para: lamondagalerie@telecom.fr
Asunto: Síííííííííííí!!!!

> Jorge!!! Qué bien que hayas escrito!!! Obviamente, cuenta conmigo. Tengo tantas ganas de verte… Bueno, a ti y a los otros. Con Ceci coincidí hace poco cuando fui a Madrid. Está como siempre. Bueno, ha engordado un poco, pero solo eso. Le he insistido en que tenía que venir a verme a Barcelona, pero supongo que ahora, con el niño, es todo más difícil. Por cierto, deberías ver cómo están las mías: guapas hasta decir basta, bastante más que yo a su edad. Sara acaba de cumplir los catorce y me está regalando todos los tópicos de la adolescencia, pero quiero creer que se le pasará. En cuanto a Nieve, ya tiene dieciséis y su único

problema es que gracias a su padre se llama igual que un personaje de *Juego de tronos,* lo cual le complica un poco la vida en el instituto. Por lo demás, son buenas chicas. Estoy muy orgullosa de ellas, tanto que resulto insoportable. Te llevaré fotos a la Provenza y verás que no pueden ser más bonitas. Deberías venir a verlas. Cualquiera diría que vives en las Antípodas..., vale, vale, ya me callo. Como tú dices, tendremos tiempo para tirarnos de las orejas.

El trabajo marcha bien. La verdad es que he pasado esta crisis casi sin enterarme, aunque no lo quiero decir muy alto, por si las moscas. Y, anticipándome a tu pregunta, no, no hay nadie en mi vida. El empresario inglés pasó a la historia —era un poco raro, tú tenías razón— y lo del profesor de la universidad salió mal casi desde el principio. Pero me encuentro perfectamente. Creo que mejor que nunca. Estoy pasando una etapa de tranquilidad absoluta. Tengo dos hijas increíbles, cierto éxito profesional (tampoco mucho, no vayamos a ponernos estupendos) y bastante dinero. Por lo demás, me han salido las arrugas justas (¿y a quién no a los cuarenta y tantos?) y uso una talla 40, lo cual tiene su mérito porque no soy capaz de seguir ninguna dieta seria más de quince días seguidos. Eso sí, bebo dos litros diarios de agua, procuro cenar cosas hervidas y voy al gimnasio tres veces por semana, aunque odio hacer ejercicio. Ahora me he apuntado a una cosa de electrodos. Me ponen un chaleco y me dan corrientes, y se supone que en unos meses tendré el culo como una piedra. Pero ya hablaremos de todo en Saint-Rémy. Tengo muchísimas ganas de conocer el hotel de Valvanera. Debería haber ido antes, no tengo perdón... Y también debería haber ido a verte a ti. París no está tan lejos. Pero, ahora que caigo, tampoco lo está Barcelona, y tú no vienes nunca. Así que cada cual tiene lo suyo.

¡Ay, no puedo creer que hayas organizado esto, eres maravilloso! ¿Te han contestado los demás? Espero que vengan todos. Sí, incluso el gilipollas de mi exmarido. Y no te preocupes por las posibles hostilidades: simplemente no existen. Las dos niñas nos han obligado a llevarnos civilizadamente, lo cual es un alivio. No sé si soportaría ser una de esas mujeres que odian a muerte al padre de sus hijos. Estamos preparados para pasar un fin de semana juntos..., aunque, por supuesto, no revueltos. Lo digo por si estabas pensando en la posibilidad de orquestar una reconciliación. Te creo muy capaz, así que ni lo intentes. Lo nuestro se acabó para siempre jamás. Y, por si te lo estás preguntando, lo he superado completamente. No sé quién fue el primer listo en decir que el tiempo lo cura todo, pero tenía toda la razón.

Te abrazo mil veces. En un archivo adjunto encontrarás una fotocopia de mi DNI para que confirmes el vuelo. ¡Qué bien lo vamos a pasar! Y, que conste, yo también te quiero y también te echo de menos. Muchísimo.

Lourdes

—Bueno, ¿qué vas a hacer?

Lidia volvió a fijar la vista en la pantalla del portátil mientras su hermana Cecilia paseaba fieramente por la habitación como si alguien la obligase a permanecer allí y estuviese buscando una forma de escapar. Echó un vistazo distraído a su alrededor. El estudio de su hermana era un festival de desorden: los libros se acumulaban por todas partes y las paredes desaparecían bajo una capa de dibujos, bocetos y apuntes en tinta china. A Lidia le encantaba pasear la vista por aquellos trozos de papel —algunos habían sido literalmente arrancados de algún bloc— en los que su hermana había dado rienda suelta a un ataque de inspiración repentina. Había ninfas y faunos, superhéroes y damas de sociedad, animales domésticos y criaturas mitológicas. También algún paisaje —aunque no era lo suyo— y bocetos de vestidos. Miró atentamente un traje de charlestón —talle bajo, tirantes, una miríada de flecos plateados, un cinturón decorado con una camelia enorme— y se dijo que, solo por el placer de verla cada día, habría querido tener en el armario una pieza así.

—¿Entonces?

—Entonces ¿qué?

Cecilia resopló. Era algo que hacía desde pequeña cuando algo producía en ella una mezcla de enfado y puro desasosiego. Aquel ruido la hacía parecer un caballo, y sus hermanos se habían pasado la infancia intentando imitarla sin mucho éxito. Ahora, ya doblada la frontera de los cuarenta, aquel ruidito desagradable no parecía algo que uno quisiese emular.

—Lidia, ¿tú irías?

La aludida cerró la tapa del ordenador antes de contestar. No quería leer el correo una vez más, ya se lo sabía de memoria, y prefería perderlo de vista.

—Pues claro que sí. Pero esa no es la cuestión. Yo iría porque no soy una madre soltera histérica que se niega a dejar a su hijo con nadie ante el temor, qué se yo, de que llegue una invasión alienígena…

Otro resoplido. Sí, ese era el problema. Selim. Desde que el niño llegara a su vida, hacía ahora cuatro años, no había vuelto a salir de viaje, o al menos no sin él. La propia Cecilia reconocía que había algo patológico en su obsesión por no dejar al crío ni a sol ni a sombra. Pero el proceso de adopción del niño había sido algo tan duro, tan largo y tan terrible que vivía con un miedo irracional a que pudieran arrebatárselo. Así que llevaba cuarenta y siete meses sin pasar una noche separada de él. Durante los primeros tiempos había dicho adiós a los viajes de trabajo, a las ferias del libro ilustrado, a las conferencias. Luego había empezado a llevar a Selim con ella, aunque la mayoría de sus anfitriones torcían el morro cuando la veían llegar con aquel hombrecillo de piel oscura, sonrisa rutilante y enormes ojos negros. Luego llegaban las preguntas y las respuestas pautadas: sí, es mío, no, no es indio, es nepalí, no, no tiene padre, lo he adoptado yo sola, sí, me arreglo estupendamente, gracias. Si se sentía con ganas, explicaba además la odisea de los trámites de adopción. Cómo, después de un primer viaje de toma de contacto y al que debería haber sucedido otro para rematar la adopción plena, un conflicto político incomprensible bloqueó la salida de huérfanos del país, y había pasado once meses delirantes sin noticias del que ya consideraba su hijo. No, a nadie podía extrañarle que se negase a dejarlo solo. Ya había estado a punto de perderlo una vez, y no quería proporcionar al destino ni un pequeño margen de maniobra. Con paciencia y una dosis sobrehumana de tacto, su hermana y sus amigos le explicaron mil veces que las cosas más horribles que le pueden pasar a un niño también suceden en presencia de su madre, pero era inútil. Cecilia estaba decidida a no quitar ojo a su pequeña joya oriental.

Lidia volvió a abrir el ordenador y fingió leer otra vez el correo, como si esperase encontrar en aquellas líneas alguna fórmula mágica para seguir empujando a su hermana en la dirección correcta.

—Ce, quizá sea el momento.

—El momento ¿de qué?

—De que te conviertas en una mujer normal. Hace años lo eras.

—Hace años no había estado a punto de volverme loca cuando un funcionario nepalí decidió que mi hijo no era oficialmente mío. —Suspiró, y esta vez lo hizo como todo el mundo, sin emitir aquel conato de relincho tan poco adecuado—. Pero tienes razón, debería replantearme algunas cosas.

Cecilia no le dijo a su hermana que llevaba algún tiempo reconociendo ante sí misma que su obsesión por no perder de vista a Selim empezaba a resultarle ridícula, pero no sabía cómo bajarse de aquel caballo en el que se había subido. Había empleado tantos argumentos más o menos sólidos para defender ante otros la pulsión por vigilar a su hijo que ahora no sabía cómo renegar de ellos sin admitir que, en efecto, había estado comportándose como una perfecta chiflada. Claro que tenía ganas de pasar un fin de semana con sus amigos de la universidad. Claro que sabía que al niño no iba a pasarle nada por quedarse tres días con sus tíos…

—¿Te encargarías de Selim?

—Pues claro. Estaré encantada. Y sus primos también. No entienden por qué ellos se quedan en tu casa cuando su padre y yo nos vamos por ahí y tu hijo no puede dormir en la nuestra. Lo pasarán en grande. Y tú también.

Esta vez, Cecilia meneó la cabeza. A pesar de que el plan era apetecible, empezaban a surgir las primeras sombras.

—No estoy segura…, quiero decir, hace tanto tiempo que no nos vemos… Estas reuniones siempre tienen un punto arriesgado.

—¿Quién va a ir?

—Jorge ha invitado a todos, pero no sé quiénes han dicho que sí. —Pareció pensar unos segundos—. Caray, hace un siglo desde la última vez.

—¿Cuándo fue?

—En la boda de Valva y Étienne. Hace casi doce años. Cómo pasa el tiempo. Es terrible.

Pero a Lidia no se lo parecía. Para ella, el transcurso de los años era algo bastante menos agresivo que para el resto de los mortales. Cecilia estaba segura de que no le importaba envejecer porque no aparentaba en absoluto la edad que tenía. Cuando contaban que solo se llevaban un año, la gente —con una palmaria falta de tacto— empezaba a hacer aspavientos. Sí, Lidia —y sobre todo la piel de Lidia, apabullantemente libre de arrugas— había firmado el consabido pacto con el diablo al que todos aludían cuando se negaban a creer que tuviese más de treinta. Ella estaba a punto de cumplir cuarenta y cinco, así que administrativamente era una mujer madura.

—¿Sabes cómo les va?

—Sí, bueno, no es que hayamos roto el contacto... Jorge me llama una vez al mes. Con Lourdes comí hace poco, cuando vino de Barcelona por algo de su empresa. Valva escribe de vez en cuando y Mauro me pone un mensaje en navidades, pero apuesto a que es uno de esos que envía a toda su lista de contactos. Robe me invitó a su última inauguración, pero no fui. Selim tenía fiebre.

—Ya...

Cecilia fijó la vista en un manchurrón que tenía en el pulpejo de la mano derecha. Se lo había hecho aquella mañana y no había forma de limpiarlo. Siempre llevaba las manos sucias, y ese era uno de los motivos que la convertían en una heroína entre los compañeros de guardería de Selim: una mamá con las manos llenas de manchas de tinta de todos los colores posibles... Demasiado bueno para ser verdad. Más de una vez había sorprendido al niño inspeccionando sin disimulo aquellas manos suyas para descubrir una nueva constelación de suciedad en un color más original, un churrete verde agua, un lamparón violeta, una mota naranja encendido. La madre de Selim hacía unos dibujos alucinantes y llevaba las manos más guarras que cualquiera de los compañeros de clase de su hijo. Sí, Selim tenía muchísima suerte.

En cuanto a ella, los últimos cuatro años había vivido volcada en el niño. Su vida social era casi inexistente, excepción hecha de las relaciones forzadas con los padres del colegio. De todas formas, no había cuajado mucho en aquel grupo: en un colectivo lleno de parejas consolidadas, las mujeres no suelen recibir con vítores y hurras la llegada de una cuarentona solitaria y medianamente atractiva que puede ser un peligro en potencia. A Cecilia le hacía bastante gracia la desconfianza que le demostraban las autodenominadas *mamis del cole*. El caso es que en el grupo de primaria de Selim no había más madres solteras, y la única nota no convencional la ponía un matrimonio gay con el que Cecilia había trabado amistad por pura desesperación: no es que le interesase ampliar su círculo, pero Selim necesitaba algún amiguito con quien salir a comer un domingo o al que invitar a una fiesta de pijamas. Y eso era todo. Había renunciado a las salidas nocturnas, a las escapadas con amigas, a los viajes culturales, a los estrenos de cine, a las citas románticas y hasta a su vida sexual. Tenía un feo coche familiar en lugar del Volkswagen escarabajo que siempre quiso comprarse, había dejado el centro para poder vivir en una urbanización con jardín. Se había hecho experta en cocinar papillas, medir la fiebre con una mano, poner voces para leer cuentos y hacer sombras chinescas. Su casa estaba en perpetuo desorden, algunas de sus prendas tenían cercos de vómito indelebles y sus zapatos más caros unas diminutas gotitas de sangre de nariz infantil, comía judías, zanahoria hervida y brécol para dar ejemplo y sus conversaciones eran bastante menos interesantes.

Nunca, en toda su vida, había sido tan feliz.

Pero Selim había cumplido siete años y, de pronto, parecía necesitarla un poco menos, igual que ya no demandaba una luz encendida cada noche, antes de irse a la cama, para espantar las pesadillas. Pronto tendría secretos para ella, se encerraría en su habitación, le prohibiría revolver en sus cajones. Se haría mayor, pensó, y sintió ese algo parecido al pánico que habían notado antes que ella todos los padres del mundo: sí, hay un momento en el que debes aceptar que tu hijo está creciendo más rápido de lo que deseabas y que llegará el día en que se convierta en una persona independiente. Quizá por eso sea bueno ir soltando amarras poco a poco, pensó. Para que la hora de cortar el nudo definitivamente no te coja por sorpresa.

—Ceci…, no le des más vueltas. Dile a Jorge que irás. Se pondrá muy contento, y los otros también.

—Si es que tampoco sé qué tal se lo tomaría Selim…, no está acostumbrado a estar sin mí, y a lo mejor monta un drama cuando sepa que me marcho…

Justo en ese momento el niño entró en el estudio para reclamar la merienda, y Lidia decidió aprovechar la ocasión.

—Selim, ¿te gustaría venirte un par de días a dormir a mi casa con los primos, solo tú, sin mamá?

Los ojos oscuros de Selim cobraron una nueva viveza.

—¿Podremos acostarnos tarde?

—A la hora que queráis. Y cenaremos pizza y helado de tres bolas.

El niño soltó un grito apretando los puños y ejecutó algo que podía parecer una danza de la victoria. Lidia miró a su hermana con aire triunfal.

—Ya sabemos que no se va a quedar precisamente traumatizado. Bueno, ¿qué me dices?

Cecilia suspiró.

—Ya veremos, ¿vale? Deja que lo piense un poco.

De: robertopainter@telefonica.net
Para: ceciliar1970@gmail.com; decuadros1@hotmail.es; lolaFG@telefonica.net

Hola a todos. He visto que habéis recibido el *e-mail* de Jorge, y hay algo que tengo que contaros, aunque no se me ocurre ni por dónde empezar. Llevo como una hora dando vueltas a esto, porque no sabía si decíroslo o no, pero luego pensé que de estar en vuestro pellejo yo querría saberlo. En este punto, quiero que sepáis que ya he borrado tres veces el texto para volver a escribirlo, y he llegado a la conclusión de que no hay una forma correcta de hacerlo, así que espero que sepáis perdonarme si resulto demasiado directo.

Jorge está muy enfermo. Ayer se pasó por la exposición Jean Marc, un gilipollas francés al que me presentó el propio Jorge hace dos o tres años. Me dijo que lo había visto con un aspecto fatal en el área de infecciosos de un hospital de París, y que tras hacer algunas averiguaciones se enteró de que toda la ciudad sabe que está en las últimas. De hecho, y esto os va a dejar helados, ha puesto en venta la galería. Ya sabéis que Jorge preferiría perder un brazo antes que su puñetera sala de exposiciones, y de hecho hace unas semanas me contestó con evasivas cuando le propuse enviarle dos cuadros. Está liquidando todo. Ahora quiere vernos, y si releéis el correo veréis que dice que tiene algo que contarnos. Es como aquella película que vimos en el 93, ¿os acordáis? El tío que convoca a todos sus amigos en su casa de campo para contarles que tiene el sida. Nuestro Jorge siempre ha sido muy amigo de esos golpes de efecto...

No sé qué pensabais hacer con la invitación, pero en estas circunstancias creo que no podemos fallarle. Así que, si habíais decidido usar una disculpa para rechazar esos tres días en la Provenza, ya se os puede ir olvidando. Tenemos que estar todos los de entonces, y me da igual lo bien o lo mal que os venga. Si alguno piensa quedarse en casa, iré a buscarlo personalmente y lo llevaré a ese puto pueblo perdido a punta de pistola.

Roberto

—Entonces, ¿qué es lo que le pasa?

Robe, Cecilia, Isabel y Mauro ocupaban unos sillones en la sala vip del aeropuerto Adolfo Suárez. Jorge les había enviado billetes en preferente y, como Isabel descubrió, aquella era la llave de acceso a un mundo desconocido y agradable, un universo de azafatas solícitas, prensa en varios idiomas y aperitivos gratis. Tras enterarse de las funestas novedades de su anfitrión, había dejado de buscar excusas para no hacer el viaje y ella misma lo arregló todo con los chicos para que la tienda no quedase desatendida durante su ausencia. Se ocupó de las maletas, de comprobar los horarios de los trenes al aeropuerto, y de vez en cuando abrazaba a Mauro diciendo «Todo va a salir bien». Él recibía aquel abrazo sin entender a qué se refería, pero valoraba el gesto como una pieza más de la complicada forma de ser de Isabel y su manera de reaccionar cuando había algún problema verdaderamente grave, como si las complicaciones de las vidas ajenas fuesen para ella el elemento que le permitía moverse con perfecta soltura. Ahora acababa de tomar posesión de un sofá de la sala preferente, donde el aire acondicionado creaba un efecto primaveral. Fuera, Madrid se cocía por encima de los treinta y cinco grados, y pensar que la ciudad entera estaba derritiéndose de calor multiplicaba el placer de la temperatura perfecta y los refrescos con hielo.

—No lo sé exactamente. —Como Robe se temía, estaban exigiéndole más información de la que era capaz de proporcionar—. Jean Marc se lo encontró en la Salpêtrière, y al parecer Jorge hizo como que no lo veía, pero el muy capullo lo siguió hasta hacerse el encontradizo. Dice que no le dio ninguna explicación de qué estaba haciendo allí, pero se puso nervioso y se largó enseguida. Luego Jean Marc hizo unas cuantas preguntas aquí y allá, y resulta que nuestro amigo se está muriendo.

—Pero ¿de qué?

Isabel no podía resistirse a indagar sobre cualquier dato morboso. Cecilia, que después de muchos años sin pensar en ella empezaba a recordar cómo era la mujer de Mauro, se dijo que estaría bien inventarse un par de detalles desagradables que pudiesen satisfacer su perversión: «No lo sé, pero vomita sangre y le han salido pústulas en la boca». Sí, eso habría hecho veinte años atrás. Pero el tiempo la había vuelto un poco más prudente y, además, ya que había emprendido el viaje, no era una buena idea empezarlo pinchando a la esposa de su amigo.

—Bueno, no creo que eso importe mucho —dijo—. Ya nos contará él. Pero me alegro de haber sabido que le pasa algo. De lo contrario, no sé si habría venido.

—Nosotros tampoco —reconoció Isabel—. Tenemos muchísimo lío en la tienda.

Mauro se dijo que era una suerte que ni Robe ni Cecilia tuviesen la tentación inmisericorde de mostrar sorpresa ante aquel comentario de su mujer. Media ciudad estaba de vacaciones y la otra media intentando escapar de la canícula en piscinas y grandes almacenes con aire acondicionado, y desde luego no había lo que se dice hordas de futuros clientes exigiendo que el negocio estuviese abierto en mitad de un puente. Isabel no se daba cuenta de lo ridícula que resultaba hablando de su modesta tienda de barrio como si fuese un imperio, o al menos un establecimiento prestigioso que se debía a su distinguida clientela de estudiantes de arte y alumnos de colegio. Todos, por cierto, de vacaciones en aquel ardiente mes de julio que, como cada año, se abatía sin piedad sobre Madrid. Por suerte, ni Cecilia ni Robe estaban muy pendientes de su mujer.

—¿Hace mucho que no lo veis? ¿Cómo está?

—Cenamos juntos en París hace un par de meses. —Robe mencionaba París como quien se refiere a la Puerta del Sol. A Mauro le pareció que Isabel le dedicaba una mirada torva mientras daba un feroz mordisco al donut de chocolate que había cogido en el bufé—. Lo vi bien. Con pocas ganas de hablar en serio, como siempre…, y algo más flaco. También me dijo que se encontraba un poco cansado.

—Tal vez ya estaba enfermo —aventuró Isabel, y se limpió los restos de bollo.

Nadie contestó. En aquel momento, los tres amigos estaban engolfados en el recuerdo de Jorge.

No era un tipo corriente. Ninguno de los tres podría olvidar el día en que lo vieron por primera vez, entrando tarde en una clase del primer curso en la escuela de Bellas Artes. Llevaba una camisa de lino de un color imposible —un malva violento, aunque Cecilia era la única que lo recordaba con exactitud—, unos pantalones que parecían hechos con tela de paracaídas y una chaqueta de príncipe de Gales. Nadie en aquella facultad, salvo los profesores más veteranos, iba con chaqueta, pero a Jorge no parecía importarle. Tenía el pelo de un brillante color castaño, los ojos pardos, la piel tostada después de un verano navegando por cualquier sitio elegante —el Egeo, el Adriático, la Costa Azul— y un aire de broma eterna con el que dirigió a toda la clase una mirada desafiante, como diciendo: «Así soy yo, así que ya podéis acostumbraros». Algunos, la mayoría, lo catalogaron enseguida como un payaso, con sus pantalones absurdos y aquella chaqueta de viejo. Pero Robe, Valva, Mauro, Lourdes y Cecilia se dieron cuenta de que aquel chico que había entrado a destiempo en una aula inhóspita era una persona distinta a todas las que habían conocido. Una persona especial que deseaban incorporar a sus vidas.

Un cuarto de siglo después no eran capaces de determinar cómo se hicieron amigos: tal vez empezaron por compartir apuntes o bromas universitarias, se rieron al mismo tiempo del mote de un profesor, se pidieron cambio para la máquina de refrescos o encontraron sitios contiguos en la biblioteca de la facultad. Quizá uno ayudó a otro a preparar un trabajo, tal vez se dejaron libros o salieron igualmente descorazonados de algún examen. El caso es que al final del trimestre ya habían formado un grupo uniforme y compacto. Un grupo cerrado, blindado al resto, integrado por tres chicos y tres chicas que estaban —y así lo sabían todos— por encima de la media.

A Cecilia, Valva y Lourdes las habían bautizado como las Tres Gracias. No era del todo justo ponerlas al mismo nivel, pues solo Lourdes y Valva eran guapas de verdad. Cecilia estaba cómodamente instalada a la sombra de la belleza de las otras dos, y de alguna forma se prevalía de ella para subrayar un encanto personal sobre el que gravitaba su atractivo. Valva era de una hermosura clásica, con el pelo de un rubio tostado enmarcando aquella piel blanquísima de medallón medieval y los ojos de un azul imposible. Lourdes era morena, alta y elástica, de huesos lánguidos y cuello eterno. Trabajaba como modelo para algunos diseñadores que despuntaban en los ochenta, y gracias a eso tenía ropa con la que las jóvenes de su edad ni siquiera podían soñar. Con una maldad sofisticada, ponía a disposición de sus dos amigas aquel guardarropa fastuoso, y mientras el resto de las chicas iban a clase con tejanos y camisas de hombre, ellas tres llevaban jerséis de punto de Manuel Piña, complicados vestidos de Sybilla o blusas blancas y etéreas de Jesús del Pozo que las hacían destacar aún más entre el resto. Hasta los profesores se daban cuenta: era imposible que pasaran desapercibidas, y estaban encantadas de no hacerlo. Sabedoras de que sus encantos físicos las convertían en candidatas a la etiqueta de estúpidas, se esforzaban el doble para conseguir buenas notas. El suspenso que suponía para cualquiera una pequeña tragedia era para ellas algo letal, pues permitiría a algunos afirmar que eran tres chicas guapas sin cerebro. Así que estudiaban, estudiaban, estudiaban. Entregaban a tiempo todos los trabajos, hacían tareas extra, ampliaban por su cuenta los temas de clase y se afanaban en conseguir sobresalientes que aumentasen el escozor de quienes no las podían ver porque eran distintas a la mayoría. Y en su caso, ser distintas equivalía a ser mucho mejores.

Las Tres Gracias. Cuando entraban en la cafetería o se metían en el aula —siempre aparecían juntas, para subrayar el efecto demoledor de su presencia— se escuchaban murmullos de admiración y de odio. A ellas les daba igual: se bastaban solas y con sus tres amigos para vivir de espaldas al resto del mundo. Eran únicos, eran distintos: ellas tan bonitas, Jorge tan extravagante, Roberto y Mauro tan llenos de talento que hasta el profesor de Fundamentos de la Pintura había trazado una línea divisoria entre ellos y el resto de la clase:

—En este curso hay dos, solo dos alumnos que merecen la pena: Roberto Siero y Mauro Puerto. Los demás no tienen ninguna posibilidad de vivir de lo que pinten. No les invito a abandonar mi asignatura porque la ley les ampara, pero sepan que, en lo que a mí respecta, son todos unos farsantes que no deberían estar abusando de mi tiempo y de los recursos del contribuyente.

Habían recordado aquella sentencia muchas veces. Lo peor de todo, decía Cecilia entre risas, es que aquel tipo cruel —el profesor Pereda— tenía mucha razón. Ninguno de los otros cuatro se sintió ofendido al saberse descartado para el Olimpo. Que dos de los integrantes de su grupo hubiesen sido bendecidos por aquel chiflado sin piedad era un buen consuelo para el resto. Y, en el fondo, quizá solo ellos dos deseaban de verdad ser artistas. A Cecilia le gustaba el dibujo, sin más. Lourdes prefería diseñar ropa, y se había matriculado en Bellas Artes porque su padre le exigía una licenciatura a cambio de financiar después sus estudios de moda. A Valva le interesaba el arte desde un punto de vista teórico y quería llegar a ser profesora, pero había descubierto la escultura y empezaba a experimentar con el cincel, más por curiosidad que por verdadero afán de sobresalir. No se consideraba especialmente talentosa y solo aspiraba a presentar su tesis doctoral y dar clase algún día.

En cuanto a Jorge, posiblemente había desembarcado en aquella facultad de la misma forma que Robinson Crusoe llegó a la isla: por pura casualidad. Sí, era un náufrago a su manera. Había vivido en una casa opulenta, rodeado de un ambiente donde se daban la mano el mundo de la alta burguesía y la bohemia de una madre que estaba siempre rodeada de popes culturales. Había elegido Bellas Artes, pero podría haber sido cualquier otra facultad. O nada. De hecho, llegó con la intención de quedarse unos meses y luego probar suerte en otro sitio, tal vez en otra ciudad o en un país diferente. Pero entonces conoció a Valva, a Robe, a Mauro, a Lourdes y a Cecilia y encontró su verdadera vocación: la de servirles de nexo. Él siempre decía que había continuado sus estudios solo por seguir compartiendo con ellos un puñado de años que todo el mundo estaba de acuerdo en que tenían que ser los más felices de su vida. El cómo daba igual. Si era entre trozos de carboncillo, libros sobre el Renacimiento y conceptos de estética, perfecto. Si se hubiesen conjurado para abandonar la escuela y continuar su formación en la facultad de Medicina, Jorge los habría seguido. Él no tenía otra preocupación que su hedonismo. Quería divertirse, y ahora, además, quería divertirse con ellos cinco.

Fue a ellos a quienes habló por primera vez de su sexualidad durante un fin de fiesta universitario, cuando, de madrugada, intentaban trasegar una última bebida, ya con más sensación de náusea que otra cosa. Estaban felizmente cansados, tenían los pies doloridos de tanto bailar —sí, recordó de pronto Robe, entonces bailaban— y la garganta en carne viva de tantos pitillos como se habían fumado.

—Tengo que deciros una cosa...

Los ojos se volvieron hacia Jorge con más bien poco interés. Era tarde, estaban medio muertos y nada les apetecía menos que hablar de cosas serias.

—Soy homosexual.

Hubo unos segundos de silencio. Era tan evidente para todos que aquella especie de confesión los cogió de sorpresa.

—Qué original —comentó Lourdes.

—¿Eso es todo lo que tienes que decirme?

—¿Qué quieres? ¿Una medalla?

—¿Por qué eres tan borde?

—¿Y tú por qué quieres ir de estrella? «Soy homosexual.» —Lourdes se quitó, con un suspiro, los zapatos de tacón altísimo—. Anda ya, Jorge... No nos vas a impresionar con eso.

—No quiero impresionaros..., solo quería..., no sé, que lo supieseis por mí.

Esta vez fue Mauro quien habló:

—Pues nada, plas plas plas, nos damos por enterados. Por mi parte, la sorpresa habría sido que nos contases que te interesan las chicas.

—¿Así que lo sabíais?

Robe encendió otro pitillo y se lo pasó a Lourdes. Ya se conocían lo suficiente como para saber que a Robe solo le gustaba dar la primera calada, que él decía que era la mejor, y luego dejaba que otro acabase el cigarro.

—Jorge, son las siete de la mañana. Llevamos de juerga desde las nueve y media, y no estoy como para convertir tu vida sexual en un tema de conversación. Me da igual con quien te lo hagas, ¿estamos? Y doy por hecho que a ti tampoco te importa con quien me lo hago yo. Que, por cierto, espero que sea con esa pelirroja que me está mirando y por quien voy a abandonaros ahora mismo.

Se echó la chaqueta al hombro, se atusó el pelo como lo habría hecho James Dean, y se marchó en busca de aquella chica que, en efecto, no le quitaba ojo. Jorge abrazó a Valva y a Ceci, que, sentadas a sus flancos, empezaban a quedarse dormidas.

Veintitantos años después, Cecilia se estremeció al recordar aquel momento en que Jorge le echó el brazo sobre los hombros y ella se sintió asombrosamente protegida por una sensación que ni siquiera podía identificar. Ahora lo entendía: aquel gesto de Jorge brindándole un lugar en el que apoyar la cabeza era el símbolo de que empezaba a levantarse una singular defensa entre ellos y el resto del mundo. Su amistad iba a ser un refugio, un sitio seguro ante todo lo que viniera. Nada malo podía pasarles mientras permaneciesen juntos.

Esas son las cosas que uno piensa cuando tiene dieciocho, veinte años. Luego la vida se encarga de enseñarnos que nada es tan fácil. Pero ¿qué importaba entonces? Eran jóvenes, se querían, eran felices. ¿Quién estaría dispuesto a torturarse pensando en lo que iba a venir después? Vivir sin pensar en el futuro es una obligación de todos los jóvenes. Habría sido absurdo hacer cábalas sobre el porvenir. Cómo iban a imaginar que el destino les había reservado pruebas muy duras, obstáculos injustos, motivos para la desesperanza, para el miedo, para el dolor. También para la decepción y hasta la ira.

—Bueno, no hablemos de cosas tristes. —La voz de Isabel los sacó de sus ensoñaciones—. ¿Qué es de tu vida, Cecilia? Parece mentira que no nos veamos más a menudo viviendo en la misma ciudad. Mauro me dijo que adoptaste un niño indio, ¿no? Y tú sola. Qué valor, chica. Ser madre soltera y en esas condiciones…, te admiro, de verdad.

Cecilia se dijo que a veces le daba la sensación de que Isabel no solo vivía en otra ciudad, sino incluso en un mundo diferente al suyo. Le dirigió una sonrisa con la esperanza de que pusiese su atención en Robe, o en su marido, o en el bufé, del que ya se había servido dos veces. Pero Isabel no era de las que sueltan tan fácilmente la presa cobrada.

—Es que criar sola a un niño tiene que ser muy duro. Qué pena que rompieses con aquel novio tuyo. Miguel, ¿no? Me caía bien.

—A mí también —contestó, y lo hizo sin ironía. Sí, Miguel era un gran tipo. Ya hacía tiempo que no sentía nada al escuchar el nombre de quien había sido su pareja durante cinco años. Lo suyo había acabado mal: él no quería tener niños. Ella se moría por ser madre. Ninguno cedió, y ahora Cecilia era capaz de admitir que los dos habían hecho bien: si Miguel hubiese transigido, o si lo hubiese hecho ella, quizá jamás se lo habrían perdonado el uno al otro. Así que ahora ella tenía a Selim. Y Miguel..., sabe Dios qué tenía. En fin, esa era otra historia. Y a ella había dejado de importarle.

—Nuestro avión va a embarcar. —Robe llevaba un rato pendiente de las pantallas de información.

—Ahí pone que faltan diez minutos...

—¿Y cuánto crees que vamos a tardar en llegar a la puerta? La K89 está lejísimos. Deberíamos salir ya, a ver si vamos a perder el vuelo, ¿os imagináis? Venga, en marcha, que vamos justos.

A Cecilia y a Mauro les hizo gracia comprobar que Robe seguía siendo el mismo neurótico de la puntualidad, y que los aeropuertos —y las estaciones de tren, y las terminales de autobuses— provocaban en él una inquietud que no había forma de controlar. Tal vez no habían cambiado tanto como ella se temía, pensó Cecilia, y, obedientemente, cogió su maleta y siguió el paso de Robe, que ya había salido dando zancadas del pequeño paraíso de la zona *business*.

Ya en el avión, Isabel se sentó con Mauro. Cecilia suspiró aliviada. Había temido que la esposa de su amigo decidiese aquello tan absurdo de chicas a un lado, chicos a otro. Lo último que quería era pasar la hora y media de trayecto respondiendo preguntas incómodas o escuchando la charla intrascendente de aquella mujer que tan poco le gustaba. Hasta, en un alarde de infantilismo, había planeado hacerse la dormida si tenía mala suerte en el reparto de los asientos. Pero ahora se daba cuenta de que tendría que pasar el viaje hablando con Robe. Los dos solos. Y por un momento se dijo que quizá no había salido ganando. Que habría sido mejor soportar estoicamente el cotorreo de Isabel. Porque ella y Robe llevaban mucho tiempo sin tener una conversación, y esa oportunidad se le antojaba a Cecilia como un campo lleno de minas.

Mirando hacia atrás, Cecilia estaba convencida de que había sido Robe el culpable de que el grupo se disgregara. Ni Jorge, buscando refugio en París para todos los males que decía sentir, ni Valva, casándose con un francés e instalándose en un pueblecito de la Provenza, ni siquiera Mauro y su metedura de pata dejando embarazada a aquella mema sin sustancia capaz de disolver el encanto de cualquier reunión con solo abrir la boca. Fue Robe quien dinamitó los cimientos del clan y acabó reduciendo a escombros lo que quedaba de una amistad que habían creído inquebrantable.

Para ser justos, hacía tiempo que las cosas ya no eran como antes: no es fácil mantener a los treinta años los códigos de conducta que te unen cuando tienes veinte. Poco a poco, la inconstancia de Jorge había chocado con la pulcritud vital de Lourdes; el triunfo internacional de Robe, con el trabajo de hormiguita que seguía desarrollando Cecilia, y el tedio y las restricciones de la vida de Mauro se convirtieron en un muro de hormigón contra el que se estrellaba cualquier tipo de iniciativa. Se pasaba el tiempo recordando sus obligaciones como padre y repitiendo como un mantra que no estaba en condiciones de gastar dinero. Así que era imposible plantearse una escapada de fin de semana, imposible quedar de lunes a jueves, imposible ir a un restaurante de moda, y desde luego imposible trazar cualquier plan que no incluyese a Isabel, que parecía haberse convertido en otra extremidad en el cuerpo de su amigo. Su presencia era una constante distorsión. Ponía mala cara cuando hablaban de recuerdos universitarios, evidenciaba su aburrimiento cada vez que no dominaba el tema de conversación —lo cual ocurría muy a menudo, porque era de esas personas a las que no les interesa nada— y, sobre todo, parecía siempre a la defensiva. Mauro había cambiado desde que estaba con ella, como si su nueva vida de padre de familia impusiese una distancia innecesaria entre él y sus camaradas. Es cierto que tenía sobre sus hombros responsabilidades y preocupaciones bien distintas a las del resto..., pero tampoco se había convertido en un marciano. Aunque a veces era la sensación que tenían: que su amigo se había mudado a un sistema solar distinto. Y allí había un satélite llamado Isabel que giraba, amenazante, en torno a él.

Fue Mauro quien, trece años atrás, encontró ridículo el proyecto de exponer en una galería de tercera fila los trabajos que los seis habían firmado en su época de estudiantes. La idea de reunir los figurines de Lou, los dibujos de Cecilia, las esculturas de Valva y las pinturas de Robe y de Mauro era, por supuesto, del armadanzas de Jorge, que había localizado el espacio y se ofrecía a poner los medios para inaugurar. Pero Mauro dijo que no tenía sentido. Y tal vez era así, pensó Cecilia, tal vez aquello era solo un juego en el que los otros iban a servir de armazón para mostrar al mundo la obra de juventud del ya cotizado pintor Roberto Siero. Pero habría sido divertido, y una buena excusa para volver a compartir algo precisamente cuando ya la vida empezaba a enviarlos a posiciones distintas y distantes, como una manguera abierta sin control en mitad del jardín. Por desgracia, Mauro fue firme en su negativa y rechazó reconsiderar su postura con una tozudez que habría sido mucho más propia de Lou o incluso de Cecilia: él era amigo de la negociación. Por lo visto, esa era otra de las cosas que Isabel se había preocupado de cargarse.

Así que no hubo exposición. Por suerte, todos resistieron la tentación de comentar de quién había sido la culpa. Entendían que para Mauro resultaba insoportable enfrentarse a la evidencia de que se había quedado atrás mientras que Roberto entraba en la meta. Para los demás supuso una decepción, y seguramente el fracaso de la retrospectiva —Jorge le había buscado incluso un nombre, «Nosotros, los de entonces»— podría haberse erigido en la piedra angular del muro fronterizo entre unos y otros de no ser porque luego ocurrió lo de Robe y Lourdes, y entonces sí que todo saltó por los aires.

Robe tuvo una aventura. En realidad, fue mucho más: cuando Cecilia y los otros se enteraron de que llevaba más de un año de relación con una joven periodista de la sección cultural de un diario, ni siquiera supieron cómo reaccionar. Por suerte, su mujer no tuvo ninguna duda al respecto: le puso las maletas en la puerta. Valva y Ceci trataron de razonar con ella invocando los diez años de amor —«¿de amor?, ¿diez años? ¡Ja!»— o que el propio Mauro, tan aficionado al arte de la mediación, intentase pedir clemencia en nombre de su amigo. Lourdes fue inflexible. Que era, por cierto, lo que todos esperaban. Tenía una naturaleza de pedernal, lo cual a veces era una ventaja y a veces un inconveniente, y no le conmovían más razones que las que ella fuese capaz de esgrimir. Así que no hubo forma de que considerase la posibilidad de reconducir su matrimonio.

Cuando una mujer se siente traicionada puede reaccionar de dos maneras: desesperándose o buscando venganza. Lourdes hizo ambas cosas. Primero se encargó de esquilmar las cuentas de Robe. Se quedó con la casa —ahí no había duda: las niñas eran muy pequeñas, iban a vivir con ella y el domicilio familiar estaba fuera de toda negociación— y luego fue a por el patrimonio de Robe, que era más que considerable. No permitió que saliese de la casa ni uno solo de sus cuadros y siguió la pista de cada obra colocada en cada galería del mundo para reclamar el porcentaje correspondiente a su venta. El abogado de Jorge intentó defender que el producto de aquellas transacciones no podían considerarse bienes gananciales (algunos de los cuadros habían sido pintados antes de que fuesen pareja), pero la abogada de ella era más lista y convenció al juez de lo contrario, además de presentar en el tribunal una lista exhaustiva de cada uno de los trabajos de Roberto Siero. Así, Lourdes obtuvo el premio de consolación quedándose con casi todo lo que había sido de los dos antes de que su marido decidiese tirarse a una rubia tetona que —y en eso estaban todos de acuerdo— no le llegaba a ella ni a la altura de los talones.

Una vez consumada la venganza, disipado ya su efecto galvanizador, Lourdes pasó a la fase desesperada y sufrió una bonita depresión. Tardó en ponerle nombre —estaba convencida de que esas terribles alteraciones del ánimo solo les pasaban a otros—, pero un buen día se encontró en pijama a las tres de la tarde, y siguió estando en pijama a las cinco y media, cuando llegaron las niñas del colegio, y ya decidió no cambiarse porque, total, solo faltaban unas horas para volver a la cama. Diez años después, a Lourdes le producía un difuso sentimiento de vergüenza recordar aquella fase humillante, y se negaba a reconocerse en la mujer que había sido capaz de no lavarse el pelo en quince días y de dejar a sus hijas pequeñas en manos del personal de servicio porque no tenía fuerzas —ni autoridad moral— para pedirles que recogiesen su ropa o se cepillaran los dientes. Se convirtió en un despojo. No quería ver a nadie, lloraba sin tino, vivía a base de pastillas y un día confundió la dosis —o eso quisieron creer— y acabó en el hospital con el estómago en una centrifugadora.

Por supuesto, las simpatías de los amigos se polarizaron. En un principio, Robe fue el malo de la película. Luego, cuando Lourdes vació sus cuentas y se quedó con sus cuadros, la opinión viró: Cecilia y Mauro estuvieron de acuerdo en que aquella avidez resultaba de muy mal gusto, mientras que a Jorge le hacía gracia la venganza económica y Valva decía que cada uno se defiende como puede. Pero cuando Lou acabó siendo carne de ansiolítico, allí fue Troya. Cecilia culpaba a Robe, Valva también, Mauro creía que con dos niñas pequeñas era inadmisible no tener un poco más de autodominio y Jorge emitió el más salomónico de los juicios: Robe había sido un cabrón, pero la carne es débil, y si Lou tenía que recurrir a la química para superarlo, era decisión suya y solo suya. Por supuesto, la postura de unos indignaba a los otros. En aquella época se intercambiaron *e-mails* que ahora preferían no recordar, textos cargados de reproches que escribían con una feroz sensación de alivio y enviaban con una impresión de victoria que se desvanecía al cabo de un rato para ser sustituida por una nueva ración de rabia cuando llegaban las respuestas, que eran siempre impertinentes y dolorosas. Por supuesto, y para complicar las cosas, las ondas concéntricas de la ordalía que mantenían los comparsas de aquella guerra matrimonial acabaron llegando a los interesados. A Robe le dolió que Cecilia se hubiese puesto tan manifiestamente de parte de Lourdes, y así se lo hizo saber en un correo más bien amargo. Lou consideró «muy propia de un tío» la conducta de Mauro apoyando a su ya exmarido, y salió a rastras del pozo sin fondo en el que vivía para redactar un *e-mail* cargado de reproches al que él no respondió, pero que mostró a Jorge como prueba de hasta qué punto Lourdes había perdido los papeles. El resultado fue demoledor. Valva escribió a Mauro para afearle su indiscreción, y este le contestó que se metiese en sus propios asuntos, muchas gracias.

Una vez, diecisiete años atrás, precisamente cuando Lourdes y Robe les comunicaron su decisión de casarse, se habían creído en el colmo de la madurez al planificar la actitud que adoptarían si algún día la pareja llegaba a la ruptura: serían meros espectadores y dividirían su afecto y su apoyo en proporciones exactas entre ambos. Entonces se felicitaron por ser capaces de prever una contrariedad tan indeseable, como el turista que dedica unos minutos a estudiar el plano de evacuación de un hotel en cuanto entra en su cuarto por si se declara un incendio en mitad de la noche.

Pero, claro, las situaciones nunca se plantean como las imaginamos. Uno no puede adivinar su reacción ante un cataclismo —eso era para el grupo el divorcio de Lou y Robe, una catástrofe colosal, un seísmo capaz de echar abajo el andamiaje de todo lo que compartían—, y lo mismo que, a pesar de sus inteligentes precauciones, al escuchar la alarma de incendios el huésped prudente saldrá de su cuarto gritando como un loco, descalzo y sin rumbo fijo, ellos tampoco supieron comportarse cuando se enteraron de que el matrimonio de sus amigos se iba a la mierda. A los veinte años habían trazado un inteligente plan de evacuación. A los treinta, ninguno se veía con presencia de ánimo para revisarlo y abandonar la habitación tras ponerse los zapatos en busca de la salida de incendios más cercana. Así que se comportaron como les pedía el cuerpo: cediendo a la indignación, despachándose a gusto, olvidando las buenas intenciones y también el mutuo respeto que se habían tenido durante quince años. En el fondo, aquel batiburrillo de mensajes punzantes ocultaba muchas otras miserias: pequeños rencores, envidias, cuentas pendientes, decepciones, heridas no restañadas, malentendidos no aclarados que redoblaban la ira del redactor de cada *e-mail.*

Desde la distancia que brinda el tiempo, Cecilia sentía un difuso bochorno al pensar en aquella colección de escritos deliberadamente ofensivos. Ojalá no hubiese enviado ninguno, pensó, ojalá hubiese sabido mantenerse al margen de aquella pugna entre dos personas a las que tanto quería. Pero era difícil conservar la neutralidad cuando se ve a diario a la parte más débil de un conflicto espinoso. Entonces Lourdes aún vivía en Madrid, y Cecilia asumió la responsabilidad de enjugarle las lágrimas y ayudarla a batallar contra la depresión que la tenía prácticamente hundida. No, se dijo, no es fácil no tomar partido cuando una de tus mejores amigas pierde diez kilos y se echa diez años encima, cuando llora cada dos por tres y necesita un cóctel de pastillas hasta para levantarse de la cama, cuando se te pasa por la cabeza la posibilidad de que haya querido abandonar el juego para siempre. Aquello no era solo un problema de pareja: Robe había sido un cerdo liándose con aquella chica y, sobre todo, engañando a su familia durante doce meses. Habría sido distinto si desde el primer momento le hubiese dicho la verdad a Lourdes: nadie tiene la culpa de que el amor se acabe. Pero el muy hijo de puta había pasado más de un año jugando a dos bandas, conservando sus dos vidas, siendo el amante clandestino y el padre de familia. Y eso era lo que Cecilia no podía perdonarle.

Como era de esperar, Lourdes se recuperó. Fue entonces cuando se marchó a Barcelona. Cecilia vivió con cierto resquemor la mudanza de su amiga, pues Lou puso pies en polvorosa justo cuando diagnosticaron a su madre un cáncer incurable y ella acababa de romper con Miguel. Había ayudado a su amiga durante muchos meses, y esperaba cierta reciprocidad ahora que tenía sus propios problemas, pero las personas muy infelices no suelen ser generosas. Lourdes ni siquiera pensó que quizá Cecilia necesitaba a alguien en quien apoyarse: se fue y punto. Por supuesto, ella nunca se lo reprochó, pero se sintió decepcionada.

Tras instalarse en Barcelona, Lourdes montó una *startup* que funcionó sorprendentemente bien y consiguió varios premios como empresa ejemplar. Que la hubiese creado una mujer joven, divorciada y guapísima ayudó mucho en su promoción. Dos años más tarde Lou salía en las páginas salmón de los diarios y en la portada de los suplementos semanales, mientras las revistas femeninas la retrataban como la heroína que había sabido renacer de sus cenizas. Era casi un final feliz para aquel drama.

Y ahora, junto a Cecilia, estaba el exmarido del ave fénix intentando acomodar su maleta en el compartimento superior de la cabina del avión. Ella se preguntó si, después del tiempo transcurrido, Robe le guardaría algún rencor por ponerse entonces del lado de la que era su esposa. Pero, pese a la compleja vida interior del artista atormentado y a la profundidad intelectual que ensalzaban las revistas de pintura especializadas, Robe no era un tipo difícil. Lo sucedido diez años atrás pertenecía a otra dimensión que se le antojaba ya demasiado lejana. Para él, el pasado era solo algo mostrenco que está ahí, un lugar en el que ya se ha estado y no se tiene ninguna intención de visitar otra vez. Se dejó caer en el asiento.

—Tengo la impresión de que cada vez hacen los aviones más pequeños.

—Tu maleta no está homologada.

—Anda ya. Es la de siempre.

—Eso no la homologa automáticamente. —Se abrochó el cinturón—. Creo que estás demasiado acostumbrado a ir en *business*. Te aseguro que en turista no te dejarían meter ese bicharraco en la cabina del avión. ¿Faltará mucho para que despeguemos? Tengo que llamar a casa.

—Hazlo, te da tiempo.

Cecilia marcó el teléfono de su hermana y hablaron brevemente. Le pareció escuchar cómo tosía Selim por detrás. No quiso que se pusiera para no alterarlo, pero de haber podido hacerlo chasqueando los dedos, habría vuelto a casa en aquel mismo instante. Ni Saint-Rémy, ni

Jorge, ni Valva, ni reencuentro ni nada. Colgó el teléfono y respiró hondo. Tenía la sensación de que le faltaba el aire.

—¿Algo va mal?

—No. Bueno, creo que no. Es Selim. Es la primera vez que me separo de él en casi cuatro años. Por favor, ahórrate el sermón. Me han dicho tantas veces que estoy loca que lo tengo asumido. Soy una chiflada que se tortura a sí misma por dejar a su hijo a cargo de dos adultos responsables y tres primos mayores.

Robe la miró y le dedicó una de aquellas sonrisas que hace años tenían la virtud de apaciguarla cuando estaban a punto de hacer un examen, o incluso aquella vez que tras seis días de retraso en la llegada del periodo se hizo la prueba del embarazo en el piso que compartían él y Mauro. Recordaba perfectamente aquella mañana. Tenía veintiún años y un novio algo macarra que fumaba canutos y llevaba tres cursos atascado en segundo de Ciencias Políticas, aunque sus pobres padres pensaban que estaba a punto de terminar la carrera. Ella apareció en el piso malasañero de sus dos amigos aguantándose las ganas de orinar, con una caja de cartón que contenía su destino y las instrucciones aprendidas de memoria. Mauro no estaba en casa. Robe parecía medio dormido cuando abrió la puerta y ella le puso el test delante de las narices. No tardó más de tres segundos en comprender.

—Joder —dijo—. Vamos, entra.

Estuvo con ella durante diez minutos que fueron eternos, acariciándole el pelo y diciéndole que no se preocupase de nada, que no tenía por qué estar nerviosa, aunque luego, cuando el resultado negativo les quitó de encima algo que pesaba una tonelada, confesó que se había sentido tan aterrado como ella. Nunca le contaron a nadie aquella historia. Tiraron el test en la primera papelera que encontraron, desayunaron juntos en una churrería y él le aconsejó romper con el novio porrero.

—¿En qué estás pensando?

Cecilia dudó unos segundos. Podía haber dicho «En nada especial», pero en aquel momento deseaba restablecer al menos un fragmento de la intimidad perdida con aquel chico que había esperado junto a ella a que un palito no se pusiese de color azul.

—En aquella vez que me hice la prueba del embarazo en vuestro piso del Dos de Mayo.

Él soltó una carcajada que hizo que, desde el asiento vecino, Isabel les dedicase una mirada de esperanzado interés: estaba pasando algo divertido que quizá podrían compartir con ella. Pero ni Robe ni Cecilia se dieron por enterados.

—Me he acordado muchas veces. Fue un rato horrible, ¿eh?

Robe pensó que fue la única vez en su vida que hizo un test de embarazo deseando un resultado negativo. Lourdes llevaba a rajatabla el asunto de los anticonceptivos cuando eran novios, y cuando se casaron, quisieron tener familia enseguida, así que la siguiente vez que el bastoncillo no cambió de color no se sintió aliviado, sino triste. Cecilia tuvo la tentación de preguntarle si no había tenido un susto después, con aquella relación improcedente que había llevado a Lourdes a la depresión y al exilio. Si entre aquella amante y las que vinieron después —porque imaginaba que habría sido más de una— no hubo ninguna muchacha fértil que hubiese llegado a su casa con los ojos vidriosos, el corazón en un puño y una bolsa de la farmacia temblándole en la mano. Pero luego se dijo que, posiblemente, las conquistas de Robe durante aquellos años eran chicas como la Ceci de 1990. Muchachas asustadas y frágiles que habrían buscado refugio en el piso de un amigo para aguardar el resultado de un test agarradas de su mano. En aquel momento, Cecilia deseó que aquellas mujeres sin rostro hubiesen tenido cerca a alguien como el Robe al que ella había conocido, capaz de tranquilizarlas y sonreír mientras esperaban que aquel papel no se tiñese de azul para no verse obligadas a tomar una decisión que, fuese la que fuese, iba a cambiar sus vidas.

—¿Cómo está Selim?

El avión rodaba ya por la pista, y Cecilia sintió el miedo fugaz del despegue: le habían dicho que era el momento más peligroso del vuelo, y por primera vez sintió miedo a volar, como por primera vez tenía también un miedo real a la muerte.

—Estupendo. Muy crecido. Guapo a rabiar, luego te enseño fotos. Es listo como el hambre y muy cariñoso. Y alegre, siempre se está riendo. —Suspiró—. En fin, acabo de hacerte el mismo retrato que haría cualquier madre de su hijo de siete años. ¿Cómo están las tuyas?

—Luchando contra la adolescencia. Lourdes podrá contarte más cosas de ellas, últimamente tengo la impresión de que no las conozco.

—Para un padre es difícil… —«Sobre todo si no está», iba a añadir, pero se calló a tiempo.

Empezaba a recuperar un sentimiento perdido desde hacía siglos: el placer de la charla con Robe. Cecilia tenía que reconocer que, pese a querer a todos sus amigos por igual, con ninguno había hablado con tanta libertad como con él. Se recostó en el asiento mientras a su cabeza llegaban, en completo desorden, escenas de las que los separaba una vida entera. La azafata pasó ofreciendo bebidas. Robe cogió una copa de cava para ella sin preguntarle nada, pero él prefirió un zumo de naranja.

—Salud —dijo antes de beber su zumo de un trago—. Oye, si no te importa, voy a dar una cabezada. Ayer no pegué ojo.

—Ah..., claro.

Quizá era una forma de justicia cósmica. Pero en dos minutos la suave respiración de Roberto indicó que se había quedado profundamente dormido.

Desde su asiento, Mauro envidiaba la facilidad para dormir que siempre había tenido su amigo. Era capaz de echar un sueñecito en cualquier parte: en un coche, en un tren, en un autobús urbano... Una vez, mientras estaban preparando un examen, se durmió en la biblioteca de la facultad apoyando la cabeza en una mano. Jorge aprovechó su letargo para pintarle unos largos bigotes rizados en la punta, como los que llevaba Salvador Dalí, que Robe paseó por la facultad hasta que se los descubrió en el espejo del cuarto de baño. No sabía si a Jorge todavía le gustaba gastar bromas así. Hacía tanto tiempo que no se veían que sintió un pánico repentino: ¿y si en aquellos años Jorge había cambiado? Intentó tranquilizarse: hablaban por teléfono de vez en cuando —cada vez más de vez en cuando, por desgracia— y se escribían con cierta frecuencia, y desde luego su amigo parecía la misma persona: alegre, despreocupado, feliz. Era lógico. Todo le había ido bien en la vida.

O casi todo. Por supuesto, estaba el accidente ocurrido ocho años atrás. El coche en el que Jorge viajaba con su pareja se había salido de la carretera en una noche de lluvia. Jorge se rompió una pierna y se hizo un corte en la cara para el que necesitó cirugía. Su novio —Rubén, creía recordar que se llamaba— murió. Fue Robe quien llamó para contárselo. Había volado a París en cuanto supo que Jorge estaba en el hospital, y desde allí tranquilizó a todos, no era nada grave: dos clavos en la rodilla, una escayola, algo de rehabilitación y veinticinco puntos de sutura cosidos por el mejor cirujano plástico de Francia. Cuando les comunicó que el otro pasajero había fallecido, Robe añadió una frase que cualquiera habría considerado monstruosa: «Muerto el perro, se acabó la rabia». Era difícil entender el alcance de aquella sentencia. Aquel chico, Rubén, había convertido en un infierno la vida de Jorge. Le hizo contraer deudas desmadradas de las que tuvieron que hacerse cargo los padres de su amigo para que él no lo perdiera todo y, según Robe, lo trataba a patadas delante de la gente: «Imagina lo que hará cuando no hay nadie delante». El propio Robe había intentado por todos los medios que Jorge pusiese fin a aquella relación enfermiza, pero no había forma de hacerle entrar en razón. La sola idea de plantearse la vida sin aquel miserable le hacía derrumbarse. Sí, por duro que resultase, aquella noche de lluvia, aquel volantazo a destiempo había resultado providencial. Hubo un juicio, claro. Jorge iba conduciendo. Por suerte, dio negativo en el control de alcoholemia —en aquella época bebía más de lo aconsejable— y la velocidad del coche no era excesiva. Los peritos dijeron que el auto había derrapado por culpa de la lluvia. Fue exculpado, y la compañía de seguros se encargó de la indemnización por la muerte de Rubén. Parte de ella la cobró una chiquilla de veinte años con la que nadie, ni siquiera Jorge, sabía que estaba casado. En cuanto a él, tuvo que hacer una dura rehabilitación de su pierna y someterse a dos operaciones para que la cicatriz de la frente quedase convertida en un hilo casi invisible que muy bien podía confundirse con una arruga. En cuanto a lo demás, es difícil saber a ciencia cierta las cicatrices que quedan por ahí dentro, en el corazón, en la conciencia, en el alma. Jorge había querido mucho a aquel chico. Sí, seguramente el tal Rubén era la peor persona del mundo —eso aseguraba Robe, el único que había llegado a conocerlo un poco—, pero también se puede amar a los monstruos. Y no solo había muerto, sino que Jorge era el culpable colateral de su desaparición.

Mauro, que nunca había hablado mucho de aquel accidente, ni siquiera con Robe, se preguntaba si el hecho de haber superado por completo aquel episodio no era prueba de una frivolidad excesiva por parte de su antiguo camarada. Llevaba mucho tiempo sin pensar en ello, pero la inminencia del encuentro provocaba sobre sus recuerdos un efecto de fuelle y los había avivado. Molesto, intentó desviar su atención. La idea de que Jorge tenía cierta responsabilidad en la muerte de una persona no era algo en lo que quisiera pensar. La azafata pasó de nuevo con el carrito ofreciendo canapés y bebidas. Tuvo que convencer a Isabel de que estaba seguro de no querer beber nada, por mucho que fuese gratis.

En los meses de julio y agosto, el aeropuerto de Marsella bulle de actividad. Mezclados con emigrantes y hombres de negocios, a él llegan buena parte de los viajeros que van a pasar las vacaciones en los refugios carísimos de la Costa Azul, desde Montecarlo a Cap d'Antibes, y no han conseguido un vuelo al más elegante aeropuerto de Niza. En ese sentido, Marsella es un aeródromo casi proletario, una triste alternativa que pone los pelos de punta a los exquisitos huéspedes del hotel Martínez o del Negresco. Por sus pasillos caminan muy deprisa damas enjoyadas y caballeros de aspecto anticuado que procuran no mirar a los turistas de riñonera mezclados con hombres de chilaba y mujeres que lucen su hiyab mientras manejan enormes e incómodos petates atados con cuerdas. Hay niños que lloriquean pidiendo un helado, ancianos agotados por el calor húmedo, cazadores de turistas intentando encontrar pasajeros para los taxis ilegales y chiquillas con uniformes ridículos sonriendo al borde de las lágrimas mientras tratan de que alguien recoja los folletos turísticos que pregonan las bondades de la región con fotos de campos de lavanda y piedras que emergen de un mar cristalino y azul. Hay ruido y gritos y hace calor, y todo el mundo tiene en la cabeza una única cosa: salir de allí cuanto antes.

Mauro, Cecilia, Isabel y Robe avanzaban en medio de aquella modesta Babel de idiomas y gente desorientada que buscaba el autobús con dirección al Vieux Port.

—¿Qué se supone que tenemos que hacer ahora?

—Alguien vendrá a recogernos y nos llevará a Marsella. Jorge se reunirá con nosotros para comer, él viene en tren desde París. Pero tenemos que esperar a Lou.

Mauro miraba las pantallas de llegadas.

—Hay un avión de Barcelona que ha aterrizado hace veinte minutos. ¿Es ese el de Lourdes?

—Mierda, no tengo ni idea, teníamos que haber preguntado su número de vuelo… ¿Qué hace Ceci?

Ajena a sus amigos, Cecilia intentaba que su móvil conectase con alguna compañía francesa para llamar a Madrid, pero por alguna razón el aparato se negaba tozudamente a volver a la vida mientras la necesidad de tener noticias de Selim le daba dolorosas patadas en la boca del estómago. Roberto tardó unos segundos en entender por qué su amiga apretaba las teclas de su terminal sin orden ni concierto.

—Prueba con el mío, yo tengo línea.

Cecilia sintió que la rescataban de un naufragio.

—¿No te importa? Es solo un segundo…

—Tranquila…

Pero ella no parecía muy dispuesta a tranquilizarse. Se abalanzó sobre el móvil de Robe como un alcohólico lo hubiese hecho sobre un vaso de vino tras un día de abstinencia. Mientras ella marcaba el número a punto de hiperventilar, Roberto se preguntó si Cecilia iba a pasarse los tres días histéricamente pendiente de la cobertura telefónica. Su amiga mantuvo una conversación breve en la que fingió que llamaba para tranquilizar a su hermana con respecto a su viaje.

—Gracias.

—Pídemelo cuando quieras. ¿Todo bien por casa?

Ella le dirigió una mirada agradecida.

—Sí. En realidad…, ¡oh, mira, por ahí viene! ¡¡¡Lou!!!

Lourdes. Pantalón blanco, blusa de un lánguido color melocotón, bolso carísimo, alpargatas de cuña seguramente tan caras como el bolso. El pelo oscuro, domesticado en un corte de esos que cuestan doscientos euros. Al verla, lo primero que pensó Isabel fue que había engordado. Sí, Lourdes ya no era aquella libélula de cintura estrecha que la miraba de arriba abajo con un punto de desprecio. A pesar de todo, había que reconocer que estaba guapa, pero ni de broma podía meterse en una talla 36, que era una posibilidad que torturaba a Isabel desde que empezaron a preparar el viaje y comenzó a encontrarse más vulgar que nunca con su vestido pasado de moda y su evidente sobrepeso. Se miró de refilón en un cristal: su generosa talla de sujetador, que había sido uno de sus atractivos durante la juventud, resultaba desmesurada, quizá a consecuencia del excesivo tamaño de sus caderas. Pero, claro, había parido tres veces... y le gustaba comer. Menos mal que Lourdes ya no parecía una sílfide...

—Hola, hola, hola, hola...

Lou llevaba en la mano un canotier de paja adornado con una pequeña cinta de topos blancos, y los saludó. De pronto, al reparar en Isabel, una especie de sombra cruzó su rostro sonriente y buscó la mirada de Ceci agrandando los ojos en una pregunta muda: «¿Qué está haciendo esta aquí?».

—¡Chicos! Qué alegría veros. —Abrazó efusivamente a Mauro y a Cecilia, y a Robe y a Isabel les dio dos besos protocolarios. Con una sonrisa que no le llegaba a los ojos, se dirigió a quien ella pensaba que era una pieza de sobra en aquella escena—. ¡Isabel! Cuánto tiempo. Qué sorpresa, no sabía que ibas a venir.

—¿Y por qué no iba a hacerlo?

—Por nada..., es solo que me ha sorprendido. —Se volvió a Mauro y fingió tirarle de la nariz—. Haces bien en no dejar solo a este, solo Dios sabe de lo que es capaz... Mauro, estás igual que siempre, no puedo creerlo.

Lou pretendía dejarlo correr, pero Isabel se interpuso entre ella y su gesto de buena voluntad.

—Perdona, me gustaría aclarar lo mío, estoy aquí porque Jorge nos ha invitado a los dos.

—Oh, claro que sí, guapa. —Lourdes se pasó la mano por el cabello. Ahora, con su nuevo corte afrancesado, ese se había convertido en un gesto inútil, pero años atrás era una de sus señas de identidad: aquel golpe con el que atusaba su larga y sedosa melena negra había sido imitado con éxito desigual por todas sus compañeras de clase—. Y me alegro mucho de verte, es solo que no esperaba encontrarte aquí.

Isabel se volvió hacia Mauro como aguardando alguna reacción por su parte, pero él se había separado un poco para comprobar los mensajes del móvil y parecía no haber escuchado aquel intercambio tan poco agradable.

—De todas formas, si molesto me lo decís y ahora mismo cojo otro avión de regreso.

Isabel se sintió satisfecha de esa frase, que le pareció muy propia de su recién inaugurado cosmopolitismo. Solo deseó que nadie quisiese verle las cartas tras el farol: si, en efecto, tenía que tomar otro vuelo para volver a casa, no sabría ni por dónde empezar a gestionarlo. Se dijo que a buen seguro aquella zorra de Lourdes y la propia Cecilia eran avezadas viajeras capaces de encontrar una plaza de avión en cuestión de minutos, pero ella estaba mucho menos acostumbrada a andar por el mundo.

—¡Isabel! No exageres, mujer. —Robe le dio un achuchón que pretendía ser cariñoso y, ante la rigidez de ella, se quedó en un gesto torpe—. Estamos encantados de que hayas venido.

—Claro —añadió Cecilia—. Cuantos más seamos, mejor.

La frase era una estupidez, pero por alguna razón obró el efecto deseado.

—Está bien. ¿Podéis esperar un momento? Tengo que ir al tocador.

Ceci y Lourdes se miraron una décima de segundo. El tocador. Claro.

—Ve, ve, no hay prisa, el conductor aún no ha llegado.

Mauro se había incorporado al final de la conversación. En cuanto Isabel se alejó, dedicó a Lourdes una mirada resentida.

—Te has pasado un poco, ¿no?

—¿Que me he pasado? ¿Por qué? Simplemente, no esperaba encontrarla en Marsella y se lo he comentado. Y, por cierto, y ahora que no está, dicho sea con el mayor de los respetos, no sé qué coño pinta aquí tu mujer. Esta es una reunión de viejos amigos, ¿no? Que yo sepa, ella no es amiga nuestra.

Mauro meneó la cabeza.

—Eso es bien cierto. Y no porque yo no lo haya intentado. En cuanto a traerla... Mira, Lou, Isabel y yo solemos hacer todo juntos, ¿de acuerdo? De modo que digamos que viene en el lote. Hay parejas que funcionan así.

Lourdes enarcó las cejas. A pesar de su bonito bronceado, Cecilia se dio cuenta de que su amiga se había ruborizado levemente, y deseó que Mauro no hubiese apuntado con tanta pericia al mismo centro de una de las pocas cosas que de verdad le dolían a Lourdes: el fracaso de su matrimonio.

—Ya. No como otras, ¿verdad?

—¿Perdona?

—Oh, déjalo, Mauro. Te ha quedado muy bien, así que no intentes arreglarlo.

Cecilia pensó que era el momento de intervenir.

—Chicos..., ¿podemos..., eh..., comportarnos?

Lo habría dejado ahí, pero a Robe siempre le había gustado hacer el papel conciliador. Así que decidió continuar lo que Cecilia había empezado. De haber aterrizado en un conflicto bélico, habría arrebatado su casco azul al comandante en jefe de las tropas de la ONU para agitar el primero una bandera blanca.

—Sí, sería estupendo. Y de eso quería que hablásemos antes de empezar el fin de semana. Dadas las circunstancias, deberíamos intentar que no haya malos rollos. Jorge está enfermo y nos necesita. Os pido que eso sea lo único que tengáis en la cabeza durante estos días. Cualquier cosa que haya pasado en estos años no...

—«Cualquier cosa que haya pasado en estos años» —Lourdes imitó sorprendentemente bien el tono de voz de Robe—. Deja de pontificar, ¿quieres? Creo que todos sabremos estar a la altura de las circunstancias sin que vengas tú a marcarnos el camino. No somos bestias salvajes.

—Yo solo...

—Sé bien de qué va esto, gracias. Todos lo sabemos. Jorge nos invita porque quiere morirse haciéndose la ilusión de que nos ha reconciliado. Muy bien, pues permitámoslo. Después de todo, ¿qué más da ya? Hace diez años que cada uno de nosotros va a su aire. Pero, si el último deseo de mi amigo es que volvamos a ser la pandilla feliz durante cuarenta y ocho putas horas, no seré yo quien estropee la función.

—Yo tampoco quiero líos —dijo Cecilia—. He dejado a mi hijo por primera vez en cuatro años, y desde luego no es para tirarme de los pelos con vosotros en un pueblo que no sé ni por dónde está.

Se hizo el silencio, y entonces se miraron intentando encontrar los unos en los otros el rastro de las personas que habían sido. Y cada cual a su manera sintió por los demás un ramalazo de ternura. Al fin y al cabo, allí estaban, casi treinta años después de su primer encuentro, a punto de realizar el que sería, quizá, el fin de semana más raro de sus vidas. Robe les dirigió a todos una sonrisa solar y se convirtió por unos segundos en el Roberto de hace tiempo. De hace un siglo, se dijo Lourdes. De hace así como mil años.

—Escuchad. Y si intentamos..., no sé, pasarlo bien. Vamos a la Provenza, no a la tundra siberiana. Y el hotel de Valva es..., bueno, yo diría que al menos parece espectacular. Si nos divertíamos hace veinticinco años, no sé por qué no vamos a hacerlo ahora. Solo necesitamos un poco de buena voluntad... y, tal vez, olvidar lo mucho que nos cuesta a todos dejar nuestras obligaciones para venir aquí. Vamos, digo yo.

Mauro se encogió ostensiblemente de hombros, y Lourdes y Cecilia se miraron con un mohín. Justo en ese momento Isabel regresó del baño.

—¿Qué pasa?

—Nada, que nos hemos puesto de acuerdo en que vamos a pasar un fin de semana maravilloso porque podemos dejar para otro momento cualquier historia desagradable.

—Pues si todo está claro, en marcha. Ahí hay un tío con un cartel que no deja de mirarnos. Debe de ser el conductor.

Lourdes echó a andar tirando de su enorme maleta. Si algo la tranquilizaba era pensar que, casi con toda seguridad, nunca habría *otro* momento. Acababa de darse cuenta de que, pese a su entusiasmo inicial, reunirse había sido una idea espantosa y, ahora que estaban todos allí, lo único que le apetecía era poner tierra de por medio. Si no lo hacía era solo por Jorge.

—Entonces, Lourdes, ¿a qué se dedica exactamente tu empresa? Mauro me lo ha explicado, pero no consigo entenderlo.

Estaban en un restaurante del puerto viejo de Marsella esperando a Jorge, que había perdido el tren de París y llegaría en el siguiente. Fue él quien sugirió que almorzasen mientras le aguardaban, quien reservó mesa en la terraza de un *bistrot* y quien encargó una colosal bullabesa que todos miraron con aprensión: estaban a treinta grados y aquella sopa humeante se les antojaba una amenaza. Pero solo hacía media hora que se habían comprometido a eludir cualquier hostilidad, así que nadie dijo nada, como si tomarse aquel plato de caldo hirviendo formase parte del pacto de no agresión que acababan de firmar.

—Bueno, es una especie de agencia *on-line* de viajes personalizados. Organizamos las vacaciones de la gente según sus gustos. Rellenan un formulario con sus preferencias y nosotros les hacemos propuestas.

Lourdes lo había resumido mucho —en parte por modestia y en parte porque estaba harta de hablar de su trabajo a gente incapaz de entender en qué consistía—, pero elmundoatuspies.com era mucho más que eso. Llevaba ocho años ideando vacaciones de ensueño para gente que podía permitirse pagar por tener lo que algunas revistas habían calificado como «un *personal shopper* del turismo de lujo». La empresa de Lou reservaba hoteles diminutos, proponía recorridos inverosímiles, organizaba rutas de zapaterías, de bares, de cafés con historia, y hasta de cementerios. Elmundoatuspies.com localizaba celebridades para los mitómanos, tiendas únicas para los caprichosos o restaurantes veganos para los adeptos a ese tipo de comida. Podía conseguir entradas para el estreno de una obra de teatro alternativa o invitaciones para un desfile en la Semana de la Moda de Nueva York. Pero, sobre todo, distribuía el tiempo de los viajeros de acuerdo con sus gustos y no con los estándares de las guías de viaje.

El servicio tenía dos modalidades, la sencilla —que se limitaba a sugerir una serie de rutas y planes según las inclinaciones del viajero— y la Premium, que incluía un guía local que tanto podía servir de intérprete como de acompañante para entrar en un club privado y restringidísimo. Los servicios de elmundoatuspies.com se habían convertido en un popular regalo de boda o en el obsequio favorito de los hijos para los padres que celebraban un aniversario de varias décadas e iban a emprender una luna de miel tardía.

—Cuéntame un poco más. —Isabel se servía una segunda ronda de pescado hervido aderezado con aquella *rouille* rojiza que sabía que le iba a dar problemas de digestión durante el resto de la tarde—. Por ejemplo, ¿qué viaje organizarías para mí?

«Un fascinante recorrido por el Sáhara a lomos de un camello, con el agua justa y un grupo de bandidos esperando en el oasis para rebanarte el pescuezo.»

—Depende de adónde quisieras ir y lo que quisieras hacer. —Se sintió muy orgullosa de no añadir «y de lo que quisieras gastarte»: había sido capaz de refrenar su lengua para tener la fiesta en paz—. Por lo general, es el cliente quien nos dice qué destino ha escogido y el tipo de estancia que quiere disfrutar.

—Venga, te voy a poner a prueba, imagina que quiero ir de compras a París. —Palmeó como si se le hubiese ocurrido una idea genial—. Sí, sí, soy una *fashion victim* y..., eh..., quiero conocer París a través de sus tiendas.

Cecilia calculó mentalmente qué posibilidades había de que un coche sin frenos arrollase aquella terraza y se llevase por delante la silla de Isabel. Esas cosas pasan a veces, pensó. Pero no iban a tener tanta suerte. Mientras, Lourdes se mordía el labio superior, un gesto habitual en ella cuando empezaba a impacientarse. También levantó una ceja. Robe se revolvió en su asiento: era señal de que se le había ocurrido una idea malévola.

—Una *fashion victim*..., bueno, déjame pensar. —No lo necesitaba: su último cliente antes de salir de viaje había sido un hombre de negocios que quería regalar a su mujer un fin de semana de tiendas en la capital del Sena, seguramente para hacerse perdonar alguna barrabasada—. En primer lugar, te alojaría en el Ritz de la plaza Vendôme y conseguiría que la dirección del hotel te permitiese ver los apartamentos privados de Coco Chanel, para entrar en ambiente. Luego, un asistente de habla española te recogería con un chófer y harías un recorrido por algunas tiendas míticas: la de Dior en la Avenue Montaigne, la Maison Guerlain en los Campos Elíseos, la de Chanel en la Rue Cambon... En todas te esperaría un responsable de la marca para brindarte una atención personalizada, y todas tus compras serían enviadas a tu habitación del hotel. Tendrías una sesión de belleza en el salón de Carita. Almorzarías en el restaurante del Costes, donde es posible que coincidieras con algún modisto célebre. Por la tarde, asistirías a algún desfile más o menos privado, según la época. Naturalmente, sería mejor hacerlo coincidir con la Semana de la Alta Costura, pero eso ya depende de las fechas. Después una sesión de *shopping* moderna: las tiendas del Marais, Maison Margiela, quizá Maje… Luego tomarías algo en La Perle, que es el bar donde John Galliano labró su desgracia. Y por la noche…, mmm…, bueno, hay un pequeño restaurante en la isla de Saint Louis, L'Orangerie, que es frecuentado por modelos y diseñadores jóvenes. Para terminar, si tuvieses ánimo, habría una botella de champán a tu nombre en el Buddha Bar.

—¿Cuánto cuesta eso?

—¿Mi trabajo, quieres decir? ¿Aparte de los gastos? Unos dos mil euros.

—¿Y hay gente que lo paga?

Lourdes le mostró una sonrisa llena de piedad —la misma que habría dirigido a una cucaracha a punto de ser rociada con insecticida— y se sirvió un poco más de vino.

—Te aseguro que sí.

Decía la verdad. El último año había facturado casi tres millones de euros, y la suya era una empresa con pocos gastos: solo tenía media docena de empleados fijos. En cada ciudad importante contaba con un par de agentes que hacían las gestiones y cuyos servicios se cargaban en cuenta. El resto se resolvía con un teléfono y una agenda de buenos contactos.

—Oye, ¿y cómo te dio por montar algo así? —Isabel parecía dispuesta a que la conversación girase alrededor de elmundoatuspies.com. Había dado una tregua a las porciones de pescado que les habían servido y prestaba toda su atención a las palabras de Lourdes.

—Viví en Londres una temporada y llegué a conocer la ciudad bastante bien. —Había contado tantas veces aquella historia que era como recitar un poema de Bécquer en la función del colegio—. Todo el mundo me pedía que le organizase sus visitas a la ciudad, y cuando me separé pensé que podría convertirse en un negocio.

Cecilia miró a Robe fugazmente. Acababan de entrar en la conversación dos temas espinosos: el divorcio y Londres. Porque Lou se había ido a Inglaterra reclamando el compromiso paterno de financiarle sus estudios de diseño. Consiguió que la admitiesen en la Central Saint Martins, pero no fue capaz de superar el primer curso y tuvo que marcharse. Eso supuso el primer revés en la vida perfecta de Lourdes Balme. Que los profesores de aquella academia prestigiosa y carísima la lanzasen de bruces contra su incapacidad para hacer lo que de verdad quería había sido para ella una verdadera conmoción. Regresó a Madrid con el orgullo por los suelos, avergonzada de sí misma y deseando no haber dicho a todo el mundo que se iba a Londres para desbancar a Alexander McQueen. Por suerte, Robe —con el que había roto antes de levar anclas en dirección a Inglaterra— estaba esperándola. Él la rescató de lo que amenazaba con convertirse en un lastre eterno: las chicas como Lou no están hechas para perder, y ella volvía de la Saint Martins con la conciencia de una derrota sin paliativos. Tenía veinticuatro años y no sabía qué hacer con su vida. Robe le secó las lágrimas y le lamió las heridas. Luego le consiguió un empleo en una galería de arte y tres años después se casó con ella.

Quién iba a decirle que una década más tarde el mismo hombre que la había ayudado a superar su frustración iba a darle un nuevo motivo para sentirse un desecho. Porque así había vivido Lou el naufragio de su matrimonio: como otro fracaso comparable a su expulsión del paraíso de la escuela de diseño.

Cecilia hizo votos para que Isabel no siguiese pidiendo a Lou detalles de la estancia en Londres o —Dios no lo quisiera— de su divorcio. Sabía que Lou sentía suficiente animadversión hacia aquella mujer como para dar una patada a las mejores intenciones e iniciar una trifulca de las buenas. Por suerte, Robe supo cómo cambiar de conversación.

—Por cierto, y antes de que llegue Jorge, ¿qué hacemos con Valva y con Étienne?

—¿Qué quieres decir?

—¿Les contamos que Jorge está enfermo?

Hubo un silencio en el que solo se escuchó el tintineo de la vajilla que recogían en la mesa de al lado. Valva y Étienne. Claro.

Lou fue la primera en contestar:

—Mira, yo creo que ya es bastante con que lo sepamos nosotros. Nos contaste cómo estaban las cosas porque tenías miedo de que no aceptásemos la invitación, pero no hay peligro de que ellos se escaqueen, porque vamos a su casa.

—Además —remachó Cecilia—, Étienne y Valva no necesitan una razón para no ser bordes con los demás, como nos pasa a nosotros.

—Hombre, Ce, dicho así...

—¿Qué? Es verdad. Y ya veis que me incluyo en el lote. Nos hemos convertido en una pandilla de cabrones desagradables, pero Valva y Étienne pertenecen a otra especie, así que no van a montar ningún pollo que pueda dar al traste con el fin de semana.

Mauro, que aún recordaba el ingrato *e-mail* que había recibido de Valvanera cuando Lou y Robe se divorciaron, estuvo a punto de decir que tenía sus dudas de que su amiga no se incluyese en ese paquete de cabrones del que hablaba Cecilia. Pero ahí estaba Étienne, claro. Con su carácter dócil, su bonhomía, su sentido del humor, su linaje intrincado y su encanto natural. Étienne Lescaut, que tenía la facultad de volver respirable cualquier ambiente enrarecido, de poner orden en el caos. Imposible no adorar a un tipo así. Todos lo hacían. Cayeron bajo su influjo del mismo modo que lo había hecho Valva. Tanto que cuando anunciaron su boda todos reconocieron que ellos mismos se habrían casado con Étienne de haber tenido ocasión. Era guapo, guapísimo, y tenía una apostura que a Robe siempre le hacía recordar el retrato de David Lyon pintado por Thomas Lawrence que estaba colgado en el museo Thyssen. Por si fuera poco, era inteligente, simpático y muy rico. Pertenecía a una familia antiquísima que poseía sus propios viñedos en la región de Borgoña, y su apellido daba nombre a un vino carnoso y elegante del que les enviaba cajas en Navidad. Con ese físico espectacular, una cuenta corriente con muchos ceros, un cerebro privilegiado y su título nobiliario que ni siquiera se tomaba muy en serio, nadie podría decir que Étienne Lescaut no era el hombre perfecto.

Él y Valva se habían conocido en Madrid. Étienne, que era padre de dos niños pequeños, acababa de separarse de su primera esposa. Tardaron solo tres meses en anunciar que se iban a vivir juntos. Valva, que se había doctorado con sobresaliente, estaba a punto de obtener su plaza como profesora titular en un departamento de la escuela de Bellas Artes. Renunció a ella como renunció a todo para seguir a Étienne a Lausana, donde él atendía un curso de gestión hotelera. Algo mayor que Val, había estudiado Ingeniería, se había hecho enólogo y tenía la intención de montar un hotel en una antigua propiedad de su aristocrática familia. Vivieron en Suiza hasta que él acabó sus estudios, y luego se fueron a Saint-Rémy, donde Valva se olvidó de sus esculturas y sus planes académicos para aprender a cocinar platos exquisitos y descubrir, ya pasados los treinta, que tenía un talento natural para la cocina. Ya habían inaugurado el hotel cuando se casaron.

La boda fue en Roma, en un *palazzo* de la madre de Étienne, que era italiana y rogó a su hijo y a su futura nuera que transigiesen en casarse lejos de España en nombre de una antigua tradición familiar que Valva sospechó que era una excusa. Cuando los invitados entraron en aquel castillo rodeado de un parque majestuoso con arriates de boj, macizos de flores, árboles centenarios y fuentes que podría haber firmado el mismísimo Bernini —aunque posiblemente serían obra de algún artista local enfermo de entusiasmo por la vegetación en piedra y los grutescos—, entendieron que habían ganado con el cambio.

El día que Valva comunicó al grupo que tendrían que trasladarse a Roma para la ceremonia, Isabel protestó, por supuesto. Habló de los gastos y del trastorno. No todos somos ricos por nuestra casa, dijo. Por suerte, su argumento perdió fuerza cuando Valva contó que la madre de Étienne pensaba alquilar un hotel para alojar a los invitados que se desplazaran desde fuera de Italia. El temido dispendio del que Isabel se quejaba de forma preventiva se redujo a un billete en un vuelo de bajo coste y unas pizzas en el Trastévere la noche que siguió a la boda. El resto fue por cuenta de la suegra italiana de Valva que, separada de su marido, parecía dispuesta a echar la casa por la ventana en la segunda celebración matrimonial de su único hijo. La anterior boda de Étienne había sido en un juzgado de París, y eso era algo que no había superado.

Fue una boda de ensueño. La fiesta en el *palazzo* se prolongó hasta el alba, y los amigos de la novia fueron los últimos en marcharse. Étienne había abierto una botella de champán para que pudiesen hacer un brindis final, ellos con las chaquetas arrugadas, ellas con los zapatos en la mano. Agotados y alegres, se emocionaron cuando Étienne les dio las gracias por haber sido los mejores amigos para Valva, «y haberla convertido en la maravillosa mujer con la que acabo de casarme». Ahora, al pensar en aquella fiesta inolvidable, Ceci se dio cuenta de que esa había sido la última vez que habían estado juntos y felices.

—Entonces estamos de acuerdo, ¿no? —Lou miró a su alrededor y fijó la vista un segundo en cada una de las caras que la observaban—. Ni una palabra a Étienne y a Valva. La verdad, me alegra que alguien pueda tomar este fin de semana como unas verdaderas vacaciones y no como una ocasión para que alguien comparta su sentencia de muerte.

El camarero trajo la cuenta y la dejó justo delante de Isabel.

—¿Nueve euros por una botella de agua mineral? —hipó.

—Isa, estamos en Francia.

—¿Y qué pasa, que aquí no hay gente pobre?

—Sí, pero seguro que no vienen a pedir agua de Evian a una terraza del puerto de Marsella. —Lourdes ni siquiera la miró, y zanjó la discusión cogiendo la cuenta—. De todas formas, voy a pagar yo. Anteayer fue mi cumpleaños.

Robe le dirigió una sonrisa cargada de sorna.

—Es cierto. Lo vi en la sección de «Hoy cumplen años» de *El País.* Por cierto, ya me contarás cómo te las has apañado para cumplir cuarenta y dos cuando todos los demás tenemos cuarenta y cinco.

Ella le dedicó una mirada furibunda mientras tendía al camarero una tarjeta de crédito.

—Eres un capullo. Alguien se habrá hecho un lío con las fechas, no soy tan mema como para quitarme tres años. Qué ganas tienes siempre de tocar los cojones, tío…

Ceci hizo una seña casi imperceptible.

—Si alguien tiene alguna otra cosa desagradable que decir, que aproveche ahora. Por ahí viene Jorge.

Los ojos de todos apuntaron en la dirección que había indicado Cecilia. Jorge, que aún no los había visto, se acercaba por la calle mirando a un lado y a otro para buscar el restaurante en el que había citado a sus amigos. Allí estaba, alto y magnífico, un poco más delgado —tampoco era para tanto, pensó Lou—, luciendo sin complejos unas bermudas de color caqui, alpargatas de un amarillo chillón y una camisa estampada que solo alguien como él podría usar con tanta naturalidad una vez cumplidos los cuarenta. Llevaba un sombrero panamá y unas gafas de sol polarizadas con la montura imitando a una vidriera, y avanzaba despacio por el paseo, consciente de ser el centro de atención, perfectamente cómodo al sentir sobre sí las miradas ajenas.

Nadie dijo nada, como si todos necesitasen unos segundos para observar a su amigo del alma sin ser vistos por él. Jorge los había unido hacía veinticinco años y volvía a hacerlo ahora, aunque fuese a través de un amargo secreto. Durante mucho tiempo fue el muro por el que había ido creciendo, como una hiedra extraordinariamente vigorosa, el afecto que sentían los unos por los otros. Y ahora ese muro estaba próximo a derrumbarse para siempre. Sin decirse nada, sin mirarse siquiera, Robe, Mauro, Lou y Ceci se prometieron a sí mismos que le regalarían un fin de semana inolvidable aunque fuese la última cosa que hicieran en sus vidas.

—¡Eh, Jorge!

Isabel, por supuesto, fue la encargada de quebrar el encanto de aquella espera. Jorge miró hacia allí y, cuando los descubrió, se quitó el sombrero, abrió los brazos y los saludó como un náufrago intentaría llamar la atención de una lancha acercándose a la costa. Lourdes y Cecilia dejaron a la vez sus puestos en la mesa y se precipitaron hacia él, que las acogió en un abrazo protector justo cuando un golpe de viento le arrebató el panamá, que salió volando en dirección al pantalán.

—¡Jorge! ¡Tu sombrero!

—Ni caso, bonita. Tengo otros dos en la maleta. Además, me encanta el efecto conseguido. Qué imagen tan perfecta, mi sombrero arrastrado por el aire sin que yo pueda hacer nada. Es muy Nikita Mijalkov. Venid aquí, preciosidades, y dejad que os vea bien. No puedo creer que estén aquí dos de mis tres chicas favoritas..., qué guapas sois, por todos los dioses...

Las cogió de la cintura y tarareó desafinando la melodía de *Ojos negros*. Lou se enfadó consigo misma por sentir unas ganas terribles de llorar. Avanzaron hacia el grupo sin soltarse.

—¡Mauro!

Se dieron un abrazo largo y silencioso, durante el cual Jorge casi cubrió el cuerpo de su amigo. Mauro había sido siempre el más delgado del grupo, también el más bajo, el menos corpulento.

—¿Cuánto tiempo hace desde...?

—Doce años.

Aquella cifra se quedó suspendida en el aire como un mal augurio. Hubo un segundo de tristeza que todos se negaron a percibir. No, no habría un instante para el desánimo, o al menos no de momento. Robe reclamó su sitio, pero su saludo resultó mucho menos efusivo: al fin y al cabo, él y Jorge se habían visto hacía tres o cuatro meses. La última en acercarse fue Isabel, y lo hizo algo desanimada. Acababa de constatar que, tal y como se temía, iba a ser el verso suelto en aquel grupo. No, Jorge no se alegraba de verla, cosa normal al fin y al cabo. Pensó en cómo habría cundido el desconcierto de haberse lanzado a saludarlo con la alegría de Lou y de Cecilia, y se felicitó por no haberlo hecho. Recordó entonces el motivo que los había llevado allí y se rehízo: Jorge estaba enfermo. No era el momento de pensar en sí misma, así que sacó a paseo toda una ración de buena voluntad.

—Me alegro mucho de verte, Jorge. Gracias por habernos invitado.

—Oh, no, gracias a vosotros por acudir a mi llamada. Fue un impulso, ¿sabéis? Estaba en mi casa y me dije: «Los chicos y yo deberíamos vernos antes de que sea demasiado tarde». Así que hice la reserva en el hotel de Valva y Étienne. Los pobres no tienen ni idea de lo que les espera. Estoy deseando ver sus caras. ¿Habéis terminado de comer? ¿Sí? ¿Alguien quiere algo más? ¿Café, una copa de licor? Aunque será mejor no beber nada ahora, ya habrá tiempo por la noche. Pedid la cuenta, el coche está esperando.

—Ya me he ocupado yo.

—¡LouLou! ¿A qué viene eso?

—Tranquilo —intervino Robe—. Es su cumpleaños. Cuarenta y dos.

Esta vez el sarcasmo de Robe solo recibió de su exmujer una sonrisa rutilante y un pellizco aparentemente amistoso.

Los que nunca habían estado en Marsella —es decir, todos excepto Jorge— se sorprendieron al comprobar que era una ciudad descuidada y sucia, como si hubiese elegido rebelarse contra la belleza del entorno donde se ubicaba. En el Puerto Viejo, centenares de embarcaciones cabeceaban sobre un mar azul y limpio y un puñado de edificios decimonónicos luchaban por reclamar cierta armonía frente a las construcciones desmadradas que aniquilaban el conjunto. Mauro pensó que Marsella era una metáfora de todas las cosas que podrían haber sido, y se estremeció al encontrar una poética similitud entre aquel lugar y su propio grupo. Los miró disimuladamente uno a uno y, aunque encontró en todos algún motivo para avivar las llamas de un afecto extinguido —la sólida sensatez de Cecilia, el ingenio de Lou, la generosidad de Jorge, la perenne sonrisa de Roberto—, ya poco quedaba de los que fueron en otro tiempo, cuando se conocieron en la escuela y formaron aquel grupo envidiable y, por tanto, envidiado. El clásico clan universitario al que muchos desearían ver caer, explotar, disolverse de la mano de la traición. Se preguntó qué pensarían aquellos que se tomaban el trabajo de odiarlos si pudiesen verlos ahora, cada uno por su lado, desperdigados por el mundo, ajenos los unos a las vidas de los otros. Seguramente musitarían: «Ya lo sabía yo», igual que a principios del xix alguien vaticinó que Marsella acabaría convertida en una urbe inarmónica donde nada estaría en su sitio. Se alegró cuando el monovolumen se alejó del centro y enfiló la carretera en dirección a Aviñón. Perdieron de vista el mar y se inició un paseo poco atractivo entre polígonos industriales que dieron paso a pedregales de un áspero color gris, salpicados de pinos redondos y matorrales bajos.

—¿Esto es la Provenza? —Isabel puso voz a la muda decepción de los demás—. Pensé que el paisaje era... de otra forma.

Iba a decir «más bonito», pero por una vez fue prudente.

—Esta zona es horrible, no hay más que piedras y matojos de malas hierbas. Pero la Provenza es muy grande, y el entorno de Saint-Rémy es precioso. En realidad, todo el pueblo lo es, ya veréis cuando lleguemos. Y os prometo que la vista irá mejorando a medida que nos alejemos de Marsella.

Jorge se había sentado junto al conductor y, consciente de su papel de anfitrión, a cada rato giraba la cabeza para hablar con el grupo. Robe viajaba junto a Mauro e Isabel. En el asiento de atrás, Cecilia y Lourdes intentaban ponerse al día, pero cada dos por tres Jorge las interpelaba con algo que las obligaba a echar por tierra la pequeña burbuja que habrían preferido proteger. De pronto Jorge pareció recordar algo y miró solo a Isabel y a Mauro.

—Oye, ¿y cómo está vuestro chico? ¿No ha vuelto a…?

—Nada de nada —se adelantó Isabel y, por primera vez, su sonrisa era relajada y sincera—. Hace tres años que le dieron el alta definitiva. Ya casi ni nos acordamos.

Lourdes, Ceci y Robe se abochornaron por haber olvidado que el pequeño de los hijos de Mauro había estado gravemente enfermo nueve años atrás. Lourdes intentó recordar la causa. Una leucemia, se dijo. En realidad, se trataba de algo bastante más extraño, un tumor de Wilms. Ninguno de los amigos estuvo en primera línea. Ocurrió poco después de haber intercambiado aquella detestable colección de *e-mails*. Quizá, en otras circunstancias, la enfermedad del niño de uno de ellos habría servido para unirlos de nuevo, pero era un momento complicado para todos. Lou intentaba sobrevivir a los últimos rescoldos de la depresión y a su recién estrenada vida en Barcelona. Cecilia tenía sus propios problemas con la enfermedad de su madre. Valva estaba en Francia, y Robe acababa de trasladarse a Nueva York reclamado por un galerista. Desde París, Jorge llamaba de vez en cuando y hacía ofertas de ayuda económica que ni Mauro ni Isabel quisieron aceptar.

Aunque no se lo dijo, a Jorge le molestó que rechazaran su colaboración de forma tan taxativa: ni un «Ya veremos», ni un «Lo tenemos en cuenta», ni «Lo recordaré si cambiamos de opinión». Solo un «No, muchas gracias». Jorge pensaba que era cosa del malentendido orgullo de Isabel, que se negaba a aceptar que cualquier ser humano le hiciese un favor, y le parecía monstruoso que pusiese su cabezonería por delante del bienestar de su hijo. En realidad, no era tan retorcido: Isabel y Mauro tenían una inveterada fe en la sanidad pública y no creían que ningún caro hospital pudiese proporcionarles mejor atención. Tiempo atrás, tal vez Mauro se hubiese tomado el trabajo de explicárselo a su amigo, pero cuando Tomás cayó enfermo ya habían pasado a la etapa de guerra fría, así que no se ocupó de aclarar el equívoco. Además, Mauro no necesitaba el dinero de Jorge ni sus contactos con clínicas de postín. Le habría hecho falta su presencia, su aliento, igual que el de Lourdes, el de Ceci, el de Valva o el de Robe. En las larguísimas noches de hospital, cuando vagaba por aquellas plantas desiertas y envueltas en un silencio pavoroso que solo quebraban los pitidos de los monitores, se decía que las cosas habrían sido un poco más fáciles de haber tenido cerca a sus mejores amigos. Y aunque los mantuvo al tanto de los progresos en el tratamiento del niño y ellos celebraron de verdad cada una de las buenas noticias relacionadas con su recuperación, siempre le dolió haber tenido que pasar por el infierno sin ellos después de tantos años dando plácidos paseos por los cuatro puntos cardinales del paraíso.

—... Y está fenomenal, de maravilla. Mide casi uno ochenta, juega al fútbol y quiere estudiar Historia, que yo no estoy muy convencida de que sea una buena idea elegir esa carrera, ya me dirás tú qué salidas tiene. Bien es verdad que ahora no tiene salidas nada de nada, pero, oye, si por ejemplo hiciera Económicas, pues no sé, podría servirle de ayuda si se queda con la tienda. Claro que igual es hablar por hablar, el futuro nunca está escrito y a saber lo que pasará cuando acabe la carrera, dónde estaremos todos…

—Jorge, ¿qué sabes de Valva y Étienne? —Lourdes sabía que la única forma de acabar con la absurda disertación de Isabel era cambiar de tema—. ¿Hace mucho que no los ves?

—Cuatro o cinco meses. Vinieron un día a París y salimos a cenar.

—Tuvieron más suerte que nosotros —dijo Mauro—. ¿Te acuerdas? La única vez que estuvimos allí fue imposible coincidir contigo.

—¿De verdad? Pues no sé…

—Sí, Jorge, aquella vez, antes de la boda de Valva…, cuando nos tocó un viaje en una especie de sorteo y pasamos en París todo un fin de semana. Tuviste que salir de la ciudad y no nos vimos…

Esta vez Jorge no se volvió para responder.

—Ya recuerdo. —Chasqueó la lengua de un modo muy poco convincente, o eso le pareció a Lou—. Aquella fue una época mala. Viajaba muchísimo, cada vez estaba en un sitio distinto. A saber por dónde andaba cuando vinisteis.

A Mauro le fastidió reconocer que todavía le escocía aquella historia. Él y su mujer habían ganado un sorteo de esos que uno cree que son un fraude y pudieron ir a París con el vuelo y el hotel pagados. A diferencia de Isabel, que no había viajado mucho, Mauro había estado en la ciudad un par de veces, y —aunque, obviamente, no se lo dijo a Isa— su principal aliciente de aquellos dos días era encontrarse con Jorge. Llevaban mucho tiempo sin verse, y además le seducía la perspectiva de citarse precisamente en París. Había imaginado que Jorge los llevaría a ver algunas galerías de arte alternativas, que les haría de cicerone por los barrios de moda y que compartiría con ellos una comida o una cena en algún *bistrot* con encanto. Pero nada de eso ocurrió: Jorge puso vagas excusas para no verse con ellos, y al final dijo que le había surgido un viaje —¿Burdeos?, ¿Lyon?, ¿Bruselas?— que no podía retrasar. Mauro quiso quitarle importancia y fingió no prestar atención a la salmodia de Isabel —«Pues no entiendo que para una vez que venimos no pueda organizarse, vamos, que parece mentira, que hace siglos que no os veis, ya podría haber sacado un rato para nosotros»—, pero la certeza de que Jorge le había dado plantón le amargó el viaje. Y, lo que es peor, recordar aquella anécdota le seguía enojando mucho tiempo después. Sabía que se le pasaría en unos minutos: solo tenía que concentrarse en otra cosa, así que trató de prestar atención al paisaje.

Como Jorge había anunciado, a medida que dejaban atrás Marsella, esta iba volviéndose más y más amable. Ya habían aparecido campos de vides y cultivos de frutales, y las hileras de árboles alargados —álamos, tal vez, o quizá fueran chopos— que se le hacían vagamente familiares gracias a los lienzos de Cézanne. Había girasoles achicharrados que conservaban una parte ínfima de su esplendor, y matas resecas de lavanda y espliego. Pensó que habría sido bonito emprender aquel viaje un par de meses antes, para ver los colores originales de la campiña provenzal, y no aquel espectáculo algo deprimente de verdes agostados y cultivos terrosos. Se volvió hacia Isabel, que a su lado miraba por la ventana con total entusiasmo, como si no encontrase motivos para sentirse defraudada. Alguien cuya experiencia viajera se reducía a una excursión de fin de curso al Algarve, una corta luna de miel en Londres, un par de días en Roma y aquel fin de semana en París no está muy por la labor de frustrarse cuando las cosas no son suficientemente bellas. Mauro sintió un estremecimiento de ternura y buscó su mano, y su mujer apartó la vista de la carretera para mirarlo a los ojos mientras correspondía al apretón.

—Es una pasada, ¿no?

Él le dio un beso breve y algo torpe.

—Sí. En eso estaba pensando. En que es una pasada.

Llevaban una hora en el coche cuando el paisaje empezó a volverse más generoso y más verde. Cruzaron pequeños pueblos a los que se accedía por frondosos bulevares de árboles enormes —plátanos, pensó Cecilia, que gracias a un trabajo colegial de Selim había aprendido a identificar decenas de especies naturales— que se enredaban entre sí hasta formar una singular bóveda vegetal. Cada vez había más flores, y dejaron atrás algunas casas solariegas cubiertas de hiedra y separadas de la carretera por historiadas verjas de hierro. Eran construcciones aparentemente modestas, pero cualquiera que las observara un poco podría evidenciar su solidez, su muda elegancia, el pasado vagamente aristocrático de la casa y hasta de sus moradores: era la recia piedra provenzal suavemente domesticada por las enredaderas y las plantas trepadoras —madreselvas, flores de la pasión, clemátides, glicinas—, como si aquella refinada vestimenta quisiese avisar del carácter de cada residencia, del buen gusto y los posibles de sus dueños. Unos dueños capaces de pagar a alguien dispuesto a subirse a una escalera para mantener en orden y concierto aquellos fastuosos jardines verticales.

Tras dejar atrás el letrero de Saint-Rémy-de-Provence, el vehículo siguió su marcha por las calles ideales de un pueblecito que parecía sacado de una película con final feliz. Jorge dio indicaciones al chófer para llegar al hotel evitando el pequeño laberinto de vías peatonales, hasta que la furgoneta se detuvo en una plaza grande donde había algunas terrazas, una escuela pública y una docena de edificios bajos entre los que destacaba una casona de piedra áspera con los postigos de las ventanas pintados de azul y un porche exterior sombreado por una pérgola florida.

—Ya hemos llegado. Ahí está Les Liserons.

CAPÍTULO DOS

Situada en el distrito de Arlés, al pie del macizo de Les Alpilles y en el departamento de Bouches-du-Rhône, Saint-Rémy es una ciudad adorable y mortalmente aburrida. Sus casi once mil habitantes tratan de aparentar que la sofisticación de sus tiendas, sus acogedores *bistrots* y la limpia elegancia de sus plazas y fachadas resultan suficientes para compensar la falta de incentivos sociales, pero en realidad uno de cada dos se ha tirado de los pelos una tarde invernal de domingo preguntándose qué demonios hace viviendo allí. En verano, la afluencia de turistas metamorfosea un poco el ambiente de tedio: cientos de personas acuden al pueblo en busca de los recuerdos de Van Gogh, se hacen fotos frente a la casa natal de Nostradamus —cosa harto difícil, porque está en una esquina de perspectiva imposible y lo más que puede obtenerse es la imagen de un muro de piedra y un trozo de la placa conmemorativa— y compran manteles al doble de su precio en el mercadillo semanal que, durante cinco horas —ni una más: son muy estrictos en eso—, convierte el lugar en un inmenso zoco. Por lo demás, Saint-Rémy es bonito y pacífico, y sus habitantes tienen la dosis justa de la natural antipatía de los franceses, que parecen llevar en el ADN esa capacidad de resultar distantes.

Les Liserons está en la misma plaza de la República. Es un hotel pequeño y reputado que sale en las revistas especializadas bajo el rótulo de «establecimiento con encanto», «ideal para escapadas románticas» o «paraíso *gourmet*». Abrió sus puertas en 2004, un siglo y medio después de que un Lescaut comprase aquella mansión. Fue un par de años antes de que Gounod se trasladase a la ciudad para escribir una ópera basada en los textos de Frédéric Mistral. Al parecer, el compositor se instaló en una residencia vecina a la casa de los Lescaut. Aunque no consta en los anales de la familia que ninguno de sus miembros fuese aficionado a la música, los Lescaut de la época mantuvieron con Gounod una relación de amistad, de la que da prueba una partitura autografiada que se conserva, con mil cuidados, en la biblioteca de la casa. Unos años después fue François Lescaut quien, por pura cuestión de caridad cristiana —eso argumentó ante su esposa cuando esta le reprochó la compra—, adquirió tres óleos de un pintor de Arlés que hacía una cura de reposo en el cercano hospital de Saint-Paul. A Camille Lescaut nunca le gustaron aquellos cuadritos —dos paisajes provenzales con girasoles y olivos y una vista del claustro del convento tan difuminada que había que amusgar los ojos para distinguir algo—, así que fueron a parar al desván y allí los encontró casi un siglo después el padre de Étienne, a quien había correspondido la mansión de Saint-Rémy como parte del lote de la herencia. Para entonces, ya Vincent van Gogh había pasado a la historia como un genio y no como aquel chiflado que pintaba cosas raras mientras intentaban ajustarle los tornillos en el loquerío del pueblo. Uno de aquellos lienzos seguía en posesión de los Lescaut —el más grande e importante, que presidía el salón de la casa parisina del padre de Étienne tras una pugna más bien desagradable con sus hermanos—, pero los otros dos fueron cedidos al museo de Orsay a cambio de una escandalosa exención impositiva.

Les Liserons estuvo vacía durante mucho tiempo, pero se había conservado en un estado bastante bueno. El patrimonio de su dueño la puso a salvo de la descomposición a pesar de haber estado cerrada a cal y canto durante más de veinte años: Étienne ya era adulto cuando supo que su padre poseía una casona en el corazón de la Provenza a la que no iba nadie desde hacía un par de lustros, aunque se hacían puntuales limpiezas en el interior, de cuando en cuando un jardinero local intentaba poner un poco de paz en el jardín y una vez al año se repasaban las maderas y se repintaba la fachada y las ventanas para que nadie en Saint-Rémy pudiese decir que los Lescaut descuidaban su propiedad. Por lo demás, aquella residencia anticuada y elegante no era un objeto de especial interés.

Cuando Étienne cumplió veinticinco años, le pidió a su padre que le regalase Les Liserons. Ya entonces soñaba con abrir allí su propio negocio de hostelería. Lo hizo cuando conoció a Valva, que en lugar de intentar desviar su interés hacia un destino más apetecible —la alternativa a ser copropietaria de un hotel en un pueblo era convertirse en un personaje de la alta sociedad parisina—, lo animó en su intención. Juntos rehabilitaron la casa hasta convertirla en un pequeño paraíso de ocho dormitorios, todos distintos, algunos con vistas a un jardín donde crecían árboles frutales y arbustos perfumados, y las enredaderas que daban nombre a la propiedad y cubrían los muros encalados en un festival de colores que cambiaba con las estaciones del año. Hicieron construir una pequeña piscina que imitaba un estanque, cambiaron de sitio una fuente de piedra —a Valva siempre le hizo gracia aquella amenazadora cabeza de león soltando por la boca un débil chorro de agua— y plantaron rosales trepadores, jazmines, madreselvas y unas hortensias que, a pesar de los cuidados del jardinero, nunca adquirieron el color azul violento con el que soñaba Étienne.

El interior de la casa, que tenía en sus orígenes una estructura incomprensible —quince dormitorios pequeñísimos y uno desmesuradamente grande, tres salones desproporcionados, una cocina insuficiente—, fue rediseñado por un arquitecto de la zona y decorado por Valva: de la casa inicial apenas quedó nada, salvo una terraza sobre el jardín y el reluciente suelo de nogal que adquirió un nuevo fulgor después de un concienzudo pulido. Además de los ocho dormitorios, acondicionaron un gabinete con chimenea que servía de sala de estar, un salón de lectura cuyas ventanas emplomadas pintaban arabescos de colores en el suelo de madera, una cocina gigantesca y un comedor muy pequeño —no cabían más de quince comensales— para alojar el restaurante. En el jardín, junto a la piscina, la antigua casita de los guardeses (un dormitorio, un cuarto de baño, un salón con cocina americana) se convirtió en el apartamento de Valva y Étienne. Los hijos de él, cuando venían de visita, se quedaban en alguna de las habitaciones del hotel.

Eso había sido un punto de fricción con la exmujer de Étienne, que, dotada de una pensión generosa y otras prebendas y por no saber de qué quejarse, ponía el grito en el cielo cada vez que sus hijos eran «tratados como unos huéspedes vulgares». De haber tenido el menor interés en relacionarse con ella, Valva le hubiese explicado que eso era lo mejor que te podía pasar si entrabas en Les Liserons, pues todo el mundo ensalzaba la atención exquisita que se prodigaba a los clientes.

A Valvanera no le gustaba especialmente Saint-Rémy, pero le gustaba Les Liserons, le gustaba cocinar y le gustaba su marido, y eso parecía bastante para ser feliz. Al principio de su matrimonio, cuando le daba por hacer un breve balance de su vida, se sorprendía de lo distinta que estaba siendo en comparación con cómo la había imaginado alguna vez. Quiso dar clases y seguir esculpiendo, vivir en Madrid —o, en su defecto, en París, en Roma, o en cualquier otra gran ciudad europea—, y había acabado en un pueblo provenzal haciendo ratatouille y perfeccionando el punto de los platos de caza, que se empeñaba en guisar a la española. Se enamoró de Étienne justo cuando su vida empezaba a ponerse en orden, pero no supuso para ella ningún problema decir adiós a lo ya obtenido: renunció a su plaza en la universidad con la misma decisión con la que había metido en cajas los trastos inútiles que no iba a necesitar en su aventura francesa. Aquellos objetos sin valor —libros, algunos adornos, prendas de ropa, útiles de trabajo— habían vivido más de diez años en un trastero, y un buen día le comunicaron que iban a ser destruidos. Ni siquiera hizo el intento de recuperarlos y se limitó a preguntarse si sus efectos personales acabarían en una incineradora o alguien los compraría por cuatro céntimos en una subasta con la esperanza de que aquellos embalajes de cartón escondiesen algún tesoro. Lamentó por anticipado la decepción del comprador: nunca, hasta que conoció a Étienne, había poseído nada que valiese la pena. Era hija única de una familia modesta que había luchado lo indecible para darle una educación superior. Sus padres habían puesto el grito en el cielo cuando les dijo que iba a recibir cursos de cocina para ayudar a su marido en el negocio, y su madre en especial le preguntó si había merecido la pena sacrificarse tanto para acabar ejerciendo de marmitona. Valva no fue capaz de explicarles que desde que conoció a Étienne lo único que le importaba era encontrar una forma de resultarle útil. Si, en vez de un hotel, su marido hubiese tenido una fundición, habría hecho un curso para aprender a soldar. En el fondo, le daba algo de vergüenza reconocer aquella debilidad, esa renuncia a sí misma para seguir a su esposo. Otras lo habían hecho antes, pero esas mujeres —a las que seguía juzgando débiles, sumisas, faltas de carácter— no se parecían a ella ni tampoco a su marido. No, Valva no lo abandonaba todo por un hombre cualquiera, sino por Étienne Lescaut.

Sus padres seguían sin perdonarle del todo que hubiese dejado escapar aquello por lo que habían luchado juntos: la universidad, el futuro académico, una posición intelectual. Conceptos difusos para uno y otra, que apenas habían pasado de los estudios primarios y sin embargo soñaban con ver a su única hija convertida en profesora. Que Valva estuviese casada con un hombre rico de apellido linajudo era un ínfimo premio de consolación: en lugar de enseñar arte, había acabado cocinando para desconocidos, que era lo mismo que hacía su madre en una humilde casa de comidas del extrarradio de Madrid. Para Valva, aquel paralelismo era más bien divertido, pero a sus padres les resultaba frustrante. La certeza de haberlos decepcionado era un leve motivo de disgusto, pero nada más que eso. Cuando se enamoró de Étienne, tuvo claro que él era su verdadero destino. Su pasado, las personas que había conocido, los pequeños éxitos, los hombres a los que prefirió rechazar, se le antojaban parte de un plan para acabar junto a él. Lo había seguido a aquel hotel en un rincón de la Provenza, pero habría sido capaz de instalarse en el infierno si ese era el precio a pagar para estar a su lado. Étienne era su patria, su oficio, su razón de ser. El motivo por el que había aprendido a cocinar y se había olvidado de su familia, de sus amigos y hasta de sus propios objetivos.

Quienes no conocían a aquel francés guapo y distinguido se preguntaban qué demonios tenía Valva en la cabeza para dejarse atrapar así, pero en cuanto cambiaban tres palabras con Étienne Lescaut lo comprendían perfectamente: era, con toda seguridad, el ser más encantador sobre la faz de la tierra. Su único, pequeñísimo defecto, estribaba en haber dicho no a todo aquello que le correspondía por herencia —una casa en el distrito 16, un puesto visible en la sociedad, almuerzos con primeros ministros y reportajes en el *Vanity Fair*— a cambio de un adorable hotel en un rincón de Francia y una existencia anónima, por no hablar de las muchas horas de dedicación a huéspedes desconocidos. Eso era lo que ponía a los pies de su costilla. Su primera mujer no aceptó el trato. Valva sí, y años después de su boda se había convertido en una experta en el arte de lidiar con clientes pesados, hacer confituras caseras, preparar chocolate caliente y despellejar perdices para el almuerzo.

Mientras avanzaban por el jardín, guiados por un Jorge exultante que conocía bien aquel pequeño vergel perfumado, Lourdes recordó que llevaba doce años sin ver a Valva. Doce años sin una foto, aparte de la que salió en una revista de moda dedicada a casas rurales y en la que «la encantadora condesa Lescaut» posaba junto a su marido en un rincón de la cocina de su hotel provenzal. Lourdes había gritado al ver la página y se había apresurado a capturar con el móvil aquella imagen para enviársela a Cecilia de inmediato. Valva estaba preciosa, vestida de blanco, con unas sandalias de cuero y el cabello rubio sobre los hombros —el eficaz trabajo de la estilista— y sonreía mirando a su marido como la imagen misma de la felicidad. La foto de su amiga la alegró misteriosamente. Llamó a Valva aquella misma tarde, y hablaron durante casi una hora con la confianza y el abandono de otro tiempo. Juntas bromearon sobre el efecto que causaría aquella foto en amigos y conocidos, que no acababan de creerse que la prometedora escultora se hubiese exiliado en un pueblecito francés para servir liebre a la cazadora a un montón de *gourmets* estirados. ¿Cuánto tiempo había pasado desde esa última conversación? Demasiado, se dijo, y sintió vértigo al distinguir a Valva al fondo del jardín.

Allí estaba, inclinada sobre lo que parecía una pequeña plantación de hierbas aromáticas. Llevaba una camisa abotonada de color blanco, una falda estampada y larga con algo de vuelo y alpargatas de cuña. El pelo dorado —de un tono, pensó Lou, que permitía disimular las canas perfectamente— estaba recogido en un sencillo pañuelo azul. Estaba ocupada en escardar la tierra con las manos protegidas por unos guantes. A sus pies había una bolsa de tela y dos o tres utensilios de jardinería. De pronto se puso de pie y se quedó de espaldas a ellos, que pudieron comprobar que conservaba la figura de los veinte años. Lourdes sintió el leve puntapié de la envidia: desde lejos, habría podido confundir a Valva con una de sus hijas adolescentes. Se había quedado contemplando la tierra, como ensimismada, durante unos segundos, hasta que Jorge le lanzó un grito:

—¡¡Y aquí tenemos a *madame la comtesse* lista para protagonizar una campaña publicitaria de la Provenza!!

Se giró bruscamente al escuchar aquella voz. Cuando miró hacia donde estaban, haciendo pantalla sobre los ojos para protegerlos del sol, tardó unos segundos en darse cuenta de que eran sus viejos amigos quienes la observaban desde el extremo del jardín, y su boca se abrió en redondo, como la de un niño pequeño. Todos coincidieron en que el tiempo había tratado a Valva milagrosamente bien. Se quitó los guantes y echó a andar hacia el grupo, pero Ceci y Lourdes se adelantaron a los demás.

—¡¡Lou!! ¡¡¡Cecilia!!!

—¡¡¡Valva!!!

Se abrazaron dando saltos, como lo hubieran hecho tres crías. Allí estaban las Tres Gracias veinticinco años después.

—Pero ¿qué estáis haciendo aquí? ¡Robe! ¡Mauro! Ni siquiera puedo creerlo... ¡Oh, Dios, habéis venido todos! ¡Jorge! ¿Esto es cosa tuya?

—Sorpresa sorpresa...

—¡Tendríais que haberme avisado! —Se quitó un poco de tierra que se le había pegado en la frente, y en su lugar quedó un churrete que dio a su cara pecosa el aspecto de la de un golfillo—. ¡Tengo un grupo que llega de París esta tarde, y toda la casa está ocupada! No sé cómo vamos a...

—Oh, sí, claro, el grupo de París. El señor Louis Latour y sus amigos... —Y ante el desconcierto de ella—:

Fui yo quien hizo la reserva. Toda la casa para nosotros, con pensión completa. Un plan perfecto, ¿eh?

Valva colocó las manos sobre sus caderas exiguas y sus brazos delgados y morenos adquirieron el aspecto de las asas de un ánfora. Mauro recordó de pronto que había dibujado muchas veces aquella figura casi de muchacho: el pecho breve, la cintura estrechísima, los brazos nervudos de bailarina, el cuello alto como el tallo de una flor, aquellas piernas largas y atléticas. Eran solo estudios de anatomía que representaban a una mujer sin rostro, pero era muy fácil reconocer a Valva en aquellos carboncillos.

—Pero..., pero no puedo teneros en casa como huéspedes..., yo quiero que seáis mis invitados. Esto es muy embarazoso.

—No seas boba. Además, no hay solución, ya habrás visto que el señor Latour pagó por adelantado. Fui yo quien discurrió todo, así que deja de lado tu mentalidad comercial... y esos remilgos. ¡Ven aquí!

Jorge levantó a Valva cogiéndola por la cintura con tanta facilidad que Isabel comprobó lo que llevaba un rato temiéndose: aquella mujer no pesaba más de cincuenta kilos. ¡Y ella acababa de rebasar los sesenta y cinco! Se hizo el firme propósito de cuidar las comidas durante aquellos días y..., sí, tal vez podría salir a correr por el pueblo. Estaba tan absorta en sus planes para ponerse a dieta que no se dio cuenta de que Jorge había animado al grupo a unirse a su abrazo con Valva, y de pronto se encontró allí, presenciando aquella improvisada melé, aquella unión física tan torpe y tan desorganizada que parecía artificial y a pesar de todo resultaba vivificante y hermosa: los seis amigos reunidos un cuarto de siglo después de su primer encuentro, mientras el aire de la Provenza mecía suavemente las copas de los árboles y mezclaba el olor sofocante de los jazmines y las hierbas aromáticas. Alguien más generoso que Isabel se habría apresurado a sacar una foto de aquel grupo. Ella no. Se quedó allí, fuera de foco, esperando simplemente a que el abrazo se disolviera y todo volviese al lugar donde ella sí tenía sitio.

—Bueno, pues ¡bienvenidos! Dios mío, no puedo creer que haya pasado tanto tiempo. Isabel, dame un beso, espero que hayas traído fotos de tus hijos, porque ni siquiera recuerdo la última vez que Mauro me envió una. Lou, Robe, a las vuestras las he visto en el *e-mail* que mandasteis en navidades. Están preciosas, se parecen a Lou. Y tú, Cee..., tienes que contarme todo del chiquitín. ¿Cuántos años tiene ya? ¡Es estupendo que hayáis venido! Ya era hora de que conocierais la casa, debería enfadarme con todos por no haber venido antes. Vamos dentro, tenemos que repartir las habitaciones.

Robe se paró en seco como recordando algo.

—Oye, ¿y Étienne?

Valva sacudió la cabeza.

—Eso estaba a punto de deciros... ¡No está! Hace un par de días que se fue a Italia con sus hijos. Su madre cumplía los setenta y cinco y se han marchado a una isla perdida para celebrarlo con un montón de parientes de la rama italiana de la familia. ¡Le dará algo cuando sepa que estuvisteis aquí! ¿Veis lo que pasa con las sorpresas? —Se volvió otra vez a Jorge—. Si me hubieses dicho que querías reunirnos a todos, habríamos buscado otra fecha.

—¿Otra fecha? ¿Vas a convencer a tu suegra para que cumpla años en un día distinto? —Jorge recogió la bolsa que descansaba en el suelo, se la echó al hombro y pasó el brazo por la cintura de Valva—. Lo siento mucho por Étienne, pero a quien queremos ver es a ti. Él ni siquiera me cae tan bien como se cree. Vamos dentro, aún no habéis visto la casa… y vais a descubrir que el buen gusto francés es algo más que un mito. ¡Qué bien lo vamos a pasar!

Valva regresó de la recepción con un manojo de llaves mientras el grupo aguardaba, con cierta expectación, el reparto de habitaciones. A Robe le recordó la escena de una excursión escolar.

—Bueno, a ver, supongo que la suite debería ser para Isabel y Mauro… ¿Alguien se opone?

—No —se adelantó Lou—. Y, además, supongo que es hora de que Mauro se quede con el cuarto bueno, sería una forma de justicia poética.

—No entiendo…

Robe soltó una carcajada.

—¡Lisboa! En la excursión de fin de carrera, ¿no os acordáis?

La memoria de todos partió en la misma dirección, y recordaron a la vez aquel viaje y la asignación de cuartos en un piso que alguien les prestaba, que se había convertido en motivo de discusión encarnizada: nadie quería quedarse con un dormitorio diminuto que daba a un maloliente patio interior donde media docena de gatos callejeros se disputaban el botín de los cubos de basura. Lo echaron a suertes y le tocó a Mauro. Nunca había sido muy afortunado con los juegos de azar.

—¡Es verdad! ¿Quién nos había dejado el piso? ¿Unos erasmus de la escuela? Estaba en la Alfama, ¿no? Tenía unas vistas increíbles.

—Sí, sobre todo el cuarto de Mauro.

Se redoblaron las carcajadas. Isabel forzó una sonrisa. Mauro no quiso que lo acompañara en aquel viaje. Nunca entendió que no pintaba nada en aquella escapada universitaria, y fue precisamente entonces cuando Mauro se convenció de que su relación estaba dando sus últimos coletazos. Sí, aquel viaje a Portugal había sido revelador en todos los sentidos. Lo malo fue que la suerte volvió a lanzar los dados en su contra. Nada más regresar a Madrid, ella le comunicó que estaba embarazada.

—Bueno, Mauro. —Jorge le echó un brazo por encima del hombro—. Pues veintidós años después, tu mala pata va a ser compensada con la mejor habitación de Les Liserons. Vamos, Valva, hagamos que el resto compruebe que a nuestro amigo le mereció la pena dormir tres noches oliendo a sardinas pochas.

La suite era digna de un rey. Tenía una cama con un moderno remedo de dosel, un pequeño salón con chimenea y una terraza con vistas a la piscina. Aquella mañana Valva había puesto flores en todos los jarrones, y lo primero que hizo Isabel fue acercarse y buscar el perfume de unas rosas de té. Lou se encontró a sí misma deseando que las flores procediesen de algún invernadero para que no oliesen a nada, y se espantó con su mala idea. «Soy un verdadero bicho», se dijo, y se propuso ser un poco más amable con Isabel, que ya se había vuelto hacia Valva con lágrimas en los ojos.

—Valvanera, es increíble…, es demasiado, de verdad. Nunca había estado en un sitio tan bonito. Mira esas cortinas… Y la chimenea…, ¿se puede encender?

«Estamos a treinta grados, por el amor del cielo.» Lou se dijo que no pronunciar en alto aquella frase era ya una muestra de su buena voluntad con respecto a la mujer de Mauro.

—Claro. —Valva ni se inmutó—. Aunque no sé si tenemos leña…, en verano no nos la traen, pero puedo…

—No, no, era solo una pregunta, por si era de adorno… Unos amigos tienen una chimenea falsa en su casa y te aseguro que da el pego totalmente.

Ante la posibilidad de que la conversación sobre chimeneas se alargase más de la cuenta, Lou propuso seguir con el reparto de alojamientos. Valva asignó a Jorge un dormitorio que ya había ocupado en sus anteriores visitas, a Robe un cuarto con vistas a la plaza («No te preocupes, no es ruidoso») y ya iba a entregar a Lou y a Cecilia sendas habitaciones muy parecidas cuando Ceci hizo la propuesta.

—Oye, ¿y si compartimos cuarto?

Lourdes enarcó una ceja.

—¿Te hace ilusión lavarte los dientes mientras me ducho, escucharme tirar de la cadena y dormir con la luz encendida cuando me quede leyendo?

—Tengo un niño de siete años y viajo con él. A ti al menos no tendré que recordarte que dejes los grifos bien cerrados.

—Pues hecho. Además, será divertido. Si esto es un *revival*, que lo sea en todos los sentidos. Valva, dime que puedes darnos una pieza de dos camas, no pienso aguantar que esta me dé patadas por la noche.

Valva les guiñó un ojo.

—Venid. Es mi habitación preferida, pero no se lo digáis a Isabel.

Las guio hasta la buhardilla. Allí había un cuarto muy grande, con las paredes forradas de tela estilo Liberty, dos sillones de cuero, una *chaise longue* cubierta de cojines y un escritorio de aspecto venerable. Era uno de los pocos muebles originales que quedaban en la casa —la mayoría había sido víctima de los años, la humedad y la polilla—, y Étienne se había empeñado en restaurarlo. Le gustaba creer que Gounod había escrito allí su famosa dedicatoria a la partitura, y Valva se metía con él diciéndole que a buen seguro el compositor había hecho un garabato apoyándose en la pared, pero no les contó aquella anécdota a sus amigas.

—Bueno, pues ya estáis instaladas. ¿Qué queréis hacer? Robe me ha dicho que va a dormir un rato.

—Y supongo que Isabel y Mauro harán lo mismo. Quizá aprovechen para echar un polvo. ¿Creéis que lo siguen haciendo?

—¿Por qué preguntas eso?

—No sé, siempre que veo a una pareja que lleva veinte años junta me pregunto si todavía les apetece follar. Tendré algún trauma, supongo…

Cecilia buscaba algo en su maleta.

—Mira, yo no sé si ahora follan o no follan, y la verdad es que me da exactamente igual. Lo que sé es que Mauro se tiró a Isabel cuando no debía, y por eso estamos aquí a punto de pasar un fin de semana con ella. Esa mujer cada vez me cae peor.

—¡Y a mí! —Lourdes se derrumbó en uno de los sillones de cuero—. Pero me he propuesto ser amable con ella para que haya buen rollito.

—¡Será digno de verse! Lourdes Balme intentando resultar simpática con alguien a quien no traga. ¿Te han hecho una lobotomía o algo así?

—¡Esta sí que es buena! ¡Santa Valvanera puede ser mordaz! ¿Qué fue de mi amiga, la que era incapaz de soltar ni una pulla?

Era cierto. De las tres, Valva era la única que jamás resultaba desagradable, que jamás se enfadaba. Parecía flotar en una especie de calma sobrenatural. Todo en ella resultaba relajante: los ademanes, la sonrisa, aquella voz cristalina que no se alteraba por nada. Solían decir que alguien debería contratarla para dar malas noticias: cualquier cosa, por desagradable que fuese, aparecía inmediatamente atenuada en boca de Valvanera. Y lo bueno es que no era una pose: tenía una capacidad innata para descubrir lo mejor de cada persona, como si pudiese ver el alma de cada uno y encontrar en el fondo un motivo para el aprecio. A Valva nadie le caía mal, y en consecuencia a nadie podía caerle mal Valva. Por eso en la universidad la mandaban a negociar con los profesores la fecha de los exámenes, o a convencer al del taller de reprografía para que se diese prisa en fotocopiar sus apuntes.

Ahora se sentó en la cama y les dirigió una sonrisa.

—Ya no soy tan angelical como queréis recordar. Los años nunca pasan para mejor. Es una pena, pero el tiempo lo estropea todo.

—No lo dirás por ti. —Cecilia revolvía ahora en el bolsillo exterior de su equipaje—. Estás espectacular. Mierda, creo que me he dejado el cargador.

—Eso mismo pensé cuando te vi —dijo Lou—. No sé cómo lo haces, pero estás exactamente igual que hace doce años.

—Valva, devuélvele el cumplido. —Cecilia se había sentado en la cama y maldecía mentalmente su despiste.

Lo del cargador era un problema—. No me sentiré maltratada. Al veros a las dos casi me ha dado vergüenza. De las tres soy, con mucho, la que peor se conserva. Bien es cierto que mi materia prima era bastante peor que la vuestra…

—¡Ceci!

—¿Qué pasa? Es verdad. Fue así desde siempre. Erais más altas, estabais más delgadas y teníais las curvas mucho mejor puestas. A mí siempre me sobraban dos kilos en el culo. Ahora me sobran cuatro, y encima tengo más arrugas que vosotras dos juntas. Estáis bárbaras. Una y otra… Y me alegro por ello, con una que pase de madura a pocha es suficiente.

Lourdes se sentó en la cama.

—Yo tengo que reconocer que hago trampa. —Arrugó su nariz perfecta y luego la levantó en un gesto que sus amigas reconocieron: la famosa nariz de Lou, bonita, pequeña, impertinente, muy capaz de subrayar cualquier gesto de desprecio.

—¿Cómo que trampa?

Se quitó las alpargatas, se frotó un poco los pies —llevaba una cuidada pedicura de color rosa pálido— y cruzó las piernas sobre el asiento, como cuando se sentaba sobre la alfombra de la casa de Jorge.

—Bótox. Sí, no pongáis esa cara. Sé que habíamos dicho que nunca lo haríamos, pero no he podido resistir la tentación. Prefiero confesar voluntariamente. —Se señaló el ceño, y después las comisuras de los labios—. Pinchazos aquí y aquí. Una vez al año desde que cumplí los cuarenta.

Valva y Ceci se precipitaron a la vez sobre su amiga.

—A ver…, caramba, no se te nota nada.

—Está estupendo… Pensé que quedaba peor.

—Y yo, pero no conocéis a Nata. Es un genio. Si queréis os doy el teléfono. Tiene lista de espera.

—No, muchas gracias. —Cecilia volvió a sentarse en la cama—. Primero, no me lo puedo permitir…, y siguen sin gustarme las agujas. Tú, Valva, ni siquiera la escuches: a ti no te hace falta. Coincido con Lou, estás como siempre. Y tú, Lou, sigue cantando, ¿te has hecho algún arreglo más?

Ella asintió cerrando los ojos mientras se llevaba la mano al corazón en un gesto teatral.

—Ajá. Me he levantado el culo y me hice reconstruir el pecho. Pero sin aumentarlo, ¿eh? Digamos que tengo lo mismo que tenía, pero lo han apuntalado para que no se desparrame. Y ahora que ya sabéis la verdad, olvidad lo que he dicho y no se lo contéis a nadie.

—Tu secreto está a salvo. —Cecilia echó una mirada a su alrededor—. Tenías razón, Val, este cuarto es precioso.

—Lo usaban los hijos de Étienne cuando eran pequeños.

—¿Qué edad tienen ya?

—Julien acaba de cumplir diecinueve, y Gaelle tiene dieciocho. Se supone que hemos pasado lo peor. La adolescencia fue terrible, sobre todo la de ella. Gaelle me odia sin reservas, pero también odia a su padre. De hecho, creo que odia a todo el mundo, aunque por su propio bien espero que se le pase en algún momento.

Los hijos de Étienne eran dos chicos educados en carísimas escuelas privadas, incapaces ambos de entender que su padre se hubiese exiliado voluntariamente en un pueblo de la campiña, y menos aún que dedicase su privilegiada mente de ingeniero a hacer funcionar un hotelito. Su ideal de vacaciones era embarcarse en un velero con un puñado de amigos tan ricos y mimados como ellos, o vegetar en el *beach* de alguna playa de la Costa Azul. Solo a regañadientes accedían a pasar una semana al año en Saint-Rémy, y para prolongar el encuentro su padre solía diseñar para ellos un pequeño viaje del que Valva se excluía por iniciativa propia.

—Por eso se han ido a Italia. Si no, ni muertos hubiesen interrumpido el veraneo en Saint-Tropez para ver a su abuela. Su madre los ha criado fatal. —Valva suspiró—. Para ella, todo se reduce a concederles un montón de caprichos… que, por supuesto, paga Étienne. En fin, eso no es cosa mía.

—Pues no. Además, y si te sirve de consuelo, mis hijas también están bastante insoportables últimamente. Ce, aprovecha que tu chico es muy pequeño. Algún día te sacará de quicio. —Lourdes se puso de pie para inspeccionar más a fondo el dormitorio, y se tendió en la *chaise longue*.

—¿Esto es una cama?

—Más o menos. La pusimos por si los niños querían invitar a algún amigo…, creo que nunca trajeron a ninguno. Esto les parecía un lugar para el destierro.

Lourdes se levantó de un salto.

—¡Val, quédate a dormir con nosotras! Yo usaré la *chaise longue*, ya sabéis que me quedo frita en cualquier sitio.

Valva pareció dudar, pero Cecilia se unió a la propuesta.

—¡Valva! ¡Di que sí! Venga, será como aquella vez en Lisboa…

Lourdes dirigió a Valva una sonrisa maliciosa.

—¿Hace falta que os recuerde que «aquella vez en Lisboa» Valva no durmió con nosotras...?

Ella se ruborizó. Cecilia se dijo que así, con el rostro arrebatado, las pecas en la nariz y aquel pañuelo, nadie habría dicho que Valva pasaba de largo de los cuarenta.

—¡Sí que dormí! ¡Fue solo la última noche!

Y regresaron juntas a la Lisboa de 1993. La ciudad, siempre a medio construir, les había parecido encantadora y algo triste, a pesar de que ellos eran felices como nunca. A punto de terminar la carrera, el mundo se abría de par en par ante los seis. La Alfama olía a salitre y a brasas de asado. Cenaban en tabernas de pescadores, bebían vino barato y Robe y Mauro sacaban sus cuadernos de dibujo del bolsillo para pintar a sus guapas amigas mirando el mar, regateando con un vendedor ambulante el precio de alguna baratija, quitándose los zapatos tras aquellos paseos larguísimos que ninguno de ellos había vuelto a dar. Y entonces, la última noche, Valva no volvió al apartamento que compartían: se quedó con un grupo de muchachos lisboetas que conocieron en un bar del Chiado. Había un chico que no les quitaba ojo, y a Valva pareció hacerle gracia. Cuando, ya amaneciendo, entró en la habitación que compartía con Lourdes y Cecilia, Valva tenía los ojos brillantes y la expresión algo ausente. No quiso contar nada, pero eso no suponía ninguna novedad: Valva era una chica misteriosa.

—¿Os acordáis? Mauro y Robe no querían marcharse del bar sin ti. Fue Jorge quien dijo que ya eras mayorcita para saber lo que hacías.

—¡No entiendo cómo no estuvimos preocupadas hasta que volviste! Éramos unos inconscientes, fue una locura dejarte allí sola con media docena de desconocidos. Si lo hace una de mis hijas, te juro que la mato. ¿Qué sería de aquel chico? ¿Cómo se llamaba? Era guapo, ¿no?

Valva las detuvo:

—Eh eh eh…, ni siquiera me acuerdo. Y además, hace un siglo de eso. Ya sabéis, son cosas que se hacen a los veinte…

—¡¡Para no tener que hacerlas a los cuarenta!!

Lou y Ceci lo dijeron a la vez en un coro de triunfo. Aquel era su grito de guerra, y con él habían justificado un montón de insensateces: salir la noche anterior a un examen, beber mucho más de la cuenta, cenar una bandeja de donuts de chocolate, comer galletas de marihuana, regresar de la playa en autoestop, viajar en el maletero de un coche, colarse en una fiesta a la que no las habían invitado…, en fin, toda aquella colección de estupideces que, pensaba Ceci, no tenía ningún deseo de hacer en la vida adulta…, salvo tal vez lo de cenar donuts. De todo lo demás podía prescindir sin pena, a pesar de que entonces estuviese convencida de que la felicidad estaba también en correr un montón de riesgos inútiles.

—Bueno, os dejo instaladas. Tengo que ocuparme de la cena. Sois mis huéspedes, no mis invitadas, así que hay ciertas obligaciones que debo cumplir.

—¡Valva…! —Cecilia fingió un puchero.

—¡No fastidies! ¡Lo estábamos pasando bien!

—Bueno, reservad algo para esta noche. Haremos fiesta de pijamas…

—Y esta vez no volverás de madrugada después de tirarte a un desconocido.

Valva ignoró el comentario.

—La cena se sirve a las ocho. Tenéis un par de horas para hablar mal de quien queráis.

Y cerró la puerta.

En Les Liserons no había demasiado personal. Claire, una chica muy joven, acudía de nueve a dos para recoger el resto de los desayunos y preparar las habitaciones. Si alguien remoloneaba más allá de esa hora —cosa que ocurría en muy raras ocasiones—, la propia Valva se ocupaba de mudar las camas y repasar los baños. Luego, durante el día, Étienne y ella se encargaban de todo, aunque tampoco había gran cosa que hacer. Los huéspedes de Les Liserons solían estar a su aire: tomaban el sol en los bancos del jardín, leían en la biblioteca o daban paseos por el pueblo para comprar conservas artesanas —o eso quería creer que eran— en alguna *épicerie.* El hotel tenía pocos servicios: una cafetera automática colocada estratégicamente en el salón y un mueble bar con botellas variadas y una generosa provisión de hielo. El café era gratuito —lo menos que esperas si te cobran 350 euros por una habitación es que te inviten a un expreso—, y el consumo de bebidas se apuntaba en una hoja, aunque la mayoría de los huéspedes se complacían en escamotear una copa de coñac o un trago de whisky de malta. Ni a Étienne ni a Valva les parecía mal: era parte del juego, una travesura infantil para aquellas parejas de ricos que buscaban en el hotel y en el pueblo una paz que seguramente ni siquiera necesitaban.

Además de Claire, la camarera de planta, y Marie, que ayudaba en el restaurante, en Les Liserons había un pinche de cocina que se encargaba de todas las tareas enojosas: mondar patatas, cortar cebolla, picar ajos, limpiar alcachofas, quitar los hilos a las judías. Cada vez que Valva encargaba a aquel chico que escaldase unos tomates o rallase un montón de zanahorias, se acordaba de su madre, que adoraba cocinar, pero abominaba de todos aquellos trabajos tan poco creativos: «Si fuese rica seguiría cocinando, pero tendría a alguien a quien encargar las tareas más pesadas». Se preguntó qué diría su madre si pudiese conocer a Frédéric, el joven silencioso que era una especie de sombra en la cocina. Después de tres años, aún ignoraba si le caía bien o no. Vivía en el pueblo y no sabía gran cosa de él, salvo que quería ser chef y estaba ahorrando para ir a una escuela especializada. Eso y que era increíblemente veloz pelando patatas.

Cuando bajó a la cocina, Frédéric ya estaba allí y miró el reloj cuando la vio entrar. Valva creyó percibir un mudo reproche en sus ojos. Es verdad, llegaba tarde, pero ¡era la dueña! Si no podía retrasarse, ¿en qué la convertía eso? ¿En alguien como su madre, que era su propio pinche? Sin embargo, se sintió en la obligación de justificarse.

—Los huéspedes... Son unos amigos de la universidad. Ha sido una sorpresa.

—Bien. ¿Hay cambios en la cena?

—No, no los hay. Los aperitivos de siempre, de primero la lubina y de segundo el gallo de corral. De guarnición, ensalada de setas. Y para el postre, la tarta de chocolate en ocho texturas. ¿Tenemos de todo? Pues empecemos. No nos va a sobrar el tiempo.

Le pareció notar otra mirada de reprobación en Frédéric, como si quisiera recordarle que cualquier retraso sería enteramente culpa suya. Decidió no darse por enterada. Aquel chico antipático podía pensar lo que le viniese en gana. Aquella era su cocina. Aquel era su hotel. Sus dominios, su reino.

—Por favor, limpia bien las setas, esta vez traían mucha tierra.

La indicación no era necesaria, pero fue su pequeña victoria. Estaba empezando a preparar una salsa cuando la cabeza de Jorge asomó por la cocina. Frédéric ni siquiera levantó la vista de los hongos que limpiaba a conciencia, pero se preparó para la explosión: a Valva no le gustaba que invadiesen su territorio. Étienne lo sabía, y por eso rara vez aparecía por la cocina. ¿Iba la señora a desatarse en improperios ante aquella aparición impertinente?

Para su sorpresa, Valva se limpió las manos en el delantal y se las tendió al recién llegado.

—El señor Latour..., eres un granuja, me has engañado bien.

—¿No te alegras?

—¡Claro que sí! Ha sido increíble veros a todos juntos. Creo que todavía no me he repuesto de la sorpresa. ¿Cómo demonios se te ocurrió?

Jorge alargó la mano y cogió una cereza.

—Tuve un soplo de inspiración. —Se metió la cereza en la boca y al instante percibió su acidez—. Por los clavos de Cristo, ni siquiera está madura.

—Son para glasear. Culpa tuya por haberla cogido. Además, ni siquiera deberías estar aquí.

Él se apoyó en la pared y la vio inclinarse sobre la cocina.

—Estás muy guapa, Valvanera..., más que el año pasado.

Ella se colocó el pelo detrás de la oreja y suspiró como resignada.

—Será de milagro. ¿Has venido a echarme piropos?

Él se le acercó por detrás y la abrazó brevemente. Frédéric no disimuló su sorpresa. Valva se dijo que el chico estaría pensando en Étienne y estuvo a punto de soltar una carcajada. Qué sabría el pobre Frédéric…

—He venido a ver si necesitabas algo. Ya sabes que se me da mal estar sin hacer nada.

—Eso sí que es una novedad. Te encanta hacer el zángano. Además, ¿crees que voy a solicitar la colaboración de un cliente?

—¡Valva! ¡No soy un cliente!

—Tú no, pero el señor Latour sí. —Se giró y le dio un beso en la mejilla—. Mira, hay algo que podrías hacer por mí. En la panadería de la calle Lafayette me reservan siempre la última hornada para la cena. ¿Podrías recogerla? Son solo unos cuantos bollitos de pan blanco y una hogaza de pan de especias…

—Perfecto. Así me daré una vuelta. —Volvió a abrazarla—. Vuelvo en un rato.

—Jorge…

—¿Qué?

—Gracias. Por traerlos a todos, quiero decir.

Jorge salió de la cocina justo cuando Cecilia bajaba las escaleras.

—¿Tienes un cargador para el iPhone 4? Me he quedado sin batería y tengo que llamar a casa.

—No…

—Voy a preguntarle a Valva, a lo mejor algún cliente se ha dejado uno.

—Valva está liada con la cena, y se pone de mal humor si la interrumpen cuando cocina. Además, los clientes de Les Liserons son todos ricos y no usan artilugios *vintage*. Deberías conseguir otro teléfono, ese que llevas es ya una antigualla. —Y ante el gesto contrariado de Cecilia—: Vamos, ven conmigo. Compraremos otro cargador en algún sitio.

La tienda de electrónica estaba cerrada. Los horarios en Saint-Rémy eran estrictos y ya habían dado las siete. Jorge insistió en que Cecilia usase su propio móvil para comprobar —por cuarta o quinta vez en el día— que Selim estaba bien. Luego fueron juntos a la panadería y recogieron los encargos de Valva.

—Aún falta un rato para la cena. ¿Te apetece tomar algo? Venga, di que sí. Haremos rancho aparte antes de que nos volvamos locos con una conversación a siete durante la cena. Hace siglos que no hablamos tú y yo.

Se sentaron en una terraza en la plaza del Ayuntamiento. Había un par de músicos cantando canciones antiguas acompañados de una guitarra. Jorge pidió dos copas de vino.

—Salud —dijo antes de dar a la suya un sorbo que a Cecilia le pareció demasiado corto.

Llevaba un rato buscando en el rostro de Jorge alguna huella de la enfermedad: una piel apergaminada, una sombra púrpura bajo los ojos, unos labios pálidos. Tras ver morir a su madre, conocía de sobra las señales físicas. Sin embargo, no encontró nada, salvo que quizá no estaba muy bronceado para aquella época del año, y la famosa delgadez sobre la que ya había sido advertida. En la cara de Jorge se marcaban los pómulos como si alguien se hubiese tomado interés en someter sus mejillas al trabajo de un cincel.

—Bueno, Ce, cuéntame algo. ¿Cómo te va?

—Bien. Tengo trabajo. —Se sacudió un poco la melena—. Esa es la frase que te dirá en España todo aquel que no haya caído en desgracia. Podría acuñarse incluso como una nueva herramienta del léxico para definir la resignación, bientengotrabajo.

—Deberías proponerlo en la Academia.

—Tal vez lo haga. El caso es que no me puedo quejar. Los encargos siguen ahí. Eso sí, peor pagados que nunca. Trabajo el doble para ganar poco más de la mitad. Y eso sucede justo ahora que tengo a Selim. Nunca pensé que una cosa tan pequeña pudiese gastar tanto dinero.

—Oye, Ce, si necesitas que te eche una mano, yo…

Cecilia se volvió hacia Jorge, pero la fugacidad de su malestar cedió al fijarse mejor en los kilos que había perdido su amigo.

—Jorge, ¿es posible que pueda hablar contigo de dinero sin que te ofrezcas a hacerme un préstamo? —¿Había sonado muy áspero? No, decididamente no. Era solo un comentario, un comentario hecho a un camarada, pero la desolación pareció instalarse en los ojos de Jorge. En ese momento se dio cuenta de que estaban un poco más hundidos en sus cuencas.

—No quería molestarte, perdona.

Lo cogió del brazo y se apretó contra él.

—¡Ya lo sé! Y no me hagas caso, ya sabes que a veces soy un poco borde. Me va bien. De verdad. Tengo una casa preciosa, que, por cierto, conocerías si vinieses un poco más por Madrid…

Él sonrió. No era una sonrisa triste.

—Bueno, tal vez lo haga pronto. —Se quedó callado un segundo—. Iba a contarte algo, pero mejor esperamos a que estén todos durante la cena.

Cecilia sintió un pellizco en el estómago. Le daría algo si Jorge le anticipaba la mala noticia. No, no estaba preparada en absoluto para… para manejar ella sola todo el potencial destructivo de aquella novedad. Sería mucho mejor dejar que estallase la bomba estando todos juntos y tomarse de la mano para sentir el efecto devastador de la onda expansiva. Por suerte, Jorge parecía tener muy claro cuál iba a ser el momento de sincerarse.

—Bien, hablemos de maldades… —propuso él—. Isabel sigue siendo la de siempre, ¿eh?

—Una mosca cojonera. Ay, Jorge, no deberías haberla invitado.

Él chasqueó la lengua varias veces.

—Sabes que en ese caso habría sido imposible que Mauro viniera. Son daños colaterales, así que es mejor no pensar en ello. ¿Cómo encuentras a Valva?

—Guapísima. La odio por ello, parece que no cumple años. Claro que Lou también está estupenda… Ojalá pudiese decir lo mismo de mí. Creo que me he abandonado un poco desde la última vez. Pero es que ahora, con el niño…

—Por favor, no me digas que ser madre es incompatible con cuidarse. No sería digno de ti.

Cecilia se echó a reír.

—Claro que no. Además, no es excusa. No hay más que ver a Lou, y ella tiene dos. Pero yo nunca fui muy coqueta. Y, dicho sea en mi descargo, cuando tienes que preparar la cena de un crío es muy difícil acabar el día con una ensalada. Como macarrones con queso, tortilla de atún y carne con puré de patata para dar buen ejemplo a mi hijo.

—Eso decía mi madre: «Estoy gorda por pena…, por la pena que me da toda la comida que dejáis».

—Por cierto, ¿cómo se encuentra? Sentí mucho lo de tu padre.

Jorge meneó la cabeza. Su padre había muerto seis meses atrás. Era un hombre difícil, pero Cecilia le tenía cariño. Cuando acabaron la carrera, le había conseguido un encargo para decorar con dibujos infantiles la habitación del hijo pequeño de uno de sus amigos ricos. Cecilia vivió tres meses con lo que le pagaron, y eso era suficiente para que le estuviera agradecida de por vida a aquel hombre adusto y algo impenetrable al que nadie conocía demasiado bien.

—Creo que no te he dado las gracias por la carta que le mandaste a mi madre. Era muy bonita, a la familia le encantó. —Bebió un poco de vino y miró a lo lejos, como si estuviese pensando en algo importante—. Es raro, ¿verdad? La orfandad, quiero decir. ¿Cuánto tiempo hace que murió tu madre?

—Nueve años. Dios, es increíble. Casi una década entera. Resulta difícil de creer.

—¿Aún la echas de menos?

Jorge parecía esperar la respuesta con verdadero interés, tanto que Cecilia se dijo que debía sopesar sus palabras.

—En cierta forma. Quiero decir que he asumido que ya no está. No creo que vaya a llamarme por teléfono, ni tengo la sensación de que la distingo por la calle, ni escucho su voz, ni nada de eso. Pero la sigo añorando. No de una forma… absoluta. He organizado mi vida asumiendo que no tengo madre. Pero de vez en cuando me sorprendo lamentando que no esté, no en momentos importantes, sino en cosas pequeñas. Me hace falta cuando dudo entre dos modelos de gafas de sol, cuando veo una película que solo a ella y a mí nos haría gracia o cuando mi hijo dice que no sé preparar las empanadillas y no puedo llamarla para preguntarle cómo hacía la masa. Supongo que suena estúpido, pero es así…

Jorge, que apenas había tocado el vino, se acercó a Ceci y le dio un beso en la sien. Ella notó que se le escapaban las lágrimas, pero no hizo un esfuerzo por contenerlas: tenía una excusa perfecta para llorar, y dejó que su amigo creyese que su emoción venía del recuerdo de su madre. En realidad, estaba llorando por él. Porque sabía que, en un día no lejano, añoraría aquella copa de vino, y el beso fugaz de un amigo querido, y la música anticuada que sonaba en una plaza de pueblo, allí en Saint-Rémy.

El olor a comida fue una de las obsesiones de Étienne Lescaut cuando abrieron Les Liserons. Siendo un hotel tan pequeño y con tanta actividad culinaria, le daba pánico que pudiera filtrarse algún tipo de aroma más allá del recinto sagrado de la cocina. Había conocido demasiados hoteles en los que uno puede reconocer el menú del mediodía nada más llegar a la recepción, y se propuso que al entrar en Les Liserons el huésped tuviese la sensación de haber caído de bruces en medio de la campiña. Lo habían conseguido gracias a un complejo y carísimo sistema de atomizadores que, cada treinta minutos y de forma imperceptible, pulverizaba en lugares estratégicos una nube de notas cítricas —verbena, limón, citronella, hierba luisa— que acompañaba al cliente durante su paseo por las dependencias del hotel y terminaba al entrar en las habitaciones. Allí no podía percibirse nada más que el efluvio de los saquitos de lavanda que Val metía en los armarios y que casi todos los clientes sustraían como recuerdo, igual que se llevaban los jaboncillos del cuarto de baño, los botes de champú y las cajitas de crema de manos con aceite de almendras.

Después de tantos años, Valva había llegado a detestar la mezcla afrutada que parecía seguirla adonde fuera como una parvada de gansos. Solo la cocina le parecía un refugio seguro para tanta esencia, y prefería los vapores de la coliflor cocida o las anchoas en salmuera a aquella mezcla para quisquillosos que arrugaban la nariz ante el olor honesto del pescado fresco, las verduras encurtidas o el ajo picado. De buena gana se habría encastillado allí, junto a los fogones, las perolas y toda la sofisticada colección de ingenios culinarios que había ido comprando cuando ni siquiera sabía muy bien para qué valían. La primera vez que vio un soplete de cocina le entró pánico: sabía guisar, por supuesto, pero todo aquel arsenal de artilugios que el profesor consideraba indispensable para el chef se le antojaban tan complejos como un acelerador de partículas. Ahora miraba sus mezcladores ultrarrápidos, su colección de cuchillos, su máquina deshidratadora o la de ahumar, sus sifones y sus mandolinas con el mismo orgullo con el que otros admiran los trofeos deportivos o las piezas cobradas tras un fructífero día de caza: eran el símbolo del aprendizaje concluido, del doctorado, de la superación de la inseguridad inicial, cuando pensaba que cocinar consistía en hacer carne mechada y salsa de pesto para tallarines.

Sí, la cocina era su refugio, su sanctasanctórum, su vía de escape. Y aquella noche, mientras daba los últimos toques a la cena que había preparado para sus amigos —sus mejores amigos, quizá los únicos que tenía—, se dijo que de buena gana volvería allí después de servirles cada plato. Había sido un placer cocinar para Jorge y los demás, pero la perspectiva de compartir la cena con la consiguiente sobremesa le causaba una profunda inquietud. Tanta que había propuesto que cenasen solos mientras ella los atendía, pero recibió media docena de miradas incrédulas seguidas de una carcajada unánime que dejó claro que pensaban que estaba de broma. Valva fingió reírse también, y reconoció ante sí misma lo descabellado de su sugerencia. Pero ahora que se encaminaba a la terraza con la bandeja de aperitivos pensó que sería maravilloso dejar aquellas exquisiteces en la mesa, susurrar «Bon appétit» y retirarse hasta el momento de servir el primer plato.

—¡Qué buena pinta tiene eso, Valva! ¿Podemos empezar? Estoy que me muero de hambre…

—Faltan Robe y Lou, ¿no?

Robe entró en la terraza justo en ese momento y silbó al ver la bandeja de canapés. Ni siquiera se fijó en sus ingredientes —pequeños recipientes rellenos de algo que no pudo identificar pero olía deliciosamente— porque, en su ejercicio de buena voluntad, estaba tan decidido a aplaudir cada cosa que pasara aquella noche que habría saludado con vítores la aparición de un bocadillo de chorizo o una simple rebanada de pan con mantequilla. Se había puesto unos pantalones chinos color crema, una camisa blanca arremangada y unos mocasines de piel que parecían recién comprados y en los que Mauro no pudo evitar fijarse. Él llevaba unos vaqueros, una camiseta y unas zapatillas deportivas, y de pronto se preguntó si no iría demasiado informal. Por suerte, Valva lucía un sencillo vestido de cuadros Vichy con bailarinas azules. Claro que ella estaba entrando y saliendo de la cocina... Lamentó no haber hecho caso a su instinto para meter en la maleta unos pantalones oscuros y alguna camisa. Había olvidado que al lado de Robe, no digamos ya de Jorge, él resultaba espantosamente vulgar. Y llevar zapatos de deporte y unos vaqueros baratos no ayudaba demasiado a mejorar el conjunto.

—Tengo mucha hambre —repitió Ce—. Ah, aquí llega la que faltaba...

Lou hizo una aparición estelar. Se había puesto un pantalón negro de pinzas con una sencilla camiseta de algodón negra también, y sobre el cuello de esta un impresionante collar de bisutería cara. Calzaba unas sandalias de piel con aplicaciones doradas, y en conjunto resultaba imponente. Se vio en un espejo y pensó si no se habría pasado un poco. Daba la impresión de que quería dar una lección a alguien, pero no tenía intención de apabullar a nadie, o al menos no de forma consciente. Estuvo a punto de arrancarse el collar para tratar de arreglarlo, pero Jorge ya la había visto.

—¡Dios salve a la reina del *décalage*! Lou, estás deslumbrante. Deberías venir conmigo a París y hacer que aprendan un par de cosas.

—Me gustaría decir que me he puesto lo primero que he encontrado, pero sería mentira.

—El collar es precioso —musitó Isabel, que llevaba un vestido holgado con un lazo incomprensible en la parte delantera.

—Es de los chinos —dijo Lou.

Isabel no supo cómo interpretar la respuesta. ¿Qué había querido decir? ¿Que el collar estaba a su alcance? ¿Que solo ella era capaz de resultar arrebatadora con piezas del todo a cien? ¿O sencillamente pretendía quitar importancia a su aspecto? Recordó la necesidad de evitar cualquier conflicto y se decidió por creer esto último.

—Bueno, sea lo que sea, estás guapísima.

—¿Alguien quiere una copa de champán? —Jorge, que se había puesto una camisa holgada de seda con un pantalón azul oscuro, hizo saltar el corcho—. Vamos, un Veuve Cliquot para brindar por esta reunioncita de viejos camaradas.

Sirvió copas a todos excepto a Robe, que bebía un vaso de Perrier en el que había deslizado una rodaja de limón y dos o tres hielos, quizá para dar al agua gaseada cierto aspecto festivo.

—¿Y tú, Roberto? ¿No te gusta el champán?

Era mucho pedir que Isabel evitase las preguntas incómodas.

—Sí me gusta, pero no bebo.

—Hombre, pero un día es un día. Aunque sea solo para brindar, ¿no? Un poco nada más...

—Isa, no seas pesada.

—Pero si es por él, Mauro, que se lo va a perder, con lo rico que está. No creo que por una copita se...

—Soy alcohólico. —Robe hizo su confesión con la naturalidad de la costumbre. Al principio le daba un poco de vergüenza reconocer sus miserias en público, pero ahora se diría que disfrutaba dejando caer su particular bomba de megatones. Cuando rechazaba una copa con esa frase se quedaba esperando la reacción de la gente.

Unos cambiaban de conversación, o decían algo tan idiota como «Oh, claro, ya veo». Otros se deshacían en disculpas que a veces se prolongaban mucho más de lo necesario. Todos, desde luego, quedaban igualmente fastidiados y corridos por haber obligado a alguien a caer en lo que consideraban una tremenda humillación sin pensar en que para Robe no lo era en absoluto. Se sentía tan cómodo al reconocer su alcoholismo como al decir que era pintor cuando un desconocido le preguntaba por su profesión. Isabel se puso colorada hasta la raíz del pelo.

—Perdona, Roberto, qué metedura de pata, lo siento de verdad. —Se volvió con fiereza hacia Mauro—. Y tú ya pudiste comentarme algo, que menudo corte me he llevado.

Mauro elevó los ojos al cielo. Ignoraba hasta dónde habían llegado los problemas de Robe con la bebida, y, en cualquier caso, no era algo de lo que le apeteciese hablar con su mujer. Por suerte, el propio Robe acudió en su auxilio.

—Mauro no sabía que he dejado de beber, ni tampoco que antes de hacerlo me pasé bastante de la raya. Venga, olvidaos de mí y disfrutad de la copa, vosotros que podéis.

Bebieron en silencio. Solo Lourdes y Jorge sabían que Roberto había abandonado su afición por el alcohol. Ninguno de los dos había creído en su intención de romper aquel larguísimo noviazgo con la bebida, pero se equivocaron: Robe iba en serio, y llevaba tres años sin probar una gota de nada que tuviese graduación. Aunque celebraban su fuerza de voluntad, ni Jorge ni Lourdes podían suponer la feroz lucha que se libraba en el interior de Robe cada vez que alguien servía en su presencia una copa de vino, un *gin-tonic* o una miserable caña de cerveza. Un minuto antes, al escuchar el alegre cañonazo del corcho, se dijo que daría casi cualquier cosa por coger por el gollete la botella de champán y trasegar a morro hasta la última gota. Pero no lo haría. Al menos, no aquella noche. Así funcionaba: no pensando en no beber nunca más, sino en no beber hoy. Y la cosa no iba mal.

—Bueno, os canto los aperitivos: ostras y berberechos con agridulce de pimentón; centolla asada con mayonesa de wasabi y erizos de mar, y jurel sobre tartar de verduras y los primeros guisantes.

La conversación giró en torno a los aperitivos. Cecilia quiso saber cómo se preparaba la mayonesa de wasabi, y Val se extendió explicando la dificultad de calcular bien el punto del wasabi para que el picante no anulase el sabor de la centolla. Isabel repitió media docena de veces que nunca había probado los erizos de mar y que estaban exquisitos. Mauro elogió el champán, Robe aseguró que los berberechos y las ostras eran una delicia. Lou no dijo nada, pero tanta amabilidad empezaba a ponerle los pelos de punta. ¿Serían capaces de mantener aquella compostura cursilona todo el fin de semana? Suspiró añorando aquel tiempo en que volaban los puñales y podían discutir con pasión sobre las cosas más absurdas, tirarse pullas y reírse de las bromas punzantes que se gastaban unos a otros. Era divertido poder tratarse así, intercambiar chanzas que no resultaban crueles porque todos sabían que flotaban sobre una cremosa capa de afecto.

—¿Sabéis de qué me estoy acordando? De aquella vez que fuimos al Rastro…

—¿Cuándo exactamente? Íbamos mucho por allí.

—El día que compré aquel famoso plato de porcelana.

Concedieron unos segundos a la memoria, y enseguida empezaron a reírse. Isabel, que estaba paladeando los últimos restos de centolla, dirigió a Mauro una mirada de interrogación. Él le contó que en una visita al Rastro Lourdes había adquirido lo que se suponía que era una pequeña bandeja de loza antigua. Tras la mañana de compras habían ido a comer sardinas a una taberna de la zona, y allí Jorge se había empeñado en ver de cerca el botín de Lou, porque estaba seguro de que la habían timado.

—¡Y Lou no se lo quería enseñar!

—¡Porque os estabais poniendo todos muy pesados! Yo estaba tan contenta con mi plato, y vosotros venga a decir que me habían colocado una maula…

—Pero es que era una maula. —Jorge abrió la segunda botella de champán y siguió la explicación mirando a Isabel—: Empecé a rascar con la uña la parte de atrás y la pintura se caía a trozos porque aquel chisme era más falso que Judas.

—Pero cuéntalo todo… Mientras tú quitabas la pintura, los demás se partían de risa mientras me llamaban tonta del bote.

—¡Mauro te dijo que tenía en su casa un orinal de la dinastía Ming y que estaba dispuesto a vendértelo a buen precio!

—El dichoso plato y mi poca vista fueron el tema de conversación de la comida. Al final me hicieron perder los estribos.

En efecto, Lourdes acabó arrebatando la bandejita de las manos de Jorge y estrellándola contra el suelo del local. Luego recogieron los pedazos, terminaron de comer las sardinas y fueron en comandita al puesto de venta a exigir la devolución del dinero.

—Pero no te vayas a creer que el tipo se arrugó, no. Se puso a gritar como un loco y a decir que no aceptaba mercancía defectuosa. —Valva empezó a retirar los restos de los entrantes—. Y ¿qué dirás que se le ocurrió a Jorge? ¡Se hizo pasar por un alto cargo del Ayuntamiento! Le dijo que se iba a encargar de que le clausuraran el negocio por estafa.

—Todavía no entiendo cómo aquel tipo se lo tragó. ¿Qué edad teníamos? ¿Veintiuno?

—Se lo tragó porque aquel día ibas vestido como un inspector de Hacienda. —Lourdes aceptó una segunda copa de champán—. ¿Sabes que de vez en cuando hacíamos apuestas sobre qué te pondrías? Nunca sabíamos con qué nos ibas a sorprender.

Fue la señal para que todos empezaran a recordar los momentos estelares del armario de Jorge: el día que apareció en clase con una *shalwar* paquistaní y el profesor le dijo que abandonase el aula hasta la llegada del carnaval…, aquellos chalecos indios que se ponía sobre sus impecables camisas de popelín…, los pantalones de colores imposibles combinados con jerséis de cachemir, el *kilt* escocés que usó una vez para salir por la noche… Sus incontables metamorfosis constituían una forma más de señalar que era distinto. Rememorar aquellas anécdotas, reírse de ellas, se les antojaba a la vez un alivio y un motivo para la angustia. Porque, por mucho que quisieran, lo que les había llevado allí era algo triste, algo terrible, y cada vez que el corazón se les ensanchaba un poco con ese milagro que llamamos *diversión*, recordaban que Jorge estaba enfermo y era como si todo se desinflara otra vez.

—No admito críticas sobre mi indumentaria. Ya entonces era un árbitro del estilo. —Se volvió hacia Valva—. Querida, como siempre, tus aperitivos merecen un premio.

—Y eso me recuerda que es un buen momento para empezar la cena. Entrad y sentaos. Voy a buscar el primer plato.

—Te acompaño. —Jorge se puso de pie de un salto, y a pesar de las protestas de Valva la siguió a la cocina. Se hizo el silencio hasta que estuvieron lejos.

—¿Cuándo nos lo va a decir?

Como siempre, Isabel era la delicadeza en persona. Pero esta vez tenía razón. A todos empezaba a inquietarles la idea de pasar dos jornadas aguardando que Jorge les comunicara lo que ya sabían. Era como pasear plácidamente por un jardín sabiendo que en algún momento se va a desatar un tornado y no habrá forma de ponerse a salvo.

—Bueno, tendremos que dejar que lo decida él, ¿no? Al fin y al cabo, es cosa suya.

—¿Y si pretende esperar al domingo, cuando estemos a punto de marcharnos? —gimió Robe—. No sé si podré soportarlo, la verdad.

—Pues mira, igual es mejor así. —Cecilia se frotó la punta de la nariz, como hacía siempre que algo la ponía nerviosa—. No quiero imaginar cómo transcurrirá el fin de semana una vez que Jorge nos haya contado que está enfermo. Casi prefiero que nos hagamos la ilusión de que todo es normal…

—¿Normal? Ya. Lo que no es normal es esto. —Lourdes abrió los brazos como queriendo abarcar al grupo y les dirigió una mirada amenazadora—. Tirarnos dos días encontrando todo bonito, maravilloso y sensacional, procurando no molestarnos y sonriendo siempre. Es como ir pisando huevos. Eso sí que me parece insoportable. No es sano. Yo…

Una muchacha vigorosa entró en la terraza y les pidió en francés que pasasen al comedor. Marie llevaba puesto un encantador uniforme negro con delantal blanco almidonado y una cofia de encaje. De haber sido la chica un poco más atractiva, pensó Robe, habría incluso algo morboso en aquella indumentaria, pero Marie era alta, rubicunda y fuerte, tenía los pies planos y no había en ella nada ni remotamente sensual. Más bien parecía un sargento, así que los cinco obedecieron dócilmente sus instrucciones y se sentaron a cenar. Jorge apareció empujando una mesita con ruedas seguido de Valva, que llevaba un cestillo con el pan.

—Lubina sobre callos marinos, lengua de vaca y cebollas. Es una de las especialidades de la casa.

Media docena de voces se alzaron a la vez para alabar la elección. Incluso Robe, que detestaba las cebollas igual que el resto de las hortalizas: el estómago ya se le había puesto del revés con el tartar vegetal del aperitivo. Le molestó de una forma casi infantil que Valva no hubiese recordado esa aversión suya, cuando fue uno de los recursos para burlarse de él veinte años antes. Pero no dijo nada y consumió el amargo cáliz con la conciencia de estar haciendo uno más de los muchos sacrificios que para él suponía haber viajado a Saint-Rémy. Debería estar en Madrid pintando, concentrado en su próxima exposición que iba a celebrarse en otoño. Todo el mundo le decía que sería una bomba, y él no lo dudaba. Había llegado demasiado lejos, y el del éxito es un camino de no retorno. Sí, tal vez algún experto le acusase de haber bajado el pistón, de no arriesgar, de haber perdido alma, pero a él no le importaba. Consideraba a los críticos como criaturas anormales: los únicos seres de la creación que van a ver un espectáculo con el insano deseo de que les desagrade. Así pues, despreciaba profundamente cada uno de sus comentarios, aunque su sentido común le impedía manifestarlo, y cuando alguien le preguntaba su opinión sobre la crítica, decía humildemente «Yo hago mi trabajo y ellos hacen el suyo», guardándose muy mucho de añadir: «Y me importa una mierda cómo lo hagan mientras mis cuadros sigan vendiéndose». De eso se trataba: de convencer a galeristas y a compradores, y, estirando mucho la cuerda, a ese sector de la prensa que lo había ayudado a convertirse en una figura del universo cultural. Sí, había llegado al lugar con el que soñaba a los veinte años.

Cuando eran jóvenes, sus amigos le reprochaban que midiese el triunfo solo en magnitudes meridianamente vulgares, como portadas de periódicos, *flashes* de cámaras, una tarjeta de crédito y algunas muestras de envidia ajena. Mauro le decía siempre que había otras cosas, y él preguntaba: ¿cuáles? Para Robe, plantearse que quizá existiera algo más era una forma de preparar el terreno para el fracaso. Si Mauro quería consolarse pensando que lo importante en la vida era el trabajo honrado y no reconocido y cenar sopita de pollo con una familia numerosa, que lo hiciera. Él no era así. Una vez, en una de esas entrevistas largas y tediosas que suceden a una inauguración, un periodista le había pedido que le explicase qué era el éxito, y Robe, que estaba esperando la pregunta, dio la respuesta que había estado ensayando: «El éxito es ganarte la vida haciendo lo que te gusta». Mientras se escuchaba a sí mismo estuvo a punto de darle la risa. Qué absurda era su contestación, por muy satisfecho que el periodista se hubiese quedado —a todos los entrevistadores les gusta constatar que tienen enfrente a alguien aparentemente sensato y modesto capaz de quitar importancia a los logros que le colocan a ese lado de la grabadora—. Pero no podía contestar a aquel chico que el éxito era una American Express Platinum, un billete de primera clase en el bolsillo de una chaqueta carísima, un montón de gente recordándote lo maravilloso que eres y un pobre gilipollas tomando nota de lo que dices (aunque no tenga ningún sentido) mientras te da las gracias por no comportarte como un capullo. Sí, él tenía éxito. Y Jorge, y a su manera también Lourdes. Al mirar a Mauro, a Valva y a Ce, pensó que se cortaría las venas si su vida estuviese condenada a parecerse, aunque solo fuera ligeramente, a la de cualquiera de ellos.

—¿Quieres un poco más de guarnición?

Robe observó la fuente que contenía las cebollas —una pieza preciosa de color crema, seguramente de la casa Meissen, aunque no podía distinguir muy bien el dibujo sin las gafas que se había dejado en la habitación— y sintió que ya había agotado su capacidad de sacrificio.

—No, Val, gracias. Ya sabes que no soy mucho de cosas que crezcan en la tierra...

Ella se dio un golpe en la frente, y de inmediato Robe se arrepintió de la aclaración.

—Robe..., es verdad, no te gustan las verduras..., tendría que haberme acordado, lo siento muchísimo..., el tartar era una bomba.

—Bueno, no le gustan según quién se las sirva. —Lou sonrió, y solo Robe se dio cuenta de que había cargado su mirada con una apreciable dosis de veneno—. Todavía lo estoy viendo atiborrarse de lasaña de verduras en casa de aquella galerista…, ¿cómo se llamaba? Milena, o Selena, o algo así…

Daba igual el nombre. En aquel momento todos recreaban aquella escena delirante: la madre de Jorge había conseguido que los invitasen a una cena de postín, y Robe maniobró hasta sentarse al lado de la anfitriona. Colocarse en la órbita de la persona más influyente pertenecía al tipo de cosas que se le daban bien. El caso es que el plato principal era una especie de torre de vegetales pegados entre sí por una argamasa de ricotta y queso Gruyère. Robe tembló al ver aquella porción de todos los colores del arcoíris. De encontrarse sentado en otro lugar de la mesa, la habría rechazado sin dudarlo, pero resultó que estaba junto a la dueña de la casa, que además se apresuró a aclarar que había cocinado aquella pesadilla con sus propias manos. Robe se comió su ración casi sin respirar, pero ella confundió el deseo de acabar pronto con el buen apetito, y pidió que le sirvieran una segunda ronda. Sus amigos lloraron de risa presenciando cómo se tragaba aquella mezcla infame de berenjenas, zanahoria, coles de Bruselas y sabe Dios cuántas cosas más. Cuando acabaron la cena, Robe vomitó todo en la primera esquina.

—¡No pudiste ni llegar a casa! —gritó Jorge—. Tuvimos que hacer parar el taxi.

—Todavía tengo aquella cosa metida en el paladar. —Por suerte, Robe era un buen encajador—. Eso sí, y en mi descargo, quiero recordaros que al día siguiente aquella mujer me llamó para comprarme dos cuadros, así que di por bueno el sacrificio.

Valva le lanzó un beso por encima de la mesa.

—Pues como sabes perfectamente que yo no voy a comprarte nada, te agradezco de verdad que hayas terminado las cebollas y el tartar. Que sepas que la tortura ha terminado. De segundo hay ave.

De nuevo, Jorge se levantó para ayudar, y Lourdes esperó lo justo para lanzar su dardo.

—Bueno, Robe, has progresado mucho. Hace veinte años te comiste aquella bazofia para hacer la rosca a una galerista, y hoy te has tragado un montón de verduras mezcladas solo por cariño a una amiga. Te estás volviendo un ser humano, ¿eh?

—Lou, empiezas a tocarme un poco las narices...

—Pues tienes como treinta segundos para devolvérmela, capullo. En cuanto regresen habrá que seguir con la función. ¿A alguien más no le ha gustado alguno de los platos? Os queda poco tiempo para desahogaros. Mira, esto empieza a parecerme divertido y todo.

Mauro se volvió hacia ella.

—Joder, Lou, no tienes por qué ser tan cargante...

—Están divorciados, lo lógico es que se lleven así. —Isabel miró a Lou queriendo resultar comprensiva—. A mí esas parejas que se separan y van por ahí alardeando de lo bien que se llevan..., pues no sé, como que no...

—Como que no ¿qué?

—Pues que no me lo creo.

Justo en ese momento entró Valva empujando el carrito, seguida de Jorge, que llevaba dos botellas de vino en cada mano, y de Marie, que recogió los platos usados.

—¿Qué es lo que no te crees, Isabel? —Valva hizo la pregunta mientras empezaba a repartir unas cazuelas de barro.

—Que los divorciados se lleven bien. Si te casas con alguien es porque lo quieres, y si luego te separas es porque lo odias, porque si no lo odias sigues casada con él aunque el amor se haya acabado.

—Eso es muy profundo —dijo Lourdes por lo bajo.

Por fortuna, todos estaban ya pendientes del plato que acababan de ponerles delante: muslo de gallo de corral con ensalada de setas y su jugo, cantó Valva. Lourdes tragó saliva y calculó el aporte calórico de aquel plato. A su regreso a Madrid tendría que ayunar una semana entera para compensar tantos excesos, pero se dijo que no merecía la pena pensar en eso ahora.

—Y para brindar por esta delicia, un Saint-Émilion Grand Cru que lleva media hora respirando. Sí, ya sé que no es un vino de la zona, pero los burdeos siempre serán los burdeos. —Levantó la copa—. Quiero brindar por mis mejores amigos. Los únicos que he tenido y los mejores que cualquiera haya podido tener. Aunque últimamente nos hayamos despistado un poco. Salud.

A pesar de la inquietud de Lou, que se temía que con tantos miramientos acabasen limitándose a hablar del tiempo o de la comida que tenían en el plato, la conversación se animó. Alguien preguntó por un conocido común, y esa fue la señal para que cada uno empezase a aportar datos que obraban en su poder sobre antiguos condiscípulos, quién se había casado con quién, quiénes habían cambiado de vocación —una dolorosa mayoría, aunque nadie quiso desarrollar el asunto por no meterse en terrenos lodosos de los que sería difícil salir sin mancharse—, y se dedicó especial atención a aquellos cuyo destino era un poco más chocante: uno de los chicos había tomado los hábitos y otro había cambiado de sexo.

—¿Es una broma?

—Nada de broma. Información de buena tinta. —Lourdes era siempre la mejor enterada—. Que Salva se hizo cura lo sabe hasta el más pardillo de la orla. Y Sergio lo contó él mismo. Mandó un correo electrónico a un montón de gente para explicar que había tomado la decisión de operarse y pedía que no se mantuviera en secreto.

—¡Qué barbaridad! —Para Isabel aquello era demasiado—. Me quedo de piedra. ¿Y os sorprende? Quiero decir, si no notabais nada raro en ese chico…

«Sí, Isabel. El pelo le nacía en mitad de la frente y hablaba en lenguas extrañas poniendo los ojos en blanco.» Lourdes se tragó la frase antes de contestar con otra menos comprometida:

—No, nada, ya ves, sorpresas que da la vida. —Miró a Isabel el tiempo necesario para zanjar el tema y luego siguió hablando en dirección a los otros—: Por cierto, ¿os acordáis de Teresa Gómez?

—¿Quién? No me suena… —Robe fruncía el ceño intentando recordar.

—Sí, hombre, aquella pelirroja bajita que tenía tan mala leche… ¿Sabéis que es directora de una fundación?

—¿Qué dices? Pero si era un ceporro…

—Pues el ceporro gana diez mil euros al mes y está desarrollando un proyecto para ayudar a artistas fracasados.

—Vaya, pues ahora siento no haber sido más simpática con ella —Cecilia lo dijo con toda seriedad, y los otros saludaron el comentario con una ración de carcajadas.

Jorge se levantó y abrió otra botella de vino.

—Creo que deberíamos haber sido un poco más simpáticos con todo el mundo —dijo mientras la servía—. En la escuela, quiero decir.

Lourdes puso cara de sorpresa fingida.

—Yo era supersimpática...

Las risas se redoblaron.

—Ah, no, Lou. Tú eras la peor de todos. —Mauro se sirvió más ensalada—. Me parece que te estoy viendo cuando llegabas a clase con aquellos vestidos carísimos, caminando como si estuvieses sobre la pasarela… Ni siquiera mirabas a la gente.

Lourdes cerró los ojos, fingiendo recordar mientras dibujaba en su cara una sonrisa beatífica.

—Era sensacional. En serio… No he experimentado nada tan maravilloso como notar que los demás me envidiaban tanto que tenían ganas de matarme.

—¡Lourdes!

—¿Qué? Ahora dime que a ti no te encantaba tener tan claro que éramos el modelo a seguir. Haceos los tontos si queréis, pero lo sabíais tan bien como yo. Teníamos veinte años y éramos maravillosos, y toda la gente de la facultad habría dado cualquier cosa por parecerse a nosotros. Porque éramos lo más, ¿entendéis? Lo pasábamos bomba, sacábamos las mejores notas…, y tu madre, Jorge, nos metía en las listas de las fiestas, las inauguraciones de galerías y las visitas privadas a los museos. Y lo contábamos, claro que sí, para que los demás se retorciesen de rabia. Ahora no lo haríamos, ¿eh? Tenemos cuarenta y tantos años y estamos llenos de complejos. Pero entonces éramos fabulosos y no solo no nos importaba que se nos notara, sino que alardeábamos de ello. Sí, queridos, me divertí a morir en aquella época sabiendo que los demás se habrían dejado cortar una pierna por ser como yo. Y no me importa reconocerlo. Allá vosotros si preferís decir que no os pasaba lo mismo.

En el fondo sabían que Lou estaba en lo cierto. Durante unos segundos pensaron en aquellos seis chicos talentosos, divertidos, algo pedantes, que hablaban de un mundo ajeno —el de las galerías de arte, los críticos, las exposiciones, incluso las subastas— como si fuese el suyo. Como si aquel territorio que empezaban a tantear estuviese destinado a que lo conquistasen seis jóvenes que se querían, se protegían, se apoyaban... y se complacían en ignorar al resto de la humanidad.

—¿Y no caíais mal?

La pregunta, por supuesto, era de Isabel. Valva se adelantó a contestar.

—Supongo que sí. Pero..., a ver cómo lo explico..., no nos importaba. Nos bastábamos entre nosotros. Sí, es cierto que no teníamos muchos amigos entre nuestros compañeros, pero...

—¿Qué más nos daba? —Lourdes parecía disfrutar al recordarlo—. Además, ¿para qué queríamos caer bien a nadie? ¿Es que lo que pensaran los demás era importante o iba a cambiar algo? A mí no me hacía falta más gente alrededor. Vosotros dos, Mauro y Robe, erais los más listos de la clase. Tú, Jorge, el más divertido. Y nosotras éramos...

—¡¡¡Las Tres Gracias!!! —Jorge palmoteó al recordarlo—. Ay, me encantaba ir con vosotras por los pasillos y notar tantas miradas cargadas de veneno a nuestro alrededor. Me sentía como Truman Capote paseando con sus cisnes por la Quinta Avenida. Qué tiempos tan maravillosos, amigos míos…, estábamos llenos de belleza y de energía…, nada nos importaba y teníamos la vida entera por delante.

Su tono era tan melancólico que todos buscaron desesperadamente algo que decir. Por fortuna, los dioses estaban de su parte, y Marie entró para preguntar si podía servir ya el postre. Valva miró el reloj: eran las nueve y media, y sabía que el novio de la chica estaba a punto de acabar su turno en un bar cercano. Marie siempre se inquietaba cuando se acercaba la hora de salir, y Valva habría querido explicarle que aquella desazón por acudir a una cita es algo que debe disfrutarse, porque no dura eternamente. Le dijo que tomarían el postre en la biblioteca y que tras recoger la mesa del comedor podía marcharse. En el rostro algo tosco de la muchacha se dibujó la primera sonrisa clara que le veían en toda la noche.

La biblioteca era una pieza pequeña y sólida, con sillones chéster capitonados en cuero oscuro, una pesada alfombra cubriendo el suelo hidráulico y un montón de estanterías atestadas de libros. Algunos eran antiguos —restos, cómo no, de la herencia Lescaut— y estaban elegantemente protegidos de los robos por una tela metálica que recordaba a la malla de un gallinero. Otros eran volúmenes nuevos, y buena parte de ellos habían sido abandonados por los clientes de Les Liserons, a veces por despiste, a veces de forma deliberada, y cualquiera podía cogerlos para leer o incluso para llevárselos. Había una chimenea de piedra demasiado pequeña que casi nunca se encendía porque funcionaba bastante mal, y un mueble bar de cristales biselados. Desde las paredes, los retratos de los antepasados parecían lanzar miradas admonitorias a todo el que se sentaba allí. Mauro se dijo que sería incapaz de enfrascarse en la lectura de un libro con aquellos carcamales observándolo con tan franca mala idea desde el fondo oscuro de los lienzos.

Se sentaron en los sofás, frente a un mesa baja. Valva distribuyó raciones de una tarta cuya cobertura brillaba como si estuviese hecha de mármol negro.

—Tarta de chocolate en ocho texturas. Tiene dos tipos de bizcocho, un cremoso de chocolate, dos *mousses* distintas, crocanti y *streusel* de cacao.

—Valva, te adoro... —gimió Lourdes.

—Adoras cualquier cosa que tenga chocolate... Te prometo que lo recordaré mientras estés aquí. Habrá postres de chocolate en todas las comidas.

—Que Dios te bendiga —dijo, y probó su ración poniendo los ojos en blanco.

—¿Alguien quiere una copa? —Sin esperar respuesta, sacó del mueble una botella de Armagnac y otra de whisky.

Marie entró con un carrito donde tintineaban las tazas de café, los vasos bajos y una cubitera llena de hielo. Lourdes empezaba a pensar que todo era perfecto: aquel dulce exquisito, los licores, los amigos, el café humeante, pero entonces recordó por qué estaban allí y el estómago volvió a encogérsele.

—Valva, esta tarta es sensacional. —Isabel había dado cuenta de su porción a una velocidad sorprendente—. Y voy a tomar una taza de café, aunque luego no me duerma.

—Yo nunca tengo problemas para dormir. —Robe no se acabó la tarta, e Isabel lamentó no tener valor para pedirle las sobras, ya que parecía que no iban a ofrecer una segunda ración—. En serio, es sorprendente.

—Bueno, alguna vez esa capacidad tuya te ha dejado hacer muy mal papel. ¿Os acordáis de aquella vez que se quedó dormido en el cine? Roncaba y todo...

—Sí, y nadie me despertó..., me quedé solo en la sala vacía hasta que un acomodador vino a pedirme que me largara. ¿Cómo se titulaba la película? Salía Julianne Moore, aunque entonces nadie la conocía. Venga, ayudadme a recordar el título o estaré toda la noche dándole vueltas... Era el ensayo general de una obra en Broadway..., bebían café en vasos de papel mientras recitaban a Chejov...

—¡*Vania en la calle 42!* —Cecilia tenía una memoria a prueba de bomba—. Sí, eso es... Y me acuerdo de la siesta que te pegaste, Robe.

—La peli era un tostón...

—A mí me gustó...

Llegaba el momento de hablar de cine. Las películas que habían visto juntos eran parte de los recuerdos colectivos que se acumulaban como montones de hojas secas. Por aquel entonces, elegir el programa era un motivo de discusión. La afición desacomplejada por el cine comercial que demostraba Lourdes chocaba con la supuesta cinefilia de Mauro o del propio Robe, aunque en su caso era más bien una pose. A Cecilia le gustaban los dramas ingleses del estilo de James Ivory, a Valva las grandes producciones americanas. Jorge, por su parte, decía que iba al cine a pasarlo bien y prefería las comedias, así que casi siempre alguno acababa entrando en la sala enfurruñado y recordando que la próxima vez tendría derecho a decidir, ya que iba a tragarse dos horas de algo que no le interesaba. Ni siquiera se les pasaba por la cabeza ir al cine por separado, pero ahora se alegraban, porque, de no ser por aquella cesión a los gustos ajenos, Lourdes jamás habría visto *La doble vida de Verónica,* ni Jorge habría comprado una entrada para *Juego de lágrimas.* Vieron *Regreso a Howards End* por complacer a Ceci, y ella entró en *Mal teniente* para no desairar a Mauro, que antes había visto sin protestar *Thelma y Louise.* En aquello, como en otras cosas, todos salían ganando.

—Creo que, de toda aquella basura que me fumé por no discutir con vosotros —recordó Jorge—, lo que más me gustó fue *Los amigos de Peter.* ¿Quién la eligió?

El título de la película provocó un rápido intercambio de miradas entre Robe, Mauro, Cecilia y Lourdes. Valva, que estaba en la inopia, contestó a la pregunta:

—Creo que fue Ceci.

—No, no, fui yo —aclaró Mauro—. Había visto el tráiler cuando estuve en Londres y me pareció que tenía buena pinta. Tenía una banda sonora estupenda, ¿os acordáis? The Pretenders, Cyndi Lauper, Tears for Fears…

—Paul Young, Deacon Blue… ¡Y Bruce Springsteen! Dicen que *Hungry heart* es su mejor canción, pero yo creo que *The river* es muy superior, ¿no os parece?

Robe trataba de reconducir la conversación para hablar de música, pero Jorge no parecía por la labor.

—Sí, la música era buenísima… En realidad, todo estaba muy bien en aquella peli. Es curioso recordarla ahora, ¿no?: un grupo de amigos que se van de fin de semana años después de separarse. ¿Sabéis qué pensé cuando la vi? Me dije: «A nosotros nunca nos ocurrirá lo que a estos pobres imbéciles que dejan que pase el tiempo sin reunirse». Pero se ve que el que escribió el guion sabía mucho más de la vida que yo. Aunque, claro, hoy la historia queda un poco anticuada.

—¿Por?

—Todo ese número de Peter para convocar a los amigos y confesarles que tiene el sida... Bueno, hoy el sida ya no es ningún drama..., es una faena, claro está, pero si hiciesen un *remake* tendrían que buscarse otra cosa..., supongo que elegirían algo terrible, un cáncer de páncreas... o un alzhéimer. Sí, eso, Peter reuniría a la alegre pandilla no para decirles que va a estirar la pata, sino para confesarles que está a punto de olvidarlos para siempre, y por eso quiere tener con ellos ese último intercambio. —Hizo un ademán de aprobación, como sorprendido ante su propia ocurrencia—. Escuchad, es bastante bueno. Debería escribirlo. ¿Alguien conoce a un productor de cine dispuesto a invertir pasta en esta historia?

Se hizo un silencio espeso. Valva, que estaba fuera de toda conspiración, miró a su alrededor frunciendo el ceño.

—¿Qué pasa aquí?

—Tengo la sensación de que me estoy perdiendo algo...

Robe se aclaró la voz.

—Venga, Jorge, suéltalo ya. Esto empieza a ser ridículo. Y algo morboso también, para qué nos vamos a engañar.

—¿Morboso? Robe, como no te expliques mejor...

—Roberto. —Valva no había perdido ni un gramo de su aplomo, pero su voz sonaba un poco menos dulce—. ¿De qué va todo esto?

Por primera vez en muchos meses, Robe pensó seriamente en mandar a paseo su programa de desintoxicación y servirse un trago de *brandy*.

—Pregúntaselo a Jorge.

—¿A mí? No soy yo el que está mirando a los demás como… como una puñetera lechuza desde hace un buen rato. Así que, si no te importa, empieza a cantar.

Isabel se dijo que llevaba mucho tiempo callada. De hecho, había pasado toda la cena casi sin abrir el pico, tolerando sin pestañear que el grupo desplegase ante ella el luminoso arcoíris de sus vivencias en el que ella no tenía el menor hueco. Es muy duro participar de una conversación cuyos detalles se te escapan, reírte de bromas que no comprendes, fingir que conoces el final de una anécdota que se cuenta a medias. Decidió que había llegado el momento de resarcirse, porque estaban entrando en un terreno que ella conocía bastante bien: el vasto territorio de la historia de Jorge. Y como no tenía secretos para ella, iba a disfrutar de la expedición.

—Es por lo de tu enfermedad —dijo, pero no pudo seguir hablando porque Jorge interrumpió lo que ella esperaba que fuese un parlamento largo y ampuloso (se había preparado concienzudamente algunas frases brillantes para el momento de la revelación) con un gesto de asombro que desconcertó a todo el mundo.

—Mi ¿qué?

—Tu enfermedad. Cuando supimos que te ibas a morir…

—¡Jorge! —esta vez fue Valva quien gritó—, pero ¿qué dice esta loca?

—¿Que me voy a morir? ¿Yo? ¿De qué?

—¡Eso esperábamos que nos aclararas!

El tono de Isabel era casi reprobatorio, de exigencia pura. Le faltó enseñar el reloj y golpear la esfera con el dedo, como quien está recordando a alguien que va mal de tiempo. Jorge se llevó las manos a la cabeza.

—¿Es una broma? Porque no tiene mucha gracia…

—No… Robe nos dijo que estabas muy enfermo…

El aludido se puso de pie.

—Alto ahí… Yo me limité a contaros lo que me habían dicho a mí. Si repasáis mi *e-mail* veréis que…

—¿Repasar el *e-mail*? Pero ¿de qué demonios…?

Jorge se sujetaba la frente con las dos manos como si su cabeza fuese a salir disparada.

—Por favor, ¿puede alguno de vosotros, quien sea, explicarme de dónde ha salido esto? Empieza a darme muy mala espina.

Robe se dio cuenta de que era su turno y soltó todo atropelladamente. Habló de su encuentro con Jean Marc y cómo este le había contado que corría el rumor de que se estaba muriendo. Jorge le escuchaba con los ojos muy abiertos.

—Me dijo que te había visto en la Salpêtrière y que habías intentado escabullirte, y que luego le dijeron que estabas fatal y que todo París hablaba de ello, y que por eso estabas vendiendo tu galería.

Ahora Jorge escuchaba con verdadero interés, incluso asintiendo con la cabeza. Cuando Robe terminó, esperó unos segundos para hablar.

—Muy bien, vamos por partes. Lo de la galería es verdad: la puse a la venta, y por si a alguien le interesa, ya la he colocado. Sigamos: fui a la Salpêtrière porque había hecho una venta importante a un médico que trabaja allí y tuve que recoger mi cheque porque el tipo está muy ocupado y no encontraba el momento de pasarse por mi oficina. Y Robe, si fingí no ver a Jean Marc fue, simplemente, porque ese hombre es un verdadero pelma, como muy bien sabes. Haber charlado con él de forma voluntaria sí que habría sido síntoma de enfermedad. En cuanto a esos rumores sobre mi salud, no tengo ni idea de dónde han salido, pero os juro que me encuentro como nunca en mi vida.

—Pero… pero si estás muy delgado —musitó Isabel.

—¡Porque he estado haciendo régimen! Seguí una jodida dieta disociada que me hizo delirar de hambre durante tres meses. Hubo días que solo pude tomar un batido de proteínas, y pasé semanas sin comer pan. Soñaba con una *baguette*, os lo digo en serio. Claro que estoy delgado. Clamaría al cielo que no fuese así…

—Entonces, ¿no te vas a morir? —Cecilia hizo la pregunta con un hilo de voz antes de echarse a llorar.

Jorge se acercó a ella y la abrazó.

—Claro que voy a morirme. Pero no antes de cumplir los noventa y cinco y siempre después de convertirme en un viejo marica insoportable. —Le dio un beso en el pelo—. Ce…, no llores…

Pero era demasiado tarde. El llanto de Cecilia —que se había convertido en un concierto de hipidos infantiles— contagió a Lourdes, que también se echó a llorar, solo que su llanto era bastante más escandaloso.

—Lou —se interesó Robe—, ¿te está dando un ataque?

—¡Oh, cállate ya, hijo de puta! —Lou miró a su exmarido el tiempo justo para escupir la orden.

Jorge batió palmas entusiasmado.

—Gracias a Dios, Lou... No habías dicho un taco en toda la noche y pensaba que habías perdido tu capacidad para resultar ordinaria. Es maravilloso escucharte jurar como una condenada.

Pero ella ni siquiera le rio el chiste. Se secó las lágrimas por debajo de los ojos y el rímel le manchó un poco los dedos.

—Llevo casi dos semanas pensando que vas a morirte, ¿entiendes? Lloré el día que leí el correo de Robe, lloré al día siguiente y no lloré más porque no quería que supieses..., oh, no sé ni lo que digo... Ven aquí y dame un abrazo. Me siento tan feliz...

Jorge abrazó a Lourdes, y luego repitió el gesto con Robe y con Mauro. Valva los miraba en silencio desde aquella calma suya, que a veces podía resultar irritante.

—Solo puedo declarar que agradezco profundamente que me hayáis ahorrado este... carrusel de emociones, por llamarlo de alguna manera. Eso sí, en medio minuto acabo de escuchar la condena a muerte de un amigo y su absolución inmediata. Creo que necesitaré terapia para superar esto.

Cecilia se secó las últimas lágrimas y sonrió. Por unos segundos su cara tuvo un aspecto inquietante: la de los payasos asesinos de las películas. Al llorar se le hinchaba el rostro, que por unos segundos resultaba muy poco agradable. Jorge le tendió un pañuelo de papel y Ce se sonó ruidosamente.

—Así que de eso se trataba..., pensabais que iba a palmar y queríais regalarme unas últimas horas de paz y tranquilidad. Por eso lo encontrabais todo perfecto, os dabais las gracias sin parar y pedíais las cosas por favor...

Bueno, hasta cierto punto es un alivio. Empezaba a pensar que os habían abducido o algo así, y al final del fin de semana os ibais a convertir en berenjenas. —Ladeó la cabeza como calculando algo—. Supongo que también por eso vinisteis todos..., porque estabais convencidos de que esto era una despedida.

—Bueno, Jorge, no te voy a engañar, no es que no agradezca tu invitación —Isabel intentó imprimir a su voz una dosis extra de gravedad—, pero ya sabes que para Mauro y para mí supone un problema cerrar la tienda...

Jorge se llevó la mano al pecho e hizo una especie de reverencia.

—Os pido disculpas por este error lamentable, y entiendo que alguno se considere estafado por mi buena salud, de forma que voy a hacer algo..., pediré que adelanten a mañana vuestro vuelo de regreso a España. Hay un avión que sale de Marsella a las ocho y media. Voy a llamar al coche para que os recoja a las seis. Tenéis tiempo de sobra para hacer el equipaje, dormir tres o cuatro horas y a las diez en punto estaréis en casa.

Se quedaron todos callados. ¿Así que el espectáculo había terminado? ¿Era una pérdida de tiempo quedarse en Saint-Rémy una vez aclarada aquella desafortunada confusión? Jorge había sacado el teléfono móvil del bolsillo y empezaba a teclear algo. Valva le dirigió una media sonrisa.

—Es un farol...

Jorge soltó el móvil y le dio un pellizco en la cara.

—Pues claro que lo es. No tengo ni idea a qué hora sale el primer avión para España..., y el chófer se despediría si lo llamase a estas horas. Pero ¿a que ha quedado muy bien? Ha sido un parlamento digno de… ¿Bette Davis?

Surgieron un montón de exclamaciones de enfado fingido. Todos notaban la misma sensación de euforia y alivio. Cecilia se sintió como cuando llegaba a casa con los pies empapados y se quitaba los zapatos. Merecía la pena sufrir un buen remojón solo por el placer de despojarse del calzado húmedo. Su amigo le había sido devuelto e iba a pasar con él y con los otros dos días enteros. Los zapatos chorreantes estaban en una esquina de la habitación, y sus pies descansaban en unas cómodas zapatillas de pana. Le entraron ganas de ponerse a bailar, o de abrir la ventana y lanzar un grito victorioso.

—Hablemos en serio. —Jorge señaló con el dedo haciendo un círculo para dejar claro que se dirigía a todos—. Me pregunto si, ahora que sabéis que morir no entra en mis planes inmediatos, podríamos pasar un agradable fin de semana.

—No puedo asegurarte nada. —Lou se sirvió un vaso de whisky—. Como ya no tengo motivos para morderme la lengua, tal vez me suelte la melena y me convierta en la tía desagradable que todos pensáis que soy.

Jorge se metió un bombón en la boca.

—Perfecto —dijo en cuanto pudo despegar el relleno de caramelo que se le había incrustado en el cielo del paladar—, eso es lo que quiero exactamente. Que todo sea como hace tiempo. Entonces nos peleábamos, ¿recordáis? Y nunca llegaba la sangre al río. Era parte del encanto de nuestra relación: los gritos, los puyazos y hasta alguna broma de mal gusto. Y si una de nuestras conversaciones se sale de madre…, bueno, entonces os pido que recordéis que si el memo de Jean Marc estuviese en lo cierto, la próxima vez que estuviésemos juntos, yo iría dentro de una caja de pino. Digamos que la vida nos ha dado una segunda oportunidad. Sed sinceros..., cuando pensabais que iba a morirme, ¿no habríais querido recuperar el tiempo perdido? Pues aquí está la ocasión.

Tomó la copa e hizo ademán de brindar con todos.

—Estamos juntos doce años después en esta casa tan bonita, con muchas cosas que contarnos y una bodega bien provista..., por no hablar de la despensa. ¿Qué más podríamos pedir?

Lourdes se dejó caer en el sofá y luego se levantó de un salto.

—Necesito un pitillo.

—Y yo —dijo Robe—. ¿Me invitas a uno?

—¿No habías dejado de fumar?

—He vuelto esta noche. Eso o trajinarme la botella de coñac.

—Te prefiero sereno y con cáncer de pulmón. Venga, vamos fuera. Somos los únicos salvajes de este grupo sin vicios.

Isabel fingió apuntarlos con una pistola.

—A ver qué vais a hacer ahí fuera, ¿eh? Que los amores reñidos son los más queridos.

—Joder... —dijo Lourdes, y esta vez no se esforzó en susurrarlo.

Hacía una noche preciosa y cálida, y en el cielo brillaba una luna más grande de lo normal. Se apoyaron en la balaustrada, y Robe encendió un cigarro que le pasó inmediatamente a Lou.

—El hombre de la primera calada. Ya ni me acordaba. ¿Quieres otro?

—No, cuando te acabes ese. No es que me guste empezar un cigarro, me gusta empezar los que vas a fumarte tú. Qué quieres, soy un romántico.

—Quién lo diría.

Lou fumó en silencio durante un minuto que Robe aprovechó para estudiarla. Estaba muy guapa. Una espléndida mujer de cuarenta y tantos años. No pudo evitar recordarla como era a los dieciocho, cuando la conoció y se fijó en ella. Había tardado casi dos años en reconocer que le gustaba mucho. En ese tiempo se dedicó a romper corazones con su aspecto de artista maldito, su labia y su talento. Lourdes le servía de confidente. Le gustaba decir que tenía más confianza con ella que con cualquiera de sus amigos, incluidos Jorge y Mauro, pero en realidad lo que le gustaba era abrir frente a Lou el amplio abanico de sus conquistas. Robe exhibía en su presencia la cola de pavo real hecha de todas aquellas chicas con las que se acostaba, las que lloraban por él, las que aparecían en su apartamento sin avisar a veces simplemente para echar un polvo. Lourdes escuchaba aquellas historias sin pestañear, como si le pareciesen un motivo de diversión. En realidad, se moría de celos y detestaba a todas aquellas bellezas que pasaban por la cama de Robe, pero jamás se lo reconoció a nadie, ni siquiera ante Valva y Cecilia. Y un día sucedió: se acostaron juntos y se dieron cuenta de que se querían. Para el resto del grupo fue un respiro: sabían que acabaría ocurriendo tarde o temprano, así que cuanto antes mejor. Y, como señaló Cecilia, era estupendo que Robe no los dejase plantados en mitad de cualquier cosa para tirarse a alguna chica a la que ni siquiera llegarían a conocer.

El noviazgo de Lou y Robe sirvió para reforzar el grupo. Incluso las peleas que tuvieron —algunas muy sonadas: a ninguno de los dos les faltaba carácter ni encontraban motivos para reprimirlo— suponían un nuevo eslabón en aquella cadena que los rodeaba. Era agradable ayudarlos en las reconciliaciones, servir de paño de lágrimas a uno o a otro, hacer de correveidile para colaborar en la firma de un nuevo armisticio. Luego vino aquella ruptura temporal cuando Lourdes se fue a Londres y dijo que quería marcharse sin ataduras. Robe lo entendió o dijo entenderlo: aprovechó bien aquella suerte de vacaciones sentimentales para reincidir en sus viejas costumbres de ave de presa. Tuvo una docena de amantes hasta que supo que Lou volvía con el rabo entre las piernas. Entonces le abrió los brazos, lamió sus heridas con toda la delicadeza de la que fue capaz, y retomaron su historia donde la habían dejado.

Se casaron en el 97. Nieve nació un año después, y luego llegó Sara. Eran felices, o eso pensaban. Era una frase que le gustaba repetir a Lourdes cuando hablaba en pasado de su matrimonio. Ni ella ni nadie entendió por qué Robe había tenido que liarse con aquella becaria de la sección cultural. Tenía una familia maravillosa, una mujer muy guapa, un futuro atractivo. Lourdes había tardado en asimilar que hay hechos que no tienen explicación. Suceden y punto. Pero son tan duros de asumir que uno pierde el tiempo buscando un razonamiento que no existe. Su marido, su perfecto marido, el amigo de la juventud, el padre de sus hijas, se había enamorado de otra. Y ante eso no valía de nada todo el arsenal de motivos que convertían a Roberto en un cretino. Ni sus dos hijas pequeñas, ni la vida sin defectos que creían compartir, ni el hecho de que ella siguiese teniendo un culo imponente y la misma habilidad para el sexo que había vuelto loco a Robe doce años antes. Ahora podía decir sinceramente que lo había perdonado. Si seguía haciendo a Robe víctima de su lengua afilada era solo porque los demás esperaban que lo hiciera, y porque le resultaba extraordinariamente fácil meterse con él. Conocía demasiado bien sus debilidades, sus puntos flacos, el lugar exacto en el que se ubicaba su talón de Aquiles. Pero no había nada más. El rencor era un lugar por el que había paseado demasiadas veces, y no deseaba volver allí. Aun así, tampoco quería jugar a ser la exesposa comprensiva a la que se le cuenta todo, ni convertirse en depositaria de secretos, mucho menos en consejera. No, ella y Robe no podían ser amigos. Al menos, no a solas, aunque no había ningún problema en simularlo cuando formaban parte de un grupo. Eso era el civismo, pensó. La madurez. Notó sobre ella la mirada indiscreta de Robe y frunció el ceño.

—¿Qué estás mirando?

—A ti, Lou. Estás estupenda.

—He mejorado mucho desde que me pusieron la pata de palo, gracias. —Sacudió la ceniza—. Ahórrate los cumplidos.

—¿No puedo echarte un piropo?

Lourdes pareció pensárselo.

—No sé si me interesa lo que opines de mí. —Le tendió el tabaco y el mechero—. Enciéndeme otro, anda.

Robe recibió la petición como una mano tendida. Dio dos caladas al pitillo antes de devolvérselo.

—¿Cómo están las niñas?

Ese era un lugar seguro, pensó. En los peores momentos de su divorcio, en las horas más dolorosas de todo aquel circo de su separación, hablar de Sara y Nieve era una forma de crear una zona neutral. Allí no había sitio para el sarcasmo ni las cuentas pendientes. Sus hijas quedaban al margen de cualquier disputa y, desde luego, no eran objeto de ninguna negociación. La conducta de ambos había sido igualmente irreprochable en cuanto a las niñas. Podían haber fracasado como pareja, pero estaban decididos a triunfar como padres.

—Muy bien. Sara, insoportable. Contestona y arisca, igual que Nieve a su edad. Es la adolescencia, supongo. Cada vez empieza antes. No recuerdo haber sido así cuando tenía sus años. En nuestra época la edad del pavo no existía. Nuestros padres nos la quitaban de un guantazo. A veces me da por imaginar qué habría pasado en mi casa de haber montado alguno de los numeritos que organizan nuestras hijas de vez en cuando, y te puedo asegurar que habría ardido Troya. Mi madre no se andaba con tonterías. En fin... A pesar de todo, nuestras hijas son buenas chicas.

—Lo has hecho muy bien con ellas. De verdad. Si se hubieran quedado conmigo, no sé qué habría pasado.

Lou lanzó un silbido.

—Posiblemente estarían en un reformatorio por haber matado a alguna de tus novias. No sé cómo eliges a tus ligues, pero siempre les caen mal. Casi siento que el asunto con la periodista no prosperara. Eran tan pequeñas cuando la conocieron que no habrían podido cogerle manía. —Dejó que pasaran unos segundos antes de seguir hablando—: Nunca me contaste qué pasó con ella.

Robe metió las manos en los bolsillos y miró al suelo. Lourdes sabía perfectamente que estaba incómodo, pero no aflojó.

—Salió mal.

—Cuánta información. Es igual, no te molestes, en el fondo no me importa. Pero ¿sabes qué? Me jodió que aquello acabara. Porque si me habías dejado..., bueno, habría querido que fuese por algo serio, algo que durase mucho tiempo. Sí, Robe, aunque te extrañe, me molestó que en dos años dieses el pasaporte a aquella cría. Si tu marido te deja, si pasa por encima de todo lo que tenéis, esperas que al menos merezca la pena. Pero no fue así. De forma que, como yo sospechaba, tu aventura resultó poco más que un capricho. Y eso, perdona que te lo diga, no te deja en muy buen lugar. Y tampoco a mí. Hace años que quería decírtelo.

A la terraza llegaba un profundo olor a las hierbas perfumadas que crecían en el huerto: el espliego, la salvia, la lavanda, el orégano, el estragón. Se escuchó el canto de un grillo que parecía preparado para subrayar el carácter bucólico de la escena: la luna, la balaustrada, el aroma campestre. Lou se preguntó cómo era posible que todo el mundo —ella también— encontrase encantador un chirrido repetitivo y constante, sin melodía, sin ritmo. Sea como fuere, con grillos y sin grillos, se dio cuenta de que hacía mucho que no se sentía tan cerca de Robe. Se sorprendió pensando que estaría bien abrazarlo, pero no estaba preparada. Además, él podría interpretarlo mal, así que aguantó la tentación de pedir cobijo en aquellos brazos, apoyar la nariz en el hueco del cuello y notar su olor tibio y familiar a jabón y sudor fresco. Años atrás había llorado hasta la extenuación recordando aquel olor, pero se dijo que no tenía mucho sentido buscarlo una vez más.

—¿Sirve de algo que te pida perdón?

—De sobra sabes que no. Entre otras cosas, porque hace siglos que te perdoné. Te perdoné en cuanto esto dejó de dolerme. —Apagó la colilla contra el tacón del zapato y la guardó en el envoltorio de plástico—. Venga, vamos dentro, o la tonta del culo de Isabel va a pensar que nos lo estamos montando en el jardín. Ahora que sé que Jorge no va a morirse, no puedo prometerte que vaya a acabar el fin de semana sin pegarle un sopapo.

Volvieron a la biblioteca. Isabel y Cecilia le mostraban a Jorge fotos de sus hijos. Lourdes se dijo que no le apetecía participar del *baby shower* y alegó que se había dejado el teléfono en la habitación. Lo último que quería era escuchar a Isabel asegurando que sus dos guapas hijas harían muy buena pareja con sus chicos y que tenían que quedar todos un día. En lugar de eso se sentó y se sirvió un whisky. Robe se dedicó a curiosear por los estantes de la biblioteca, hasta que algo llamó su atención: un libro voluminoso, encuadernado en piel, con los cantos dorados y un ampuloso marcador de terciopelo granate. Lo abrió y se volvió hacia su dueña.

—¡Valva! ¿Y esto?

Ella sonrió.

—Lo hice hace siglos. Casi ni me acordaba de que estaba ahí.

—¿Qué es?

—Un libro de bodas. Una tradición en no sé qué zona de Italia. Me lo regaló mi suegra cuando nos casamos Étienne y yo. Es un álbum para guardar las fotos de boda de las personas que uno quiere.

—¡Mirad! ¡Somos nosotros! ¡Hay fotos de las tres bodas del grupo!

Robe colocó el álbum en el centro de la mesa, donde descansaban los restos del postre. Las imágenes fueron pasando de mano en mano entre exclamaciones. Allí estaba la boda de Isabel y Mauro, tan precipitada y triste que solo quedaba de ella una foto sacada de prisa y corriendo a la salida del juzgado. Isabel, en un traje color crema (que Lou, con muy poca piedad, había calificado de «quiero y no puedo»), abrazaba a Mauro, de chaqueta y corbata, como un niño gordito se aferra a un trofeo conseguido casi de milagro en una carrera escolar: con una sombra de sorpresa, como si no pudiera dar crédito a su buena suerte. Estaban también los retratos que se hicieron unos días después, cuando Isabel y Mauro invitaron al grupo a cenar en su nueva casa. Acudieron todos excepto Valva, que se había ido a Italia a un seminario de arte. Isabel se tomó aquella ausencia como un desprecio a su modesto festejo. Estaba segura de que, de haber celebrado la boda en un hotel de lujo, Valva no habría dado aquella espantada. Pero ¿para qué posponer un viaje por una miserable cena de tortilla de patata y entremeses en un pisito del extrarradio? Así que allí estaban todos menos ella, fingiéndose felices tras atracarse de jamón vulgar y ensaladilla rusa, brindando con un champán muy caro que había llevado Jorge y que —cómo no— Isabel consideró una forma de humillación.

Luego, las fotos de la boda de Lourdes y Roberto, en una iglesia del centro de Madrid, ellos dos guapos como nunca, insultantemente jóvenes, irradiando dicha. Había retratos de los dos solos y otros rodeados de los amigos. Lou probando la tarta del dedo de Robe, Robe abrazado a Jorge y a Mauro, Cecilia y Valva fingiendo pelearse por el ramo de Lou, Jorge dirigiendo la conga seguido de los novios, Mauro y Valva colocando un cartel de «Recién casados» al Cuatro latas que esperaba a la pareja a la salida del convite…

—¡El cartel! —Robe señalaba la foto—. ¡Se desenganchó nada más arrancar el coche y salió volando…, tuvimos que parar a recogerlo!

—¿Y os acordáis de que la madre de Lou nos prohibió tirar arroz a la salida de la iglesia?

—La pobre…, quería que todo fuese de muy buen gusto y lo del arroz le parecía una horterada. No le hicisteis ni caso…

—Mirad esta, qué bonita…

Era una foto ampliada de todo el grupo. La habían hecho al final de la noche, ellos con los trajes arrugados y las corbatas torcidas, ellas con el pelo revuelto, agitando triunfantes los zapatos de tacón que se habían quitado. Los seis reían mirando a la cámara en una mezcla de felicidad y desafío, como retando a la vida a dejar de ser perfecta.

—Qué bien lo pasamos —dijo Cecilia, y nadie supo si se refería a la celebración.

—Vaya. —Escucharon la voz de Isabel como si viniese de otro mundo—. Pues es la primera vez que veo estas fotos.

—Es verdad, tú no viniste a la boda. —El tono de Lou no evidenciaba que lamentase aquella contingencia.

No, Isabel no había podido asistir: estaba embarazadísima de su segundo hijo y le agobiaba más ponerse de parto en el restaurante que dejar solo a Mauro durante varias horas.

—La niña estaba a punto de nacer —se adelantó Mauro.

—Por suerte, la mía no te la perdiste.

Valva, como siempre, intentando poner orden y concierto en cualquier escenario. Volvió la página y les mostró una nueva colección de imágenes. La primera era tan bonita que parecía el cartel de una película. Cecilia reconoció aquella foto porque llevaba mucho tiempo clavada en uno de los corchos de su estudio, aunque se encontrase sepultada por un montón de bocetos y viñetas de cómic. En el centro, una pareja perfecta miraba a la cámara. Valva con un traje de novia blanco con flores silvestres en el escote, Étienne en chaqué de color gris. Rodeándolos, un grupo que cualquiera habría tenido que considerar hermoso. Cecilia lucía un vestido malva y una diadema. Jorge la tomaba de la cintura. También llevaba chaqué, como el resto de los testigos, y había dado al suyo un toque de desenfado con un chaleco de cachemir. Junto a él, Roberto, tan elegante en su traje de ceremonia, y Lourdes, con un punto de tristeza en los ojos que solo un tiempo después estuvieron en condiciones de descifrar. Isabel y Mauro se habían colocado delante. Él llevaba un traje corriente porque Isabel se había ofendido ante la etiqueta exigida a los testigos. Ella era la única que posaba seria, casi ceñuda, aplastada quizá por la magnificencia que los rodeaba y comparando aquella boda con la suya, que había sido deprimentemente modesta. La foto la había tomado Miguel, que era entonces la pareja de Cecilia y quien la acompañó a la boda. Rompieron para siempre un año y medio después, pero entonces nadie habría dicho que lo suyo podía acabar mal. Aquel retrato era el principio del camino hacia una madurez que acababa de empezar aunque ellos no lo supieran, igual que no podían imaginar que aquella era la última foto en la que saldrían todos juntos.

—Qué viejos somos —comentó Robe—, dos de estas bodas se celebraron en el siglo pasado.

—Y una caducó por completo. —Lou ni miró a su exmarido—. Aquí estamos, tanto tiempo después. Seis amigos y tres bodas, una de ellas rematada en divorcio. Supongo que no es un resultado como para echar cohetes.

Nadie se dio cuenta de que Jorge se había puesto de pie.

—Creo que es el momento perfecto.

—¿Para qué?

—Queridos míos, ¿recordáis el correo que os mandé? Os dije que tenía algo que contaros.

Todas las miradas se volvieron hacia él, que se había desabrochado el botón superior de la camisa.

—Veréis…, como ya os aclaré antes, de entre las bobadas que Jean Marc contó a Robe hay algo cierto, y es que he vendido la galería. Antes de que protestéis, sabed que no ha sido un mal negocio: Francia está en crisis y las ventas habían bajado de forma alarmante. Pero no lo he hecho por eso. —Calculó una pausa para dirigir una mirada a lo que ya era un público entregado—. El caso es que…, que voy a casarme.

Durante unos segundos, nadie dijo nada. Luego Lourdes soltó una especie de aullido y se arrojó a los brazos de Jorge, y esa fue la señal para que todos prorrumpieran en exclamaciones de alegría e incluso Isabel iniciase un aplauso que, para su consternación, no siguió nadie. Uno a uno abrazaron y besaron a Jorge, que, como siempre, estaba encantado de ser el centro de atención.

—Cuéntanoslo todo… ¿Quién es? ¿De dónde ha salido?

—¿Hace mucho que lo decidisteis?

—¿Cuándo os casáis? —Lourdes palmoteaba—. ¿Os dais cuenta? ¡Volvemos a ir de boda! ¡Había pensado que tendría que esperar a que se casasen mis hijas!

Durante los minutos siguientes, Jorge se extendió en explicaciones sobre el hombre por el que iba a dejar la soltería. Se llamaba Fabrice y se habían conocido unos meses atrás en casa de unos amigos comunes. Luego Fabrice visitó la galería para interesarse por un cuadro…

—Pero está claro que quien le interesaba era yo. Una cosa llevó a la otra y decidimos casarnos. Sus padres ya lo saben y están contentos. El mío, por fortuna, nunca va a enterarse, porque se habría llevado el disgusto de su vida. Una cosa es aceptar que tu hijo es homosexual y otra que pretenda legalizar su situación con otro hombre. En cuanto a mi madre, ya sabéis que todo lo que hago le parece bien. Nos casaremos en Madrid en cuanto arreglemos los papeles. Ni que decir tiene que os esperamos en la boda. Será algo sencillo…

—Espero que no —respondió Cecilia—, me decepcionaría tratándose de ti. Y, por cierto, tu matrimonio me deja en un lugar muy triste: voy a ser la única del grupo que nunca se ha casado.

Jorge miró a su amiga con un aire de contrición absoluta. Se acercó a ella y le besó la mano.

—Mi Ce…, perdona que haya desertado de nuestra causa. Es el amor, ya sabes. Te prometo que invitaré a la ceremonia a un montón de solteros heterosexuales para que puedas elegir.

—Me apunto a eso. —Lourdes repartió copas—. Venga, vamos a brindar. Veníamos a que nos comunicases la fecha de tu entierro ¡y nos vamos con una invitación de boda! Esto es lo más grande, Georgie. De verdad. Por ti y por ese tal Fabrice, que tiene que ser un tipo muy listo si ha logrado cazarte.

Bebieron todos menos Robe. Se sirvió un vaso de agua con mucho hielo que no quiso unir al brindis por una vieja superstición.

—Oye, ¿y lo de cerrar la galería? —recordó—. ¿Qué tiene que ver con tu boda?

Jorge emitió un suspiro exagerado y meneó la cabeza.

—Veréis… Fabrice es miembro del cuerpo diplomático. Sé que esto os tranquiliza, apuesto a que por unos segundos pensasteis que el tío Jorge se había enamorado de un jovenzuelo inútil dispuesto a chulearlo.

Todos protestaron débilmente, pero Jorge tenía razón. Aunque habían disfrazado su inquietud de una alegría sincera por la noticia, de un modo u otro todos temieron que su amigo estuviese a punto de hacer otra tontería. No sería la primera vez, y ahora resultaba incluso más tópico: el gay solitario que, pasada la frontera de los cuarenta, busca compañía en alguien poco aconsejable que solo pretende utilizarlo. Por suerte, el novio de Jorge no era precisamente un gigoló.

—El caso es que mi futuro esposo trabaja para el Ministerio de Asuntos Exteriores francés, viaja mucho y quiero estar con él. Sí, chicos…, voy a convertirme en hombre objeto. Me dedicaré a esperar a que mi maridito vuelva a casa y tendré preparadas sus zapatillas y su guiso preferido. Valva, tendrás que darme unas lecciones de cocina, mi repertorio de platos es demasiado reducido y Fabrice es un verdadero *gourmet.* —Se frotó las manos y apuró su copa—. Bueno, ¿qué decís?

—Pues que nunca pensé que acabaría yendo a una boda gay.

Ceci se dijo que, de no mediar un milagro, Isabel sería idiota hasta el momento mismo de su muerte.

—Oh, será muy divertido, ya verás. Llevaremos chaqués rosas, el juez se pondrá un traje con solapa ancha y purpurina y sonará música de *Priscilla, reina del desierto.* —Y ante el parpadeo de Isabel—: ¡Es una broma! No te asustes, será todo muy corriente..., salvo que habrá dos novios y ningún vestido blanco.

—Oye, ¿cómo es? Venga, enséñanos alguna foto..., apuesto a que tienes todo un álbum.

El móvil de Jorge desfiló de mano en mano. En la pantalla había un hombre joven de estatura mediana, delgado, con unos inmensos ojos verdes que parecían ser su mayor atractivo. Por lo demás, era una de esas personas que pasarían desapercibidas sin mucha dificultad. Valva miró a Jorge de reojo y se dio cuenta de que resplandecía mientras los demás veían por primera vez a su prometido. Alargó la mano y tomó la de él, que le devolvió la caricia. Mientras examinaban a aquel chico de aspecto afable, a todos se les venían a la cabeza las tormentosas historias del pasado sentimental de Jorge. En la universidad había tenido un par de novios que pasaron sin pena ni gloria, pero luego se obsesionó con el indeseable de Rubén, que estuvo a punto de destrozarle la vida. Huyendo de él, Jorge se marchó a París, él lo siguió y allí le hizo desgraciado durante algún tiempo, hasta que la convivencia terminó abruptamente y Jorge se concedió la posibilidad de olvidar. Después había tenido alguna aventura de la que casi siempre hablaba cuando ya había acabado, y una relación estable con un artista mayor que él y que terminó a los dos años de mutuo acuerdo —o eso decía Jorge—, después de unos cuantos episodios de infidelidad mutua, reconciliaciones y rupturas sonadas.

—Yo ya me había resignado a morir soltero. Y de pronto, ¡zas!, apareció Fabrice. Fue cosa del destino. Una carambola increíble, ¿eh? Porque coincidimos en una fiesta a la que ni él ni yo pensábamos ir. No me digáis que no parece de película. Yo me había excusado porque tenía otro compromiso que se canceló a última hora, y él fue acompañando a su hermana porque el marido de ella había tenido que salir de viaje. Empezamos a hablar en el cóctel y al día siguiente vino a la galería fingiendo que le interesaba mucho uno de mis artistas. Me di cuenta enseguida de que no entendía nada de pintura ni tenía intención de gastarse nueve mil euros en un cuadro. Eso fue hace cinco meses. Y hace cuatro semanas decidimos casarnos. Se lo pedí como mandan los cánones: en el último piso de la torre Eiffel. No puse la rodilla en tierra porque él es poco amigo de los numeritos, pero me habría encantado hacerlo. Me muero por que os conozca. Es encantador.

—¿Por qué no lo has traído contigo? —protestó Lourdes.

—Demasiado intenso, LouLou. No podía coger de la mano a mi prometido y soltarlo en la jaula de las fieras. Lo prefiero así. Además, quería disfrutar de vosotros este fin de semana. Pero lo conoceréis pronto y lo adoraréis. Es fantástico. Inteligente y con sentido del humor. Y tiene un corazón de oro. ¿Podéis creerlo? ¡El bueno de Georgie se casa! —Miró a la anfitriona—. ¡Valva! ¿No podemos poner música? Creo que este momento merece un poco de *swing*. Y hubo una época en que lo celebrábamos todo bailando. No me digáis que lo habéis olvidado.

No, no lo habían hecho. Entonces bailaban. Todos. Mauro era más bien patoso y a Robe no le gustaba mucho bailar, así que a veces empezaban negándose a participar de la fiesta, pero siempre acababan cediendo. Bailaban solos, en pareja, en grupo, bailaban en círculo riéndose los unos de la torpeza de los otros, cambiaban de compañero de baile, cantaban a gritos las canciones que sonaban. Robe se descubrió echando de menos aquellas sesiones de danza obligada de las que siempre intentaba escaquearse. Ojalá no se hubiese hecho tanto de rogar. Ojalá ahora estuviese dispuesto a dejarse convencer para iniciar el baile. Pero era un poco tarde para eso.

Valva sacó un reproductor mp3, lo conectó a dos modernos altavoces que casi no se veían, y buscó *You can´t hurry love.* Jorge gritó al escuchar las primeras notas.

—¡¡Valva!! ¡¡Qué bien que te acuerdes de esta canción!!

—Pues claro que sí. Era una de tus favoritas.

—¡Y además viene al pelo! Vamos, ven aquí, mi Cyd Charisse…

Lourdes y Cecilia se unieron a Jorge y a Valva, que ya evolucionaban, algo exageradamente, por el centro de la biblioteca. Isabel, con el ceño fruncido, miró a Mauro dejando claro que todo aquello le parecía ridículo. Robe tampoco bailó, pero se acercó al grupo, donde Jorge cantaba a pleno pulmón la letra de Phil Collins mientras improvisaba una coreografía y Valva, Lou y Cecilia trataban de seguir sus pasos sin mucho éxito. Se dijo que había algo tierno y a la vez ridículo en aquella escena, que se le antojó una desesperada búsqueda del tiempo perdido. Y no podía ser. Ya no eran los chicos que bailaban en las tardes de domingo. Resultaba entrañable que Jorge y las chicas quisiesen volver a aquella época, pero él no se veía capaz de participar del *revival*. O, al menos, no en cuerpo y alma. En cuanto a Mauro, la presencia de Isabel le impedía lanzarse a aquel chapuzón nostálgico al ritmo de una canción que llevaban años sin oír. Una canción pasada de moda que posiblemente sus hijas no reconocerían. En cuanto terminó, Cecilia se dejó caer en un sillón.

—¡Llevaba siglos sin bailar!

—Y yo —contestó Lou—. Y me estoy dando cuenta de que es absurdo, porque es algo que podría hacer en el salón de mi casa. Me machaco en el gimnasio y no se me ocurre poner música y quemar calorías por mi cuenta.

—Esto está resultando mucho mejor de lo que imaginaba. —Jorge estaba lanzado—. ¿Sabéis qué vamos a hacer ahora? ¡Echar mano de otra de nuestras antiguas costumbres! ¡Los espaguetis de madrugada!

Hubo gritos y algún quejido. Comer pasta en mitad de la noche era una de aquellas locuras que hacían en la universidad, casi siempre en casa de Jorge y después de volver de juerga: antes de irse a dormir, iban al apartamento y charlaban de lo que había dado de sí la velada mientras devoraban un plato de espaguetis con tomate.

—Valva, ¿tienes pasta en la cocina?

—Menuda pregunta..., esto es un restaurante.

—Sí, pero no quiero casarecci ni tagliolini ni nada sofisticado. Espaguetis o macarrones.

Lo cierto es que a ninguno le apetecía demasiado comer a aquellas horas. Era la una de la madrugada y apenas habían hecho la digestión de la cena, pero Jorge parecía haber puesto todas sus ilusiones en seguir avivando la nostalgia con aquella tradición. Así que de perdidos al río.

—De acuerdo. Dadme un rato, creo que solo tengo pasta al huevo y tardará un poco en hervir.

—¡Eh, alto ahí, Valvanera! La lubina y el gallo fueron cosa tuya, pero es mi turno. Voy a cocinar yo. Mi repertorio es limitado, pero los espaguetis no se me resisten.

—Vaya cosa, echar salsa de tomate sobre pasta hervida.

—Y tú, Mauro, vas a acompañarme en penitencia por ese comentario tan poco elegante. Además, he mejorado mucho y ahora preparo mi propia salsa. Ven conmigo y me harás de pinche. ¿Me lo prestas, Isabel querida?

—Qué remedio.

Mauro siguió a Jorge a la cocina y los demás se quedaron en el salón.

—¿De verdad os vais a comer una ración de espaguetis? —Isabel fingía sentirse horrorizada, aunque en el fondo tenía hambre. Las novedades le despertaban el apetito, y la cena tampoco había sido muy abundante. Además, el gallo no le gustaba y casi no lo había probado.

—A Jorge le hace ilusión prepararlos, así que no vamos a chafarle el plan —contestó Lou—. ¿No ves cómo está? Parece un crío. Creo que nunca le había visto tan contento... Si tengo que inflarme a hidratos, lo haré encantada. Y hasta que llegue el rancho, voy a servirme otro whisky, qué cojones.

Valva cambió con Robe una mirada fugaz, aunque enseguida se arrepintió. No era muy correcto eso de contar las copas que se beben los demás. Pero aquella noche Lou parecía una esponja.

—Nuestro Georgie se casa —dijo Valva—. ¡No puedo creerlo!

—Ni yo, pero parece que va en serio. Es estupendo que sea tan feliz. ¡Y pensar que vinimos creyendo que estaba enfermo! Hay que ver cómo pueden cambiar las cosas en unas horas. Me he llevado un susto de muerte…, pero lo doy por bien empleado. Admitámoslo, de no haber creído que Jorge estaba fatal, nos habríamos quedado en casa.

—Yo no. —Lourdes buscaba el hielo, y como no lo encontró, añadió al whisky un poco de agua—. Le dije que vendría desde el primer momento. ¿Y tú, Robe? ¿Habrías venido de no pensar que Jorge estaba en las últimas?

Él se encogió de hombros y no contestó. Tenía sobre las rodillas el álbum de fotos y miraba y remiraba lo que empezaba a parecerle una ominosa colección de pruebas del paso del tiempo.

—No sé si me hace mucha gracia ver fotos viejas —dijo al fin.

—No son fotos viejas. Solo tienen unos cuantos años.

—Ja. La mitad de estas fotos pertenecen al Paleolítico. Al menos, al nuestro. —Meneaba la cabeza con resignación—. ¿Sabéis qué? No debería haber visto estas imágenes. Es terrible comprobar lo jóvenes que éramos. A veces se me olvida que no siempre tuve arrugas.

Robe cerró el álbum con una pizca de rabia y deseó tener la capacidad de hacerlo desaparecer. Lo último que había imaginado cuando posaba para aquellos retratos —a los veinte, a los treinta años— es que un día preferiría no verlos. Qué absurdo, se dijo. Tomamos fotos para hacer que las cosas sean eternas, y llega un día en que desearías no tener delante la evidencia de que fuiste joven, guapo y tan idiota como para no pensar que el tiempo estaba ahí, esperando para hacer de las suyas.

—A mí me parece divertido recordar cómo éramos. Quiero decir que en esas fotos se nos ve tan... tan inocentes... Da la impresión de que no nos importaba nada de lo que pudiese pasar. O que, simplemente, pensábamos que no podía ocurrirnos nada malo.

Cecilia no podía darse cuenta de que estaba poniendo el dedo en la llaga. Aquella frase hurgó en la herida de Robe, que frunció el ceño al notar la escocedura. Esa era la cuestión: que se veía hace quince años y tenía la impresión de estar ante un memo que se complace en ignorar el futuro inmediato. Una infidelidad, un divorcio doloroso, la separación de un grupo aparentemente compacto, sus problemas con el alcohol... En cuanto a los demás, tampoco podían intuir lo que se avecinaba. Lourdes no podía saber que iba a estar al borde del suicidio, ni Mauro que su hijo se pondría gravemente enfermo, ni Jorge que el tipo con el que estaba emparejado podría estar cerca de arruinarle la vida, ni Cecilia que iba a verse obligada a elegir entre ser madre o seguir con el hombre del que estaba enamorada. Habría querido coger por los hombros a cada uno de aquellos chicos que miraba a la cámara —al futuro— con tan alegre confianza y decirles, despertad, no pongáis esas cara de satisfacción, todo esto no durará mucho.

Para Robe, el paso de los años había empezado a convertirse en una obsesión. A veces se sorprendía echando cuentas del tiempo transcurrido entre un acontecimiento y otro, y siempre se horrorizaba de lo rápido que habían caído las hojas del calendario. Apenas podía creer que sus hijas fuesen ya adolescentes, y que el día menos pensado se convertirían en personas parecidas a aquellos chicos que posaban para los retratos de boda.

—Yo creo que lo importante es que estamos bien. —Lourdes había encontrado en un bolsillo una barra de manteca de cacao y se untaba los labios—. Creo que ver esas fotos me sacaría de quicio si las cosas se nos hubiesen torcido, pero no podemos quejarnos. A ver, no digo que todo sea perfecto, pero en general…

—¡Pues claro! —Cecilia parecía disfrutar de su particular ataque de optimismo—. Todos tenemos trabajo, nuestros hijos están perfectamente y acabamos de recibir buenas noticias. Somos afortunados. Mucho.

Isabel tenía ganas de contestar que no podían medir a todos por el mismo rasero. Tal vez era fácil para Lou, que tenía su propia empresa, o para Robe, que vendía sus cuadros por cantidades indecentes. Por no hablar de Jorge, con su abultada cuenta corriente, y de Valva, que vivía en el paraíso y tenía incluso un título nobiliario, aunque no sabía muy bien si eso valía para algo. Le consolaba pensar que la existencia de Cecilia debía parecerse más a la suya, encajada con tornillos en el prototipo de la clase menos acomodada. Sin embargo, parecía sincera al decir que no había motivos para quejarse. Tal vez le iban las cosas mejor de lo que pensaba. O tal vez tenía su propia vara de medir. Se preguntó si alguno de los amigos de su marido podía suponer que ella y Mauro vivían permanentemente asfixiados por las deudas. Que su casa a final de mes era una puntual travesía del desierto. O que, por muy inteligentes y trabajadores que fueran, sus hijos nunca tendrían ni de lejos las oportunidades de las que iban a disfrutar las chicas de Robe y

Lou. Claro que, a cambio, sus hijos tenían una familia a tiempo completo… Sí, quizá eso compensaba. La única familia de verdad que había por allí era la que ella y Mauro habían creado. Se sintió mejor, pero lamentó no poder decir a aquellos presumidos que tenía algo que a ellos les estaba vedado. Sabía que no se atrevería a gritar: «Creéis que vuestra vida es maravillosa, pero estáis muy equivocados», aunque tampoco iba a privarse del placer de apostillar:

—El día a día es duro para todo el mundo —dijo pretendiendo parecer críptica.

—No estoy de acuerdo. —Lou ni siquiera la miró—. Entiendo que es un consuelo pensar que los demás viven puteados, pero no es cierto. Hay gente completamente feliz. Y no hablo de mí, desde luego. Me levanto a las siete de la mañana cada día, soy prácticamente una madre soltera y vivo pensando en que mañana puede aparecer un modelo de negocio que lleve al mío a la bancarrota. Por no hablar de que mi marido me dejó por otra mujer y eso me hizo perder el rumbo durante algún tiempo…

—Venga, toca extender las miserias. —Cecilia dio un sorbo a su bebida. El hielo derretido la había aguado, pero no se sirvió otra—. Yo sí soy una madre soltera y yo sí vivo al límite. No he tenido vacaciones pagadas en toda mi vida, y he trabajado con cuarenta de fiebre porque no tengo derecho a una baja. Mi casa no es mía, sino de un banco, y este año mi hijo me preguntó qué iba a pasar con el dibujo espantoso que habían hecho en el colegio para el día del padre. Robe, es tu turno.

—Soy un exalcohólico que todos los días tiene que hacer milagros para no tomarse una copa. —Se llevó la mano al pecho—. ¿Os basta con esto o tengo que buscar otra desdicha para que podáis regodearos en ella?

Isabel parecía satisfecha de su éxito.

—Entonces me dais la razón. Mi madre lo decía siempre: cada cual tiene su cruz.

Lourdes, que estaba a punto de dar otro sorbo al whisky, pensó que de buena gana hubiese arrojado el contenido del vaso sobre aquella cabeza de chorlito, pero se conformó con derramar encima de Isabel una de aquellas miradas en las que conseguía combinar la burla, la rabia y una equilibrada mezcla de desinterés y desprecio, y cuya fórmula guardaba en secreto.

—Error. En esta sala hay alguien cuya vida no tiene ni un pero: nuestra Valva. Supongo que tu madre no la conocía. Aquí la tienes. Ella sí es feliz.

Valva pareció azorarse.

—Anda ya, Lou…

—No seas tonta, es verdad. Mira esta casa, mírate a ti. Y a tu marido. —Golpeó con la punta del dedo el álbum de fotos, como si Étienne estuviese allí en carne mortal—. Rematadamente guapo, y rico, y con un título nobiliario. ¿Sabes qué? Si alguien me llamase *madame la comtessa*, creo que me mearía de gusto. Y vosotras también. Bueno, a lo mejor Ceci no, siempre fue un poco *hippy*. Pero no nos desviemos del tema: Valva es la protagonista de un cuento de hadas.

Lo dijo con ferocidad, pero por alguna razón aquella contundencia no arredró a Isabel.

—Pues yo insisto en que siempre hay algo que se echa de menos, incluso las personas a las que parece que no les falta de nada. Por ejemplo, Valva no ha tenido hijos… —Se volvió hacia ella—. Perdona que te pregunte, ¿por qué ha sido?

Cecilia pegó un respingo. ¿Cómo podía Isabel ser tan indiscreta? No era la primera vez que Valva respondía ese tipo de cuestiones que algunas personas plantean a las parejas sin descendencia. Al parecer, no reparaban en que la respuesta puede estar cargada de dolor o de conflictos. Por suerte, para Val no era tan delicado contestar, y lo hizo con una sonrisa sincera:

—No quisimos. Étienne tuvo dos con su primera mujer, y a mí, la verdad, no me gustan mucho los niños.

—Qué cosas dices. Lo mejor que he hecho en la vida es ser madre.

Lourdes dio otro sorbo a su vaso y masculló algo. Robe se dio cuenta de que podía estar cocinándose una pequeña tragedia y buscó una forma de cambiar de tema, pero no se le ocurrió nada. Volvió a apetecerle una copa. Mauro y Jorge trasteaban en la cocina. Joder, que vengan ya y a ver si acabamos con esta conversación.

—Bueno, supongo que por eso tú tienes tres hijos y yo ninguno —dijo Valva con la misma calma sonriente que le había servido de escudo durante toda la vida—. Y tú estás encantada con tu familia y yo estoy encantada de no tenerla.

—Ya. Pero, y perdona que te diga, cuando seas mayor…, muy muy mayor, quiero decir, ya veremos si sigues pensando lo mismo. Es duro no tener a nadie que te cuide.

—Mis padres son muy muy mayores —dijo Lourdes sin dirigirse a nadie en particular— y tienen cuatro hijos que no les hacen ni puto caso. Yo entre ellos. Isabel, siento boicotear la estampita de libro de misa que tienes en la cabeza, pero estás muy equivocada si crees que dentro de treinta años tus hijos estarán pendientes de tu soledad y tus neurosis. Como mucho, irán a verte a la residencia de ancianos una vez a la semana y le darán una propina al celador para que te cambie el pañal un poco más a menudo.

Perfecto, pensó Cecilia. Lourdes estaba borracha. Conocía los síntomas: arrastraba las erres y se ponía aún más faltona que de costumbre. En ese momento entraron Jorge y Mauro con una fuente de espaguetis de la que se escapaba un delicioso olor a albahaca y tomate. Ceci y Robe les dedicaron un aplauso, más con el propósito de poner punto y final a aquel diálogo de futuro incierto que de celebrar la llegada de un vulgar plato de pasta. Pero Isabel no estaba pendiente del resopón.

—Lourdes, no seas desagradable, no todos los hijos son como tú y tus hermanos. —Se volvió hacia Valva y le hizo una rara caricia en el brazo desnudo, como si fuese su mejor amiga—. Te digo una cosa: algún día te arrepentirás de no haber querido tener tu propia familia. Oh, sí, ya sé que los niños dan mucho trabajo y todo eso, pero cuando pase el tiempo verás que tu egoísmo no…

Fue entonces cuando Lourdes explotó:

—Valva, voy a pedirte un favor: como todos sabemos que no has tenido hijos porque no te ha dado la puta gana y por ahí no te va a pillar, cuéntale a Isabel algún capítulo chungo de tu pasado. Sé que es importante para ella saber que en tu maravillosa existencia hay algún borrón que la ponga a la altura de la miseria de los demás. O al menos, a la altura de la suya.

—Yo no… —Isabel enrojeció, pero Lou ya estaba embalada.

—Venga, Valva, confiesa. ¿Tienes problemas para dormir? ¿Una menopausia precoz? ¿Tu padre te pegaba, tu madre era cleptómana? Algo debe haber que haga tu vida menos apetecible. Compártelo y así esta… psicópata se sentirá mucho mejor.

—¡Lourdes, te estás pasando!

—Y una mierda me estoy pasando. Hay que estar muy mal de la olla para que te moleste tanto que a los demás les vayan bien las cosas. Acéptalo, Valva lo tiene todo. Es guapa, es lista y ni siquiera ha engordado. Vive en una mansión. No tiene deudas ni las tendrá en la vida. Y está casada con un hombre estupendo, así que… ¡¡¡jó-de-te!!!

Hubo un silencio. Isabel tenía la boca abierta y no parecía dispuesta a cerrarla. Lourdes se dio cuenta de que estaba sudando a mares, y se dijo que sería un placer quitarse la camisa y quedarse en ropa interior. Y entonces se escuchó la voz de Valva:

—Étienne me ha dejado.

CAPÍTULO TRES

De todas las personas que conocían —incluso de todas las personas del mundo—, Valva era la última a la que hubiesen podido imaginar abandonada por un hombre. Todos la recordaban como era en el primer año de facultad, elegante y ajena, con aquel largo cabello dorado —entonces solía dejarlo crecer hasta que empezaba a rozar su cintura— y los ojos azules y rasgados que le daban el aspecto de una princesa nórdica. Era fácil adivinar que causaba un efecto devastador. En los años de universidad había tenido incontables romances —uno de ellos con un profesor, lo cual la convirtió en carne de escándalo—, pero ningún noviazgo largo, así que empezó a ganarse una cierta fama de mantis religiosa. No es que devorase a sus amantes, por supuesto, pero sí los abandonaba dejándolos sumidos en el desconsuelo, así que cualquiera de aquellos pobres tipos habría preferido que Valva se lo merendara a que lo dejase tirado como a una colilla. Lo curioso es que ninguno tenía para ella nada más que buenas palabras —quién puede hablar mal de una temporada en el paraíso— y asumían con una mezcla de deportividad y resignación el haber sido sustituidos.

Para las chicas, aquello constituía otro motivo de disgusto: podían aceptar que la tal Valvanera atrajese a los hombres como un farol luminoso a las polillas, pero no que tras haber sido despreciados ellos siguiesen manteniéndola en una especie de altar. Así pues, Valva no era precisamente popular entre sus compañeras. Un día habló del asunto con Jorge, que le dijo que debía asumir que su aspecto físico iba a condicionar su vida para siempre.

—Valva, cariño, tienes que aceptarlo: eres demasiado guapa. Y a las mujeres no les caen bien las guapas, ¿comprendes? Las admiran, las envidian, las adulan, pero *no* las aprecian. Es casi un milagro que hayas dado con dos ejemplares como Lourdes y Ce. Lou es demasiado presumida como para ver una rival ni siquiera en ti, y Cecilia está hecha de un material misterioso que le impide sentir envidia. Pero no te resultará fácil que otras se comporten igual. Te odiarán, te criticarán y te pondrán zancadillas. Cuando antes lo entiendas, antes lo superarás.

Muy a su pesar, Val sabía que Jorge tenía razón. Y le dolía. Había crecido intentando no dar importancia a su aspecto: al fin y al cabo, ser guapa o no serlo era cuestión del capricho de un puñado de genes, que en su caso parecían haber jugado una auténtica yincana para hacer confluir los rasgos más agraciados de todos sus ancestros. Ni siquiera pensaba mucho en ello. Más bien al contrario, no encontraba ningún aliciente en llamar la atención a causa de su aspecto: a diferencia de Lourdes o de la propia Cecilia, la admiración de otros la hacía desear encogerse sobre sí misma como un caracol. Sin embargo, muchos pensaban que aquella aparente indiferencia hacia su físico era una forma de hipocresía. No podían entender que en ocasiones Valva habría preferido ser una chica corriente, con sus kilos de más o de menos, su nariz demasiado pequeña o demasiado grande, su pelo muy fino o muy grueso. Una chica cuyos complejos cualquiera podría entender. Pero nadie comprende que a los veinte años alguien pueda pasarlo mal por ser demasiado guapa.

Pensó en dejar de arreglarse. Durante unas semanas rechazó la ropa de firma que le prestaba Lou y empezó a ir a clase con vaqueros gastados y camisas de hombre. No volvió a pintarse los labios con aquel tono rojo que le sentaba tan bien, ni a retocar con rímel sus pestañas rizadas. Y en un último intento por acercarse a las inmediaciones de la vulgaridad, se cortó el pelo al uno. Lo primero que le dijeron fue que con el cabello así era exactamente igual a la chica de *Lady Halcón*. A partir de aquel día decidió asimilar el incordio. Sí, era hermosa. No tenía la culpa, ni tampoco ninguna obligación de pedir perdón por ello. Se dejó crecer el pelo otra vez y compró una colección de lápices de labios en distintos tonos encendidos que usaba cada mañana para delinear los labios perfectos con los que soñaban todos los hombres que conocía.

Pasó el tiempo. Jorge se enamoró —un fracaso encadenado con otro, qué le vamos a hacer—, Cecilia se enamoró —siempre de quien no debía, vale, pero esa es otra historia—, Robe y Lourdes se enamoraron —entre ellos, por suerte—, Mauro se enamoró —por desgracia, pero eso ya lo sabemos— y, mientras, Valva seguía superponiendo una relación pasajera con otra sin pasar por la amarga casilla del despecho. Los demás admiraban aquella habilidad suya para escapar indemne de cualquier conflicto amoroso. Era ella la que dejaba a sus amantes, ella la que cogía el camino de regreso y la que señalaba la puerta de salida a aquella legión de hombres convertidos en peleles en sus manos, que empezaban a estar curtidas por el uso del cincel. Lo hacía muy bien, eso sí: tras las rupturas, ninguno de sus amantes le guardaba rencor y todos presumían de ser amigos suyos, aunque en realidad aquellos pobres tipos se conformaban con el premio de consolación de la amistad con la esperanza de que llegase una ocasión para iniciar la reconquista.

En aquella época de revelaciones, de descubrimientos, de tanteos sentimentales, en aquellos años de búsqueda del placer, de intentos de dar esquinazo al dolor, en aquellos tiempos de aprendizaje, solo una vez el corazón de Valva salió herido, y se las apañó para curarlo sin que nadie lo supiese. Silenció el fracaso vaciando su cuenta de ahorros y comprando un billete de avión para pasar una temporada en Roma. Ni siquiera quiso esperar a que pasase la tímida reunión con la que Mauro festejó su matrimonio: dijo que se iba y desapareció durante un par de meses. Nadie sospechó que su espantada tuviese que ver con un desengaño, sino que sus amigos creyeron a pies juntillas lo del seminario de escultura en la galería Doria Pamphilj y la beca de una fundación privada. Tras volver no contó gran cosa de su estancia en Italia, pero no dar muchas explicaciones era lo normal en Valvanera. Solo ella lo supo todo de las semanas pasadas en la ciudad eterna, el cuarto estrecho y conventual de la pensión de Campo dei Fiori, su triste vagabundeo por los museos capitolinos y los jardines de

Villa Borghese, la solitaria excursión que hizo a Ostia, los paseos sin rumbo por el Trastévere, las visitas a iglesias frescas y oscuras donde se demoraba viendo alguna maravilla en piedra de Miguel Ángel o de Bernini que le recordaban que la belleza era algo palpable, algo cierto, algo que no podía ignorar ni siquiera durante un período de dolor. En aquel tiempo no habló con nadie: la suya fue una cura de soledad y silencio, o tal vez un castigo de ostracismo que se había infligido a sí misma. Almorzaba sola, cenaba sola, caminaba sola. Se curó. La distancia cura. El tiempo también. Pero, sobre todo, cura el deseo de supervivencia, la obligación de seguir adelante que uno no puede eludir cuando tiene veintitrés años.

Ocho semanas después de su huida, nadie habría dicho que la Valva que volvió a Madrid no era la de siempre. Ella misma se sorprendía del efecto que había obrado sobre su estado de ánimo la etapa de aislamiento, y se felicitaba por haber elegido Roma para su particular terapia. Desde entonces, aquella ciudad le quedó asociada a una forma de renacer, a una segunda oportunidad, al peregrinaje de la superación. Cómo imaginar que, ocho años después, se casaría precisamente allí con un hombre como Étienne Lescaut.

Después de aquel secreto fracaso sentimental que se saldó con el exilio, Valva conoció a otros hombres y tuvo otras historias que siempre fueron superficiales. Igual que en su etapa universitaria, dejó un rastro de corazones rotos, de jóvenes y no tan jóvenes que eran expulsados de su vida sin un portazo, sin una mala cara, y que continuaban gravitando en torno a ella con la vana ilusión de una repesca. Cuando conoció a Étienne Lescaut empezaba a pensar que estaba condenada a no volver a enamorarse, y que quizá ese era el precio a pagar por los pecados cometidos. Pero llegó Étienne, y de haber existido una maldición —merecida o no—, el sortilegio saltó por los aires para siempre.

Eran distintos y fue Valva quien se adaptó a la vida de él. No fue difícil —nada lo es cuando se está muy enamorado—, pero claro que había habido escollos. Un francés guapo, rico y distinguido. Una belleza española que subsistía con un contrato precario en la universidad y tenía las manos percudidas después de tantos años de manejar el buril o la arcilla, de herirse en el torno, de agarrar el escoplo con firmeza. No, los familiares de Étienne no dieron saltos de alegría cuando conocieron a Val. Tampoco sus amigos. Ella se dio cuenta de que se había convertido en lo que en la época de entreguerras los neoyorquinos del Upper East Side llamaban *chicas cenicienta*: muchachas guapas sin oficio ni beneficio —coristas, camareras, empleadas de la sección de caballero de los grandes almacenes o del guardarropa de un club— que se casaban con el heredero de una fortuna. De nada servía que ella se repitiese que cuando conoció a Étienne no sabía nada de su título, su cuenta corriente o los negocios de su familia: los otros, posiblemente, no se creían su historial de ignorancia. Y Valva se volvió insegura. Le inquietaba la vida en París, le inquietaba el padre de Étienne, los primos de Étienne, los amigos de Étienne, que la consideraban una advenediza e interrumpían las conversaciones cuando entraba en la habitación. De pronto era una usurpadora, una arribista, un bicho de otra charca. La intrusa que les había robado a uno de los suyos. Una entrometida que había variado el orden natural de las cosas.

En aquellos días se acordó muchas veces de Isabel.

Cuando Étienne le propuso mudarse a Saint-Rémy no pensó que iba a sepultarse en un pueblo, sino en la maravillosa posibilidad de escapar de un mundo en el que no tenía sitio, y hacerlo además junto al hombre que amaba. Y sí, siguió todos aquellos cursos de cocina, y las manos ajadas por el barro y el escoplo se estropearon un poco más por culpa de las salpicaduras de aceite hirviendo, de mantequilla líquida y chocolate derretido, por las puertas candentes de un horno o el vapor de una olla a presión. A Valva le daba igual. Étienne se había convertido en la única cosa que de verdad le importaba. Ni la plaza que había dejado por consolidar en la universidad, ni los mejores amigos, ni los planes trazados, ni su familia, ni la buhardilla de renta antigua o la ciudad que tanto le había gustado en otro tiempo y donde estaba su hogar, las personas que amaba y su modesto universo de artista y aspirante a profesora universitaria. De pronto, su lugar era Étienne. El resto había desaparecido.

Si Étienne Lescaut hubiese sido de otra manera, quizá Jorge y los otros habrían reaccionado peor ante aquel *big bang* sentimental. Pero el novio de su amiga les gustaba a todos. Era apuesto, divertido y gentil, y correspondía al amor de Valva de una forma tan poco disimulada que, como bien señaló Lou, lo suyo parecía diseñado por la mismísima Barbara Cartland: el guapo aristócrata que enamora a la chica hermosa y sencilla y se la lleva a vivir a un palacio al otro extremo del mundo. Aunque Francia no estaba tan lejos, el palacio no era más que una mansión rural necesitada de una reforma, y el futuro de Valva no tenía nada que ver con bailes cortesanos, cetros y corona, sino con preparaciones de *foie* y lecciones exprés de pastelería. Salvo por ese baño de vulgaridad, el resto era perfecto, y nadie habría podido decir que Valva y Étienne no formaban una pareja de película antigua.

Doce años después, Valva les comunicaba oficialmente que el cuento de hadas había terminado por abandono de uno de sus protagonistas.

Y ahora ¿qué?, pensó Mauro. Después de la revelación, todos se habían quedado en silencio. Se preguntó cuánto tardaría alguien en romperlo, y, sobre todo, le inquietaba cómo iba a comportarse la que se había erigido en involuntaria protagonista de la noche. Valva no solía hablar de sí misma, pero ¿qué se suponía que iban a hacer ahora? ¿Seguir la velada como si nada? «Étienne me ha dejado, pero, por favor, no hablemos de mí.»

—¿Y qué es lo que ha ocurrido? ¿Estabais mal?

Mauro escuchó la voz de Isabel, y por primera vez se preguntó qué demonios pintaba su mujer allí. Los cinco mejores amigos de Valva se estrujaban el magín intentando decir algo medianamente oportuno, y era ella la primera en hacer la más impertinente de las preguntas. Se sorprendió sintiendo algo parecido a la ira. Mauro no era un hombre colérico. Se enfadaba muy pocas veces, y cuando lo hacía no notaba más que una leve irritación del ánimo, poco más que un cosquilleo de malestar que no tardaba en desvanecerse. Pero aquella vez era distinto, y le pareció que algo desconocido, como una especie de géiser de agua hirviendo, había entrado en acción en su cabeza y en su estómago. Le entraron ganas de romper algo: estrellar contra la pared la botella de whisky casi vacía o dar un manotazo a la bandeja de los bombones habría supuesto un alivio. Se preguntó cómo se sentiría la gente que seguía semejantes impulsos destructivos y pensó que eran dignos de envidia: él, desde luego, no iba a atreverse a tanto, por mucho que sospechara que en aquel preciso momento podría haberle sentado bien. Respiró hondo y se volvió hacia su mujer.

—Bueno —dijo—, creo que Isabel y yo nos vamos a retirar.

—Pero, Mauro…

—Es muy tarde y estamos cansados. Venga, Isa…

Solo ella se dio cuenta de que en los ojos de Mauro había un fulgor desconocido y que lo que parecía una sonrisa de cortesía era una mueca encajada en su cara. No, no parecía haber mucho espacio para la negociación.

—Pues nada, buenas noches a todos. Gracias por la cena, Valva, y siento mucho lo tuyo.

Valva hizo con la cabeza un gesto que podía significar casi cualquier cosa, pero que en realidad escondía un profundo sentimiento de alivio. Si no le apetecía mucho dar explicaciones, lo último era ofrecerlas delante de alguien tan torpe como Isabel. Se sintió un poco mejor en cuanto los pasos de Mauro y su mujer se perdieron en dirección a las habitaciones. Lourdes se puso de pie.

—Bueno, todo lo que puedo decir es ¡aleluya! Por una vez, Mauro ha sabido cómo hacer las cosas llevándose a esa cretina. —Se acercó a la fuente de pasta y se sirvió una ración generosa—. ¿Alguien quiere? A mí me ha entrado hambre.

Siempre era así. Hay personas a las que las malas noticias les quitan el apetito. A Lou le ocurría todo lo contrario: le entraba un hambre feroz al enterarse de cosas poco agradables. Jorge le tendió su plato.

—Solo un poco..., mi dieta, ya sabes...

—A la mierda tu dieta —contestó, y le puso una cantidad considerable—. Ce, trae para aquí, a ti te encantan los espaguetis. Y tú, Val, vas a comer también. No has cenado nada.

—Ya veo que de mí pasas —comentó Robe.

Lourdes se volvió hacia su exmarido con una mano en la cadera y la otra sosteniendo el plato que acababa de servir a Valva.

—Sí, Robe, paso completamente. De hecho, hace como diez años que paso. Me costó muchísimo trabajo, pero ya ves. Paso de servirte espaguetis, paso de que bebas o no bebas, paso de tus historias raras y paso de ti. Y ahora, si puedes sacar la cabeza de tu culo durante un rato, te rogaría que nos centrásemos en Valva.

Roberto iba a contestar cuando se abrió la puerta y Mauro volvió a entrar en la habitación.

—Pero ¿tú no estabas cansado?

—Yo no. Era Isabel la que ya no podía más. ¿Me sirves espaguetis, por favor?

Lou llenó un plato y se lo pasó sin decir nada, y luego sirvió otro para Robe, que lo recibió con un gruñido.

Por primera vez en muchísimo tiempo allí estaban los seis. Juntos. Y solos.

Cecilia se preguntó quién sería el primero en hablar y le sorprendió escuchar la voz de Mauro, que siempre se esforzaba por pasar desapercibido. Tal vez su arranque al llevarse a Isabel le había prestado nuevos bríos.

—Y tú ¿cómo estás?

Valva le dirigió una mirada de desesperanza antes de encogerse de hombros. Con los ojos fijos en el plato de espaguetis que apenas había tocado, les contó que Étienne se había ido cinco días antes de su llegada. Estaba enamorado de otra. Eso fue lo que le dijo: «Lo siento, pero me he enamorado», y entonces cogió una maleta y se largó. Sucedió un domingo, después de que se marcharan los últimos huéspedes. Los domingos, les dijo, eran el mejor día de la semana —en ese momento dos lágrimas enormes, dignas de un dibujo manga, surcaron la piel blanca de Valvanera— porque el hotel solía quedarse vacío, el restaurante se cerraba y tenían la casa para Étienne y para ella. Hubo un tiempo en que aprovechaban la inactividad para hacer el amor en alguna de las habitaciones, con las sábanas recién mudadas oliendo a espliego. Ya hacía tiempo que habían perdido esa costumbre, pero las tardes de los domingos seguían siendo para ellos. Cuando los clientes se marchaban, recogían juntos los restos del desayuno y hacían un *brunch* con las sobras. Luego veían una película o leían, comentaban la prensa atrasada, daban un paseo o charlaban de cosas livianas, porque el domingo era sagrado y se prohibían mutuamente hablar de nada que tuviese que ver con el negocio. Más tarde se arreglaban y salían a cenar en algún restaurante del pueblo donde los miraban casi con orgullo, como a un buen producto local. *Monsieur et madame, les comtes,* tan guapos y tan sencillos, mezclándose con el populacho y comiendo productos de charcutería cuando su restaurante tenía una estrella Michelin. Al final de la jornada tomaban una copa en casa, se permitían el lujo de acostarse tarde (por lo general, el lunes no había desayunos que servir) y se dormían con la convicción de que el remanso de paz de aquellas veinticuatro horas era justo lo que necesitaban para enfrentarse a otros seis días de intensa actividad.

Las cosas fueron así durante los primeros años, pero hacía tres meses que se habían alterado. Étienne había pasado más de un fin de semana en París pretextando problemas en las empresas familiares que solo ahora Valva entendía como el más burdo pretexto para encubrir una aventura. Importantes reuniones en sábado, cónclaves de los Lescaut en domingo… Eran disculpas tan poco elaboradas que a nadie se le habría ocurrido cuestionarlas. Valva tampoco lo hizo. Nunca pensó que Étienne podría tener una amante. Se fiaba de él. A ciegas. De la misma forma un poco estúpida en que miles de personas enamoradas se han fiado durante siglos de aquellos a los que quieren por encima de todo. Y entonces llegó el último domingo. A ella le satisfizo que el viernes su marido no cogiese el coche para ir a París y se dijo que quizá las aguas estaban volviendo a su cauce, que la crisis de los Lescaut estaba solucionada (¿qué había sido?, ¿una farmacéutica, una envasadora o aquella bodega borgoñona que últimamente solo daba disgustos?) y que podrían regresar a la deliciosa rutina dominical de charlas, cenas tempranas y caminatas por Saint-Rémy. Pero Valva se equivocaba. Étienne solo había vuelto a casa porque quería anunciar que se marchaba. Para siempre.

—Qué hijo de puta.

A todo el mundo le extrañó que la frase viniera de Mauro, tan comedido en sus expresiones, tan prudente, tan dado a dejar que hablasen otros antes de abrir la boca. Lo más natural habría sido que Lou se desatase en improperios, o que fuese Jorge el primero en hablar, pero la confesión de Valva había estallado a sus pies como un globo lleno de agua y parecían estar reponiéndose del remojón inesperado. Cuando escucharon que Étienne se había ido, todos pensaron en una crisis matrimonial corriente y moliente, en un enfado de los de toda la vida, una bronca que se les había ido de las manos. Una infidelidad en toda regla era lo último que habrían podido imaginar. Sí, de acuerdo, eran cosas que pasaban todos los días —y si no, que se lo preguntasen a Lou—, pero no a Valva y a Étienne.

—Perdona que te lo plantee así, pero es que estoy flipando... ¿Se puede saber por quién coño te ha dejado?

Parecía una pregunta propia de Isabel, pero era Lou quien la hacía. Y, en realidad, todos la tenían en la cabeza, pero era curioso que ella se atreviese a formularla.

—Chloe nosequé. Una fotógrafa de *Paris Match.* —Valva se sorprendió al notar que tenía ganas de dar ese tipo de detalles, como si, ya que había puesto las cartas boca arriba, tuviese la necesidad de exhibirlas sin tapujos—. Vino hace tiempo a hacer un reportaje de Les Liserons. «El refugio dorado de los condes Lescaut.» Se suponía que iba a ser una buena publicidad. La recibimos con los brazos abiertos, y nos hizo unas fotos preciosas. Ella y Étienne siguieron en contacto y supongo que una cosa llevó a la otra. O eso quiero pensar, porque la otra opción es que empezaran a liarse aquí mismo...

Jorge hizo un gesto conciliador y luego le acarició la cara.

—Bueno bueno, esas son cuestiones que no importan.

Valva no le dijo que precisamente *esas* eran las cuestiones que importaban. Que en los últimos cinco días, desde que Étienne se había ido, no dejaba de desmenuzar cada uno de los pequeños detalles de todo el siniestro conglomerado de la infidelidad conyugal. Cuándo habría empezado exactamente. Cómo había sucedido, dónde. Si su marido y aquella fotógrafa se veían en un hotel, o en la casa de ella —la imaginaba en un coqueto apartamento en la isla de Saint Louis, o en el corazón de Le Marais— o tal vez en alguna de las mansiones Lescaut. Y, sobre todo, no se quitaba de la cabeza la idea dolorosa de que, desde hacía meses, su compañero de vida se marchaba los viernes en busca de alguien que le hacía más feliz que ella. Sí, pensó, debió haber empezado a sospechar entonces, cuando Étienne dejaba Les Liserons de mal humor, arrastrando los pies o soltando imprecaciones sobre sus codiciosos parientes que lo obligaban a trasladarse a París los fines de semana. Val cerraba los ojos y aún lo veía, elegante y distinguido, en una chaqueta de lino claro o con aquellos vaqueros que le sentaban tan bien, la camisa blanca arremangada, el jersey en la cintura, los mocasines de piel tan viejos que ella amenazaba con tirarlos cada dos por tres y su precioso y gastado bolsón de viaje en cuero, herencia del abuelo Lescaut. Nunca se preguntó por qué, si iba a una reunión importante, no llevaba un portatrajes con un terno oscuro y la caja de las corbatas, sino la indumentaria desenfadada de las vacaciones. Pero eso es propio de las mujeres que sospechan, y Valva no hacía esas cosas. Quizá porque nunca en su vida había tenido necesidad de sospechar.

—¿Sabéis lo que más me fastidia? —dijo de pronto, y a todos les pareció enfadada—. Que esa…, esa Chloe sea una mujer de cincuenta años.

La edad de ella cayó como una piedra en mitad del servicio de café, pero solo Cecilia se atrevió a reaccionar.

—¿Tiene cincuenta? —Su amiga parecía más incrédula que indignada—. Hay que fastidiarse. Daba por hecho que era un bombón de veintitantos.

Valva se limpió la nariz y asintió con la cabeza.

—¿A que sí? Lo habría entendido mejor si fuese una jovencita. Pero que tu marido te abandone por alguien mayor que tú es..., bueno, resulta doblemente humillante.

Lourdes hizo un mohín de desprecio.

—Olvida esos detalles, Val. Los cuernos duelen, sean como sean. Da igual el envoltorio. Robe me dejó por una mocosa de veintitrés años y también me sentí como una mierda. Tú piensas ¿por qué me ha dejado por esa zorra, que es más vieja que yo?, y yo pensaba ¿por qué me ha dejado por una cría que acaba de salir del cascarón?

Valva abrió los ojos como si de pronto hubiese recordado algo, y se volvió hacia Robe.

—Robe, ¿por qué lo hiciste? ¿Por qué engañaste a Lou? —Miró a su amiga, como pidiendo permiso—. No te importa que lo pregunte, ¿verdad?

—En absoluto. Todo lo contrario, me interesa mucho la respuesta.

Robe miraba a una y a otra incrédulo. Así que ahora era él quien tenía que rendir cuentas sobre una decisión de hacía más de diez años... Se dijo que, si conseguía superar esa noche sin tomarse un whisky, podía dar por cerrados definitivamente sus problemas con el alcohol.

—Robe, estamos esperando. —Lou hacía un ostensible gesto de impaciencia golpeando el suelo con la punta de su sandalia.

—Estáis esperando ¿qué? ¿A que yo dé explicaciones por lo que ha hecho el marido de Valva? No me jodas, Lourdes.

—Más quisieras tú…, que te jodiera. Voy a decirte algo, querido, hoy por hoy no te tocaría ni con un palo. Por muchos abdominales y mucho *running,* estás echando barriga, y has perdido tanto pelo que voy a darte el nombre de un cirujano capilar. Y mientras, me pondré otra copa. Por cierto, soy consciente de que estoy borracha, así que no necesito que nadie me lo diga. Porque, además, me la suda. Tengo cuarenta y cinco años, ninguna responsabilidad a la vista y el alcohol me sienta divinamente.

Durante unos segundos solo se escuchó el leve tintineo del cristal. No había hielo, pero a Lourdes ya no le importaba demasiado. Mauro decidió aprovechar la tregua.

—Chicos…, estáis desbarrando. Os recuerdo que es Valva quien tiene problemas.

Valva le dirigió una sonrisa agradecida y triste.

—Gracias, Mauro, pero es culpa mía. Siento haberte hecho esa pregunta, Robe. —Se sentó junto a él y se acurrucó a su lado—. Pero iba en serio. Llevo cinco días preguntándome por qué ha sucedido. Por qué Étienne ha tenido que irse. Éramos felices. Y tú y Lou también lo erais, ¿no? Pero, a pesar de eso, tuviste un lío con otra. Me gustaría entender cómo funciona eso. Cómo uno pasa de estar encantado de la vida a mandar todo a paseo.

Robe se había hecho la misma pregunta muchas veces. Por qué se había ido del hogar que compartía con Lou y con las niñas. Por qué había hecho saltar por los aires una familia dichosa, qué necesidad tenía de tirarse a una veinteañera primero y de seguir tirándosela después de invitarla a cenar, y luego había querido dormir con ella después de tirársela, y hubo un día que solo pensaba en la forma de salir de su casa perfecta y asfixiante para ir en busca de aquella chica, pero no solo para follar con ella, sino para pasar a su lado la tarde del domingo. No lo entendió entonces y tampoco era capaz de explicarlo ahora, más de diez años después. Explicar que había dinamitado a conciencia la vida que quería, aquella vida que había levantado con sus propias manos, completamente convencido de que no deseaba nada más. Todas aquellas cosas, una mujer a la que amaba desde hacía mucho tiempo, dos niñas tan lindas, la casa que habían comprado juntos, la posición social —sí, había en él algo de burgués—, los planes para el futuro, aquellas pequeñas y grandes cosas que tanto le importaban dejaron de ser suficientes. Se aburrió de ser feliz, de tenerlo todo, y le asustó dar por zanjada la posibilidad de hacer grandes cambios en su vida. Sus planes estaban rematados, las metas conseguidas, y no había ya nada por lo que pelearse. Sí, así empezó el asunto. Se lio con aquella chica porque en el fondo estaba harto de tener todo lo que deseaba.

No fue capaz de decirle a Valva que entendía perfectamente lo que había hecho Étienne Lescaut.

—Val, ¿estás segura de que es definitivo? No me entiendas mal. Quiero decir... —Cecilia se sentía como el que camina descalzo por una habitación llena de cristales rotos—. Hay hombres que tienen crisis... Quizá esto no...

—¿Una crisis? —Lou no estaba dispuesta a dejarla seguir por ahí—. No, Ce, alguien con quien llevas viviendo tantos años no se va así por una crisis.

Valva asentía tristemente.

—Étienne me dijo que se había enamorado, no «necesito tiempo» ni «necesito espacio» ni «necesito aclararme las ideas», que supongo que es lo que inventa un hombre que tiene una aventura. Dijo: «Me he enamorado de otra persona».

Volvieron a quedarse callados. Se miraban unos a otros fugazmente y luego desviaban la vista, como si aquella confesión que acababa de hacerles Valva fuese una carga demasiado pesada. Las dos personas que consideraban el paradigma de la felicidad se habían separado para siempre. Cuando, durante aquellos años, alguno pensaba en la imposibilidad de la dicha, la imagen de Valva y Étienne les recordaba que la plenitud era factible. El sueño acababa de terminar delante de sus narices. De alguna forma, en lo más profundo de su ser, todos se sentían un poco estafados, casi con derecho a pedir a Valva el libro de reclamaciones.

—Es la leche —resumió Lou, y no dijo nada más.

—Lo es —concedió Jorge—. Valva…, mi Valva…

La abrazó y ella apoyó la cabeza en su hombro. Así, con la cara casi oculta, Val volvía a ser la chica que habían conocido, aquella que parecía inmune al desastre sentimental.

—Ay, Georgie…, me pregunto qué pasará. Hace cinco días que Étienne se marchó, y no tengo ni idea de qué voy a hacer a partir de ahora.

Mauro pensó que, además de triste, Valva parecía terriblemente asustada.

—Qué voy a hacer —repitió.

Jorge le frotó el brazo y luego le dio un beso en la frente.

—Por lo pronto, vas a poner un mensaje a tus empleados para pedirles que no vengan a trabajar en un par de días. Creo que te vendrá bien que no haya extraños en la casa durante este fin de semana. Nadie tiene por qué escuchar nuestras conversaciones ni saber que en Les Liserons se ha desatado un pequeño drama. Podemos arreglarnos entre nosotros, ¿verdad? Estos espaguetis son la prueba. El resto ya lo iremos viendo entre todos. Y ahora, querida, no estaría de más que durmiésemos un poco. Son más de las dos de la madrugada y ya no estamos para muchos excesos...

Las chicas entraron juntas en la habitación de arriba. Cecilia pensó en cuántas veces habría acompañado Valva a los hijos de Étienne a aquel cuarto tan acogedor, cuántas veces los habría arropado en aquellas camas, cuántas los habría ayudado a hacer los deberes frente al bonito escritorio antiguo. Aquellos dos niños habían sido el remedo de sus propios hijos. Se preguntó hasta qué punto Valva habría llegado a querer a Gaelle y a Julien, y si había pensado en que, dadas las circunstancias, era muy posible que no volviese a verlos nunca más. Val se sentó en la *chaise longue* y se echó a llorar. Era un llanto sereno y tranquilo. Lou respiró aliviada: estaba esperando que Valva llorara —era lo menos que podía hacer— y le tranquilizó que lo hiciese así, sin aspavientos, sin hipidos. Valva era incapaz de perder el control de sí misma. Se sentaron junto a ella y la dejaron llorar en silencio, con la cabeza entre las manos, apenas agitada por algún sollozo. Podían intuir que su amiga llevaba varios días posponiendo el momento de concederse el alivio de una buena llantina, así que la ocasión era perfecta.

Estaban en lo cierto. El día que Étienne se marchó, dejó a su mujer en un estado de *shock*. Se tomó dos pastillas para dormir con los restos de una botella de vino caro —ella, que era incapaz de empujar una aspirina con un poco de Coca-Cola, no le fuera a sentar mal— y durmió profundamente nueve horas seguidas. Frédéric tuvo que golpear la puerta para que se despertase al día siguiente: los clientes estaban a punto de llegar. ¿Le pasaba algo a *madame* para estar dormida a las ocho de la mañana? Pero *madame* no dijo ni pío. Se dio una ducha helada, se vistió e inició una especie de comedia para ocultar a los demás que su vida acababa de sufrir una conmoción impensable. Se prohibió llorar. Los clientes no debían notar nada. Frédéric no debía notar nada. Marie no debía notar nada. Ni Claire, la camarera de planta, ni el chico de la panadería, ni el carnicero. *Monsieur le comte* estaba en París en un viaje de negocios, y luego se iría unos días a Italia con sus dos hijos como cada verano. Y mientras, ella elegía los menús, probaba el vino, ensayaba nuevas recetas de cocina, hablaba con los huéspedes y les sugería excursiones por los alrededores, les contaba la historia de la casa —«mi marido y yo la arreglamos juntos»— y notaba un dolor sordo en algún sitio que ni siquiera era capaz de señalar, un dolor que sabía que se haría más intenso en el momento en que se atreviese a imaginar cómo iba a ser su vida a partir de entonces. Durante cinco días había postergado la cuestión que acababa de formular delante de Jorge y de los otros. «No sé qué voy a hacer.» La obligación de tomar decisiones se le estaba echando encima como un fardo pesadísimo que empezaba a aplastarla. Descubrió que llorar era también una forma de dejar de pensar en el futuro, y se abandonó a las lágrimas. Nunca, hasta entonces, había llorado así. Después de un par de minutos en los que sus amigas tuvieron el buen gusto de no decir nada, alargó la mano y cogió una caja de pañuelos de papel perfumado que había sobre la mesilla de noche. Se secó los ojos, suspiró y trató de sonreír.

—¿Sabéis? Cuando Étienne me dijo que tenía una relación con Chloe no me enfadé. Solo me asusté. Sí, eso fue lo que sentí. Pánico. Esperaba que me lo estuviera confesando porque estaba arrepentido. Como un desahogo. Mi marido me contaba que llevaba semanas acostándose con otra mujer y yo solo pensaba, Dios mío, que no sea nada serio, que ahora me diga que ha sido una aventura que ha terminado, que me pida perdón de rodillas, que me diga que quiere que todo siga siendo como antes. Y cuando me di cuenta de que iba a dejarme…, fue como si me cayese a un agujero. A un pozo muy profundo. —Volvió a suspirar y meneó la cabeza—. Ojalá no hubiese reaccionado tan mal.

—¿Cómo de mal? ¡No irás a decir que lo mataste y está enterrado en el jardín, bajo los macizos de rosas!

Valva miró a Lourdes y se echó a reír, aunque aquella risa se convirtió enseguida en un nuevo acceso de llanto.

—Habría hecho cualquier cosa para que Étienne se quedara —dijo—. De hecho, lo hice. Le pedí que se lo pensara, le dije que no podíamos acabar así, le supliqué, le grité…, perdí el control completamente.

—Bueno, pues mira, ya era hora de que lo hicieses. Llevas cuarenta y tantos años comportándote como la reina del hielo. No está mal un poco de acción para variar. ¿Le tiraste alguna cosa? Cuando supe que Robe me engañaba le arrojé un plato de porcelana antigua Blue Willow que nos había regalado su madre. Era carísimo el puto plato, y a él le encantaba. Se lo tiré, pero no para darle, sino para romperlo. Hacer trizas aquel chirimbolo me sentó de miedo.

Valva sonrió.

—Yo no rompí nada. Ya te digo que no estaba enojada. Y lo único que quería era que Étienne no se fuese. Nunca me he humillado de esa forma... Le dije cosas absurdas. Hasta le pedí perdón, como si fuese yo la que había hecho algo mal. Creo que si hubiese mantenido un poco de dignidad ahora me sentiría algo mejor.

—Vamos, cariño..., en asuntos sentimentales la dignidad está sobrevalorada.

Valva hizo un gesto de amargura.

—Te lo agradezco, Lou, pero cuando te tocó a ti actuaste de otra forma. Supiste que Robe te era infiel y le pusiste las maletas en la puerta.

—Ya. Y seis meses después me tomé un bote de pastillas. Me temo que eso me convierte en cualquier cosa menos en un buen ejemplo para las mujeres cornudas.

—Sí, bueno, pero al menos hiciste lo que tenías que hacer al enterarte de que te engañaba. Yo pasé dos horas suplicando a mi marido que no se marchara después de saber que llevaba meses tirándose a otra. Ahora soy solo una esposa abandonada que encima se comportó como una perfecta loca. Lo segundo habría podido ahorrármelo. Ojalá hubiese tenido tus arrestos, Lou.

Lourdes no dijo nada. Se levantó, abrió la ventana y se apoyó en el balconcillo. Un aire fragante y limpio subió desde el fondo del jardín. No soplaba una brizna de viento. Era una deliciosa noche de verano.

—Me va a dar algo si no enciendo un cigarro. ¿Os importa si fumo aquí? Os juro que echaré el humo fuera. —Sacó un mechero y un pitillo, lo encendió y expulsó el humo por la nariz.

Cecilia reconoció el gesto y sonrió: eso era lo que hacía Lou cuando fumaba estando enfadada. Siempre decían que aquello la hacía parecer un toro de lidia a punto de embestir. Claro que ¿a quién, a qué iba a cornear ahora su amiga? Estaban allí solas las tres, una hecha un mar de lágrimas, las otras dos intentando encontrar una forma eficaz de llevarle algo de consuelo. Pero Lourdes parecía un miura mientras daba caladas feroces a su cigarrillo *light*. Tenía el ceño fruncido como si estuviese profundamente concentrada. No dijo nada hasta que acabó el cigarro. Luego espachurró la colilla en la tierra de una de las macetas del balcón y se volvió hacia ellas.

—¿Queréis saber lo que pasó de verdad?

—Lou, ¿de qué hablas?

—De Robe y de mí. De nuestra ruptura. O, mejor dicho, de cómo me dejó. Mierda, me prometí que nunca se lo contaría a nadie, pero no voy a dejar que esta gilipollas se flagele pensando que es la primera mujer del mundo que se pone de rodillas delante de un tío.

—Pero, Lourdes...

—Ya sé que os dije que me enteré de que Robe tenía una aventura y lo eché de casa. Pues bien, fue una jodida mentira. Porque no pedí el divorcio cuando supe que mi marido me engañaba. No, queridas mías. Primero estuve varios meses haciéndome la idiota, llorando a escondidas, fingiendo que todo iba bien y montándome yo sola películas para justificar que mi marido no llegase a cenar o que se pasase todo el puto día mandando mensajes por el móvil. Luego, cuando empezó a no venir a dormir, le pedí tiempo. Sí, eso fue lo que hice. Tiempo para hacerme la ilusión de que algún día volveríamos a ser la pareja feliz. Y un carajo.

Valva y Cecilia escuchaban con la boca abierta la confesión de Lou, que parecía embalada y les ofreció la genealogía de su ruptura con todo lujo de detalles. Les contó cómo había encontrado manchas de pintalabios en la camisa de Robe, cómo empezó a buscar en su móvil mensajes de su amante, cómo después de que él reconociese que había otra se pasó noches enteras intentando convencerle para que volviese al redil diciendo entre sollozos «Tenemos que arreglar esto», como si aquel matrimonio fuese un jarrón que habían roto entre los dos y no algo que Robe había hecho añicos por cuenta propia. Sí, Robe había pisoteado a conciencia su proyecto de vida hasta dejarlo hecho pedacitos, y ella se había limitado a lloriquear, diciéndose que a lo mejor se cansaba de destrozarlo todo y para entonces aún quedaba algo que recuperar. Estuvieron así seis meses, él diciendo que quería marcharse, ella rogándole que se quedara por el bien de las niñas, por el bien de la familia, por el bien de unos y de otros. Al final, por supuesto, Robe no aguantó más y dejó de prestar oído a aquellas súplicas. Cuando cerró la puerta, Lou quedó aplastada bajo el peso de tantos meses perdidos en los que había intentado evitar un naufragio a base de achicar agua con un cacillo.

—Dices que pasaste un par de horas pidiéndole a Étienne que no se fuera. Pues aquí tienes a tu amiga

Lourdes, la Terminator, que se tiró casi un año entero intentando retener a su marido. Toma dignidad, toma orgullo y toma lo que quieras. Así que deja de juzgarte, Valva. Y, sobre todo, no me pongas de ejemplo.

Sacó otro cigarro, esta vez sin pedir permiso, y se lo fumó frente a ellas, torciendo un poco la boca para expulsar el humo mientras no les quitaba ojo de encima. Cecilia se preguntó cuánto le había costado a Lou hacer aquella confesión de su propia debilidad. Más de diez años manteniendo la impostura de su férreo carácter, de la firmeza de sus convicciones, y ahora había mandado a paseo todo aquel artificio para correr en auxilio de Valva. Era una buena prueba, se dijo. Pensó en Robe, que había sido cómplice voluntario de aquella mentira, y le dieron ganas de golpear la puerta de su habitación para reprocharle el engaño. También él había mentido, aunque fuese por sostener el embuste de su mujer y permitirle así conservar no se sabe qué cosas retorcidas. Si lo terrible era que el amor que se tenían había saltado por los aires, ¿de verdad era tan importante ganar el premio a la Esposa Digna? De pronto, Lou se le antojó una verdadera estúpida.

Claro que, tantos años después..., ¿a quién le importaba lo que hubiese pasado entre los dos? Le pareció que Lourdes había hecho todo un ejercicio de honestidad en favor de la autoestima de Val, pero en realidad aquello había dejado de tener un peso específico. Y eso es lo que pasa con los pequeños dramas que jalonan las vidas de todos: puestos en perspectiva, incluso parecen ridículos.

—Así que aquí estamos —dijo Lourdes con una mueca—, acercándonos peligrosamente a los cincuenta y solteras otra vez. Quién lo iba a decir, ¿eh? Las Tres Gracias, arrastrando cada una su fracaso sentimental.

—Lo de Ce no fue un fracaso.

—Oh, claro que lo fue. —No estaba convencida del todo, pero no pensaba abandonar el barco en el que Lou la había metido—. Estuve cinco años con un tipo que en lugar de decirme claramente que no quería tener hijos me estuvo dando largas hasta que le puse entre la espada y la pared. El asno y la zanahoria. Más viejo que el mundo. Yo diría que fue un fracaso como la copa de un pino. Gracias por quitarle importancia, Valva, es muy propio de ti, pero aquí cada cual tiene su trofeo.

—¿No has vuelto a salir con nadie desde lo de Miguel?

Cecilia negó con la cabeza. No, no había vuelto a tener pareja. Al menos, no en serio. En cuanto se repuso de la ruptura inició los trámites para la adopción de Selim, y aquello consumió sus energías y su tiempo durante los cuatro años siguientes. Y ahora era difícil: no hay muchos tipos dispuestos a interesarse por una madre soltera incapaz de romper el cordón umbilical con su crío de siete años, y menos si esta ve un problema en salir a cenar porque no quiere dejarlo con nadie.

—Yo he salido con un montón de tíos. —Lou parecía satisfecha—. Nada serio, desde luego..., pero está bien. Y perdona que te lo diga, Val, pero deberías hacer lo mismo cuanto antes. Eres guapísima y estás fantástica. Los hombres harán cola en tu puerta.

Valva se sobresaltó. La idea de volver a ponerse en el mercado, de formar parte otra vez de ese curioso universo de mujeres disponibles le daba pavor. Ni siquiera había pensado en esa posibilidad.

—Lou, cielo, espera un poco. —Cecilia pareció leerle el pensamiento.

—Lo que tú digas, pero me gustaría que nuestra Val empezase a pensar que su vida no se ha acabado. Solo…, mmmm…, ha dado un vuelco. Te aseguro que después de un matrimonio roto pueden venir otras cosas, y no tienen por qué ser malas. Yo fui muy feliz con el imbécil de Robe, ya lo sabéis…, y en cuanto superé lo nuestro volví a ser feliz, pero de otra manera. El matrimonio, la pareja, no son la única forma de estar encantada de la vida. Ce y yo somos la prueba. —Miró a Cecilia, que sacudió la cabeza en señal de conformidad—. Brindaría por eso, pero nos hemos dejado las botellas abajo y no veo el minibar por ningún sitio.

—No hay. —Valva sacudió la cabeza a modo de disculpa—. Étienne pensaba que una nevera se cargaría el efecto de la habitación.

—¿Y si alguien quiere una bebida a medianoche?

—Supongo que mi marido cree que ese tipo de gente no se aloja en Les Liserons. Lou, si te apetece otra copa puedo bajar a la biblioteca…

—Déjalo, de todas formas ya estoy suficientemente borracha.

La mención de Étienne volvió a hacer llorar a Valva. Cecilia y Lou la miraron con una compasión que nacía de la experiencia. Ellas dos ya habían estado allí, en ese lado de la frontera. Valva tendría que acostumbrarse a la falta de Étienne. No le dijeron que el olvido es un proceso lento, y que durante semanas, quizá durante meses, hablaría de Étienne en presente y se vería obligada a recordar de golpe que se había marchado. Y ese instante sería como un latigazo en el ánimo. Pero explicárselo ahora no era una buena idea: solo valía para añadir otra piedra al lastre que ya llevaba consigo. Val tendría que aprender por sí sola.

—No sé qué hacer. —Era la segunda vez en aquella noche que lo reconocía—. Me duele algo aquí, ¿sabéis?, en el fondo del pecho…, yo no sabía que el corazón pudiese doler, pero resulta que es así. Étienne estaba en cada uno de los planes que había hecho para los próximos cien años. Y ahora se ha marchado y es como si se lo hubiese llevado todo, y… y ni siquiera entiendo cómo lo resisto. No sé cómo me tengo en pie, no sé cómo me meto en la cocina, no sé cómo encargo el pan o pregunto al de la bodega cuánto le debo por la caja de Sauternes… Me sorprende hasta ser capaz de respirar…

La interrumpieron sus propios sollozos. Luego se frotó los ojos y miró a Lourdes y a Cecilia intentando sonreír.

—Menos mal que estáis aquí.

Y en aquel momento las tres tuvieron la sensación de que el tiempo se había retirado como la pleamar, llevándose consigo veinticinco años, y ellas volvían a ser jóvenes, a necesitarse y a tenerse.

Mauro se había despertado pronto. La costumbre de madrugar lo perseguía incluso en el supuesto oasis de los días festivos. Cada día, como si tuviese dentro un reloj suizo, abría los ojos no más tarde de las siete y media. Aquella mañana no fue una excepción, a pesar de que se había acostado inusualmente tarde. A su lado, Isabel dormía. Era un alivio, pensó, poder prorrogar un poco la paz matinal, porque en cuanto su mujer se espabilase iba a querer volver a la escena que había empezado la noche anterior y que él zanjó marchándose tras dar un portazo. Hizo memoria y se dio cuenta de que, en veintidós años de casados, nunca se había comportado de una manera tan taxativa. Él no era el tipo de persona que deja a otra con la palabra en la boca, menos aún si la otra era la mujer con la que llevaba viviendo casi la mitad de su vida. Tampoco solía dar portazos. Y sin embargo, la noche anterior había perdido parte del autodominio del que estaba secretamente orgulloso. Mauro, el que nunca estallaba. Mauro el paciente, el correcto, el hombre que siempre está en su sitio. El tío templado, el tibio Mauro que nunca levanta la voz ni pierde los estribos pase lo que pase. Pero aquel tipo en el que se reconocía con satisfacción parecía haberse tomado unas horas libres...

A Isabel no le había gustado que se la llevase casi a rastras de la reunión. Y se lo hizo saber en cuanto cerraron la puerta de su dormitorio. Él tenía previsto acabar así el día, acostarse a su lado, darle un ligero beso de buenas noches y cerrar los ojos mecido por un enfado sordo que acabaría cediendo a la presión del sueño y se habría evaporado a la mañana siguiente. Pero entonces Isabel alzó la voz para preguntar a qué había venido ese numerito, vamos, desde cuándo decides tú si tengo sueño o no, si ni siquiera me has preguntado a mí, que digo yo que lo mínimo es consultarme antes de tomar decisiones por los dos, es que no doy crédito, Mauro, me has dejado a la altura del betún, a ver qué se van a pensar tus amigos, no sé, que soy una pringada, una marujona a la que su marido lleva derecha como una vela...

Mauro la dejó hablar durante un par de minutos mientras notaba crepitar en su interior las brasas de la cólera inicial, avivadas cuando ya estaban empezando a extinguirse, y pensó que en aquel momento le molestaba todo de Isabel, su impertinencia, su falta de tacto, incluso su tono de voz, y esa costumbre suya de hablar hasta el agotamiento cuando creía tener razón, que no sé qué prisas te entraron, vamos, que ya que hemos venido hasta aquí lo mínimo es disfrutar de la velada, lo mínimo es dejar que yo elija cuándo me acuesto, además es que no tengo sueño porque me he tomado dos cafés, si ya sé que no voy a pegar ojo, voy a estar como un búho hasta la madrugada, que me conozco, mira, la culpa fue mía, lo que tenía que haber hecho es decir, pues si estás cansado te marchas tú, que yo estoy la mar de despejada, ya te digo, anda que si a tu amiga Lourdes le dice su marido que se vaya a dormir no quiero ni pensar la que monta, vamos, iba a arder Troya, menuda es...

Cuando Isabel interrumpió su salmodia para interpelarle —¡qué pasa!, ¿no dices nada?— Mauro notó algo desconocido en el lóbulo frontal de su cerebro. Algo que tardó en identificar como las primeras chispas del hartazgo absoluto. Y no, no dijo nada, pero durante unos segundos miró a su mujer con algo tan parecido al odio que ella se asustó.

Luego se fue. El golpe con el que cerró la puerta fue como una generosa propina a la eficiencia de su indignación.

Cuando regresó, ya de madrugada, ella estaba profundamente dormida: Isabel sobrevaloraba demasiado el efecto que en ella hacía la cafeína. Tenía un sueño intenso, plácido, envidiable, tan distinto al de Mauro, que era frágil como el cristal y se rompía con el crujido de una ventana o el llanto de un niño. Cuando los críos eran pequeños, era él quien se levantaba cuando pedían agua o tenían una pesadilla, pero solo porque Isabel no se enteraba. Luego, al día siguiente, ella le reprochaba que no la hubiese avisado para correr en auxilio del hijo en apuros. Aquella noche tampoco se despertó cuando entró en el dormitorio, se puso el pijama y los muelles de la cama gimieron bajo su peso. Fue un alivio. Tarde o temprano tendría que enfrentarse al segundo *round* de su enojo, pero al menos había ganado unas horas de tregua.

Ahora, con la llegada del día, el gong parecía haber sonado. Isabel parpadeó al notar en los ojos la luz tamizada por el follaje de un árbol que tapaba a medias su ventana.

—Buenos días.

Mauro tenía la vaga esperanza de que el sueño hubiese aplacado su malestar, aunque conocía demasiado bien a su mujer como para saber que no iba a dejar así las cosas. Respondió a su saludo frunciendo el ceño, y luego se levantó sin decir nada. Mauro se tumbó en la cama cuando escuchó el agua de la ducha. Ella salió a los cinco minutos envuelta en un albornoz rizado que le arrastraba. Mauro se dijo que era un buen momento para intentar hacer como si nada hubiese pasado.

—Te has puesto el mío —le dijo con una sonrisa.

—¿Cómo?

—Mi albornoz. Hay uno de hombre y otro de mujer. Con ese pareces..., mmm..., un monje budista o algo así.

Pero ella no se rio. Entró en el baño y salió con el albornoz de su talla.

—¿Ves?

Isabel le dirigió una mirada feroz.

—Sí, claro que lo veo. Perdona si la paleta de tu mujer no es capaz de darse cuenta de que en este paraíso hay albornoces de talla distinta. No estoy acostumbrada a tantos lujos.

—Isabel, no empieces…

—¿Que no empiece? Pero si eres tú quien ha empezado. Empezaste ayer cuando te marchaste dando un portazo. No, espera, empezaste antes al empeñarte en traerme a la habitación justo cuando la conversación se ponía interesante.

Mauro la miró con la boca abierta, y en ese momento Isabel se dio cuenta de que había cometido un error garrafal. De nuevo la balanza se inclinaba hacia él. Había perdido todos los puntos acumulados.

—¿Ese es tu resumen de anoche? ¿El matrimonio de una de mis mejores amigas se va a la mierda y tú crees que la conversación se estaba poniendo interesante?

—Mauro, sabes perfectamente que me he explicado mal…

Él se dejó caer en la cama y fijó la vista en el techo. Pensó que aquellos adornos de escayola eran bonitos y se preguntó si Valva tendría algo que ver con ellos. Siempre había tenido muy buen gusto. Qué pena que hubiese desperdiciado su talento en componer centros de flores y presentar bien el magret de pato. Claro que él había invertido su supuesto genio en vender pinturas. Lo más creativo que había hecho en veinte años era montar escaparates cuando se acercaba la Navidad. De pronto recordó que Isabel estaba allí y que tenía motivos para estar enfadado con ella. La miró con más pena que dureza.

—A veces no entiendo las cosas que haces. Ni las cosas que dices. A veces no entiendo cómo funcionas, Isabel. Llevamos casados más de veinte años y no estoy seguro de qué esperar de ti.

—¿Qué quieres decir con eso?

Él la miró unos segundos antes de contestar.

—Que Lou tenía razón: no sé qué haces aquí.

Se levantó y se metió en el baño. Isabel pensó en aporrear la puerta, pero cambió de idea y se vistió mientras escuchaba el ruido de la ducha, que sabía por experiencia que sería larga. Luego salió de la habitación. La casa estaba en silencio. El único ruido parecía venir de la cocina. Abrió la puerta casi con miedo y dio gracias al destino al descubrir a Jorge preparando café. De haber estado Lou allí, no habría sabido qué hacer.

—¡Buenos días! ¿Quieres un expreso? Val está durmiendo, pero alguien ha dejado en la puerta una caja enorme de cruasanes. Podemos hacer un predesayuno antes de que se despierten los demás, porque luego seguro que Val quiere prepararnos huevos Benedictine o cualquier otra cosa complicada. Ahora mismo, solo me apetece un café y uno de estos bollos. Toma uno, anda. Son pura mantequilla.

Isabel pensó que de buen grado habría dicho que sí. Tenía ganas de sentarse en aquella mesa de madera para improvisar un desayuno de cruasanes recién hechos y café que olía deliciosamente, y que luego Mauro la encontrase charlando de forma amistosa con su anfitrión. Pero sus planes no iban por ahí.

—Jorge..., ¿lo que dijiste ayer de que podías arreglar todo para volver a Madrid... iba en serio?

—No..., quiero decir sí..., quiero decir que fue una broma, vamos, que claro que lo podría arreglar, pero no...

—Pues es que yo me quiero ir. —Isabel se echó a llorar. La nariz se le atascó enseguida y tuvo que sonarse ruidosamente con un clínex que volvió a guardar porque no sabía dónde dejarlo—. No pinto nada aquí, y mi marido es el primero en recordármelo. No tendría que haber venido, no tendría que haber venido.

Empezó a sollozar. Jorge suspiró. Por suerte, nadie más estaba siendo testigo del ataque de autocompasión de Isabel. Valva no estaba como para alardes de sensibilidad ajena, y los otros tenían más bien poca paciencia para demostraciones de victimismo. No quería ni imaginar la reacción de Lou si llegase a ver a Isabel en aquel estado. Por suerte, él estaba programado para compadecer a cualquier persona que llorase. Sí, por mucho que no fuese su mayor admirador, aquella mujer le daba pena, con sus hipidos desproporcionados, su nariz anegada de mocos y aquellos zapatos horrendos que llevaba..., por todos los cielos, si parecían un calzado ortopédico. Durante unos segundos, Jorge contempló sin disimulo las bailarinas con pulsera y doble cuña que llevaba Isabel y que, en efecto, le hacían los pies cuadrados, pero luego volvió a lo que consideraba el verdadero objeto de su interés. Buscó un pañuelo de tela que llevaba siempre en el bolsillo perfectamente planchado y se lo ofreció a Isabel como quien tiende al enemigo derrotado la pipa de la paz. Ella le dio las gracias con un hipido y se sonó de nuevo.

—¿Mejor?

—No... Jorge, perdona, pero lo único que quiero es marcharme. Puedo aguantar que los demás no me queráis aquí, pero acabo de darme cuenta de que también Mauro prefiere tenerme lejos.

Isabel sintió un ramalazo de orgullo: le gustaba cómo había sonado la frase. Bien construida, contundente, digna en su dramatismo. Se sintió una especie de heroína, una orgullosa Juana de Arco o algo así —no le venía otro nombre a la cabeza—, y miró a Jorge levantando un poco la barbilla. Él parpadeó y se preguntó qué habrían hecho los demás tras escuchar esa declaración. Valva, y tal vez incluso Robe, intentarían convencer a Isabel de que eran imaginaciones suyas. Cecilia no, por supuesto. Cecilia mascullaría algo vagamente amable y luego saldría pitando. Lo suyo no era enfrentarse a los problemas, pero tampoco le gustaba mentir. En cuanto a Lou, probablemente cogería a Isabel por los hombros para decirle que ya era hora de que se diese cuenta de que sobraba. Él no haría ni una cosa ni la otra. Por supuesto que no quería que aquella mujer estuviese por medio durante lo que quedaba del fin de semana, pero tampoco deseaba dar una patada a la no muy sólida autoestima de Isabel, y mucho menos provocar un cisma doméstico en casa de Mauro. Así que decidió ser práctico y preparar una alternativa. Algo que permitiese al grupo disfrutar de cierta intimidad sin ofender gravemente a la mujer de su amigo.

—Isabel, como verás, aquí las cosas se han complicado un poco. Nuestra Valva acaba de recibir el golpe de su vida…

—¡Ya lo sé! Y de verdad que querría ayudarla, pero ya ves que ni siquiera eso se me permite. Yo aprecio mucho a Valva, ¿sabes? Siempre ha sido amable conmigo, no como esa bruja de Lou… Pero Mauro no me quiere aquí…, nadie me quiere…

Por suerte, tuvo otro acceso de llanto que interrumpió su verborrea y Jorge aprovechó para contraatacar:

—Isabel, no pienses cosas raras. Si el fin de semana no se hubiese arruinado con la noticia de la espantada de Étienne, estaríamos todos tan contentos. Pero ha ocurrido lo que ha ocurrido, y tienes que entender que para Valva no es sencillo... desnudar su alma delante de ti.

Se dijo que ni en un millón de años habría usado una expresión así en presencia de los otros. Le pareció escuchar las carcajadas de Robe y de la malvada Lou: «"Desnudar su alma"... ¿De qué telenovela has sacado eso, Jorge?». Pero, como preveía, a Isabel le gustó aquella frase tan extremada, tan melodramática. Asintió levemente, y eso animó a Jorge a seguir hablando.

—Val te aprecia mucho, pero tú no la conoces tanto como nosotros. No puedes pedirle que se abra. —Cogió a Isabel de las manos—. Y ella *necesita* abrirse. Así que coincido con tu juicio: no es buena idea que estés con nosotros.

Isabel pestañeó. En el fondo, esperaba que Jorge la convenciese de que debía permanecer en Saint-Rémy. Pero se resignó a que la empaquetasen de vuelta a casa y solo rogó al destino no cometer ningún error en el aeropuerto que le hiciese perder el vuelo. Preferiría morir a que los otros la encontrasen al día siguiente vagando como alma en pena por la terminal sin saber qué hacer ni adónde ir.

—Entonces, ¿puedes cambiar mi billete?

Jorge le dedicó una sonrisa cómplice.

—Claro que puedo. Pero te ofrezco algo mejor. Verás, antes de saber que iba a desatarse esta tragedia sentimental, había organizado para hoy una bonita excursión a Aviñón y algunos pueblos de la zona: Sorgues, Fontaine-de-Vaucluse... Unos sitios deliciosos. Justo ahora iba a llamar a la agencia para cancelarlo, lo cual es una pena porque es un viaje verdaderamente bonito. Me pregunto si querrías aprovecharlo. Cambiaré la furgoneta de ocho plazas por un coche con chófer y te acompañará una guía que habla español. Puedes pasar un día muy agradable y volverás para la hora de cenar, cuando... cuando los ánimos estén más calmados. ¿Qué me dices?

Isabel, que ya se había resignado a dejar Les Liserons por la puerta de atrás, sintió que se le estaba dando una salida extremadamente digna.

—Pues... suena muy bien.

—Aviñón te encantará. Almorzarás en un restaurante maravilloso. Y la región es muy interesante. La guía lo tiene todo previsto, así que no debes preocuparte por nada. Ella sacará las entradas para los museos, te aconsejará las especialidades de la zona a la hora de comer, hará de intérprete si lo necesitas y responderá a todas tus dudas. Te recogerán en media hora. —Y tras dudar unos minutos—: Solo te sugiero que te cambies esos zapatos tan bonitos..., no son demasiado prácticos para pasar el día caminando. Alguno de los pueblos que visitarás no están muy bien asfaltados.

Isabel, que se había imaginado a sí misma haciendo en soledad un amargo viaje de regreso a Marsella para iniciar un peregrinaje de final incierto, subió volando las escaleras en busca de unas zapatillas de deporte.

Jorge esperó a escuchar cómo se cerraba la puerta de su habitación, e hizo una llamada desesperada a su secretaria: necesitaba que localizase un coche con chófer y una guía que hablase español en menos de treinta minutos.

—Buenos días.

La voz pastosa de Lou hizo girarse a Jorge. Allí estaba, envuelta en una sencilla bata de algodón blanco. Rezumaba estilo, ese chic que tenía desde muy joven, cuando salía en los catálogos de moda y en algunos anuncios de la tele. Quizá fueron aquellos diseñadores emergentes quienes la enseñaron a ir siempre perfecta. O quizá era algo innato: un regalito de la genética en forma de instinto para escoger la ropa, pero también para moverse, para peinarse, hasta para aplicarse el brillo de labios. Sea como fuere, pensó Jorge, qué suerte ser así. La elegancia era el mejor antídoto contra el envejecimiento. Porque sí, a pesar de sus trucos estéticos —a él se los confesaba todos—, a los juveniles cortes de pelo y a la lucha a muerte contra la báscula, Lourdes se había hecho mayor. Era triste, pensó, admitir que ese era el destino que esperaba incluso a las criaturas más hermosas de la Tierra: el tiempo pasa dejando un presente cruel de arrugas, ojeras y kilos en los sitios menos adecuados. A Lou se le notaba que había engordado incluso así, con aquella preciosa bata sobre lo que parecía un pijama de hombre.

Recordó de pronto que Lourdes siempre usaba pijamas masculinos. Cuando eran jóvenes, solía revolver sus cajones en busca de la suntuosa ropa de dormir que le regalaba su madre y que él nunca usaba. Entonces prefería dormir desnudo. Ahora ya no: el cuerpo nervudo y fibroso que se encontraba en el espejo cuando estaba en la universidad había sido sustituido por una carcasa bastante menos atractiva a la que no quería enfrentarse nada más abrir los ojos. Cuando inició aquel régimen draconiano contrató a un entrenador personal. En la primera sesión le preguntó cuáles eran sus expectativas.

Jorge dijo que quería unas piernas levemente musculadas, un pecho sin un gramo de grasa, unos brazos firmes y unos deltoides bien marcados.

—¿Qué hay que hacer para conseguirlo?

—Tener dieciocho años.

Fue la primera vez que se dio cuenta de que había cosas que no tenían vuelta atrás. Aun así, continuó con la dieta y siguió rigurosamente los ejercicios que le prescribía su entrenador, pero supo que nunca más volvería a dormir sin pijama. Y se prometió regalar a Lou alguna prenda de dormir. Por los viejos tiempos.

—Georgie, ¿se puede saber qué miras?

—A ti, LouLou. Pareces un anuncio de ropa de cama de las galerías Lafayette.

Ella le dirigió una media sonrisa.

—No sé si es un piropo, pero gracias. ¿Tienes una aspirina? ¿O un Alka-Seltzer? Dime que sí, antes eras una farmacia. No sabes cómo me duele la cabeza.

—No esperes que te compadezca. Ayer fuiste una esponja, querida Sue Ellen.

—¿Vas a sermonearme? Es lo último que esperaba de ti.

Él la abrazó y le dio un beso en el pelo.

—Claro que no. Siempre me hizo gracia verte borracha. Te pones muy simpática. Y más grosera de lo habitual.

—¿Qué hay de mi aspirina?

—Creo que tengo un ibuprofeno. —Buscó en el bolsillo del pantalón—. Sí, aquí está. Voy a hacer más café. ¿Dónde están las chicas?

—Durmiendo. Ayer nos quedamos hablando hasta las mil.

Jorge le pasó la taza de café. A pesar de que hizo un esfuerzo, no podía recordar si lo tomaba solo o no, así que puso junto a ella la jarra de la leche.

—¿Cómo está nuestra Val?

Lou se tragó la pastilla antes de hablar y luego se frotó la frente como si necesitase un estímulo para recordar el fin de fiesta en la habitación.

—Hecha unos zorros.

—Bravo. Es un indicador de salud mental. Me preocuparía saber que se encuentra tan campante. Su vida se ha ido al cuerno de la noche a la mañana. Necesita estar mal.

Robe entró en aquel momento. Él sí se había vestido. Llevaba unos pantalones de loneta y una camisa de un azul muy claro que resaltaba su bronceado. Estaba guapo, pensó Lourdes, con aquellos ojos grises y el pelo entrecano. Sí, había engordado un poco, pero seguía siendo un hombre muy apetecible. Aunque preferiría sufrir un suplicio chino antes que decírselo a él.

—Mira quién está aquí: Bree van de Kamp intentando sobreponerse a la resaca.

Lou le hizo una peineta y alargó la mano para coger un cruasán. Cecilia entró en escena: vaqueros, zapatillas de deporte, una camiseta estampada y el pelo recogido en una coleta.

—¿Sabéis a qué hora abren las tiendas? Necesito encontrar un cargador. Si pasa algo en mi casa no podrán localizarme.

—Yo también espero que hayas pasado buena noche. —Robe le alargó la bandeja de los bollos—. En cuanto a los horarios comerciales, en la dulce Francia la vida no empieza hasta que dan las diez.

—Ce, deja de dar la lata con el cargador. Usa mi móvil cuando quieras, tiene una tarifa plana o algo así. Y da mi número a tu familia y que llamen si te necesitan. —Jorge le puso el teléfono en la mano—. Cualquier cosa menos pasar el día pendiente de encontrar un maldito cable.

Cecilia se preguntó si debería molestarse, pero lo que más le urgía era comprobar que todo iba bien con su hijo. Marcó el número de su hermana.

—Lidia… ¡Hola! ¿Cómo está Selim?... Ya… ¿Ha cenado bien?... Que desayune, ¿eh? Siempre intenta escaquearse… Bueno, apunta este teléfono por si pasa algo… No sé, Lidia, cualquier cosa, qué más da… Es el de Jorge… Que, por cierto, falsa alarma…, no se va a morir…, ¡te lo estoy diciendo ahora!… Vale, vale, vale… Bueno, pásame al niño… ¿En dónde?, ¿con quién? … Pues me llamas cuando vuelvan, ¿eh?… En serio, Lidia, que ayer no hablé con él, no quiero que se crea que me voy dos días y me olvido de que tengo un hijo… Me da igual lo que te parezca, en cuanto regresen me llamáis… Que sí, que sí, adiós.

Le devolvió el teléfono a Jorge con una sonrisa.

—Ha ido a comprar churros con su tío y los primos.

—Toda una aventura, ¿eh? Ceci, guapa, como no te corrijas un poco, ese niño tuyo acabará traumatizado. Te lo digo en serio.

Cecilia no contestó. Se preparó un café y dio un bocado al cruasán. Empezaba a ponerse nerviosa. No había hablado con Selim desde el día anterior. Y ahora el niño andaba por esas calles peligrosas donde podían acecharle mil calamidades. Respiró hondo y se sentó ante la mesa. Sí, definitivamente se estaba volviendo loca de remate. Lou se colocó a su lado.

—Cecilia, no eres la primera madre histérica del mundo. Ya se te pasará.

—Si no se me hubiese olvidado el cargador…

—Ya. Y si Val se hubiese dado cuenta de que la fotógrafa era un zorrón que quería birlarle a su marido, Étienne estaría aquí preparándonos las tostadas.

—Tal vez no sea tan sencillo —intervino Robe—. Tal vez las cosas entre ellos estaban peor de lo que creíamos. Solo sabemos lo que nos cuenta Val. Y lo que nos hemos imaginado estos años.

—Sí, claro. ¿Sabes, Robe? Étienne debería saber que tiene en España un magnífico abogado defensor. Deberías mandarle una carta. Seguro que le encanta saber que cuenta con el apoyo de un cabrón solidario.

—Yo solo digo…

—Ya sé lo que dices, Roberto querido. Que uno no decide irse de casa de la noche a la mañana y que seguro que el marido de Valva tenía buenas razones para salir corriendo detrás del culo de otra tía. Eres un teórico de la infidelidad realmente cojonudo. Cuando te dejen tiempo esas mierdas que pintas, tal vez podrías escribir un libro sobre el tema. Autoayuda para hijos de puta. Se vendería muy bien.

El teléfono de Jorge vibró con un SMS. Cecilia, que no había soltado el terminal en espera de la llamada de Selim, se lo tendió. Jorge lo leyó y se echó a reír.

—Es de Lidia. Te lo leo: «Jorge, soy Lidia, me alegro muchísimo de que estés bien. Di a la chiflada de mi hermana que su hijo acaba de volver y dice que no quiere hablar con ella porque está muy ocupado. Dile también que no vuelva a llamar y que se dedique a divertirse, como hacen las personas normales cuando están de vacaciones. Besos, Lidia». —Se guardó el teléfono en el bolsillo—. Ce, adoro a tu hermana. Siempre la he adorado. Es como tú, pero más guapa y con la cabeza en su sitio. Voy a invitarla a la boda. ¿Crees que querrá venir?

Justo en ese momento entró Isabel. Jorge comprobó con satisfacción que había cambiado sus zapatos imposibles por unas deportivas. Mauro también hizo su aparición. Parecía contrariado. Había intentado hacer las paces, pero Isabel parecía dispuesta a defender su dignidad y apenas había hablado para decirle que se iba de excursión.

—Buenos días a todos. —Isabel intentaba comportarse con cierta desenvoltura. Estaba convencida de que su marcha la noche anterior habría sido comentada y quería aparentar que no le había afectado.

—Hola a los dos. ¿Os apetece café? ¿Un cruasán? —Cecilia solo quería desviar la atención de sus propias manías y fingió estar muy atenta a las cápsulas de la cafetera.

—Yo no quiero, gracias, prefiero no viajar con el estómago lleno. ¿Ha llegado ya el coche?

—En cinco minutos.

La secretaria de Jorge acababa de mandar un mensaje para informar de que todo estaba arreglado antes de amenazar con despedirse si volvía a pedirle algo con tanta urgencia.

—¿El coche? ¿Para qué?

Jorge se adelantó a responder:

—Había preparado una excursión para todos, y en vista de cómo está Val, he pensado que es mejor que nos quedemos aquí. Pero Isabel ha preferido aprovecharla.

—Me voy a Aviñón —informó ella al mundo en general.

Y justo en ese momento se escuchó un claxon.

—Aquí está el chófer. Vamos, Isabel, te acompaño por si hay que dar instrucciones.

—Adiós a todos. Que paséis un feliz día. —Pareció dudar antes de dirigirse a su marido—: Mauro, hasta la noche.

Él se levantó y le dio un beso que ella devolvió: era el signo de reconciliación, la prueba de que había llegado la paz. Se miraron un segundo y Mauro le acarició la cara. Nadie tuvo la menor duda de que aquellas dos personas se querían mucho.

—Pásalo bien.

—Y tú. Espera, te acompaño a la puerta.

En cuanto se dieron la vuelta, Lourdes miró a Cecilia e hizo ademán de meterse dos dedos en la boca como para provocarse el vómito.

—Qué mala leche tienes.

—Lo que tú digas, Robe. Mira, lo importante es que esa pelma se va a pasar el día saltando de pueblo en pueblo y no tendremos que tenerla en la chepa. No sé cómo lo ha hecho Georgie, pero una vez más reconozco que es un genio. —Abrió la nevera y examinó su contenido—. ¿Alguien quiere zumo de naranja? Aquí hay una botella..., joder, no es zumo, es como un caldo de gambas... Menos mal que no le he dado un sorbo...

—¿Creías que Val tenía zumo envasado? A este sitio no le van los tetrabriks. Ahí hay naranjas, haremos las cosas como es debido.

El ruido familiar del exprimidor eléctrico tomó la cocina. Lourdes empezó a preparar una segunda ronda de cafés para todos, y sintió el ramalazo de algo parecido a la plenitud: el borboteo del jugo cayendo en una jarra, el rumor de la cafetera, el olor a café mezclado con un lejano aroma a la mantequilla de los bollos. De pronto estaban los tres atareados en la preparación del desayuno colectivo. Cuántas veces habían hecho lo mismo cuando iban juntos de vacaciones, o los días que asaltaban en comando el apartamento de Jorge para empezar la jornada tomando el expreso sublime que hacía la cafetera italiana regalo de su madre. Era otro tiempo, y sin embargo el café olía igual, y el sonido del exprimidor era exactamente el mismo. Claro que entonces no sentía remordimientos por tomarse otro cruasán, que era precisamente lo que iba a hacer ahora…, ay, aquella época en que las calorías no existían… Le gustaba decir que no hacía dieta, pero era mentira. A diario, su alimentación se basaba en ensaladas, zumos de fruta y galletas integrales, pero aquel fin de semana había decidido olvidar las calorías y el peligro de los hidratos de carbono.

Jorge y Mauro volvieron a entrar. Isabel se había ido con su chófer de uniforme y una guía, Juliette, que hablaba español con acento italiano.

—Jorge, muchas gracias, yo no…

Pero Jorge dio ese manotazo al aire con el que siempre había atajado las muestras de gratitud.

—¿Valva sigue durmiendo?

—Sí —aseguró Cecilia—. Al menos, seguía KO hace diez minutos, cuando salí de la habitación. Ayer se tomó dos somníferos.

—Eso le sentará bien. —Jorge estaba totalmente a favor de la ayuda química para casi cualquier cosa—. Y ya que ahora no está, convendría dar una vuelta a su nueva situación. No sé si os habéis dado cuenta, pero Valva ha perdido algo más que un marido.

—¿Qué quieres decir?

Jorge hizo un gesto con los brazos con el que parecía querer abarcar todo: aquella cocina, aquella casa, el pueblo entero.

—Val y Étienne firmaron un régimen de separación de bienes. No, no pongáis esa cara, fue cosa de la propia Valva. Ya sabéis que la familia de él no tiró fuegos artificiales cuando dijeron que se casaban. Ella tenía tantas ganas de dejar claro que no le importaba el dinero de los Lescaut que quiso renunciar por escrito.

—¿Y Étienne se lo permitió? —Lou no daba crédito—. Muy caballeroso…, así que el hombre perfecto no era tan perfecto. ¿Y tú cómo lo sabes?

—Me lo contó hace siglos el propio Étienne. El caso es que ahora, y siempre dependiendo de los planes de Étienne, ella puede quedarse prácticamente sin nada.

Cecilia frunció el ceño.

—¿Tú crees que esa fotógrafa va a querer encerrarse en Saint-Rémy para hacer… crepes *suzette*…, o lo que quiera que sirvan aquí? Olvídate de eso. Estoy segura de que Étienne le dejará el hotel a Valva. No puedo creer que sea tan capullo como para hacer otra cosa.

—Y si lo intenta, Jorge lo impedirá. Si consiguió que me quedara con los cuadros de Robe, imagínate qué puede hacer con un hotel en el que Valva lleva diez años trabajando como una esclava.

Lourdes no tardó ni un segundo en darse cuenta de que había hablado más de lo aconsejable. Es cierto: años atrás, Jorge había sido de gran ayuda para localizar toda la obra de Roberto, lo que sirvió para que reclamase su parte en las ventas. Gracias a aquel dinero había podido montar su empresa. Solo ahora Lou era capaz de reconocer que había sido injusto exigir el reparto escrupuloso de aquellos cuadros. Ella dejó su empleo cuando se casaron y habían vivido solo del trabajo de él. Se había quedado con la casa que él había pagado, con el coche que él había comprado (un todoterreno del que se había encaprichado y que era absurdo para la ciudad) y con todos los regalos de boda. Además, Robe le pasaba una generosa pensión compensatoria y otra por cada una de las niñas. Lo lógico habría sido dejar de exprimir el limón y permitir que Robe se quedara con sus dichosos cuadros. Pero entonces estaba tan dolida, tan amargada y tan triste que solo quería hacerle daño. Ni siquiera le importaba el dinero. Hacerse con el cincuenta por ciento de la obra de su marido fue una forma de venganza, un magro consuelo para su depresión. Entonces no entendió que Jorge la hubiese ayudado: estaba convencida de que quería a Robe un poco más que a ella, y que en aquel duelo al sol que habían empezado a librar él iba a apañárselas para permanecer al margen de los disparos. Sin embargo, no lo hizo. Un día llegó a su casa con una relación de los cuadros repartidos por galerías de media docena de países y dio a su abogada las instrucciones precisas para localizarlos casi todos. Ahora casi le costaba trabajo reconocer que el mejor amigo de su marido se confabuló con ella para dar una patada a su patrimonio y a su orgullo. En cuanto a Robe, ni siquiera imaginó la posibilidad de que Jorge hubiera ayudado a Lourdes. La idea de su camarada intrigando a sus espaldas con la esposa despechada y rabiosa para causarle a él un quebranto económico era algo que ni se le pasó por la cabeza.

Lourdes apuró el zumo de naranja deseando tener un botón para controlar el tiempo. No mucho, por supuesto. Solo unos segundos. Con eso bastaría para refrenar su lengua. Así no tendría que ver a Jorge queriendo fulminarla con la mirada como una especie de dragón maligno lanzando relámpagos por los ojos, y a Robe con esa expresión de desconcierto que podía ser preámbulo de cualquier cosa. Se dijo que era el momento de hacer mutis. En determinadas circunstancias, huir no es de cobardes, sino de sensatos. Y su presencia en aquel momento solo iba a servir para enconar las cosas.

—Chicos, soy la única que está en pijama, así que subiré a arreglarme. Y, de paso, comprobaré qué tal está Val.

—Muy bien. Subo contigo, quiero lavarme los dientes.

—Y yo.

Cecilia había olido la tormenta y no estaba dispuesta a participar, y Mauro tenía completo el cupo de discusiones para aquel día, así que siguieron a Lou escaleras arriba. Jorge pensó que de buena gana iría detrás de ellos. Primero estrangularía a Lou y luego volvería a meterse en la cama para dormir durante los próximos cincuenta años. Frente a él, apoyado en la mesa, con las manos metidas en los bolsillos, Robe no le quitaba ojo. Él buscó algo frívolo que decir, algo que sirviese para aligerar un poco la escena, pero no se le ocurrió nada. Supo que estaba inerme y a merced de cualquier reacción.

—Así que fuiste tú…

Se encogió de hombros y bajó la cabeza. Solo esperaba que Robe no le preguntase por qué lo había hecho. ¿Qué iba a decirle? ¿Que fue una forma de buscar para Lourdes una pequeña compensación tras perder a su marido y la vida que tenía con él? ¿Que necesitaba redimirse después de haber encubierto durante meses los devaneos entre Robe y la veinteañera que él mismo le había presentado? Durante mucho tiempo se preguntó en qué demonios estaba pensando cuando llevó a aquella cría a la inauguración de la exposición de Robe. La había conocido en otra fiesta y le había hecho gracia porque era joven, era audaz, era deslenguada, era bonita y ambiciosa. Porque le recordó a Lourdes en la facultad. Así que le dijo, oye, mañana hay una copa en la galería de un amigo, acompáñame si quieres y te presento a un artista sobre el que puedes escribir para tu periódico. ¿Cómo podía imaginarse que Robe, respetable padre de familia, iba a perder los papeles por una becaria?

Gracias a Dios que Lou nunca lo supo. Se lo suplicó a Robe cuando él le contó que estaba colgado de aquella chica, por favor, por favor, por lo que más quieras, que Lou no sepa que te la presenté yo… No le preocupaba tanto el vendaval que iba a arrancar de cuajo los cimientos vitales de Lou como que ella supiese de su concurso en él.

Más tarde, sus preocupaciones cambiaron mucho. Cuando vio a Lou quedarse en los huesos, cuando se le cayó el pelo, cuando empezó a andar por la casa atontada por los ansiolíticos…, supo que tenía que hacer algo y tiró por la calle de en medio: Lourdes sería una mujer abandonada, pero también una mujer lo bastante rica como para iniciar una nueva vida.

Ahora lo único que tenía claro es que había sido un perfecto canalla con los dos.

—Roberto, lo siento…

—Sabes que me jodiste bien…

Se dijo que había dos opciones: aguantar el chaparrón o defenderse. No supo por qué optó por lo segundo.

—Y tú sabes que era lo justo… Vamos, Robe, ¿qué pensabas hacer? ¿Regatear a la madre de tus hijos una docena de pinturas?

—No fue una docena, Jorge. Lou se quedó con la mitad de todo, los cuadros de antes, los de después... —Parecía más decepcionado que enfadado—. Joder, eres la última persona de la que hubiera sospechado…

—Lo sé. Supongo que tampoco Lou se imagina que fui tu coartada mientras te tirabas a aquella chica. —Se llevó las manos a la cabeza en un gesto bastante afectado—. Cristo bendito, no quiero ni imaginar lo que diría si llega a enterarse… Su marido le ponía los cuernos y me utilizaba a mí como tapadera. Vale, fui desleal con los dos, pero creo que tu exmujer se llevó la peor parte. ¡Robe, Lou se fiaba de mí! ¡Le decías que estabas conmigo y ella te creía! Nunca debí aceptar aquel enjuague. No recuerdo cuántas veces llamé a tu casa reclamándote en la galería para que tuvieses una disculpa para verte con aquella… Bah, no recuerdo ni cómo se llamaba… Organicé aquel maldito viaje a Marrakech, las escapadas a Biarritz… La verdad, no sé cómo Lou nunca me pidió explicaciones. De pronto había gente interesada en tu obra que quería conocerte justo los fines de semana. No, Robe, no me eches nada en cara. A ti te quité unos cuadros. No quiero ni echar cuentas de todo lo que le quité a Lou.

Robe no dijo una palabra. Siguió mirando al suelo sin sacar las manos de los bolsillos mientras Jorge recogía las tazas de café y les echaba un poco de agua. Tenía un muy particular concepto de lo que significa *fregar.*

—No seas guarro. —Robe agarró el estropajo enjabonado y rascó a conciencia los restos del desayuno.

Jorge sabía que estaba dando rienda suelta a lo que le quedaba de la indignación de otro tiempo.

—Soy muy malo limpiando.

—Ya. Eres muy malo en casi todo, pedazo de cabrón. —En el fondo de su voz había algo que hizo saber a Jorge que su enfado empezaba a atenuarse—. Joder, pensé que aquella abogada hija de puta se había dedicado a mandar requerimientos a todas las galerías del mundo…, y resulta que tú mismo le preparaste el catálogo.

Jorge se plantó ante él con las palmas de las manos hacia arriba y una expresión contrita.

—Perdóname.

—Qué remedio. No voy a cabrearme contigo por algo que ocurrió hace mil años. Y menos cuando no hace ni veinticuatro horas estaba convencido de que te ibas a morir.

—¡Es verdad! Por favor, recuerda eso. Era algo que yo hacía cuando me enfadaba con mis padres. Pensaba que habían muerto, lloraba un poco y les perdonaba.

Robe soltó una carcajada.

—Tus padres nunca hicieron nada por lo que pudieras enfadarte. Eres un puñetero niño mimado que ha hecho siempre lo que ha querido.

—Es cierto. Pero también soy un tipo encantador, y lo sabes perfectamente. Escucha, se me ha ocurrido una idea para compensarte por lo de los cuadros… ¿Recuerdas el dibujo de Giacometti? ¿El que apareció en aquel lote que compré en 2000?

Robe asintió recordando el bosquejo de una de aquellas cabezas africanas estilizadas y bellísimas sobre un trozo de papel. Había hecho falta la autentificación de un experto para confirmar que era un original de Giacometti. Estaba en bastante mal estado, pero a pesar de todo era una deliciosa rareza que había hecho saltar de alegría a Jorge.

—Te lo regalaré.

—Anda ya…

—De verdad. Eso, o arrancarme la piel a tiras. Hablo en serio.

Robe secó las tazas y las dejó en su sitio.

—Creo que prefiero el Giacometti.

—Perfecto. De todas formas, a Fabrice no le emociona mucho y le he prometido deshacerme de todas las cosas que no nos gusten a los dos.

Robe asintió mientras sonreía con cierta nostalgia.

—Recuerdo esa fase. No dura mucho.

Jorge le dio un manotazo en el hombro.

—¡No seas aguafiestas!

—Quiero decir que lo aproveches. La parte en la que siempre estás pensando en cómo agradar es la mejor de todas.

Era cierto. Robe añoraba aquel momento en el que las historias de amor están empezando. El tiempo en el que uno mide cada paso que da y busca fórmulas para hacer más feliz al otro. Con el paso del tiempo, y lo sabía muy bien, las buenas intenciones iban perdiendo consistencia, y uno dejaba de caminar por la relación como lo haría por un campo recién sembrado: una pisada en el lugar incorrecto puede malograr todo lo que está por nacer. Luego, cuando el proyecto sentimental parece haber germinado, uno empieza a descuidarlo. O, al menos, eso había hecho él. Le había pasado con Lourdes, le había pasado con Elena y le había pasado con las otras cinco o seis mujeres a las que quiso durante aquellos años. Todo el entusiasmo, la fuerza, la ilusión del principio se metamorfoseaba en una cierta apatía que lindaba con algo muy parecido al hartazgo. Y entonces aparecía otra mujer y con ella las posibilidades de resurgir de las propias cenizas sentimentales. Sí, envidiaba a Jorge. Él estaba todavía en ese ínterin de las canciones, los envíos de flores, el corazón acelerado y todas las otras cosas que se acaban quedando por el camino.

—¿Interrumpimos?

La pequeña y bonita cabeza de Cecilia se asomó por la puerta entreabierta. A Jorge le recordó a una de aquellas marionetas que le gustaban de pequeño. Arlequín, Polichinela, la princesa, el gnomo…

—Mi Ce, tú nunca interrumpes nada. Oh, mira quién está aquí…

Valva entró en la cocina. Llevaba la misma falda larga del día anterior y había cambiado la camisa lavanda por una camiseta blanca. Se había puesto en el cuello uno de los pañuelos con los que de ordinario se recogía el pelo, que llevaba sujeto en un moño del que se escapaban algunos mechones dorados. Robe se dijo que era un milagro que se conservase tan joven y se preguntó si la felicidad no tendría algo que ver. En ese caso, en cuestión de semanas aparecería en torno a sus ojos el abanico de arrugas de todas las mujeres de su edad, y se dibujarían en la frente aquellos surcos que tan bien conocía. Ojalá que no fuese así, pensó. Ojalá la juventud de Valva se debiese a un pacto con el diablo. Por nada del mundo querría verla envejecer de la mano de la tristeza.

—¿Quieres café? ¿Un zumo de naranja? Ya ves que hemos asaltado tu cocina…

—Habéis hecho bien. Siento haberme dormido. Querría haberos preparado el desayuno…

Sí. Uno de los famosos desayunos de Les Liserons, con brioches que ella misma horneaba, mermeladas caseras, huevos poché, lonchas de jamón asado en casa con su costra de caramelo, tostadas crujientes y mantequilla auténtica. Y en lugar de eso, Jorge y los otros habían tenido que exprimir naranjas y contentarse con una bandeja de cruasanes. Algunas veces, durante aquellos años, había imaginado el desayuno que serviría a sus amigos si acudiesen a verla y recreaba los previsibles elogios que recibirían sus confituras, el mantel de hilo y el precioso servicio de porcelana que usaba con sus huéspedes.

Sin embargo, exceptuando a Jorge, que venía desde París una o dos veces al año, ninguno de ellos había ido a Saint-Rémy. Solo ahora Valva reconocía que tampoco se había tomado mucho interés en convencerlos para que la visitaran. Habría sido bonito tenerlos a todos allí de vez en cuando. Pero, en el fondo, quizá no deseaba su presencia. Había formado con Étienne una célula misteriosa, un mundo particular y cerrado que se alteraba con la presencia de otros, y a veces ni siquiera había recibido de buena gana la llegada de Jorge. La venida de los amigos cambiaba sus rutinas, alteraba sus costumbres, les obligaba a renunciar a sus manías. Por encima de cualquier otra cosa, Valva quería preservar aquella particular intimidad. Por suerte, Étienne no tenía muchos camaradas, y los pocos que conservaba vivían en París y estaban demasiado ocupados para visitarlos en el campo. Y ella..., ella no se había tomado mucho trabajo en mantener vivos los lazos. Es cierto que de vez en cuando llamaba a Ceci y a los otros fingiendo mucho interés en sus vidas respectivas, o les mandaba wasaps cariñosos y *e-mails* más o menos largos.

Ahora se daba cuenta de que con aquellos mensajes solo pretendía certificar ante ellos que su vida estaba bien, que todo marchaba sobre ruedas y no necesitaba a nadie. Que no los necesitaba a ellos. Por eso nunca los invitó formalmente a visitarla en Saint-Rémy. Sí, les decía «Tenéis que venir por aquí», pero no se le ocultaba que esas no son formas de hacer las cosas. Nunca puso una fecha que avalase el supuesto deseo de reunirlos a todos en su bonita casa, con su marido, su jardín, las enredaderas trepando por los blancos muros de Les Liserons y las mermeladas recién hechas sobre la mesa del desayuno. Y sí, imaginaba que Lou, y Ceci, y Mauro, y Robe, y Jorge llegaban a pasar unos días, y ella les preparaba bizcochos y jalea de frambuesa y almidonaba los mejores manteles y sacaba brillo a la plata para que todo estuviese espléndido. Pero, a la hora de la verdad, no tenía ganas de verlos por allí. Étienne le bastaba. Ahora él se había ido, y estaba doblemente sola. Porque llevaba doce años aprendiendo a evitar la compañía de nadie más.

—Bueno, pues ¿qué vamos a hacer hoy?

Era Jorge, cruzado de brazos, quien hacía la pregunta. Valva contestó con una sonrisa desmayada. No podía decirle a Jorge que lo que de verdad le apetecía era apoyar la espalda en la pared de azulejos de su cocina y dejarse resbalar hasta el suelo, y luego hacerse un ovillo y permanecer en esa postura durante las próximas semanas. Sí, eso era quizá lo que necesitaba. Replegarse. Adoptar una posición fetal y defenderse así del dolor que empezaba a invadirlo todo.

—Lo que queráis… Si os apetece hacer una excursión a las ruinas romanas…, o al hospital de Saint-Paul…

La sola idea de caminar hasta el arco de Glanum o de pasear por el claustro del antiguo convento que había hospedado a Van Gogh le puso los pelos de punta. No, no tendría fuerzas. Pero se sentía en la obligación de fingir que estaba en condiciones de organizar incluso una visita turística. A veces, la forma de resistir es aparentar que uno está lejos de derrumbarse.

—Ni hablar. Está empezando a hacer calor, y no pienso derretirme bajo un sol de justicia para hacer fotos a unas cuantas piedras. Si quiero ver ruinas, solo tengo que mirarme al espejo cuando me levanto. ¿No podemos pasar la mañana en la piscina, como si fuésemos personas normales? Unas tumbonas, agua fresquita, y si Robe no ha olvidado la receta desde que tiene el carné de alcohólicos anónimos, quizá uno de sus famosos martinis que sigo echando de menos.

Valva pensó que de buena gana se hubiese lanzado a los pies de Lourdes para darle las gracias por la propuesta. Sí, tenderse al sol, darse un rápido chapuzón en agua fría, tal vez quedarse dormida otra vez en una de aquellas hamacas que habían comprado en invierno, cuando nada hacía presagiar el cataclismo que iba a tener lugar en Les Liserons con la llegada del buen tiempo... Dormir otra vez, quizá durante horas, y librarse de ese peso en el corazón, de esa angustia que se le echaba encima en cuanto abría los ojos. Jorge le echó un brazo por encima de los hombros.

—Apoyo la moción. ¿Votos en contra? —Nadie levantó la mano—. Perfecto. Pues nos vemos en la piscina. Creo que todos necesitamos un poco de sol.

CAPÍTULO CUATRO

La piscina de Les Liserons había sido construida por un arquitecto italiano amigo de Étienne que recreó una antigua alberca con un fondo de color azul noche rodeada de toscas e irregulares piedras sin apenas pulir. El resultado fue espectacular —aunque Valva siempre pensó en secreto que había sido desmesuradamente caro—, y una revista de decoración aseguró que aquella piscina conservaba «la esencia provenzal de la casa junto al aura anacrónica de un conjunto cuidado con esmero». Aunque ni Valva ni Étienne sabían qué significaba exactamente *aura anacrónica*, aquello les convenció de que la inversión había merecido la pena. El arquitecto había hecho plantar flores silvestres en las esquinas y prohibió terminantemente colocar un trampolín, un tobogán o cualquier otro engendro de plástico que alterase el efecto rústico que había conseguido a cambio de un jugoso cheque. A Val le había hecho gracia la radical autoridad de aquel hombre que se creía con derecho a proscribir cualquier decisión relacionada con su obra, pero no dijo nada porque tampoco había pensado instalar ningún divertimento en la piscina. Los clientes de Les Liserons no tenían niños que quisiesen lanzarse al agua. Se limitaban a tomar el sol, darse un baño lánguido y disfrutar del «aura anacrónica del conjunto». En las habitaciones tenían mullidas toallas de baño que se cambiaban cada día y sombreros de paja para ellas que casi todas las clientas se llevaban de tapadillo al marcharse.

A Valva le llamaba la atención el afán por la rapiña de aquellas mujeres dispuestas a pagar hasta cuatrocientos euros por una noche de hotel. Era como si hurtar aquellas baratijas sin valor fuese una forma de atenuar el dispendio. Pensó en ellas al ver llegar a Cecilia protegida por uno de aquellos sombreros que compraba por dos euros en un almacén de los alrededores. Lourdes no se lo había puesto: obviamente, traía su propia pamela, exagerada y preciosa, de un inmaculado color blanco a juego con el pareo y con el fondo del bañador estampado con diminutas caracolas marinas. Ceci se había puesto una camiseta estirada sobre su traje de baño. Valva era la única que llevaba bikini. Su cuerpo delgado le permitía lucir aún aquel dos piezas de color negro que se había comprado en una tienda cara. Lo usaba solo los domingos, cuando ella y Étienne incorporaban un chapuzón en la piscina a sus costumbres de día libre. Aquel verano aún no se lo había puesto, y eso le sirvió para recordar que no había pasado un solo día a solas con su marido desde la llegada de aquella bruja maligna armada con su Nikon. Maldito *Paris Match.* Maldita seas, Chloe comotellames.

—¡Qué día tan estupendo! ¡Y qué temperatura! Estamos a 27 grados. Es perfecto. En Barcelona tienen que estar cociéndose.

Lourdes se sorprendió sintiéndose de excelente humor. No era de muy buen gusto, teniendo en cuenta las circunstancias de Valva. Pero habían ido allí a recoger la sentencia de muerte de Jorge, así que el divorcio de una amiga empezaba a parecerle un asunto menor. A pesar de todo, se propuso moderar un poco su entusiasmo aunque solo fuese por pura educación. Los chicos ya estaban en la piscina y habían tomado posiciones en las hamacas tan bien alineadas. Mauro se había sentado en la suya con las piernas abiertas y parecía leer en una posición francamente incómoda. A su lado, envuelto en una especie de albornoz con capucha, Jorge semejaba alguien sacado a la fuerza de una película ambientada en los años veinte. En cuanto a Roberto, intentaba encontrar la postura más confortable para tomar el sol. Lou sabía que no lo conseguiría. Él era así, inquieto, eternamente insatisfecho. Un culo de mal asiento. Y eso explicaba muchas cosas.

Se tumbó en una hamaca al lado de Mauro e hizo señales a Valva para que ocupase la que estaba junto a ella, como si necesitase tenerla cerca para vigilarla. Ella, dócil, obedeció, pero sin tenderse. Dobló las rodillas y se las abrazó con las manos. Lourdes conocía demasiado bien aquel gesto, porque ella misma lo había buscado muchas veces. Replegar el cuerpo, recogerse físicamente, era una forma de crear una mínima protección. Pensó que solo diez años atrás ella se había sentido como Valva: abandonada, triste y más bien perdida. Y eso quizá era lo peor: ignorar lo que venía a continuación. La noche anterior había intentado explicar a Valva que lo que sucede a la pérdida tampoco es tan importante. Que la vida se recupera. Que uno se fabrica otro sitio en el orden natural del mundo. Que se sigue adelante. Fue inútil: Valva no la creía. Tampoco ella creyó a quienes se lo aseguraron cuando Robe se fue. Hay cosas que uno tiene que aprender por su cuenta.

—¿Alguien se baña?

Cecilia parecía vacilar al borde de la piscina. A diferencia de Lourdes, que seguía protegiéndose con el pareo, ella se había quitado la camiseta enseguida. Nunca le había gustado mucho su cuerpo, pero ahora, pasado el cabo de Buena Esperanza de los cuarenta, tenía la sensación de haber firmado con él un pacto de no agresión. Sí, había engordado y todo empezaba a caerse, pero por fin le daba igual. Tantos años luchando contra los kilos de más, contra la celulitis incipiente, contra la amenaza de los michelines, y de pronto había descubierto que le preocupaba muy poco no ser la mujer maravillosa en la que de todas formas no podía convertirse por mucha dieta que hiciese y mucho que sudase en el gimnasio. Había empezado a caminar en dirección a la senda poco apetecible de los cincuenta y le sobraban cuatro o cinco kilos. Ninguno de esos inconvenientes le parecía un motivo para la amargura. En aquel momento le inquietaba más no poder hablar con Selim el resto del fin de semana —no se atrevía a desafiar la cuarentena impuesta por Lidia— que no parecer precisamente una sirena. Probó el agua con el pie y se dejó caer con más bien poca elegancia. Alertados por el chapuzón, Jorge y Lourdes se acercaron a la piscina y se sentaron en el borde.

—¡Val! ¡Ven con nosotros!

—¿No os vais a bañar? Está muy buena.

Cecilia se preguntó qué pasaría ahora. ¿Se meterían todos en el agua para darse un chapuzón colectivo? ¿Habría salpicaduras, aguadillas, chillidos fingiendo miedo, alguna pierna agarrada a traición por un buceador? Habría sido divertido, aunque también algo ridículo. No, no podían comportarse como si tuviesen veinte años. En lugar de ello, Mauro y Robe se acomodaron también en el borde y se sentaron con las piernas dentro del agua, que era de un azul abisal. Cecilia salió a su vez y no pudo evitar sacudir el pelo en dirección a los otros. Un montón de gotas diminutas se posaron sobre las pieles calientes, pero nadie parecía dispuesto a protestar. Se rindió y buscó sitio junto a Jorge.

—Valva, estás maravillosa —musitó Lou mirándola sin disimulo—. Tenía la esperanza de que, siendo cocinera, te hubieses unido al club de las gorditas.

—Tú no estás gordita —protestó Cecilia—. Además, ahora se dice *curvy*.

—Eso de las *curvy* es algo que inventó para consolarse alguna pija a la que le sobran diez kilos. Y no cuela. Daría un par de años de mi vida por estar como Valva.

—Para lo que me ha servido —susurró, pero nadie recogió su guante.

Cecilia miró a los chicos.

—¿Y vosotros? ¿Quién está más gordo de los tres?

La pregunta, tan directa, provocó una carcajada sincera. Se miraron sin pudor, y Robe se resignó a reclamar para sí aquel honor dudoso. Mauro seguía siendo de una delgadez quebradiza, a pesar de que, como él mismo reconoció, había empezado a echar algo de barriga. Jorge defendió un honroso puesto intermedio: aquel régimen severísimo había dado resultado. Robe se apresuró a recalcar que estaba haciendo mucho ejercicio y pronto recuperaría la línea.

—Además, en conjunto, creo que nos conservamos bastante bien, ¿no? La mayoría de los tipos de mi edad que conozco están mucho más fondones.

—Deberíais ver a Étienne. Está igual que cuando nos casamos.

Todos fingieron no haber escuchado el comentario. Lou sabía lo que le pasaba a Valva: tenía el síndrome de la mención. Era habitual en las mujeres recién separadas: recordar ante otros detalles sin importancia de la persona que ya no estaba era una forma de hacerse la ilusión de que las cosas no habían cambiado. Ella había pasado por lo mismo. Sí, desde que Robe cerró la puerta de la casa y hasta varios meses después, seguía hablando como si tal cosa de sus defectos, sus virtudes, sus manías y hasta de sus chistes malos. Era matemático. Se reunía con tres o cuatro amigas que contaban cómo dormían sus maridos y ella rápidamente describía la postura de Robe en la cama, medio ladeado, con las piernas dobladas y el brazo sobre la almohada. Si la conversación giraba sobre platos favoritos, ella se apresuraba a aclarar que Robe se derretía por un par de huevos con patatas y chorizo. Si alguien decía que estaba harta de que su pareja dejase el cepillo lleno de pelos, Lou aseguraba que afortunadamente Robe era muy escrupuloso con la limpieza de los enseres de higiene. Ahora, desde la distancia, encontraba patética aquella actitud, aquella pírrica victoria de la que se ha quedado compuesta y sin marido y juega a hacer como que no ha pasado nada, siquiera durante unos segundos. Era lamentable, pensó, y sin embargo todas las mujeres lo hacen y lo seguirán haciendo. Incluso Valva, que parecía flotar sobre las cosas terrenales.

Por suerte, Robe rompió el silencio lanzándose al agua, como si quisiese dar un brochazo de pintura sobre aquel momento tan poco afortunado. Los demás permanecieron al borde de la piscina. Val se untó los labios con una manteca de color azul que sus dos amigas quisieron probar inmediatamente.

—¿Qué es?

—Un protector cincuenta con karité y regenerador labial. Se la olvidó una clienta japonesa. Lo peor es lo del tinte azul, pero merece la pena porque hace milagros.

—Nunca pensé que mis tres mejores amigas quisiesen tener los labios como los de un alienígena.

—Tus tres mejores amigas están más preocupadas por todo lo que los rayos uva pueden hacer a su código de barras. —Lou se señalaba la boca azulada—. ¿Se dejan muchas cosas tus huéspedes?

—Te sorprenderías. Lo más normal, móviles, libros y prendas de ropa…, podría hacerme un fondo de armario con todo lo que me he encontrado por aquí. Pero a veces aparecen cosas raras. Un hombre se dejó una dentadura postiza. Y una pareja, un maletín lleno de artilugios sadomasoquistas… Había una fusta, un látigo, tres consoladores, yo qué sé…; lo más divertido es que cuando les llamamos para avisarlos juraban y perjuraban que ellos no habían olvidado nada.

Hubo un coro de risas. Jorge se esponjó: allí estaban sus amigos riendo al mismo tiempo. En aquel momento, en aquel instante, por unos segundos, los seis eran felices. Porque la felicidad es eso, pensaba él, no algo absoluto ni constante, sino una especie de punción intensa y breve que no dura mucho, pero que puede dar energía para seguir caminando.

—Una mujer inglesa se dejó a su perro, un caniche espantoso que ladraba a todas horas —continuó Valva—. Cuando la localizamos, pretendía que nos lo quedásemos. Tuvimos que contratar a un transportista para que llevase al bicho a casa de su dueña, que vivía en Dover. Deberíais haber escuchado a Étienne explicándole que habíamos hecho un pacto para no tener animales... Es muy bueno en eso, ¿sabéis? En manejar a los clientes. Es como si siempre supiese decirles lo que quieren oír. Étienne tiene mano izquierda. Y eso es lo que se necesita si llevas un negocio como este.

Una nube gris cruzó el rostro de Valva. De nuevo Étienne se había colado en su discurso. Pero aquello pasaría constantemente a partir de entonces. La vida de ambos había sido la única vida de Valva durante los últimos años. Cecilia resopló.

—Qué calor —dijo.

—Traeré algo de beber. —Val se levantó de un salto.

—Te ayudo.

—No. Necesito un momento, ¿vale?

Todos se dieron cuenta de que había empezado a llorar. La vieron alejarse sin decir nada.

—Qué desastre. —Mauro siguió a Val con la mirada hasta que entró en la casa.

—No dramaticemos. —Lou se puso su pamela y se extendió mejor la crema de labios—. En su situación, es lo normal: estás bien, de pronto se te saltan las lágrimas...

—Saber que es normal no ayuda, gracias. —Mauro parecía mosqueado—. Y perdona que te lo diga, pero preferiría que dejases ese aire de experta en desgracias sentimentales.

Lou miró a Mauro sin dar crédito. ¿A qué venía aquello? Mauro no era así...

—Y a ti ¿qué bicho te ha picado?

—No es ningún bicho. A lo mejor estoy un poco aburrido de que cada dos por tres nos recuerdes que has superado tu divorcio y que una ruptura tampoco es para tanto.

Lourdes le dedicó una mirada en la que había los justos componentes de odio: Mauro tenía razón, eso era precisamente lo que hacía. Estaba tan orgullosa de haber sido capaz de reconstruirse tras su descenso a los infiernos que no perdía ocasión de recordarlo a los demás reclamando para sí el puesto de especialista en la materia. Sin embargo, no le gustó que alguien dijese en voz alta lo que todos pensaban, y menos que fuese Mauro, que no era amigo de lanzar dardos envenenados. De haber sido Robe..., pero ¿Mauro? ¿De verdad había tirado con bala contra ella?

—Mira, Mauro, te felicito por el éxito alcanzado en tu puñetero matrimonio burgués, pero la vida real es también esto, ¿vale?

—Así que el mío es un matrimonio burgués...

Lourdes se tumbó en el borde de la piscina. Ya estaba arrepentida de la definición, que además no venía a cuento. Sopesó la posibilidad de pedirle disculpas, pero era demasiado tarde. Volvió la cabeza hacia él levantando un poco el ala de la pamela.

—Mauro, no sé cómo es tu matrimonio, y tampoco me importa mucho. Fue algo que organizaste tú solito. Te casaste con quien te dio la gana y me parece muy bien.

—Hombre, no se iba a casar con quien te diera la gana a ti.

Robe no había podido evitar entrar en la conversación. Cecilia se dijo que el lío ya estaba armado. Lou podía dejarle a Mauro decir la última palabra, pero no iba a perder ni un punto de partido a manos de su exmarido.

—Sabes perfectamente a qué me refiero.

—Pues a mí me gustaría que te explicases, Lou. Que precisases un poco más qué problema tienes con mi matrimonio.

Jorge intentó mediar:

—Mauro, Lou no dijo que tuviese ningún problema con…

Pero Mauro ya solo estaba pendiente de las palabras de Lou. Cecilia se puso las manos en las sienes. Aquel momento tenía que llegar tarde o temprano: Lou era la que menos simpatizaba con Isabel. La que, desde un principio, había torcido más el morro ante su noviazgo con Mauro. La única que, cuando se quedó embarazada, dijo en voz alta lo que estaba en la cabeza de todos: que había ido a cazarlo. Para Lou, Mauro había sido una especie de mascota. Tenía debilidad por él, y al mismo tiempo admiraba su talento y su genio. Estaba convencida de que iba a llegar lejos. Mucho más lejos que ninguno de ellos, mucho más lejos que Robe. Creía que Isabel había sido para su amigo como un veneno aniquilador. Aquella mujer corriente, aquella hortera de barrio bajo, con su maldita tienda de lápices de colores, sus tetas grandes y su embarazo a destiempo, había fagocitado las posibilidades profesionales de Mauro. Y no se lo perdonaba, igual que no le perdonaba a su amigo no haber elegido mejor a su compañera de viaje. Pero, evidentemente, nunca se lo había dicho. Y de pronto se preguntaba por qué tenía que privarse de aquel placer.

—Vale, creo que la cagaste casándote con Isabel. No tienes nada que ver con ella, igual que ella no tiene nada que ver con nosotros. Estuviste relacionándote con gente interesante, pero tuviste que acabar con una mujer que no nos gustaba a ninguno. Y me jode. Me jode mucho.

Porque tu vida, y a lo mejor también la de los demás, habría sido distinta de no haberte quedado con Isabel. ¿Era eso lo que querías escuchar? Pues ya lo has conseguido.

Y para rubricar el efecto de aquella declaración tan poco piadosa, Lourdes se zambulló en la piscina. Mauro sacudió la cabeza y se marchó. Lourdes aguantó la respiración todo lo que pudo y luego emergió resoplando.

—¿Se ha largado?

—Ajá. —Cecilia intentaba asimilar lo que acababa de ocurrir.

—Menos mal. No tenía ni puta idea de qué hacer ahora.

—Pues ve pensándolo. Mauro regresará en algún momento y algo tendrás que decirle.

Lou salió de la piscina y se sentó otra vez en el borde. Jorge, Cecilia y Robe estaban allí.

—Que alguien me grite que la he cagado.

Robe se encogió de hombros.

—No estoy muy seguro. Quiero decir que quizá ya ha llegado la hora de que Mauro escuche que su mujer no nos entusiasma. No me mires así, Cecilia, a ti tampoco te cae bien.

—¡No te miro de ninguna manera! Y claro que Isabel no me gusta. Es solo que..., bueno, nunca me imaginé que Mauro tendría que escucharlo. De hecho, hace tiempo quedamos en no decirle nada malo de ella.

Todos recordaban aquella conjura. Fue justo después de que Mauro llevase a Isabel a una reunión en casa de Jorge y, sin necesidad de ponerse de acuerdo, decidieron que aquella chica no estaba a la altura ni de Mauro ni del resto del grupo. En cuanto su amigo y su conquista cerraron la puerta y tras un segundo de duda, cinco voces airadas empezaron a preguntar a gritos qué demonios había visto Mauro en aquella chica estúpida y vulgar. Ni siquiera Valva, que era generosa por naturaleza, dijo nada amable de la adquisición de su amigo.

—¿De dónde la ha sacado? —decía Lou—. ¿De unos saldos? No entiendo una mierda. Le he presentado a Mauro a media docena de chicas en el último año, y ninguna le gustó…, y ahora aparece con esta…, esta…

Se calló porque no encontraba ningún calificativo adecuado.

—Tiene que ser una broma —añadió Robe—. Mirad, tal vez se trate de eso. Quizá dentro de cinco minutos Mauro entre por la puerta y nos diga: «Chicos, no iba en serio».

—No te hagas ilusiones. Es su novia. No sé qué pasará mañana, pero hoy por hoy Mauro está con ella. —Jorge, el anfitrión, ofreció una nueva ronda de cervezas heladas—. Y, si queréis mi opinión, no deberíamos decir ni mu.

—¿Ah, no? Llega con ese… material de derribo ¿y tenemos que callarnos? Pensé que nos lo decíamos todo a la cara. A ver si va a resultar que somos una pandilla de hipócritas.

—Mi LouLou. —Jorge fingió darle un tirón de la cola de caballo con la que se había recogido el pelo—. Me temo que hay cosas que merece la pena callarse. Por alguna razón, a nuestro Mauro le gusta esa chica, y no es muy inteligente iniciar una campaña en su contra.

—Estoy de acuerdo —dijo Valva—. Solo conseguiríamos alejar a Mauro de nosotros.

—¿Entonces?

—Que nadie le diga nada. Él sabrá lo que hace. Además, no creo que dure mucho.

Pero sí que duró. Primero fue un mes, y luego un año entero, y luego Mauro llegó con la noticia bomba de que aquella chica que tan poco entusiasmo despertaba entre ellos se había quedado embarazada. No se lo dijo a todos a la vez. Habló primero con Robe y Jorge, y luego la noticia fue corriendo como la pólvora. Mauro iba a casarse. A casarse con Isabel, que era una zafia, no tenía sentido del humor y pensaba que Lucian Freud era la hija de un loquero del año del diluvio.

Y resulta que más de veinte años después Lourdes había dicho lo que todos pensaron aquella tarde infausta en que su amigo los puso delante de Isabel por primera vez: «Esa chica no te conviene, Mauro. Te llevará a su terreno en cuanto se dé cuenta de que no puede entrar en el tuyo. Te empequeñecerá, te hará mucho menos interesante de lo que eres, te atrapará en su red de vestidos feos, de ignorancia, de falta de ambición. Sal de su radio de influencia antes de que sea demasiado tarde». Ojalá se lo hubiesen dicho enseguida. Ojalá le hubiesen advertido a Mauro de lo que pasaría si se quedaba con Isabel. Porque, más o menos, todos lo intuyeron entonces. Y sus peores temores se habían cumplido.

—Tendríamos que haber hablado con él al principio. —Robe entró y salió del agua: no le gustaba nadar, pero hacía cada vez más calor y necesitaba refrescarse—. Lo digo en serio. Y no sé por qué no lo hicimos.

—¿No lo sabes? —Cecilia agitaba las piernas en el agua—. Yo te lo digo: no lo hicimos porque subestimamos a Isabel. Creímos que no sería capaz de retener a Mauro. Que él le daría el pasaporte.

—Y lo habría hecho de no haberla dejado embarazada —apostilló Lou—. Hasta en eso fue hortera, la pobre. Pillar a un tío quedándote preñada es tan… antiguo.

—Lo clásico siempre funciona —dijo Jorge—. Esa tontaina sabía perfectamente lo que hacía cuando tiró por el retrete los anticonceptivos. Mauro jamás la hubiese dejado en la estacada.

—Bueno, al menos parece que él es feliz, ¿no? Yo no diría que Mauro está descontento.

—Venga, Ce, no me hagas reír. Mauro era un artista y se ha pasado veinte años vendiendo tubos de pintura al óleo. ¿Feliz? —Pareció que Lou escupía la palabra—. No puede serlo. Se habrá resignado, pero no es feliz. Claro que quizá ninguno de nosotros lo es, pero…

—Yo sí. —Jorge levantó la mano y la agitó ostensiblemente—. Soy superfeliz. Voy a casarme, ¿recuerdas?

Lourdes le dio un beso.

—Cómo no. Además, esa no es la cuestión. La cuestión es que no puedo dejar de preguntarme qué habría sido de Mauro de no haberse cruzado con esa mema.

Se quedaron callados. Sí, todos habían pensado lo mismo alguna vez durante aquellos años. Porque las vidas de unos y otros habían seguido lo que parecía ser su curso natural —incluso las de Lou y Robe, con su estrepitoso divorcio—, pero daba la sensación de que el destino de Mauro se había torcido. Y la culpable, cómo no, era la mujer con la que había elegido casarse.

—Pensad por un momento cómo hubiesen sido las cosas de haber terminado Mauro con otra chica. —Lou no parecía dispuesta a dejar el tema—. Alguien más parecido a él…, más parecido a nosotros. Una persona que no hubiese permitido que abandonara la pintura, que hubiese insistido en que siguiera adelante.

—Espera un poco. —Jorge se había metido en la piscina y seguía hablando desde allí—. ¿Das por hecho que

Isabel presionó a Mauro para que no pintase más? Eso no es justo…

—Bueno, pues ¿por qué dejó de hacerlo, entonces? —preguntó Cecilia—. ¿Alguien se lo preguntó?

—No le iba bien —resumió Robe—. Eso es todo. Y no exageremos la nota. Le ha pasado a mucha gente. Ninguno de nuestros compañeros de clase es un artista. Tampoco lo sois vosotros.

Esta vez, Lou puso los brazos en jarras y se plantó delante de Robe.

—Ha hablado Roberto Painter, el gurú pictórico del siglo xxi. Hay que ver lo repelente que resultas incluso cuando das explicaciones.

—Pero no deja de tener razón —apostilló Cecilia—. Casi todos nos rendimos. Yo hago dibujos comerciales, Valva no ha cogido un cincel desde hace años…

—Y yo olvidé que quería diseñar ropa. —Lou prefería adelantarse antes que dar la oportunidad a otro de recordarle su fracaso—. Pero no es lo mismo. Ninguno de nosotros tenía el talento de Mauro. De acuerdo, no le iba bien… ¡Pero era muy joven! De haber perseverado, estoy segura de que habría acabado por conseguirlo. Entonces se casó con esa tonta del bote que le convenció de que era mucho mejor dedicarse a vender material escolar. Ojalá Mauro se hubiese ido con otra cualquiera. Con Valva, por ejemplo.

Todos se echaron a reír.

—Habría sido genial, ¿os imagináis? —Jorge se puso un poco de crema en la nariz, que empezaba a enrojecer—. Los dos tan puros, tan intensos, tan reconcentrados en las cosas buenas… Habría sido un matrimonio indestructible. Tal vez ahora que Valva se ha quedado sola…

—Sería maravilloso. Mauro dejaría la puñetera tienda, se vendría aquí y se dedicaría a pintar campos de trigo, olivos o lo que quiera que haya por la zona. Esta casa, este pueblo serían perfectos para él. Quizá Val volvería a la escultura. Y Mauro…, Mauro sería el gran artista local. Podrían exponer en esta misma casa. Al principio, claro. Luego esto se les quedaría pequeño y tendrían que buscar nuevos horizontes…

Cecilia frunció el ceño. Aquello, pensó, estaba llegando demasiado lejos. Una cosa era admitir que la mujer de su amigo no le caía bien, pero las elucubraciones de Lourdes le parecían una broma de mal gusto.

—No tiene gracia, Lou…

—No sé por qué. A Val le sentaría de miedo. En cuanto a Mauro, apuesto a que está tan harto de la vida que lleva como lo estaríamos nosotros en su lugar. Una tienda fea en un barrio feo con una mujer a la que nadie llamaría guapa.

—Tienen tres hijos.

—Adultos los tres. Pueden venirse a vivir aquí. La casa es grande. —Soltó una carcajada—. Joder, Ce, no pongas esa cara, estoy de coña. El sinsangre de Mauro sería incapaz de plantar a esa cotorra con la que está casado. En cuanto a Val, le auguro una larga temporada de luto hasta que supere lo de Étienne. Yo no…

Jorge hizo una señal pidiendo silencio. Por el camino, Mauro se acercaba llevando una bandeja.

—Servicio de bar —anunció.

Parecía tranquilo, incluso de buen humor. Robe se acercó para ayudarlo. Traía cervezas frías, una botella de ginebra helada y otra de vermut rojo y varios cuencos con patatas fritas, frutos secos y aperitivos japoneses. Lourdes se preguntó qué se esperaba de ella. ¿Debía pedir disculpas a Mauro o hacer como que no pasaba nada?

—¿Quién quiere un martini? —Robe seguía reclamando su título de rey de los combinados. Estaba convencido de que no hay situación incómoda que no pueda resolverse con una copa, y se había preocupado por aprender a preparar las mejores.

Jorge y Lourdes se apuntaron. Cecilia dijo que prefería una cerveza, lo mismo que Mauro.

—¿Y Val?

—Está dentro, organizando el almuerzo. No me ha dejado ayudar mucho... Por cierto, dice que vamos a comer en la terraza.

Seguía sin hacer ninguna mención a las palabras de Lou. Ella se preguntó si lo estaría haciendo adrede para ponerla nerviosa: la calma antes de la tormenta, la paz antes de la explosión. Pero Mauro no parecía a punto de estallar ni nada parecido. Distribuía copas y pasaba los aperitivos con toda naturalidad. Cecilia le dirigió una sonrisa y se acercó para besarlo en la mejilla. Cuando se apartó, vio algo que le hizo preguntarse si de verdad merecía la pena el conservar una vista de halcón a los cuarenta y cinco años.

Fue la única que se dio cuenta de que Mauro tenía sobre la boca restos de lo que parecía ser un pintalabios azul.

En la cocina, Valva removía una cacerola que tenía en el fuego mientras intentaba entender lo que acababa de pasar. Mauro había llegado de la piscina hecho una furia (por supuesto, en la medida en que Mauro podía enfurecerse) y la había encontrado llorando con los codos apoyados en la mesa. Ella se sobresaltó al verlo, y Mauro balbuceó una disculpa.

—Perdona...

—Da igual. No, no te vayas.

De pronto se daba cuenta de que las ganas de estar sola se habían diluido. Dejar la piscina para llorar sin testigos había sido un acto reflejo, pero ahora no sabía cómo arreglarlo. No podía volver y decir a los otros: «Lo he pensado mejor y prefiero llorar aquí». Iba a tener tiempo de sobra para lamentarse sola a partir de entonces, así que era una pena no aprovechar la presencia de personas que la querían para recibir unas migajas de consuelo.

Mauro se sentó tímidamente a su lado, y ella trató de sonreír a través de las lágrimas, pero lo único que le salió fue algo parecido a una mueca. Entonces él la abrazó. Para su sorpresa, a Valva no le costó nada acomodarse a aquel gesto, que en otra época le había resultado tan familiar, tan necesario. Calculó el tiempo que había pasado desde que estuvieran así por última vez, solos, unidos en un abrazo triste, aunque aquella vez había sido incluso más doloroso que ahora, porque a los veintidós años uno cree que el dolor va a ser eterno e invencible y que el mundo entero se ha conjurado para hacerle daño. Sí, eso fue lo que pensó Valva aquella tarde, cuando Mauro llegó a su casa con la noticia de que Isabel estaba embarazada: que todo el orden cósmico había obrado en contra de su felicidad.

Ella y Mauro habían tenido una aventura. Fue durante el viaje a Lisboa, en secreto, a espaldas de todos. Ninguno de los dos había hablado de futuro, pero Valva se había enamorado de Mauro. Y estaba segura de que él acabaría por enamorarse de ella. Después de mucho tiempo, de tantos corazones rotos, de tanta persistencia en su intención de no perder la cabeza por nadie, una noche en Lisboa había abierto la puerta a la posibilidad desconocida de ser amada por su mejor amigo. Los dos trataron su aventura como si solo fuera eso, pero Val estaba convencida de que había mucho más. Había empezado a tejer un futuro junto a Mauro: sería cuestión de tiempo que dejase a Isabel, y entonces llegaría el momento de empezar una vida nueva. Val se sorprendía a sí misma imaginando cómo darían la noticia a sus amigos y cómo estos la recibirían con un alborozo legítimo. Imaginaba la casa que podrían compartir —pequeña y modesta, desde luego, pero también llena de luz y de cosas bonitas— y de cómo irían fabricando rutinas comunes. Después de tantos noviazgos fugaces, de tantas relaciones superficiales, Valva deseaba compartir el futuro con Mauro. Quería tener su lado de la cama, repartir un armario, llegar a un acuerdo sobre el uso de la ducha, acostumbrarse a sus manías y aplacar las suyas para no molestarle a él. Nunca pensó que Isabel fuese a ser un obstáculo: frente a ella, aquella pobre chica estaba destinada a la aniquilación. Y entonces, nada más volver de Lisboa, Mauro llegó a su casa y le contó que iban a tener un hijo. Estaba asustado. Ella solo era capaz de sentir un vacío inmenso, pero se concentró en mantener las distancias. Nunca había hablado a Mauro de una vida juntos. Ni siquiera le había dicho que había empezado a quererlo de otra forma. ¿Cómo iba a hacerlo cuando sabía que Isabel estaba embarazada? Ahora, mientras él la abrazaba de nuevo veintidós años más tarde, se preguntó qué habría pasado si aquel día ella le hubiese dicho: «Quédate conmigo, a pesar de todo».

Aquella tarde del siglo pasado, cuando Mauro se marchó, Valva empezó a construir su coartada para poner tierra por medio. Una beca que no existía, una oportunidad académica inventada, unas semanas en cualquier sitio. Una justificación para no estar en Madrid cuando Isabel y Mauro se diesen el sí quiero y a ella le arrancaran la que entonces pensaba que era su primera y última oportunidad de ser feliz.

Ahora estaban allí, abrazados otra vez, aunque ella lloraba y él no, y recordando el instante del último abrazo veintidós años antes —era un bonito día de principios de verano, y el cielo de Madrid parecía próximo a estallar en un atardecer glorioso—, Valva miró a Mauro y entonces él la besó.

Fue un beso silencioso que duró más de lo que habría permitido considerarlo un acto reflejo. Mucho tiempo después, Mauro sería incapaz de explicar por qué había besado a Val en aquella cocina, pero también sabía que había sido un gesto perfectamente consciente. La besó porque le apetecía besarla, porque era deseable y hermosa, porque estaba triste, porque la quería mucho, y también porque secretamente pensaba que los dos se merecían aquel beso tierno, que se dieron con los ojos cerrados y después del cual se apartaron mirándose con un pánico fingido, como si aquello hubiese sido un error, pero no era cierto: de algún modo, era un beso que ambos se debían y que había llegado en el momento correcto.

—Perdona.

—No, no, ha sido culpa mía.

—Qué va…

Mauro sopesó la posibilidad de salir corriendo, pero decidió que sería bastante indigno, así que se puso de pie, se apoyó en el fregadero y trató de mirar a Valva como si no hubiese pasado nada. Las piernas le temblaban un poco y un escalofrío recorrió su espalda. Recordó aquella sensación gloriosa y se dijo que era casi un milagro haberla recobrado a los cuarenta y cinco años. Esa agitación, esa incertidumbre, esa sorpresa eran propias de la primera juventud, de la adolescencia. Quiso tener valor para darle las gracias a Valva por haberle permitido recuperarla aunque solo fuera por unos segundos, pero no habría sido apropiado. Se preguntó si ella habría sentido lo mismo: un temblor, un vertiginoso y breve regreso al tiempo perdido.

—¿Necesitas alguna cosa?

—No, no, es solo que Lou me ha dicho algo que me ha cabreado y he preferido…, en fin, no tiene ninguna importancia. —Mauro miraba a su alrededor buscando algo que hacer o que decir.

Por suerte, Valva había dejado de llorar. Tenía algo de rubor sobre las mejillas, y Mauro se dijo que estaba preciosa. Tanto como a los veinte años. Se reprochó aquella certeza, pero le pareció inevitable. Valva seguía siendo Valva, con sus ojos claros, su cabello dorado y espeso y aquellas delicadas facciones de princesa de las nieves. Étienne tenía que estar loco para haber renunciado a una mujer así.

—Esto…, ¿te ayudo en algo?

—No, no… Bueno, sí, si puedes llevar el aperitivo a la piscina me ahorras un viaje.

—¡Claro!

—Es esa bandeja de ahí. Cuidado, pesa mucho. Estoy..., estoy preparando el almuerzo. Un bufé frío. Ensaladas y eso.

—Ah, estupendo.

—Diles que comeremos en la terraza, bajo el emparrado. Y... gracias.

Él la miró con la bandeja en las manos.

—Por llevar el aperitivo...

—Claro...

Se había dado la vuelta para no verlo salir, para resistir la tentación de observarlo alejarse con su carga —quizá había puesto demasiadas cosas, hasta aquella coctelera para que Robe preparase sus famosos martinis—, desgarbado y pequeño como había sido siempre. Mauro. Ni siquiera sabía qué le había gustado de él cuando iniciaron su relación clandestina. Empezó de la forma más inocente: Mauro quería romper con Isabel y no sabía cómo hacerlo. Habló con Valva en su condición de experta en materia de abandonos y le pidió consejo. Ella prometió respetar su secreto y escuchó durante semanas sus quejas sobre una relación que se le había vuelto insoportable. Ni siquiera recordaba cuándo se besaron por primera vez. Aquello había durado un par de semanas y no había pasado de los besos furtivos, los abrazos equívocos y algunas caricias. Pero planearon el viaje a Lisboa y fue como si los dos pensasen a la vez que había llegado el momento.

La última noche en la ciudad, Valva había fingido un ligue ocasional para separarse del grupo y regresar a casa, silenciosa como un gato, cuando ya los demás estaban durmiendo. Entró en la habitación de Mauro y estuvieron allí hasta que empezó a hacerse de día. Entonces ella se escurrió de sus brazos y volvió al dormitorio que compartía con las otras chicas, que creían que había estado con alguien llamado Joao, Paulo o Afonso. Cuando a la mañana siguiente se burlaron de sus ojos brillantes y su piel arrebatada, no podían suponer que no estaba contenta, sino feliz. Tuvo incluso la tentación de confesar a sus amigas dónde había pasado la noche, pero se dijo que era mejor esperar un poco, darse tiempo y, cuando fuera más apropiado, contarles a todos la noticia: estamos enamorados, nos queremos, nos vamos a vivir juntos, nos vamos a casar, vamos a tener una docena de niños.

En el fondo, pensaba Val mientras batía la nata con un poco de queso, había sido mejor así. De no ser porque el destino jugó las cartas de otro modo, ella no habría conocido a Étienne..., pero Étienne se había ido, y de nuevo se le saltaron las lágrimas. Volvió a sentir sobre ella el interrogante del futuro. Acabaría el verano, y llegaría el otoño con su pirotecnia de colores, y las hiedras se volverían de aquel violento color rojo que tanto le gustaba a Étienne, solo que esta vez él no estaría allí para cogerla de la mano mientras la tonalidad de las hojas iba pareciéndose a la del fuego. No, no volverían a rastrillar el césped una vez al día en una lucha inútil contra los estragos de noviembre, ni asarían castañas en el horno llenando toda la casa de un tibio olor a puesta de sol, ni irían a las misas de Adviento en la iglesia de Saint-Julien solo por el placer de escuchar la música del órgano, ni recibirían en el rostro la áspera caricia del viento de diciembre que soplaba desde Mont Ventoux y dejaba los árboles desnudos y el pueblo aterido. A Étienne le encantaba el invierno. Encendía todas las chimeneas de la casa y se empeñaba en hacer sopa a diario, y a pesar del frío salía a pasear cada mañana sintiendo el crujido de la escarcha bajo sus pesadas botas.

Ahora Valva se preguntó cómo se las apañaría para encender la chimenea cuando llegase diciembre. Eso había sido siempre tarea de Étienne, y ella nunca había aprendido a hacerlo. Claro que la chimenea era lo de menos: su futuro, el futuro en general, había quedado suspendido en un interrogante. De la noche a la mañana había dejado de ser la Valva de siempre para convertirse en una de esas mujeres a las que antes compadecía. Las engañadas, las burladas, las abandonadas. Las tristes. Y no estaba preparada para ser así. De hecho, le resultaba imposible reconocerse en la nueva Valva. Llevaba tantos años sabiéndose envidiada que no se sentía lista para inspirar lástima. Y eso era lo que iba a pasar a partir de ahora. Sería «la pobre Valva», y la gente hablaría de su suerte con el mismo gesto contrito —sincero o no— que ella había empleado para referirse a otras personas.

Empezaba a sentirse vagamente estafada por la vida. Tenía la sensación de estar protagonizando la historia de otra, de una de esas mujercitas golpeadas por el destino en las que ella pensaba con sincera simpatía y meneando la cabeza. Pobre Lisette. Pobre Marthe. Pobre Cecilia. Y, por supuesto, pobre Lourdes. Ahora se había unido a aquel equipo tan poco apetecible. Quién se lo iba a decir a Valvanera, que —como pensaban los demás— lo tenía todo, y nunca había imaginado que podían quitárselo. Hasta entonces no se le había ocurrido que la felicidad pudiese ser un estado pasajero. Veía la dicha como un país en el que se había instalado y del que no había razón para emigrar. Para Valva, ser feliz era como ser delgada, como tener las caderas estrechas y el cuello largo, el cabello rubio, los ojos azules.

Tuvo que dejar la cuchara dentro de la fuente para secarse las lágrimas. Ya ni siquiera se acordaba de que Mauro la había besado.

—Lou, ¿damos un paseo por el jardín?

Lourdes miró a Cecilia como quien miraría a una loca. Tenía el bañador mojado, un martini en una mano y un puñado de avellanas con wasabi en la otra.

—¿Ahora?

—Sí. Ahora mismo.

Ceci hizo un gesto con la cabeza, así que Lourdes suspiró, devolvió las avellanas a su cuenco y dejó la copa sobre una mesa de piedra que había junto a la piscina. Se puso su pareo y las alpargatas y siguió a Cecilia, que parecía tener prisa por alejarse del grupo.

—¿Qué bicho te ha picado? ¿Necesitas un támpax? Tengo en el neceser…

—No es eso. —Se cercioró de que estaban a suficiente distancia de los demás y pese a todo bajó la voz—. Creo que Valva y Mauro se han besado.

Lou abrió los ojos desmesuradamente.

—¿Has tomado mucho el sol?

Cecilia ignoró la pregunta.

—Cuando volvió de la casa, Mauro llevaba en la boca un poco del pintalabios azul.

—¿No se te ha ocurrido la posibilidad de que Valva se lo prestase? Ya sé que a Mauro no le pega preocuparse por la protección labial, pero…

Con un ademán de triunfo, Cecilia le enseñó el protector japonés que Valva había dejado en la piscina. Lou miró la barra y luego la miró a ella con sus enormes ojos verdes.

—Joder…

—Eso mismo pienso yo.

Lou buscó asiento en un banco de madera pintado de color celeste. Estaban junto a una pared blanca sobre la que trepaban espesas lianas de pasiflora. Cecilia se sentó a su lado.

—¿Val y Mauro besándose? Estoy intentando encontrar un sentido a la escena. Si se tratase de Robe, me extrañaría menos. Pero ¿san Mauro? Venga, Ce… No sé qué tiene el aire de la Provenza, pero parece que a este chico le sienta bien. Ayer manda a la cama a la cretina de Isabel y hoy se da el pico con Valva. Si se queda aquí quince días, es capaz de volver convertido en… vete a saber qué.

Cecilia se acomodó mejor en el banco. Era un rincón agradable, sombreado por el muro cubierto de flores.

—Después de todo —dijo—, yo creo que en el fondo a Mauro siempre le gustó Valva.

—Vaya novedad. Valva les gustaba a todos. Apuesto a que, de haber podido, Robe se habría quedado con ella en lugar de conmigo. Pero Val no daba pie a nada de eso. Era tan…, no sé cómo decirlo, inalcanzable.

Esta vez Cecilia se echó a reír.

—¿Inalcanzable? Valva siempre estaba saliendo con alguien. ¿Te acuerdas del lío que se montó cuando tuvo una historia con aquel profesor? Era muy guapo…, ¿cómo se llamaba?

—No me acuerdo. Pero sí, se armó una buena. A él casi lo expulsan de la facultad. Y eso que ya no nos daba clase. Eran otros tiempos, apuesto a que ahora no son tan quisquillosos con esas cosas. Y no, Valva no era lo que se dice una ursulina, pero tampoco profundizaba mucho en sus relaciones. Aquellos tipos iban y venían. Supongo que con uno del grupo habría sido distinto. Se lo tendría que haber tomado más en serio, y eso no iba con Val. Es como si no le interesara tener relaciones largas. Cuando nos dijo que se iba a vivir con Étienne casi pensé que me estaba tomando el pelo.

Las dos recordaban el día en que Val se empeñó en verlas en un café de la calle de La Palma y, casi a bocajarro, les dijo que se marchaba a Suiza con Étienne. Nunca la habían visto tan contenta. En un caudal de información desordenada les habló de Lausanne, de los cursos de hostelería, de un pequeño apartamento en la ciudad, del futuro en Francia, de los planes de Étienne para abrir un hotel rural. Estaba tan entusiasmada, tan radiante, que no fueron capaces de preguntarle qué demonios pensaba hacer ella mientras su fabuloso novio aprendía a dirigir hoteles. Hablar de cosas prácticas habría sido como sacudirla, como arrojar a su entusiasmo un cubo de agua helada. Así que la escucharon sin decir en voz alta lo que las dos tenían en la cabeza: «¿Y qué hay de ti?».

—¿Sabes qué he pensado? —Cecilia espantó de un manotazo un mosquito que estaba a punto de picarla—. Que llevamos toda la vida renegando de Isabel porque obligó a Mauro a dejar la pintura, pero nunca criticamos a Étienne por algo no tan distinto.

—Bueno, no es exactamente lo mismo…

—Quizá no, pero se le parece bastante. Ella metió a Mauro en una tienda cutre y el otro a Valva en un paraíso en la Provenza. Pero en el fondo da igual. Ni Mauro ni Val pudieron dedicarse a hacer aquello que querían. ¿O no te acuerdas de que, cuando apareció el maravilloso señor Lescaut, Valva había conseguido una plaza fija para dar clase en Bellas Artes? Estaba a punto de ser titular y lo mandó todo a paseo para aprender a hacer comiditas. Menudo chollo. Nos gusta pensar que de no ser por Isabel Mauro estaría exponiendo en Nueva York, pero si no hubiese conocido a Étienne tal vez Val tendría una cátedra.

Lourdes escuchaba muy seria. Su feroz antipatía por Isabel y la fascinación que en ella despertaba el conde Lescaut le impedían admitir que a Cecilia no le faltaba razón. Al fin y al cabo, ¿qué estaba haciendo Valva? Preparar comidas para desconocidos, pelearse con proveedores, ocuparse de la lavandería..., santo Dios, si había dicho que a veces se encargaba ella misma de la limpieza de las habitaciones. No, no había mucha diferencia entre lo que el matrimonio les había hecho a Mauro y a Valva. Al menos Isabel parecía una esposa devota. El ejemplar Étienne acababa de abandonar el nido para correr tras otra mujer.

—Voy a decirte lo que creo —dijo Cecilia protegiéndose los ojos con la mano para mirar de frente a Lou—. Creo que somos unos esnobs. Sí, eso es lo que somos. Oh, pobre Mauro, que está despachando detrás de un mostrador, y qué malvada es Isabel, que no quiere que pinte. Y mientras tanto, nuestra Valva estaba aquí pelando guisantes y escardando malas hierbas en un huerto. Pero claro, Isabel y Mauro viven en Usera y Étienne y Valva en Saint-Rémy, que a todos nos parece finísimo y glamuroso. Y por eso nunca criticamos lo que hizo Étienne: convertir a Valva en una..., en una cenicienta de lujo.

—Ella estaba encantada…

Lourdes parecía intentar alguna forma de defensa, pero su tono indicaba que se estaba quedando sin munición. Sí, de pronto también para ella se hacía la luz. Ce estaba en lo cierto: Isabel no les gustaba porque era pobre y vulgar, porque vivía en un barrio feo y usaba ropa barata, mientras Étienne era guapo y elegante, rico por su casa, parisino y políglota. Los padres de Isabel eran tan poco atractivos como ella. Los de Étienne, tan sofisticados y exquisitos como su hijo. El árbol genealógico de la familia Lescaut estaba preñado de brotes interesantes: había un par de políticos de renombre, una de sus tías se había casado con un Rockefeller y su abuela paterna había sido retratada por Boldini. Lou, cuyo padre era rico pero vulgar, se habría dejado cortar un dedo a cambio de unos orígenes tan envidiables. A todos les pareció de perlas que Valva se marchase del brazo de un hombre como Étienne. Pero la verdad es que había hecho con Val lo mismo que Isabel con Mauro: arrancarla de su hábitat natural, de su entorno y su destino. Y, por supuesto, de sus amigos.

—Sí, claro, Val estaba encantada. Pero tampoco Mauro parece descontento. En serio, Lou, llevamos unos cuantos años siendo bastante injustos. Y me he dado cuenta ahora.

¿Por qué en este momento?, se dijo Cecilia. ¿Por qué esa caída del caballo bajo el limpio cielo provenzal, entre las hierbas aromáticas y aquellas plantas trepadoras? Quizá porque había empezado a pensar qué esperaba a Valva ahora que Étienne se había ido. ¿Era el destino de su amiga seguir escaldando tomates y escogiendo el mejor corte de la carne? ¿Iba a continuar poniendo ramitas de lavanda en los cajones ajenos y sacando brillo a las maderas nobles de la mansión Lescaut? Y, lo que era peor, ¿tenía Val alguna alternativa?

Escucharon a lo lejos el sonido de una campanilla.

—Creo que nos llaman para el almuerzo. Oye, no le digamos esto a nadie, ¿vale? Lo del beso, quiero decir. Seguramente tendrá alguna buena explicación.

Sobre la mesa de la terraza, cubierta por un primoroso mantel de lino blanco con pequeños bordados de flores diminutas —myosotis, nomeolvides, acianos—, Valva había dispuesto un bufé de platos fríos. Había paté de campaña casero, lonchas de roast beef, trucha ahumada, tres ensaladas distintas —rúcula con bacon, endivias con salsa de bourbon, tomate con mozzarella— y una fuente con patatas asadas y mantequilla. El centro de la mesa lo ocupaba una composición de hortalizas y flores: berenjenas mezcladas con rosas de té y tiernos tallos de cebolleta. En una esquina había alegres platos azules, cubiertos y copas de cristal, y servilletas que parecían recién planchadas. Las sillas estaban desperdigadas aquí y allá para facilitar el almuerzo informal que solía ofrecerse a los huéspedes en Les Liserons los sábados.

—¡Valva! ¡Menudo festín!

—No es nada. Solo tuve que asar las patatas y hacer las ensaladas. Todo lo otro estaba casi preparado desde ayer.

—Aun así, es un exceso. —Lourdes miraba golosamente las rosadas y jugosas láminas de roast beef y se preguntaba si aquel bol contendría mayonesa, felicitándose por haber decidido olvidar las precauciones y la dieta.

—¿Qué queréis beber? ¿A alguien le apetece vino?

Todos optaron por la cerveza o por los refrescos. Jorge aseguró que habría tiempo en la cena para seguir con el Burdeos mientras se llenaba el plato de trucha con ensalada de rúcula. Lou iba a servirse, pero pensó que sería mejor acabar primero con un deber engorroso, y se acercó a Mauro, que estaba buscando una patata no muy grande para acompañar la carne asada.

—Mauro, antes de que empecemos, me gustaría disculparme por lo que te dije antes. No quería…

Pero él la interrumpió:

—Alto, Lou. Claro que querías. Llevabas más de veinte años queriendo. Y supongo que no eres la única. —Dejó el plato sobre la mesa para enfrentar las miradas de todos—. ¿De verdad alguno cree que no sé que Isabel no os gusta? Haría falta ser idiota para pensar lo contrario. Y no os culpo. Ella no pone gran cosa de su parte. Es una persona muy particular, pero…, bueno, todos los somos. Y vosotros no la conocéis como yo. Es cierto, me casé con ella porque se quedó embarazada. Pero hemos sido felices. Somos felices. Y si os preguntáis qué me ha dado alguien como ella, os diré que es algo que a los veinte años ni siquiera sabía que quería. Me ha dado una familia. Creo que me enamoré de Isabel cuando nació Esteban. Y luego me volví a enamorar cuando Tomás se puso enfermo y ella tomó el mando. Yo me derrumbé, y ella se creció. Tendríais que haberla visto en aquella época. Nuestra vida era un caos, pero Isabel seguía manteniendo algo que se parecía al orden. Iba de casa al hospital, del hospital a la tienda, y… no sé ni cuándo dormía. Y nunca soltó una lágrima. No sé de dónde sacaba la fuerza, pero no se vino abajo ni siquiera cuando creíamos que Tomás se iba a morir. Estuvo mal. Muy mal. Recuerdo que Isabel me dijo: «Mi hijo no me va a ver llorar. ¿Cómo crees que se va a sentir si piensa que estoy triste por culpa suya?». Nuestro niño se había quedado sin pelo y con la piel transparente, y ella recogía sus vómitos y dormía en un sillón, pero se había propuesto que Tomás no supiese por lo que estaba pasando. Es cierto, Isabel no es como vosotras tres. No es elegante, no es ingeniosa, no es divertida, ni siquiera es guapa. Pero, a su manera, ella es extraordinaria. Y por eso la sigo queriendo. Me gustaría que eso fuese bastante para que también vosotros la apreciaseis, aunque solo fuese un poco.

Se quedaron todos en silencio. Cecilia tuvo que secarse las lágrimas. No le gustaba mostrarse así de emotiva, pero no pudo evitarlo.

Sin saber muy bien qué hacer, Robe puso la mano en el hombro de Mauro.

—Tío...

—Tranquilo, estoy bien. —Sonrió francamente—. Y, si queréis que sea sincero, tenía ganas de largaros este sermón. Así que, Lou, eres una borde, pero muchas gracias por ponerme el capote. Me he quedado muy a gusto.

Ella ladeó la cabeza.

—Mauro, ¿te puedo dar un abrazo?

—Será un placer.

Los demás aplaudieron. Cecilia se dijo que era un buen final para aquel episodio y rubricó el aplauso con unos cuantos silbidos. Por suerte, Jorge se unió a sus pitos con algo parecido a un pataleo, y la ovación empezó a parecerse a la que se dedica a una jugada de gol en un partido infantil.

—Bueno, ¿algo más? —Lou seguía abrazada a la cintura de Mauro—. Quiero decir, que ya que Mauro y la que suscribe hemos destapado el tarro de las esencias, quizá sea el mejor momento para acabar el trabajo.

—No entiendo…

—No dejemos esto a medias. Si alguien tiene algún reproche que hacer a otro, si hay algo que quiere que sepamos los demás, es ahora o nunca.

Valva pensó que era una idea horrible. Habría querido ser tan taxativa como Robe, como Jorge o como la propia Lou, que cortaban por lo sano cuando algo no les gustaba. Proponer la exhibición de lo que podían ser los restos del naufragio de todas las cuentas pendientes era muy peligroso. Claro que había asuntos en el tintero…, pero ya que había pasado tanto tiempo, ¿no podían dejar las cosas así?

—Bueno, pues es mi turno.

Cecilia gimió. Como a Valva, a ella tampoco le parecía una buena forma de continuar la jornada.

—Venga ya, Georgie. Sé cómo acaba esto de «vamos a decirnos todo a la cara». Parece un campamento de verano o algo así. A este paso acabaremos jugando a verdad, beso o consecuencia. No es muy maduro, que digamos.

Pero Jorge la ignoró.

—Es solo una cosa que quería decirle a Mauro, y que además creo que viene al caso… Me sentó mal que no me dejases ayudaros cuando Tomás se puso enfermo. Habría querido que el niño tuviese los mejores médicos.

—Tuvo los mejores médicos, gracias. Y a las pruebas me remito: está perfectamente. Perdona si no te agradecí lo bastante que nos ofrecieses tu colaboración, pero estaba preocupado por otras cuestiones. Además, confieso que en esa época estaba un poco picado contigo.

Jorge le dedicó una mirada de sorpresa. Valva se llevó la mano a la frente. De modo que aquello era imparable: pronto estarían todos enfadados otra vez. Pensó en la posibilidad de coger la ensaladera y estrellarla contra el suelo para zanjar aquel intercambio innecesario, pero no se atrevió. Por desgracia, ese no era su modo de proceder.

—¿Conmigo? Pero…

—¿Recuerdas cuando Isabel y yo fuimos a París y no pudiste vernos? Ahora que mi mujer no está delante, tengo que reconocer que me sentó como una patada que no encontrases un rato para nosotros. Sí, ya sé que tenías que irte a Lyon, a Toulouse o a sabe Dios dónde, pero podrías haber intentado ajustar tus planes. Hacía más de dos años que no nos veíamos…

Jorge bajó los ojos. Su mano derecha jugaba distraídamente con una miga de pan. Cecilia sintió un escalofrío, y algo parecido a un sexto sentido la advirtió de que lo que venía a continuación era algo más que una disculpa.

—No estaba en Lyon.

—¿Cómo?

—Que no estaba en Lyon, ni en Toulouse, ni había ido a ningún sitio. Ese fin de semana no me moví de París.

—¿Entonces?

Jorge bajó la mirada y siguió hablando sin apartar los ojos del mantel:

—Estaba en el hospital, con dos costillas rotas, un ojo morado y el labio partido. A los médicos les dije que me había caído por las escaleras. Pero a ti no habría podido contarte ese cuento, así que preferí que no me vieras.

El silencio habría podido masticarse como las endivias de aquella ensalada crujiente que esperaba sobre la mesa.

—Rubén —dijo Robe en un susurro.

—Sí...

—Lo sabía. Sabía que era capaz de eso. Joder, Jorge, cómo pudiste...

Valva le dedicó una mirada de indignación. Por ahí no iba a pasar.

—Cómo pudo ¿qué? No vayas por ese camino, Robe..., es lo que se hace siempre con la persona a la que alguien maltrata. Lo que le pasó a Jorge no fue culpa suya. Nadie la tiene cuando ocurre una cosa así.

Jorge dedicó a Valva una sonrisa amarga.

—Gracias, Val. Pero sé lo que quiere decir Robe. Yo mismo lo he pensado decenas de veces. Cómo pude. Sí, Rubén me agredía. No constantemente, por supuesto, pero nuestras broncas solían acabar a golpes, y era yo quien se llevaba la peor parte. Luego me pedía perdón, me decía que lo sentía y que no volvería a ocurrir, y había una paz relativa hasta la próxima trifulca. Estuve dos veces en el hospital. Él mismo me llevó. Así que ya ves, Mauro, había una buena razón para no invitaros a cenar en París. Te juro que es lo que habría querido de no estar hecho un eccehomo. No es que no quisiera veros. Es que no podía permitir que me vieseis así.

Nadie dijo nada. Roberto tuvo la sensación de que necesitaban unos segundos para procesar aquella noticia. Lo peor de todo es que a él no le había sorprendido. Había conocido a Rubén al principio de su relación con Jorge. Le pareció un tipo taimado y egoísta, un arribista, un mediocre. Era poeta, o eso decía, aunque también era editor, dibujante, caricaturista, compositor y dj. Se definía como «agitador cultural», y al recordarlo se hizo crujir los nudillos. De buena gana daría un puñetazo en los morros a todos los que usan esa expresión cuando se les pregunta en qué trabajan. Y sí, también tuvo ganas de atizar a Rubén el día que Mauro se lo presentó. No le gustó. No le gustó nada, y así se lo hizo saber a los otros cuando le preguntaron: ese tipo le traerá problemas, les dijo. Había hecho algunas averiguaciones, y el tal Rubén era una joya. Tenía antecedentes penales, deudas con dos o tres camellos, ninguna afición por el trabajo remunerado (se ve que la agitación cultural le dejaba poco tiempo para hacer cosas productivas) y una larga lista de problemas de distinta índole. No, ninguno de ellos quería que alguien así pululase por la órbita de Jorge. Pero para entonces ya estaban cada uno por su lado y era difícil organizar un frente común en contra de la pareja de alguien. Diez años antes no lo hubieran dudado: una cosa era hacer la vista gorda ante la novia aburrida de Mauro y otra muy distinta ignorar que un indeseable estaba en condiciones de destrozar a uno de ellos. Por desgracia, las circunstancias habían cambiado, y si tiempo atrás se conjuraron para no inmiscuirse en el noviazgo de Mauro, en esa ocasión fueron incapaces de ponerse de acuerdo para dinamitar la relación inconveniente de Jorge. Y ahora este les confesaba que aquel chico, Rubén, había respondido a la peor expectativa. Roberto se preguntó si los demás también tenían en la cabeza la frase que él no iba a atreverse a pronunciar: «Esto ya lo sabía yo». Porque si no lo sabía, al menos sí lo sospechaba. Y pensar que un rato antes se reprochaban todos el no haber dicho a Mauro que no les gustaba Isabel… A la vista de las revelaciones del fin de semana, con Étienne a la fuga y Rubén destapado como un maltratador, la chica se había convertido en la joya de la corona entre todas las parejas del grupo.

—Y ahora que os he hecho mi confesión, me gustaría que pudiésemos dejar aparcada esta historia. Como bien sabéis, acabó hace ya mucho tiempo y de la peor forma posible, y prefiero no estropear el fin de semana volviendo sobre ella. ¿De acuerdo?

Pero no era tan fácil. Una cosa es pasar página sobre un desencuentro entre amigos y otra digerir que uno de esos amigos —el camarada de otro tiempo, el cómplice, el hermano— había sido víctima de malos tratos. No, no podía ser. Esos eran desastres que golpeaban a otros grupos menos unidos, donde unos no se daban cuenta de que había alguien que estaba sufriendo, y además sufriendo intensamente. Por aquella época, y aunque ya pasaba largas temporadas en París, todos habían visto a Jorge de vez en cuando y no habían notado nada especial. Cecilia se preguntó si era tan fácil de ocultar una travesía por el infierno, o si más bien ellos prefirieron no darse por enterados.

El ambiente se enrareció, como si una sombra negra hubiese caído sobre aquella mesa, tan alegremente dispuesta, tan bien surtida. Lourdes admitió que era culpa suya: no tendría que haber propuesto esa estupidez del saldado de cuentas. Se dijo que no quedaba otra posibilidad que distraer la atención y tomó la palabra.

—Creo que es mi turno. A mí me supo a cuerno quemado lo de Cecilia y Robe. Ya sé que en su momento le quité importancia, pero me dolió y mucho. Que lo sepáis los dos.

Cecilia enrojeció violentamente mientras las miradas de todos convergían en ella. Le habría gustado preguntar a sus amigos por qué demonios no miraban a Roberto con el mismo interés, pero su evidente sofoco la convertía en un imán para la curiosidad.

—¿De qué estamos hablando? —La voz cristalina de Valva se elevó en una duda por encima de su plato de ensalada.

—Lou, ¿de verdad vamos a dar el coñazo con esa historia? —Roberto se había servido una generosa ración de mozzarella y tomate aliñado y lo último que le apetecía era seguir contando viejas batallas, pero había entendido el mensaje de Lou: soltemos una pequeña carga de artillería para desviar el tema de Jorge y Rubén. Sí, lo de poner en la mesa del bufé su fugaz historia con Ceci era una excelente idea.

Había sucedido en el 94, cuando Lou estaba estudiando en la Saint Martins. Ella había roto su noviazgo con Robe un par de semanas antes de marcharse a Londres, y él buscó diferentes tipos de consuelo. Uno de ellos lo encontró en Cecilia: tuvieron una aventura. Brevísima, eso sí. Apenas duró una semana, porque ambos se dieron cuenta de que no era lo que querían. Él se había refugiado en ella porque echaba de menos a Lou, y Cecilia había acudido a Robe en busca de consuelo tras su ruptura con uno de los tipos que le habían hecho trizas el corazón por aquella época. No fue premeditado, ni profundo, ni dejó cicatrices. Sucedió y punto. Cuando Lou regresó, se lo contó la propia Cecilia, y ella le quitó importancia: estaba intentando enfrentarse a su fracaso académico, así que ni siquiera creyó que aquel fuese un golpe para encajar. Además, cuando sucedió, ella y Robe no estaban juntos. Perdonó a Cecilia sinceramente, sobre todo porque no pensaba que hubiese nada real que perdonar. Luego, cuando Robe la convenció de volver a empezar donde lo habían dejado, sí sintió que su amiga había cometido una pequeña traición, pero ya era demasiado tarde para pedirle cuentas: había sido tan magnánima al asegurar que no le importaba que resultaba difícil volver sobre sus pasos para echarle nada en cara. No habían vuelto a hablar de aquella historia, y ni siquiera la habían compartido con el resto del grupo. Pero es cierto que, en el fondo de su corazón, Lou conservaba una diminuta, pequeñísima escocedura al pensar que Ceci había sido capaz de acostarse con su novio mientras ella estaba fuera.

—Ceci..., ¿Robe y tú? —Jorge mordisqueaba una tostada con paté de campaña—. No doy crédito, la verdad.

—Yo no lo sabía. ¿Y tú, Mauro?

—Primera noticia...

Cecilia había perdido el rubor, y ahora empezaba a sentirse molesta. ¿A qué venía ahora sacar a colación aquel asunto? Habían pasado mil años, por el amor de Dios... Casi tenía que hacer esfuerzos para recordar qué había sucedido.

—Muy bien, pues vamos a ponerlo en común, como en los colegios de monjas. —El tono desabrido de Cecilia dejaba claro que se había enfadado, y mucho—. Sucedió cuando Lou se largó a Londres. Yo había roto con Manuel, aquel tío que me tomó el pelo durante un par de años, y estaba hecha polvo. Y nuestro Robe tampoco estaba muy contento después de que su entonces novia aquí presente le diese el pasaporte. Un día nos fuimos a cenar para contarnos las penas, y sucedió. No duró nada, y no sé si voy a ofender la vanidad de Robe, pero casi ni me acuerdo.

—Es muy halagador, gracias. —Robe se llevó la mano al pecho e hizo un gesto de asentimiento con la cabeza. Antes de seguir hablando probó una patata asada que acababa de servirse y levantó el pulgar dirigiéndose a Valva en señal de aprobación—. En mi descargo y el de Ce, os comunico que se lo contamos a Lou enseguida, a pesar de que no teníamos por qué hacerlo. Cuando pasó, ella y yo habíamos decidido dejarlo. Mejor dicho, Lou había decidido dejarme a mí porque en su fulgurante carrera hacia el olimpo de la alta costura yo era una especie de carga que era mejor soltar.

Muy bien, pensó Jorge, esto va de mal en peor. Robe había sacado al oreo el tema que Lou no soportaba: su frustrado intento de convertirse en diseñadora. Se dijo que quizá fuera conveniente volver al asunto de la supuesta deslealtad. En el fondo, Lourdes prefería hablar de aquel conato de engaño entre su pareja y su mejor amiga que de su poca exitosa incursión en la escuela de moda.

—Lo que no entiendo es por qué no nos lo contasteis a ninguno... Eso ocurrió en el 94. Todavía estábamos en esa fase en la que nos lo decíamos todo.

—¡Porque no tuvo importancia! —casi gritó Robe—. Decíroslo a vosotros habría supuesto hacer una montaña de un grano de arena.

—Es bonito saber que alguien compara una aventura conmigo con un grano —dijo Cecilia frunciendo el ceño—. Hace crecer mucho mi autoestima. Gracias, Robe, es muy amable de tu parte.

—Ce... —Esta vez Robe parecía turbado—. No quería decir eso.

—Además, tú has dicho que ni siquiera te acuerdas de los detalles. —Ahora Mauro acudía en auxilio de Robe—. Eso tampoco es un piropo, que digamos. ¿Podemos dejar ya este juego idiota? Nos quedan veinticuatro horas aquí, y es posible que haya más cadáveres en el armario, pero preferiría que no fuesen saliendo todos a la vez. ¿Es posible disfrutar del almuerzo?

—Pregúntale a Lou. Fue la que propuso esta puñetera terapia de grupo.

—Y no te digo que no sea interesante —insistió Mauro—, pero podemos dejar algo para la cena, ¿no? Todos estos platos ricos que nos preparará Valva, más el vino y los cuchillos volando. ¿Qué me decís?

CAPÍTULO CINCO

Recogieron la mesa entre todos. Lourdes se dijo que había sido un error sugerir al personal de Les Liserons que se tomase libre el fin de semana. Detestaba las labores del hogar y rezongaba hasta cuando tenía que meter una taza en el lavaplatos. Aquella mañana había hecho zumo para seis y fregado un plato, ahora estaba pasando un paño por la encimera de la cocina y apostaba cualquier cosa a que por la noche tendría que pelar patatas o algo por el estilo. Eso era mucho más de lo que había hecho en su propia casa en los últimos dos años. Tazas sucias, platos grasientos, cubiertos manchados, migas rebeldes, manteles salpicados, frágiles copas que Val lavaba a mano porque a buen seguro no soportarían las inclemencias del lavavajillas…, todo aquello formaba para Lourdes uno de los círculos del infierno.

—Gracias por la ayuda. —Valva parecía haberle leído el pensamiento, y Lourdes se sintió mezquina.

Después de todo, tampoco había costado tanto trabajo. Junto a ella, Jorge se paseaba con una cucharilla sucia como si no supiese qué hacer con ella. Le gustó pensar que su amigo era tan poco ducho como ella en las cuestiones domésticas. Se la quitó de un zarpazo y la metió en el lavaplatos con el resto de la cubertería. Jorge pareció aliviado y acto seguido cogió por los hombros a Mauro y a Robe.

—Me llevo a los chicos a tomar una copa a Le Chien Vert.

Cecilia se ofendió.

—¿Cómo que «me llevo a los chicos»? ¿Ahora practicamos la segregación por sexo?

—Id vosotros. —El gesto de Valva se contrajo en una mueca que a Jorge le pareció propia de alguien asustado—. El dueño de Le Chien me conoce mucho y lo primero que hará es preguntarme por Étienne.

—Val, cariño…, alguien te preguntará por Étienne tarde o temprano.

—Sí, pero no quiero que sea hoy. No estoy lista. Todavía no. De verdad, a mí no me importa. Y además, es que no me apetece salir. Hace…, hace mucho calor hoy.

Lo decía suplicante, con un fondo de miedo en los ojos claros. Cecilia sintió hacia ella una oleada de compasión: no era capaz de entender su pánico, pero lo intuía terrible. Ese pavor a las preguntas, a la indiscreción de otros, incluso a la buena intención de los extraños. Esa conciencia de ser incapaz de dar una respuesta sin que la voz se quebrara, ese miedo a echarse a llorar de repente ante alguien perplejo e incapaz de entender nada tras hacer una pregunta de cortesía. Esa mezcla fatal de vergüenza y dolor. Hubiera abrazado a Val de buena gana, pero habría sido peor, así que se limitó a asegurar que estaba de broma y que por supuesto no le seducía en absoluto salir a la canícula para sentarse en un bar de pueblo. Lourdes la secundó: a ella tampoco se le había perdido nada fuera de los frescos muros de Les Liserons. Así pues, las Tres Gracias se quedarían en casa mientras los rudos mocetones hacían rancho aparte. Robe las envidió: ya que no podía tomar una copa, lo que le apetecía era echar una siesta, pero conocía bien a Jorge, y si había decidido una sobremesa de charla masculina, la tendría a costa de cualquier cosa. Así que siguió a Jorge y a Mauro de mala gana deseando haberse atrevido a reclamar para sí el privilegio de cuidar de Valvanera.

Fuera el calor se había vuelto más intenso. La plaza estaba desierta y solo se escuchaba el chirrido machacón de las cigarras que forma la banda sonora de los meses de verano. Por suerte, su destino estaba a apenas cien metros de Les Liserons. Le Chien Vert era un bonito *bar à vin* situado en una calle intrincada y estrecha bordeada de edificios elegantes de finales del xviii. Aunque el dueño había dispuesto una mesa y unas cuantas sillas ante la puerta —en claro desafío a la ordenanza municipal, porque ocupaban toda la acera—, hacía demasiado calor para quedarse allí, y Jorge los condujo al interior del local, que estaba completamente vacío. Se acomodaron en unos sillones de cuero que parecían sacados de la mansión de un terrateniente de la zona (aunque posiblemente habían llegado desde China), y Jorge pidió café para Mauro y dos copas de Rémy Martin de 1988.

—Creo que prefiero un *gin-tonic.*

—No seas aguafiestas, Mauro. Este es el Rolls-Royce de los coñacs. Vas a probarlo y te va a encantar.

—¿Desde cuándo te gusta el coñac?

—Desde que voy a casarme con un experto en el tema. Fabrice lo sabe todo sobre bebidas destiladas. Me está enseñando y ya he aprendido mucho.

Les sirvieron de la botella de color verde ahumado, con su sello de lacre y el centauro en relieve sobre el vidrio. Con una ceremonia que Mauro y Robe coincidieron mudamente en encontrar ridícula, el camarero escanció el coñac en dos copas enormes de cristal finísimo. Imperturbable, les entregó las notas de cata que Jorge leyó asintiendo con la cabeza y Robe y Mauro ignoraron con un deje de burla, el uno por fastidiar, el otro porque no era capaz de distinguir un *brandy vintage* de un lingotazo de Soberano.

Jorge cogió su copa entrecerrando los ojos, hizo girar el líquido en el interior y lo olió para intentar descifrar los aromas de madera, de frutas frescas (melocotones maduros, pera, albaricoque recién cosechado) y un fondo de vainilla que, según la nota de cata, tendría que recordar a los brioches calientes, pero no encontró nada de eso. Solo un perfume sutil que auguraba un buen trago. Definitivamente, y a pesar de los esfuerzos de Fabrice, no había aprendido gran cosa. Pero el coñac estaba muy bueno. Tal vez solo necesitaba un poco más de tiempo para distinguir los brioches horneados y los melocotones.

El camarero se acercó con una bandeja de chocolate amargo que dejó en el centro de la mesa, y mientras lo probaban, Robe y Jorge empezaron a hablar de un conocido común, un escultor que por lo visto había dado la sorpresa en la feria de arte de Miami. Mauro intentó concentrarse en el coñac. Se daba cuenta de que Robe y Jorge compartían parcelas de conversación en las que él no podía entrar. Era consciente de que no lo hacían a propósito: simplemente tenían asuntos que ventilar, y esos asuntos no le concernían a él. A pesar del cariño, a pesar de la buena voluntad demostrada, sus amigos pertenecían a otro mundo. Hablaban de otros artistas, de marchantes, de ciudades que él nunca visitaría y de galerías donde jamás iba a tener la ocasión de exponer. Hablaban de negocios, de subastas, de precios, de políticas de museo. Temas que, para su desgracia, le eran ajenos. Una vez más se preguntó qué habría pasado si aquel pintor de éxito que invitó a Robe a compartir su estudio le hubiese hecho la propuesta a él. Si en lugar de tener que pintar en la trastienda cuando echaban el cierre, habría podido hacerlo en un lugar donde había otros artistas, un lugar que visitaban con frecuencia coleccionistas y críticos y donde se podía estar en contacto permanente con los andamiajes del mercado del arte. Si se le hubiese dado la oportunidad que se le brindó a Robe, ¿habría él abandonado la pintura?

Habían conocido a aquel tipo al mismo tiempo, en la inauguración de una muestra colectiva que organizaban en la facultad cada final de curso. Lo recordaba perfectamente: había sido dos semanas antes de su boda. La llegada de aquel hombre despertó una especie de gemido generalizado: una vaca sagrada en medio de un montón de aspirantes. Corría el rumor de que el artista, de edad mediana y humor cambiante, estaba buscando a un pintor joven para compartir el estudio que acababa de alquilar. Él, consciente de su papel de *vedette*, habló con casi todos los que se le acercaron, pero solo prestó verdadera atención a su obra y a la de Robe. Jorge, que por supuesto ya lo conocía, hizo las presentaciones: «Atento a estos dos chicos, vienen con ganas de quitarte la clientela», y él fingió una mueca de terror mientras les hacía algunas preguntas y les daba su tarjeta. Luego, la aparición de Valva desvió su atención. Estaba deslumbrante, vestida de negro de pies a cabeza, con un colgante enorme en medio del pecho. Aunque no exponía más que un par de esculturas sin demasiado interés, el pintor dejó de escrutar las otras obras de arte para centrarse en ella. Se despidió de Mauro y Robe diciendo: «Os llamaré». Pero solo llamó a Robe.

Mauro siempre se preguntó si su amigo se había adelantado poniéndose en contacto con aquel pintor. Habría sido propio de él. Y también legítimo. Nunca se había atrevido a preguntárselo a Roberto, quizá por miedo a acabar echándoselo en cara. Y no habría sido justo. Porque Robe tenía perfecto derecho a jugar sus cartas, a maniobrar para poner el viento a su favor. Ahora que los años habían pasado ya no le cabía ninguna duda: estaba seguro de que Robe lo había hecho. Aquella idea no le despertaba ningún resquemor: había aceptado su destino, que además tampoco le desagradaba. Sin embargo, al escuchar la charla profesional de Jorge y Robe, no podía dejar de hacerse la pregunta: de haber tenido la suerte de su parte, de haber sido el elegido por aquel tipo excéntrico, bien relacionado y generoso, ¿sería él, y no Robe, el que hablara ahora con Jorge de ferias internacionales, el que proporcionase chismorreos sobre exitosos colegas?

—Mauro, ¿en qué piensas?

—He besado a Valva.

Lo dijo sin pensar, sin saber siquiera por qué. Fue lo primero que se le vino a la cabeza para evitar contestar: «Estaba pensando en que fuiste jodidamente afortunado cuando aquel pintor se fijó en ti, y también en que estoy seguro de que le convenciste para que lo hiciera». Por supuesto, aquella revelación iba a cambiar el curso de la tarde. Jorge y Robe abrieron la boca de forma que recordaban a dos peces en un acuario y adquirieron la misma pinta vagamente estúpida.

—¿Cuándo?

—Hace un rato en la cocina.

—¿Por qué?

Los miró a los dos como pidiendo clemencia. Acababa de arrepentirse de su indiscreción. Cuando le preguntaron en qué pensaba, ¿no podía haber contestado «en nada» o «en qué estarán haciendo mis hijos en Madrid»? Y ahora venía la segunda cuestión: las explicaciones. Las explicaciones a algo que no las tenía en absoluto. ¿Por qué había besado a Valva?

—Yo qué sé. Me fui de la piscina bastante rebotado después de discutir con Lourdes, entré en la casa y la encontré allí. Estaba llorando, la abracé y de pronto nos besamos. No fue…, no fue premeditado.

—Pues claro que no lo fue. —Jorge hizo una seña al camarero para que sirviese una segunda ronda. El tipo ignoró otra mesa que se acababa de ocupar para atenderlos a ellos. Conocía a aquel caballero que dejaba buenas propinas y siempre pedía las cosas por favor—. Ya imagino que no dijiste: «Venga, voy a besar a Valva». Pero coincidirás conmigo en que es raro.

—¡Por supuesto que es raro! Por eso os lo cuento.

Era una condenada mentira. Se lo había contado en un impulso extraño…, o tal vez era una especie de venganza infantil. Como el niño que está harto de que los demás presuman ante él de sus juguetes nuevos y les muestra el revólver que su padre tiene escondido en un lugar secreto de la casa.

—La verdad, no sé qué hacer…

Roberto miró a Jorge buscando su complicidad y luego se volvió a su amigo con un fondo de lástima.

—Mauro, ¿cómo que no sabes qué hacer? ¿Por qué se supone que tienes que hacer algo? Besaste a Valva. Punto y final. Sabe Dios que yo también lo habría hecho de haber podido.

—Incluso yo lo haría —remachó Jorge—. Puedo ser muy gay, pero Val es tan tremendamente guapa que cuando la miro olvido hasta que me gustan los tíos. Y sigue estando maravillosa. Casi mejor que cuando tenía veinte años. No sé a qué te refieres cuando hablas de hacer algo..., a no ser que quieras rematar la jugada, claro.

Esta vez le tocó a Mauro sorprenderse.

—¿Estás loco? Nonononono..., es solo que..., joder, que no sé si debería contárselo a Isabel.

Jorge se llevó las manos a la cabeza mientras miraba al cielo, y Robe dedicó a su amigo una mirada tan llena de compasión que cualquiera habría dicho que había en ella un punto de desprecio.

—Mauro, ¿estás chiflado? ¿Le vas a contar a tu mujer, que es, y corrígeme si me equivoco, extraordinariamente celosa, que has dado un beso a la tía más guapa que todos hemos conocido en nuestra vida? ¿Y para qué? ¿Para que se lleve el disgusto del siglo?

—Esa es la pregunta —concedió Jorge—. Has besado a Valva. ¿Serviría de algo que Isabel lo supiese? Yo creo que no. Sucedió y punto. Es algo sin trascendencia, así que debes actuar como si no hubiera ocurrido.

Mauro estaba de acuerdo y, desde luego, nunca se le había pasado por la cabeza compartir con Isabel lo sucedido en la cocina. No tenía el menor sentido. Pero plantear la duda era la mejor coartada para justificar su revelación.

Y, en el fondo, era mucho más digno pedir consejo a sus amigos sobre cómo actuar después de besar a otra mujer que alardear ante ellos de su conquista. Porque lo cierto es que les había impresionado. Vosotros habláis de coleccionistas y de exposiciones. Yo he besado a Valva. ¿Quién es el amo ahora, eh? Venga, listillos, reconoced que esto es más interesante. Sí, cualquier niño presumido se queda a cuadros cuando el otro le muestra un arma de fuego que permanece en un cajón oculta bajo siete llaves.

—¿Qué hizo ella? —Jorge no estaba dispuesto a cambiar de tema—. ¿Te devolvió el beso?

—Sí..., bueno, eso creo..., fue algo rápido, tampoco sabría decirte...

—Pero no le pareció mal.

Mauro empezaba a pensar que airear su desliz no había sido tan buena idea. Te está bien empleado, se dijo. Por cabronazo.

—Supongo que no. No me dio una bofetada ni nada de eso. Y me gustaría dejar el asunto. De hecho, no debería habéroslo contado.

—Pero lo hiciste. —Robe cogió un trozo de chocolate y lo derritió en la boca antes de seguir hablando—. Lo hiciste porque necesitabas que alguien más lo supiera. Es como aquel chiste que contábamos en la universidad del tipo que naufraga en una isla donde solo está Kim Basinger, y después de tirársela de todas las formas posibles la obliga a pintarse un bigote y a fingir que no se conocen de nada, y entonces él le dice: «Hola, tío, ¿sabes qué? Me estoy follando a Kim Basinger». Si no lo cuentas es como si no hubiese pasado. Y, entre nosotros, creo que Valva es incluso más guapa que cualquier actriz. Así que entiendo que quieras presumir un poco. Besaste a Valva. Afortunado tú.

Mauro no quiso discutir. Además, Robe tenía algo de razón. Por unos segundos se sintió tentado a contarles que veinte años antes Valva y él habían tenido algo más que un beso fugaz. Sí, habría querido hablarles de aquella aventura intensa y demasiado breve, contarles que no solo había besado a Valva, sino que la había acariciado y la había visto desnuda y había hecho el amor con ella, en Lisboa, mientras en la habitación de al lado ellos le compadecían creyéndolo dormido en un cuarto pequeño con vistas a un montón de cubos de basura. Sí, pensó, aquella habitación lisboeta apartada y estrecha había sido providencial. Había sido para él —para ellos— como una noche de bodas. Lo que ocurrió después —el embarazo de Isabel, el matrimonio exprés, el desconcierto, la renuncia— tuvo que interpretarlo como un castigo. Veintidós años más tarde casi no podía creer que hubiera sucedido, e intuía que a medida que pasaba el tiempo la certeza de aquella aventura se iría diluyendo hasta desvanecerse por completo. Un día, dentro quizá de otros veinte años, cuando estuviese a punto de enfilar la vejez, empezaría a pensar que nunca había ocurrido, que su episodio sentimental con Valva había sido una de esas cosas que los jóvenes imaginan con detalle hasta volverlas casi corporales, casi capaces de ser tocadas. Sintió otra vez la tentación de compartir sus recuerdos con Robe y con Jorge, para convertirlos a ellos en guardianes del secreto, en testigos fehacientes cuando aún podía reivindicar su buena memoria o el hecho de tener todos los tornillos en su sitio: si veinte años más tarde les contaba que se había acostado con Valva, pensarían que estaba gagá. Ahora, sin embargo, aquella declaración provocaría en ellos una admiración sincera, un torrente de envidia. Valva y él en la misma cama. Sería maravilloso poder decirlo en voz alta. Sin embargo, no se atrevió. Ya había dado suficiente prueba de deslealtad contando que la había besado.

—En fin, uno nunca deja de llevarse sorpresas… Primero nos enteramos de que tú y Cecilia tuvisteis un lío, y ahora Mauro hace su confesión.

Mauro vio la ocasión de cambiar de tercio.

—Lo de Robe y Ce sí que me ha dejado de piedra. La verdad, nunca lo hubiera imaginado.

—Ni yo —apostilló Jorge—. Además, todos estos líos me dejan a mí en muy mal lugar: soy el único que no ha tenido ningún *affaire* con otra persona del grupo.

Se echaron a reír los tres.

—Pues a mí no me mires. —A falta de coñac, Robe se estaba vengando con el plato de chocolatinas y se metió dos en la boca—. En cuanto a lo de Cecilia…, no sé, es algo que prácticamente había olvidado.

—¿Y qué hay de ella?, ¿lo olvidó también? En lo que se refiere a hombres, nunca tuvo demasiada suerte. ¿No pensaste que quizá Ceci podía haber esperado de ti algo más que una aventura?

Robe notaba en el paladar el fino amargor del chocolate. Se había hecho la misma pregunta media docena de veces, pero siempre se tranquilizaba con la misma respuesta: él y Cecilia no buscaban nada en aquella relación pasajera. Había sido como un chaparrón de verano: un episodio sin trascendencia que no deja nada tras de sí. Lo habían hablado. Eran amigos, querían seguir siéndolo. Si se acostaron fue porque ambos necesitaban a alguien y estuvieron de acuerdo en que sería agradable que ese alguien fuese un buen amigo. Alguien a quien seguir queriendo después de la lluvia, cuando ya todo hubiese pasado, y que veinte años después tuviese que hacer esfuerzos para recordar lo sucedido.

A solo unos metros de allí, en el jardín de Les Liserons, una Cecilia malhumorada pensaba exactamente lo mismo. No entendía por qué Lou había tenido que sacar a colación aquella aventura pasajera. Al recordar a Robe no pensaba en un amante, sino en un amigo. Su historia había estado provocada por un aluvión de circunstancias que se encadenaron y cuyo final, desde luego, jamás habrían previsto ni Robe ni ella. Nunca le dieron importancia porque, honestamente, pensaban que no la tenía. Si se lo contaron a Lou fue por descargar por completo la conciencia. Y fue la propia Cecilia quien insistió. Robe no quería: «¿Para qué se lo vamos a decir? Solo lo sabemos tú y yo, así que no es necesario». Pero Ceci no claudicó. Sabía cómo eran las cosas entre los hombres y las mujeres. Tenía la intuición de que Robe y Lou acabarían reconciliándose. Y sabía que una noche, tras una botella de vino y un paseo a la luz de la luna, después de haber bailado un poco y de haber hecho el amor, el terreno estaría abonado para sacar a la luz algún secreto inconfesable. Lou le contaría a Robe lo de aquel estudiante indio con el que se había estado acostando en Londres, y él, tal vez impelido por su sinceridad, tal vez herido en su amor propio, se vería en la obligación de corresponder con otra revelación y le confesaría su aventura. Y entonces un romance sin importancia pasaría a convertirse en algo escondido a conciencia, en una historia que sus protagonistas habían querido ocultar a quien podía considerarse parte interesada. No, Cecilia no estaba dispuesta a recibir años más tarde una llamada de su amiga preguntándole «cómo has podido». Así que —con la autorización de Robe dada a regañadientes— habló con Lourdes en cuanto volvió a Madrid.

El momento estuvo bien elegido. Lou acababa de saber que no podía continuar en la escuela, y por aquellos días le daba exactamente igual cualquier cosa: se pasaba las horas rumiando el deshonor de la expulsión y el baldón del fracaso. Debió considerar un asunto menor que su exnovio se hubiese acostado con su mejor amiga. «Me importa una mierda. Hace casi un año que no estamos juntos», le dijo antes de volver a hablarle de aquel montón de profesores implacables que habían dictado su sentencia de muerte en la Saint Martins. Cecilia suspiró aliviada. Lamentaba el disgusto de Lou, pero era una suerte que le distrajese de otras cuestiones. No volvieron a hablar del asunto y se concentró en ayudarla a superar su patinazo londinense. Tres semanas más tarde, Robe y Lou volvían a estar juntos y el grupo entero lo celebraba. Ahora Cecilia se preguntó si ella no había tenido algo que ver en la reconciliación. Si Lou volvió con Robe porque se dio cuenta de que podía perderlo definitivamente, tal vez incluso a manos de alguien a quien quería. Quizá no era sincera al decir que no le afectaba su aventura. Quizá aquel día, después de dos horas compartiendo con su amiga los amargos recuerdos de la escuela —los alumnos demencialmente competitivos capaces de arrancar hojas de un cuaderno de dibujo, los maestros crueles, hasta el bedel desdeñoso que se creía el príncipe de Gales—, a Lou le dio por pensar que estaba a punto de quedarse sin nada. Nunca supo cómo se orquestó la segunda oportunidad que la pareja decidió darse, pero estaba segura de no haber sido del todo ajena a aquella repesca sentimental. Un par de meses después de que Robe y Lou volvieran a estar juntos, ella consiguió una beca para pasar un trimestre en la Universidad de Oxford. Nunca quiso reconocer que se marchó más bien aliviada por tener una forma de quitarse de en medio. Por primera vez estaba un poco cansada de los vaivenes de su grupo de amigos. En ese sentido, la estancia en Oxford era una forma de recuperar oxígeno.

Cecilia no había tenido mucha suerte con los hombres. Ni en su adolescencia de chica rara —nada coqueta, nada dulce, nada frívola— ni en la época universitaria como vértice de las Tres Gracias: en el fondo, los chicos que se les acercaban acobardados la consideraban a ella un premio menor, la opción c después de recibir calabazas de las dos beldades a las que aspiraban. Y ella era demasiado orgullosa para aceptar ser segundo plato. Se enamoró dos o tres veces, pero siempre le salió mal. Hubo un chico con el que pasó tres años de forma intermitente —un alumno de la facultad de Económicas al que había conocido en una fiesta— y que acabó rompiendo con ella para volver con una novia de juventud. Luego vino un licenciado en Medicina que preparaba el MIR, después un estudiante de Ingeniería raro como un perro verde. Con todos acabó mal, pero aquellos fracasos no le hacían daño. En aquel tiempo lo que de verdad le importaba eran sus amigos. Los novios, los amantes fugaces eran solo actores secundarios de aquella película de iniciación a la vida. Lo esencial era el grupo, las conversaciones larguísimas, los sueños compartidos, los planes colectivos. La certeza de que siempre caminarían juntos, todos a una.

Pero, una vez terminados los estudios, el andamiaje pretendidamente sólido había empezado a zozobrar. Primero fue la boda de Mauro y el nacimiento de su hijo, que les recordó que había más planetas en el mundo que ellos seis y su núcleo feliz. Luego, la marcha de Valva. Y ella había empezado a pensar que tal vez aquellos cinco años de unión inquebrantable, de proyectos de futuro, eran solo una ilusión propia de veinteañeros. Se dio cuenta de que había sido una boba al pensar que aquella alegre comunidad universitaria iba a durar siempre. Se harían adultos, se enfrentarían a las dificultades, ampliarían sus horizontes y perseguirían objetivos distintos. Sí, así tendría que ser. Pero la idea de que hubiese algo más que aquel cogollo de seis personas no le daba esperanzas, sino vértigo.

La estancia en Oxford fue reveladora. Alejada de sus amigos y de la rutina de afectos, pudo tomar perspectiva y empezó a pensar que se había refugiado en exceso en aquel grupo. Hizo nuevos amigos —ninguno inglés: los ingleses eran herméticos y férreos y no mostraron el menor interés por ella— y conoció a una chica, Elena, con la que trabó una amistad profunda hecha de intereses contrapuestos: ya no eran dos jóvenes dando pasos inciertos para escapar de la adolescencia, sino mujeres en ciernes que empezaban a buscar su sitio. Por primera vez, Cecilia tuvo la sensación de ser adulta. Al regresar a Madrid volvió a ver a sus amigos y le tranquilizó comprobar que no los quería menos, pero había aprendido que el mundo no empezaba y acababa en ellos. Tal vez eso era madurar: descubrir que hay muy pocas cosas absolutas y que nada dura para siempre.

—No te habrás dormido, ¿verdad?

Cecilia, que se había acomodado en una tumbona, tenía los ojos cerrados y los abrió al escuchar la voz de Lourdes. Estaba de pie frente a ella y llevaba una jarra de algo color rosa pálido y tres vasos de cristal.

—Limonada —anunció dejando la jarra en una mesa de piedra que había junto al árbol más grande del jardín. Luego se sentó en una esquina de la hamaca que ocupaba Cecilia y la observó con atención durante unos segundos—. Ce, no me digas que estás enfadada…

Cecilia cruzó los brazos delante del pecho y miró a su amiga enarcando una ceja.

—Lou, te parecerá raro, pero en este momento no soy la persona de mejor humor del mundo. ¿A qué ha venido contar eso?

Ella elevó los brazos al cielo de forma deliberadamente dramática, como pidiendo clemencia.

—¡Solo quería desviar la atención! Ceci, Jorge nos acababa de soltar que su puto exnovio le pegaba palizas… Lo único que se me ocurrió para cambiar de tema fue contar algo que tampoco los demás supieran. Te pido perdón. Ni siquiera creí que fuese a importarte… Joder, si sucedió en el Pleistoceno… —Juntó las manos debajo de la barbilla en ademán de oración—. Ce, por favor, discúlpame…, por favor, por favor, por favor.

A ella le dio la risa. Casi había olvidado cómo era Lou, y lo que le gustaba precisamente por actitudes como esa. Era poco delicada, irreflexiva, a veces incluso decididamente bruta. Pero la quería mucho. Ahora la tenía allí enfrente, fingiendo una súplica que era sincera a pesar de su histrionismo.

—Debería matarte, Lou. Eres como una apisonadora…

—Lo sé, y no te creas que no lo siento. Pero para cambiar tendría que nacer otra vez. Mira, ahí viene Valva..., ¿qué trae?, ¿más comida? Ay, Dios, voy a volver a Barcelona rodando.

Valva se acercaba llevando un plato lleno de lo que parecían galletas.

—Pastas de almendra. Probadlas, son riquísimas.

—¿Las has hecho tú?

—No. Las hizo Étienne. Y no tengo la receta, así que me temo que son las últimas.

Eran ligeras y crujientes, con un fondo amargo que no se notaba hasta el final.

—Están buenas, pero tampoco son nada del otro mundo. —El comentario, por supuesto, era de Lourdes—. Creo que puedo morirme sin volver a comer una de estas.

Valva le dirigió una sonrisa triste.

—¿Es una metáfora?

—Es una verdad como un templo. Anda, acerca esa silla. Me alegro de que esos tres se hayan marchado. Estamos bien así, nosotras solas. ¿Queréis limonada? Porque yo voy a tomar un vaso. Un refresco bajo los árboles y un plato de galletitas. Es como estar de campamento.

Cada vez hacía más calor, pero empezaba a soplar algo de brisa.

—Va a llover —comentó Valva.

—¿Qué dices? Mira ese cielo. No hay ni una nube.

—Lloverá, hazme caso. Lo huelo en el aire.

Lourdes fingió olfatear a su alrededor con su preciosa nariz y luego se volvió hacia sus amigas.

—Pues yo no huelo nada.

—Tú eres una chica de ciudad. Yo me he convertido en una mujer de campo. —Miró a su alrededor—. Sé cuándo hay que echar abono en los parterres, la fecha de floración de unas cien especies distintas y el momento de maduración de todas las frutas comestibles. Fascinante, ¿eh? Como veis, no he perdido el tiempo.

Cecilia y Lourdes se miraron. Había amargura en su discurso. Las dos sabían perfectamente lo que venía a continuación de una ruptura: las cuentas. La fiscalización del tiempo perdido, de las oportunidades desperdiciadas, de todo aquello que había quedado por el camino a cambio de una promesa de amor eterno. Cecilia pensó que ella y Lourdes eran afortunadas: al menos habían hecho esos cálculos en otra época vital. Se dijo que tenía que ser muy duro aprender a llevar la contabilidad del fracaso a los cuarenta y cinco años. Es como..., como romperse una pierna. Los huesos no sueldan igual a los veinte que cuando uno va camino de los cincuenta.

—Val, algo más habrás hecho aparte de eso —era Cecilia la que hablaba.

—Déjala —intervino Lourdes—. Su marido se acaba de largar con otra. Necesita refocilarse un poco en su propio drama. Val, cariño, no te reprimas. Es parte del proceso, y casi sienta bien. Vamos, habla con nosotras, muéstranos el lado oscuro de tu vida con Étienne.

Valva casi se echó a reír. Era imposible ponerse muy dramática si Lourdes andaba cerca.

—En realidad, no hay un lado oscuro. Lo que pasa es que..., bueno, empiezo a pensar que todo lo que se supone que es mi vida no tiene mucho sentido sin él. Este hotel, esta casa, el restaurante... Ese ha sido mi mundo durante muchos años. Y ahora...

Sus manos, elegantes a pesar de las muchas cicatrices, describieron en el aire un dibujo de prestidigitador.

Étienne había dicho las palabras mágicas, me voy, y la historia de Valva había desaparecido como por encanto.

—¿Te costó mucho adaptarte a esto? —Cecilia bebió un poco de limonada—. Entiéndeme, esta casa es preciosa, y el pueblo, y..., pero está tan... aislado de todo, ¿nunca te sentiste sola?

Val negó con la cabeza.

—Fue fácil. Solo quería estar con Étienne, y este era el mejor sitio. Vivimos en París una temporada, y entonces sí que era complicado, con todas aquellas glamurosas amigas suyas mirándome como si me hubiese comido el último bombón de la bandeja. Cuando conseguimos arreglar el hotel y nos vinimos aquí fue una liberación. Todo resultaba más sencillo estando los dos solos.

Esta vez Cecilia pareció pensárselo un poco antes de seguir hablando. Tenía la sensación de estar a punto de entrar en un terreno pantanoso y no estaba segura de ser capaz de salir sin llenarse de barro hasta las orejas.

—Ya, Valva, pero..., no sé, tú eres escultora..., querías dar clase, hiciste tu tesis doctoral. Por Dios, recuerdo que te pasaste tres años estudiando a aquella artista chiflada, Marga nosequé...

—Marga Gil Roësset.

—Eso. Pues, entre los estudios de doctorado, la plaza que habías obtenido en la facultad y tal... Y lo dejaste todo para ser cocinera. Me pregunto si alguna vez no has lamentado tantas renuncias.

Valva dejó el vaso en la mesa de piedra y se sentó otra vez. El cambio del viento hizo que el chirrido de las cigarras les llegase mucho más nítido. Los rayos de sol, que rebotaban en el muro, hacían que aumentara la blancura de la luz. Sin embargo, y como Valva había previsto, empezaban a dibujarse algunas nubes que de momento eran algodonosas y ligeras, en absoluto amenazantes.

—Claro que renuncié a cosas —dijo Valva sin dirigirse a nadie en particular—, y claro que me dolió un poco. Ya sabéis lo que había esperado el puesto de profesora titular, y lo mucho que preparé la oposición. Pero lo puse todo en una balanza y no tuve dudas. Étienne era lo primero, lo más importante. Solo que..., en fin, siempre me pregunté si él era capaz de valorar mi sacrificio. Ahora supongo que no. Para mi marido era natural verme en la cocina, corriendo de un lado a otro, revisando ropa de cama o sugiriendo al jardinero que plantase prímulas en un rincón. Sí, Cecilia, tienes razón: se hace raro. Y ahora que Étienne se ha marchado, reconozco que me siento un poco idiota.

Se quedaron calladas las tres. Cecilia se había descalzado y notaba en los pies el cosquilleo del césped perfectamente cortado. Pensó que nada en aquel jardín estaba fuera de su sitio y apreció el buen trabajo que había hecho Valva: las flores, los parterres, el romero, la albahaca, el estragón, la menta y el espliego en el huerto, la hierba jugosa y verde, el manto aristocrático de las enredaderas, la fuente de bronce... Seguro que los antepasados Lescaut daban saltos de alegría en sus tumbas. Lourdes se aclaró la voz.

—Os voy a contar una cosa: cuando Robe y yo estábamos casados, le llevaba el desayuno a la cama todos los días.

Dos pares de ojos sorprendidos saltaron sobre Lou.

—Venga ya...

—Sí. Bueno, no es que me pusiese a hacer huevos con salchichas ni nada por el estilo, pero preparaba café y tostadas y los dejaba en su mesilla de noche. Y lo hacía cada mañana antes de que él se levantara.

Lou supo que Valva y Cecilia estaban intentando digerir la escena: ella, tan poco amiga de primores domésticos, metiendo pan en la tostadora, untando mantequilla, encendiendo la cafetera y entrando en el dormitorio sosteniendo una bandeja..., ufff...

—Sí, eso hacía. No sé muy bien por qué. Bueno, sí lo sé: lo hacía porque a mi marido le encantaba desayunar en la cama y me gustaba darle ese capricho. Hasta que un día pasó algo muy normal: por la noche se acabó el pan y cuando me levanté al día siguiente no era posible hacer las tostadas. «Lo siento, Robe, hoy tendrás que desayunar fuera», le dije. ¿Sabéis qué hizo? Cabrearse. Oh, por supuesto que no dijo nada. Pero torció el morro y comentó algo así como «pues vaya gracia» o una gilipollez parecida. Ahí lo tenéis. Estaba tan acostumbrado a encontrarse el pan con mantequilla y el vaso de zumo que pensaba que aparecían allí por arte de magia. No solo había dejado de agradecer que me levantase diez minutos antes para prepararle su jodido café, sino que quedarse sin él era un motivo de disgusto. La puta tostada había pasado de ser un detalle a ser una obligación. Ese día me di cuenta de que había cometido un error. Las personas se acostumbran a las cosas buenas y dejan de valorarlas. Simplemente las dan por descontadas. Robe consideraba que merecía desayunar en la cama, igual que Étienne pensaba que se merecía a una mujer capaz de mandar todo a paseo para hacer *mousse* de oca. No, Val, Étienne nunca te agradeció que dejases tu carrera, igual que el cabronazo de Robe no agradecía poder tomarse el café recién hecho con los ojos aún llenos de legañas. Lo cual nos convierte a ti y a mí en dos tontas del culo.

Cecilia y Val se echaron a reír, la primera con ganas, la segunda casi obligándose a hacer un ejercicio de buen humor. Se preguntó cuándo volvería a reírse de verdad, con pasión, con los cinco sentidos, en aquella prueba de plenitud que le había sido tan habitual un día no tan lejano. No les dijo a sus amigas que también ella se había acostumbrado a estar contenta, y que el sentirse desdichada era una novedad indeseable para la que nadie la había preparado, igual que Robe no estaba listo para abrir los ojos sin tener el desayuno en la mesilla.

—Me pregunto qué pasará ahora con todo esto —dijo sin mirar a Cecilia ni a Lou.

—¿Qué quieres decir?

—Que no puedo llevar el hotel yo sola. No, no me miréis así. Todo el trabajo de administración lo sacaba adelante Étienne. Yo no sé de números. Soy incapaz de leer un asiento contable, no digamos ya de hacer balances o de cuadrar cuentas. Supongo que tendré que contratar a alguien... Por no hablar de la gestión del hotel. Era Étienne quien trataba con las agencias de viaje, quien organizaba las reservas... Ay...

Ninguna de las dos le dijo que esa era la segunda parte después de la ruptura: hacerse cargo de las cosas prácticas. Tampoco había sido fácil para ellas cuando les tocó, pero desde luego el caso de Val era mucho más complicado: no solo compartía con su marido un proyecto de vida, sino un negocio.

—Oye, ¿y Étienne no te comentó nada sobre el tema antes de marcharse?

—Nada en absoluto. Ni siquiera mencionó el hotel. De hecho, no mencionó nada. Ni siquiera me dijo lo que pensaba hacer con sus cosas. Tiene su ropa en los armarios..., todas sus pertenencias están aquí. No sé, quizá debería enviárselas a alguna parte...

El odio en estado puro pareció subir de golpe a los ojos verdosos de Lou.

—Ni se te ocurra —casi rugió la frase—. Escúchame bien, Val, como me entere de que has hecho semejante gilipollez volaré desde Barcelona para arrancarte de cuajo esa melena rubia. Si Étienne quiere sus jodidos trastos, que venga y los recoja. Cuando Robe y yo nos separamos, le dije que se tomase un fin de semana para llevarse todo lo que quisiera. Me fui a la playa con las niñas, y él se quedó en casa y recogió su ropa de verano y media docena de cachivaches. El tonto de los cojones se pensaba que podía llevarse el resto a cuentagotas: cuando empiece a llover vengo por el paraguas, cuando llegue la temporada de esquí me llevo la tabla de snowboard... Y una mierda. ¿Sabéis qué hice con lo que dejó? Lo tiré. Bueno, todo lo que valía algo lo di a la parroquia. Deberíais haber visto su cara el día que vino preguntando por una chaqueta de ante carísima y por sus putos palos de golf.

—¿Llevaste unos palos de golf a la parroquia? —hipó Cecilia.

—No seas burra. Eso lo vendí en eBay, junto a una raqueta de pádel que se supone que era de carbono puro o algo así. Hay por ahí alguien que todavía está flipando después de comprar semejante lote por veinticinco euros. Por no hablar del que se llevó por cincuenta una bicicleta de montaña.

Volvieron a reírse.

—Yo no sería capaz de hacer eso con las cosas de Étienne —musitó Valva—. Y tampoco puedo irme un fin de semana entero para que él recoja todo.

Se le quebró la voz y ocultó la cara entre las manos. La imagen del hombre de su vida saliendo del apartamento que compartían cargado de cajas de cartón resultaba demasiado dolorosa. Por desgracia, era una escena que tendría lugar tarde o temprano. Se preguntó qué pasaría ese día y deseó que faltase mucho para entonces. Sintió un remedo de alivio al recordar que Étienne era rico y podía permitirse comprar lo que le hiciese falta. Tal vez ni necesitaba recoger sus pertenencias. Estaba pensando en eso cuando escuchó un pitido: acababa de llegarle un mensaje al móvil. El corazón le dio un vuelco sin saber por qué y, mientras cogía el aparato, sintió una mezcla cruel de miedo, de desazón, incluso de esperanza. ¿Y si era Étienne? ¿Y si reconocía que había cometido un error y anunciaba su vuelta? Respiró hondo, miró la pantalla, y Lou y Valva se dieron cuenta de su desconcierto.

—¿Qué pasa?

—Es un SMS de la exmujer de Étienne..., me dice que me ha mandado un correo electrónico y que espera que lo lea cuanto antes.

Cecilia notó un escalofrío y sintió cómo se le erizaba la piel de los brazos. No se lo dijo a sus amigas. Cuando estaban en la universidad, habían llegado a la conclusión de que tenía una capacidad misteriosa para intuir la llegada de problemas. Sí, ahora había notado algo parecido a lo que experimentaba a los veinte años cuando un profesor entraba en clase con la decisión de incluir cuatro temas más en el examen final o cuando les adelantaban por sorpresa la entrega de un trabajo. Mientras ella se frotaba los brazos con disimulo, Valva abría su correo más intrigada que otra cosa. Anouk, la primera mujer de Étienne, antipática, estirada y odiosa, enviándole un *e-mail*... ¿Qué bicho podía haberle picado?

Lourdes y Cecilia se dieron cuenta de que, a medida que iba leyendo, los ojos de su amiga se agrandaban por efecto de la sorpresa. Se quedó un rato mirando la pantalla con la boca abierta.

—Val, ¿qué pasa?

—No puedo creerlo... Mira.

Le pasó el móvil a Lou, que se lanzó sobre él sin molestarse en disimular la curiosidad.

—Mierda, si no sé francés...

—Trae... —fue la propia Valva quien tradujo—: «Apreciada Valvanera, he sabido lo que ha pasado con Étienne. Lamento recordarte que la nueva situación complica tu puesto en Les Liserons, y no voy a ocultarte que habrá cambios. Julien y Gaelle están de vacaciones, pero en cuanto regresen nos reuniremos para tratar del futuro de la empresa. Sí te anticipo que deberías empezar a buscar una alternativa de alojamiento. Comprenderás que, si Étienne no va a vivir en la casa, tampoco tiene sentido que tú lo hagas. Nos pondremos en contacto contigo en un par de semanas. Entretanto, procede como mejor te parezca para que el correcto funcionamiento del hotel no se vea afectado».

Les Liserons nunca había sido un negocio. Era un capricho, una ilusión, un proyecto, pero no una empresa ni una forma de ganar dinero. Étienne lo había puesto en marcha recurriendo a su abultado patrimonio y sin importarle que fuese una pequeña máquina de comerse cada euro que generaba. El restaurante tenía pérdidas.

El hotel, unos ridículos beneficios que servían para enmascarar el agujero de la codiciada estrella Michelin. Nada de eso importaba. Los condes Lescaut no necesitaban Les Liserons para sobrevivir. Étienne mantenía su participación en las empresas familiares, las acciones, las propiedades inmobiliarias. Por supuesto, nada pertenecía a Valva: ella misma había insistido en casarse en régimen de separación de bienes. Se sentía vagamente orgullosa de su iniciativa, que además anunció sin venir a cuento en mitad de un almuerzo con una veintena de parientes Lescaut. Fue como hacer una exhibición de poderío, un alarde de nobleza de espíritu que le parecía que compensaba su condición plebeya frente a aquel ramillete de personajes linajudos, todos ricos por su casa, que desconfiaban de ella y de sus intenciones.

Étienne, que no quería oír hablar de acuerdos prenupciales, se acabó rindiendo a su gallarda tozudez. Le había gustado aquella muestra de desinterés de su futura esposa, y además eran tiempos de felicidad plena y de visiones coloreadas del porvenir: «Da igual lo que firmemos, Valvanera, porque todo lo mío es tuyo». Pero la realidad nunca es poética. Porque estaban los dos hijos de Étienne, y estaba su exmujer, codiciosa y malpensada, que veía en la juventud de Valva la inminencia de un aumento de la familia. Fue ella quien insistió en poner Les Liserons a nombre de sus dos hijos. Julien y Gaelle eran unos críos, casi dos bebés inocentes, pero al parecer ya tenían la obligación de sentirse amenazados por la posible llegada de un hermanito. Anouk insistía en que su trabajo en el mantenimiento de la casa durante varios años —que se reducía a haber contratado un jardinero por horas y encontrar a un obrero local que reparó media docena de tejas sueltas— colocaba a sus hijos en una posición de innegable ventaja frente a la futura progenie de su exmarido. Étienne se lo explicó a Valva. A ella le pareció bien: después de todo, qué más daba. Lo tuyo es mío, lo mío es tuyo. Música para los oídos de cualquier mujer enamorada. A Valva le daba igual renunciar a la titularidad de un hotel... o a un apartamento en el palacio de Versalles. En lo bueno y en lo malo, en la riqueza y en la pobreza, en la salud y en la enfermedad. Nunca había necesitado recordar que Les Liserons no le pertenecía, o que formalmente era solo una empleada de los hijos de su marido. Si a Étienne no le importaba, ¿por qué había de importarle a ella?

Ahora, diez años después de firmar sin leer aquellos dichosos papeles, seis días después de que su marido se largase con otra, a los cinco minutos de recibir aquel correo delirante, Valva tenía la respuesta a la pregunta: porque siempre hay que plantearse la posibilidad de que nada sea eterno. Y porque los cuentos de hadas continúan después de que se besen los protagonistas y alguien lea la palabra *fin*.

A petición suya, Lou y Cecilia la habían dejado sola: «Necesito unos minutos para hacer llamadas». Pero era mentira —posiblemente, ellas lo sabían—, porque a Valva no le hacía falta ponerse en comunicación con nadie para entender que lo poco que quedaba de su vida —su negocio, su trabajo— también había saltado por los aires. Imaginó a Anouk disfrutando con la escritura de aquel correo. Nunca había entendido la animadversión de la exmujer de Étienne. Cuando se conocieron, ellos llevaban más de un año separados, aunque es cierto que no habían firmado el divorcio. Quizá recuperar a su marido entraba entre los planes de aquella mujer elegante y gélida que era tan del gusto del clan Lescaut, o quizá lo único que quería era no oficializar la separación para no perder aquel título nobiliario que pronunciaba como quien deshace en la boca un azucarillo. «Comtessa Lescaut» sonaba maravillosamente bien para una esnob como Anouk. A ella, sin embargo, el título le traía sin cuidado, igual que le traía sin cuidado todo lo que no fuese Étienne en carne mortal. Si hubiese sido un oscuro empleado de correos le habría querido del mismo modo desmadrado y absoluto. A lo mejor era eso lo que Anouk no perdonaba a Valva: su desapego material, su desdén por todo lo que podía tocarse, contarse o inscribirse en un registro, que de alguna forma servía para subrayar su avidez. Sí, incluso los padres de Étienne, que no veían a la pareja de su hijo con buenos ojos —pobre, plebeya y extranjera—, tuvieron que reconocer que era un alivio no tener que negociar un matrimonio como quien prepara la fusión de dos empresas. Seguramente Anouk había estado esperando la venganza. Y la ocasión había llegado: sabía que aquel correo era la mejor forma de golpear a alguien que ya ha caído: *cherie,* no solo has perdido a tu esposo, también te vas a quedar sin casa, y posiblemente sin empleo.

Tras leer media docena de veces el correo indeseable, Valva se había refugiado en el pequeño apartamento del jardín, aquella casita que ella y Étienne consideraban su refugio y su escondite. Era un lugar sencillo, quizá excesivamente austero: un dormitorio con una enorme cama de castaño siempre cubierta por colchas de blanco inmaculado que cambiaban de grosor con el paso de las estaciones, una cocina diminuta y alegre, una sala de estar con un sofá muy cómodo, una mesa baja y una chimenea de piedra, dos sillones de lectura enfrentados, una mesa de comedor con dos sillas, una estantería hecha a medida... La alfombra era antigua, las lámparas baratas. La pintura de las paredes necesitaba un repaso, pero nunca encontraban el momento.

Valva miró a su alrededor. De pronto, aquel lugar empezaba a parecerle ajeno, casi desconocido. Los armarios estaban llenos de ropa de Étienne, la estantería abarrotada con los libros de él, los cajones a rebosar de sus cosas. Abrió uno distraída. Dentro había una baraja de póquer muy usada, un mechero de plata, un abrecartas, un mapa de la región, unas gafas de sol, un blíster de pastillas para la tensión. No reconocía ninguno de aquellos objetos. Eran cosas de Étienne. A partir de ahora, eran cosas de nadie. Él no iba a volver, y aquella casita que había sido su mundo durante dos lustros acabaría convertida en sabe Dios qué. Les Liserons echaría el cierre más pronto que tarde. Los hijos de Étienne —o más bien su madre, manipuladora e intrigante, taimada y rencorosa— venderían la propiedad al mejor postor. Y Étienne no haría nada por impedirlo, de la misma forma que años atrás no había hecho nada por defender sus derechos sobre el hotel. Para Étienne, en el fondo, Les Liserons era un juguete. Un juguete caro del que había acabado por cansarse. También se había cansado de ella. Eso era todo. Y al aceptarlo, Valva sintió una misteriosa mezcla de dolor, de decepción y de desánimo. Pero también —y eso era algo que ni siquiera entendía— una cierta sensación de alivio.

Ahora que sabía la verdad solo necesitaba aprender a administrarla. Étienne, el Étienne que había amado, se había marchado para no volver. A todos los efectos era como si hubiese muerto. No había problema en agudizar la pena recordando los buenos momentos, como hacen las viudas con sus esposos fallecidos, pero sería un error generarse algún tipo de expectativa. Se había acabado para siempre. Punto y final a Étienne y a su historia con él. Y eso la lastimaba, por supuesto. Pero al menos era un lugar del que partir. Aquellos últimos días se había limitado a intentar entender lo que no tenía explicación y, lo que es peor, a buscar una llave mágica para volver a entrar en la habitación que él había cerrado de un portazo. Desde la marcha de Étienne solo había estado ideando una solución que no existía para volver a una época que se había terminado. Y aunque había terminado mal, eso no volvía peor lo vivido. No, no quería pasar el resto de su vida lamentándose. Durante aquellos doce años había sido extremadamente feliz. Quería quedarse con eso, aunque aún fuera muy pronto. Todavía era preciso destilar mucha pena, llorar, odiar tal vez. Pero al menos ahora sabía cuál pretendía que fuese el destino final de aquel viaje: poder decir que había merecido la pena.

Se sentó en el mullido sofá mientras las lágrimas corrían por su cara. Así sería durante mucho tiempo: alternaría momentos de desesperación con otros de serenidad. Pero era parte del proceso. No sabía por qué el rastrero *e-mail* de Anouk había hecho cambiar un poco su evolución. Quizá porque había servido para recordarle que, además de a la traición, la soledad y el desconcierto, estaba obligada a enfrentarse a algunas cuestiones prácticas: vivía en una casa que no era suya, regentaba un negocio que no iba bien y el escudo protector de Étienne había caído al suelo. Ahora estaba sola ante el mundo real, un mundo bastante más hostil que el que había disfrutado bajo el amoroso paraguas de monsieur Lescaut. Y cuanto antes lo asumiera, mejor para ella.

Sin pensárselo mucho, sin esperar siquiera a aclararse la voz después de la llantina, cogió el teléfono y marcó el número de Anouk.

—A ver si lo he entendido bien... Entonces, ¿Les Liserons pertenece a los hijos de Étienne?

—Eso parece. Joder, menuda historia.

Lourdes y Cecilia caminaban bajo el bochorno, con un mapa donde estaba señalada la ubicación de Le Chien Vert. Ninguna de las dos había sabido discutir la necesidad de Valva de quedarse a solas un rato para masticar las novedades, y sin saber muy bien qué hacer salieron en busca del resto del grupo. Cecilia sintió una punzada de emoción al recordar que eso era lo que acostumbraban a hacer en otro tiempo cuando había problemas: buscarse los unos a los otros, arracimarse, hacer piña para enfrentar lo que viniera.

—Parece que es por aquí, a la izquierda... Habría que preguntar a alguien.

—¿Y a quién? Ninguno de estos es de por aquí, tienen la misma pinta de despiste que nosotras.

Las calles del pueblo estaban llenas de alegres turistas que compraban helados y crepes rellenas y se hacían fotos de recuerdo frente a las tiendas locales. En la plaza principal había una orquestina interpretando una canción anticuada mientras un montón de parroquianos ocupaban las mesas y las sillas de dos o tres terrazas.

—La verdad es que es un sitio precioso —comentó Cecilia.

—Sí, para un fin de semana. Preferiría comerme mi propia cabeza a vivir aquí. Mira las sonrisas de la gente de las tiendas..., parecen idiotizados. Y esa canción que están tocando, bastante mal, por cierto, la cantaba mi padre hace cuarenta años. Todo parece sacado de una película cursi. No sé en qué cojones pensaba Valva cuando aceptó venirse a este pueblucho.

—Sí que lo sabes. Pensaba en..., ¡oh, mira, ahí está Le Chien Vert! Espero que los chicos no se hayan marchado a otro sitio.

El local estaba lleno, pero Jorge y los otros seguían cómodamente instalados en la mejor mesa. Lou se metió los dedos en la boca y emitió un silbido que sobresaltó a toda la clientela. Jorge agitó una mano y miró con aire contrito al camarero para reconocer su parte de culpa en aquel gañido estridente.

—¿Qué hacéis aquí? —preguntó Robe.

—Yo también me alegro de verte, gracias.

—¿Dónde está Valva?

—Por eso hemos venido. Hay una pequeña crisis en Les Liserons.

—¿Una pequeña crisis? —Lourdes dio un trago a la copa que Jorge tenía delante—. Di más bien que se ha armado la de san Quintín. Val acaba de recibir un correo de la exesposa de Étienne. Parece ser que el hotel y el restaurante no están a nombre de ellos, sino de sus hijos, y esa zorra quiere que Val se busque otro sitio para vivir a partir de ahora.

—¿Cómo que el hotel no está a nombre de ellos? —Mauro arrugaba la nariz como si acabase de sentir un olor repugnante.

—No lo he entendido muy bien. Parece que Valva, en su estilo imperial, accedió a poner la propiedad de Les Liserons a nombre de esos dos niños pijos, Gaelle y...

—Y Julien —ayudó Jorge.

—¿Tú lo sabías?

—Claro que no. Étienne no me contó nada de eso, solo que Valva se había empeñado en firmar un acuerdo prenupcial. Le dije que era un error, pero ya sabéis que es tozuda como una mula. Quería dejar claro a los Lescaut que al casarse con Étienne no la movían intereses materiales. Pero, desde luego, no me contó este disparate. Una cosa es renunciar a una pensión millonaria y otra ponerse una cuerda alrededor del cuello si las cosas no funcionan.

—Muy propio de Val —rezongó Robe—. Elegancia, distinción y asco al dinero. Y ahora se va a quedar sola y en la calle. Un panorama extremadamente alentador.

Jorge frunció el ceño.

—No creo que sea tan fácil..., quiero decir que Val y Étienne llevan muchos años en la casa del jardín, y tiene que haber algunos derechos adquiridos. El lunes llamaré a mi abogado y le pediré que investigue un poco. Si esa mala pécora de Anouk cree que va a poder hacerle la vida imposible a Valva, está muy equivocada.

—Bien dicho, Georgie. Y ahora haz que traigan para nosotras unas copas de eso que estáis tomando. ¿No, Ceci?

—¿Es coñac? No, no quiero. Pídeme un vodka-tonic o algo así.

Jorge llamó al camarero.

—Cada vez tengo más claro que Étienne es un hijo de puta. Hace falta ser miserable —soltó Mauro.

Lou lo miró enarcando una ceja.

—Vaya, Mauro, me sorprende tanto apasionamiento. Tú eres más del estilo de Val, moderado, contenido y dispuesto a disculpar. Siempre me chocó vuestro afán por comprenderlo todo. Pero estamos de acuerdo, Étienne es un cabronazo.

—¿Cómo ha podido dejar que las cosas llegaran hasta aquí? Quiero decir…, ¿cómo permites que tu mujer renuncie a todo, por mucho que ella se empeñe? No creo que yo quiera a Isabel menos de lo que Valva quiere a Étienne, pero la casa y la tienda están a nombre de los dos. Ya, ya sé que no es una comparación muy justa, ellos son ricos…

—Sí que es justa —intervino Cecilia—. Da igual que se tenga mucho o poco, sea lo que sea debería pertenecer a los dos. ¿A qué viene eso de poner todo en manos de los hijos de él? ¿Y si Val hubiese tenido niños? No sé, pero creo que nuestra amiga ha hecho el primo de mala manera.

El camarero se acercó con las consumiciones. Robe pidió de muy mala gana otro vaso de Perrier mientras miraba golosamente el vodka que acababan de servir a Cecilia.

—Hablas como si la culpa fuese de Val. Y no es así. La culpa es de Étienne. No debería haber consentido que firmase ese acuerdo prematrimonial, o lo que sea. Tenía la obligación de cuidar de Valva y no solo se larga con otra, sino que además la deja colgando de la brocha, como quien dice. Es la leche. Para matarlo, vamos.

Era un discurso muy apasionado para Mauro, a quien, como Lourdes recordaba sin compasión, habían acusado siempre de tener la sangre fría como los peces. Todos intercambiaron una mirada que, en el caso de Lou, era claramente maliciosa.

—Caramba, Mauro, pareces un caballero andante. Un caballero de brillante armadura listo para despertar de su letargo a la princesa. Mmmm..., ¿dándole un beso, tal vez?

Mauro cambió de color. Jorge se llevó las manos a la cabeza.

—¿Se lo has dicho también a ellas?

—Decirnos ¿qué?

—Que ha besado a Valva.

Esta vez fue Cecilia quien dio una palmada en la mesa y se encaró con Lou.

—¡Te lo dije!

—Sí que lo hiciste. Que conste que fue ella la que se dio cuenta. —Señaló a Cecilia con el dedo de una forma muy poco protocolaria y se volvió hacia Mauro, que estaba blanco como la pared—. Querido, eres una caja de sorpresas.

—Entonces, ¿vosotras lo sabíais o no? —Robe hacía sonar los hielos de su triste vaso de agua.

Cecilia levantó la mano en un gesto triunfante, como una cría listilla que se sabe la pregunta que acaba de hacer el profesor.

—¡Yo lo adiviné! —Se volvió hacia Mauro—. Cuando volviste de la cocina tenías pintalabios azul en la boca. Así que me dije, aquí hay gato encerrado.

Le dio un trago al vodka-tonic, como brindando consigo misma a la salud de su perspicacia. En cuanto a Mauro, no levantaba la cabeza del suelo. En ese momento habría deseado que cualquier catástrofe natural se abatiese sobre Saint-Rémy, y le daba igual que fuese en forma de terremoto, riada o tornado. Cualquier cosa antes que aquella sesión de rechifla colectiva.

—Me asombras, Cecilia...

—Sí, mi vista es anormal para la edad que tengo. Y tú, Mauro, no pongas esa cara. Tampoco es un drama.

—Fue un impulso.

—Cariño, no nos des explicaciones. —Lourdes dio un sorbito al coñac—. Cualquier cosa que hagáis me parece bien. Además, un beso entre amigos no es nada del otro mundo. Mira…

Y, con las mismas, le puso las manos a ambos lados de la cara y besó a Mauro de una forma deliberadamente desmañada.

—¿Lo ves? La tierra no ha temblado. Ceci, deberías besarlo tú también. Así ya estaríamos en paz.

—Creo que paso, gracias. No te ofendas, Mauro.

Jorge se desternillaba.

—LouLou, eres genial. Siempre sabes lo que hay que hacer. Es la mejor manera de explicarle a este pobre pardillo que lo que ha hecho no tiene ninguna importancia. Está en plena fase de remordimiento…

—¿Te preocupa Isabel? Anda ya, ni siquiera va a enterarse… Y además, es que a nuestra edad y en estas circunstancias, un beso es casi como una palmada en la espalda. Val está hecha mierda y tú quisiste consolarla. Hiciste bien, en serio. Yo también la besaría si eso la ayudase a sentirse algo mejor.

Mauro sacudió la cabeza.

—¿Podemos olvidarlo?

Los otros se miraron fingiendo estudiar el asunto.

—Supongo que, aunque esta historia es divertida, tenemos otras cosas de qué preocuparnos. —Lou alargó la mano para coger la última chocolatina que quedaba en el plato—. Por ejemplo, el futuro de Val. No tiene sentido que se quede aquí si Étienne no va a volver. ¿Va a seguir trabajando como una esclava para esos dos pequeños cabrones de sus hijos? Menudo panorama…

Jorge miraba el fondo de su copa, donde aún quedaba un resto de coñac. Se dijo que tenía un color precioso, de caramelo derretido. Y seguía oliendo muy bien. Aunque el efluvio de melocotón y bollos calientes no lo encontraba por ninguna parte. Levantó la cabeza y miró a sus amigos.

—Creo que nuestra Val está teniendo que asimilar demasiadas novedades. Más adelante tendrá que tomar algunas decisiones, pero no hace falta que sea precisamente hoy. Cuando suceda, la apoyaremos en lo que necesite. Cada cosa a su tiempo. Y ahora, si habéis terminado, voy a pedir la cuenta y podremos dar un pequeño paseo por el pueblo antes de volver a Les Liserons. Estoy seguro de que en un rato a Valva se le habrá pasado su ataque de misantropía y estará encantada de tenernos por allí.

Cuando llegaron, Valva estaba en la cocina. Algo que olía muy bien se cocinaba en una cazuela. Ella sonrió al ver entrar a sus amigos y se secó las manos en el delantal blanco que llevaba anudado a la cintura.

—¿Estás bien?

Ella se lo pensó un poco.

—Creo que sí. He estado hablando con Anouk. No ha sido nada fácil, pero al menos hay unas cuantas cosas que han quedado bastante claras.

Se sentó en la mesa central y los demás la imitaron. Lou se dijo que le vendría bien una copa de vino, pero no quiso pedirla.

—¿Qué…, qué te ha dicho?

—Que debo dejar la casa del jardín en una semana. Aparte de eso, los hijos de Étienne exigen que el hotel pase una auditoría. En cuanto acabe la temporada nombrarán un gestor que dirá lo que yo ya sé: que Les Liserons es un negocio ruinoso. Imagino que esperarán unos meses y luego lo cerrarán y pondrán la propiedad a la venta. Será una buena operación. No sabéis los precios que alcanzan las casas por esta zona, y la nuestra es muy grande.

—¿Y tú? ¿Qué va a pasar contigo?

Valva suspiró. Estaba muy pálida y más guapa que nunca a pesar de que la tristeza se había instalado en sus ojos. Lou y Cecilia coincidieron en pensar que parecía muy tranquila.

—Supongo que me indemnizarán y tendré derecho a un subsidio durante un tiempo. Y cuento con algún dinero ahorrado: tenía mi sueldo y casi ningún gasto, así que tampoco estoy en la ruina. En cuanto cierre el hotel me iré de aquí, desde luego. No sé muy bien adónde, pero lo bueno es que tengo unos meses para pensarlo. Mientras, seguiré en mi puesto. Les Liserons está casi completo durante todo el mes de agosto, así que habrá mucho trabajo... Vamos, que tampoco es el fin del mundo. Reconozco que ha sido una sorpresa enterarme de que tengo que abandonar mi casa casi inmediatamente, pero bueno…

—¿Y Étienne lo va a permitir? ¿Va a ser tan hijo de puta como para dejarte en la calle?

Ella se encogió de hombros.

—Ay, Robe, me temo que aquí Étienne no tiene nada que decir. Esto es tan poco suyo como mío. Los dos fuimos unos idiotas aceptando las condiciones de Anouk, pero ya no tiene arreglo. Y apuesto a que mi marido no sabe nada de esta jugarreta. En cuanto se entere intentará arreglarlo, discutirá con Anouk y con sus hijos, y luego tirará la toalla y se ofrecerá a pagar el alquiler de un apartamento en el pueblo para compensarme por las molestias. Sí, eso es lo que hará Étienne.

Se levantó de un salto y acudió a remover lo que había en la olla con una cuchara de madera. Probó el guiso, pareció calcular algo y añadió una pizca de unas hierbas que sacó de un bote.

—Por cierto, hoy nada de primores en la cena. No estoy de humor para alardes culinarios. Estoy haciendo un guiso sencillo, espero que no os importe.

Lourdes la cogió por los hombros y la achuchó.

—Hay que ver qué civilizados sois los franceses… Yo en tu lugar estaría rompiendo cosas…, sí, eso es, cogería esos muebles tan bonitos y haría una hoguera en el jardín. Una hoguera enorme que pudiera verse desde cada uno de los rincones del pueblo y a la que arrojaría todos los libros antiguos y esa puta partitura vieja que está ahí como oro en paño. Y, por supuesto, me buscaría un buen abogado. Cariño, trabajaste durante mucho tiempo para echar a andar este hotel. No pueden portarse así contigo…, dudo que sea legal echarte de tu casa.

—Por una vez, y sin que sirva de precedente, estoy de acuerdo con Lou. —Robe picoteaba distraído unas nueces peladas que había sobre la mesa de la cocina—. Estoy seguro de que puedes recurrir la obligación de dejar el apartamento.

Jorge se adelantó con el móvil en la mano.

—¿Quieres que llame a mi abogado? Jacques es terrible cuando se pone a ello, en serio. Hará temblar a Anouk…

—No, Jorge. Te lo agradezco mucho, pero no voy a pelear por esto. Me iré en cuanto me lo digan. Y Lourdes, aunque la idea de la hoguera es tentadora, creo que prefiero hacer las cosas a mi manera. Me iré sin ruido.

Hay personas a las que les alivia montar un escándalo, pero yo no soy así. Ni Étienne, ni sus hijos, ni siquiera esa bruja de Anouk podrán echarme nunca nada en cara. Dentro de unos días buscaré una habitación en algún hotel del pueblo, iré y vendré. De todas formas, me paso el día en la cocina, y cuando me meto en la cama estoy tan cansada que puedo dormir en cualquier parte.

Lo dijo sonriendo y sin atisbo de drama. De pronto todos tuvieron la sensación de tener ante ellos a la Valvanera que habían conocido, a aquella chica tranquila, independiente y fuerte que andaba por la vida con la serena dignidad de un mascarón de proa.

—Eres increíble, Val —musitó Cecilia, que empezaba a sentir ganas de llorar.

Valva meneó la cabeza y echó hacia atrás el pelo para recogérselo en una coleta con un gesto rápido.

—No exageres. Pero gracias por decirlo, intentaré recordarlo cuando las cosas se pongan feas. —Miró a su alrededor—. ¿Sabéis? Echaré de menos esta cocina. Solo me quedan unas semanas en Les Liserons…, pero, bueno, al menos mis amigos lo han conocido antes de que cierre sus puertas para siempre.

Un olor delicioso acababa de colonizar el aire. Valva había regresado a la cazuela y parecía concentrada en revolver el guiso.

—¿Qué nos vas a dar esta noche?

—*Boeuf bourguignon.* Había pensado en hacer pularda rellena, pero no me apetece complicarme la vida.

—En lo que a mí respecta, prefiero mil veces el buey a un pollo raquítico. La pularda no es otra cosa que una gallina muerta de hambre. ¿Podemos ayudarte en algo?

—Bajad a la bodega y escoged el vino.

Una sonrisa se dibujó en el rostro de Jorge y fue subiendo hacia sus ojos, que se achinaron y brillaron. Lo conocían lo suficiente como para saber que se le estaba ocurriendo una de las suyas.

—Valva, si el hotel cierra dentro de tres o cuatro semanas..., bueno, digo yo que no te va a dar tiempo a servir todas las existencias.

Valva parecía perpleja.

—Supongo que no...

Se acercó a ella y la cogió de las manos.

—Pues es que me estoy acordando de *Casablanca*. Cuando los alemanes entran en París y Rick e Ilse se beben todo el champán para evitar que caiga en manos de los nazis. Oh, Dios, me encanta esa escena. Toda mi vida he querido hacer algo así. Val, por favor, no me lo impidas..., es nuestra oportunidad. Saquearemos la maravillosa bodega de Les Liserons. Los Château Lafitte... Ese Domaine de la Romanée sublime... Un Château Margaux de 2009 que vi ayer por allí...

Valva parecía dudar.

—No sé si...

—Anda, Valva, qué cojones..., dentro de un mes un cateto del pueblo comprará esos vinos por el diez por ciento de su valor. Al menos que se los beba alguien que te cae bien. Deja que me sienta como Ingrid Bergman por una vez en la vida.

Esta vez Valva se echó a reír. Sí, después de todo sería gracioso saquear la bodega.

—De acuerdo. Lo dejo en tus manos, Jorge. Escoge lo que quieras.

—¡Pero que sea todo muy caro! —aulló Lou—. Esto sí que es divertido. ¡¡Vamos a cogernos una cogorza de miles de euros!!

—¿Quién me acompaña en la expedición?

—Yo no. Ver todos esos vinos maravillosos sabiendo que no voy a probarlos sería masoquismo. Voy a darme una ducha, tengo la camisa pegada de sudor.

—Yo voy contigo, Jorge.

—Yo me quedo ayudando a Valva. Baja tú si quieres, Lou.

Pero a Lou no le gustaban los sitios oscuros ni húmedos, así que rechazó la propuesta. Las tres mujeres se quedaron solas en la cocina.

—¿Queréis una cerveza? ¿Un refresco? Yo iba a servirme una copa de vino. Me gusta beber mientras estoy cocinando.

—Me apunto. ¿Lou?

—Que sean tres.

Valva sirvió las copas y brindaron sin decir nada.

—¿En qué te echamos una mano?

Valva no quiso decirles que no le gustaba tener en la cocina ayudantes inexpertos. Era mucho mejor hacer las cosas sola que obligarse a dar explicaciones sobre la manera correcta de pelar un diente de ajo o lavar una lechuga. La pesadilla de cualquier cocinero profesional es un aficionado estorbando con preguntas absurdas. De todas formas, aquella era una ocasión excepcional. Pidió a sus amigas que cortasen en láminas muy finas unos champiñones que tenía a remojo en un bol lleno de agua.

—Val, cariño, ¿no tienes nada que contarnos?

—¿Os parece que he contado pocas cosas?

—No te hagas la loca. Estoy hablando de Mauro. Te besó.

Las miró a las dos, ruborizada como una novia. Luego dio una vuelta enérgica al contenido de la cazuela y puso los brazos en jarras.

—No puedo creer que os lo haya contado…

—No lo hizo. Me di cuenta yo. Cuando Mauro volvió de la cocina tenía la boca manchada de azul.

—Ya sabes, nada se escapa a Sherlock Holmes… —Le dio un pellizco a Cecilia—. Vaya con Mauro…, con esa cara de no haber roto un plato en su vida…

Valva sonrió de una forma muy rara.

—Ay, Mauro… —Lourdes suspiró—. ¿Sabéis una cosa? Siempre pensé que era el mejor de todos nosotros. El más bueno, el más inteligente. El que tenía más talento… El más sensible y el más generoso. Se merecía algo bastante mejor que lo que ha conseguido.

Val añadió a la cazuela un chorro de vino que provocó en la salsa un alegre chisporroteo. Estuvo un rato mirando el guiso, y de pronto se volvió hacia sus amigas.

—Tuve una historia con él.

Calificar de «incrédula» la expresión de Lourdes y Cecilia habría sido quedarse muy corto. Ambas agrandaron los ojos al mismo tiempo. Lourdes, además, vació de un trago la copa de vino que tenía en la mano, la dejó en la mesa y se llevó las manos a ambos lados de las sienes mientras empezaba a masajearlas un poco.

—A ver…, no sé si es que me estoy volviendo completamente loca o es que ya estoy borracha y oigo cosas raras, pero me ha parecido escuchar, y perdona la majadería, que tuviste un lío con Mauro. Cosa que, evidentemente, *no* es posible, así que he debido confundirme, pero te pido que me saques cuanto antes de la confusión.

Valva se encogió de hombros.

—Lou…

—No puedo creerlo. —Cecilia meneaba la cabeza como un tentetieso—. De verdad que no puedo. Tú y Mauro. Que no, Val, que no es posible.

Ella suspiró y se quitó el delantal, como si pensase que lo que iba a contar merecía algo más que un uniforme de cocina.

—No fue nada muy serio…, bueno, sí lo fue, pero no salió bien. Ocurrió en el último año, durante el viaje de fin de curso. Mauro y yo ya llevábamos un par de semanas viéndonos a escondidas y…, bueno, sucedió.

Los enormes ojos verdosos de Lou volvieron a abrirse desmesuradamente.

—Entonces, aquella noche que desapareciste para ligar con aquellos chicos portugueses…

—Sí, Lou. Lo que estaba buscando era la forma de reunirme con Mauro. Pasamos la noche juntos.

Lourdes volvió a llevarse las manos a la cabeza. Y aquel dato pareció sacar a Cecilia de su estado de catatonia.

—Es decir, que mientras todos pensábamos que estabas de juerga con una pandilla de desconocidos…

—Sí, solo esperaba que os metieseis cada uno en vuestro cuarto para volver al apartamento y entrar en la habitación de Mauro.

Val las miró a las dos con un aire levemente contrito, como si creyese que había algo de desleal en guardar tanto tiempo un secreto como aquel.

—¿Por qué nunca nos lo contaste? —Cecilia parecía haberle leído el pensamiento.

—No lo sé. Era complicado. Justo al volver de Lisboa, Isabel le dijo a Mauro que estaba embarazada y…, no sé, ya no tenía mucho sentido. Preferí dejarlo así. Pero habría querido que lo supieseis. De verdad.

No mentía. Años después, Valva era capaz de reconocer cuánta soledad, cuánto dolor se habría ahorrado de haber compartido con sus amigas aquel secreto tan pesado. Pero ¿cómo iba a contarles entonces que ella y Mauro habían estado muy cerca de unir sus vidas y que solo la mala suerte se lo había impedido? No, no era posible. Porque ni Cecilia, ni mucho menos Lou, habrían sido capaces de conocer su historia sin lanzarse a tomar partido. Habrían querido intervenir, hablar con Mauro, presionarle incluso para abandonar a Isabel. A ella la habrían atosigado con consejos, con todo el caudal de cariño y comprensión que cabe esperar de dos amigas del alma y la falta de perspectiva de quien ve el drama desde fuera. El resultado habría sido desastroso, aunque sirviera para aligerarle el corazón, para deshacer el nudo de congoja que durante un tiempo llevó en la garganta. Veinte años después, Valva no tenía ninguna duda de que había hecho lo correcto.

—Muy bien, querida. Y ahora, cuéntanoslo todo.

—Pero ¿qué os voy a contar? No hay gran cosa que…

—Valva, desembucha, nos debes una historia de película y la vas a compartir antes de que estos vuelvan de su expedición a la bodega.

Valva suspiró, resignada a lo inevitable, y bajó el fuego. De la olla salía un lánguido borboteo solo perceptible para el oído fino de una cocinera experta. Probó la salsa y subrayó su aprobación con una leve sacudida de cabeza. Sirvió otras tres copas de vino, se sentó en la mesa central y empezó a recordar para sus amigas, mientras se daba cuenta de que llevaba mucho tiempo sin repasar aquella historia. Mauro y ella. El chico insignificante y algo tímido, la chica misteriosa que encadenaba un novio fugaz con otro nuevo. Una amistad reforzada en secreto, muchas confidencias, un par de citas clandestinas, un beso inesperado y luego otros, y al final aquella noche en

Lisboa. Valva era consciente de que no podía contarles todo, de que tenía que disfrazar aquella etapa, maquillarla para convertirla en una aventura casi frívola. No podía admitir delante de Lourdes y Cecilia que se había enamorado de Mauro, que había empezado a tejer posibilidades de un futuro juntos y que el embarazo de Isabel había hecho saltar todo por los aires. Era innecesario que ellas también empezasen a preguntarse qué habría pasado de no haberse vuelto en su contra las cartas del destino. Innecesario, estúpido y cruel. Que se quedasen con la idea de que lo que había compartido con Mauro tenía la trascendencia de una travesura. Sí, definitivamente era mucho mejor así.

—En fin, eso es todo.

—Lo que no entiendo es por qué no nos lo contaste.

—Porque no estaba precisamente orgullosa del asunto. Mauro era nuestro amigo, estaba con Isabel... No tenía mucho sentido.

Lourdes se levantó de la mesa y dio una vuelta a la cocina con las manos en las caderas, tiesa como un palo, con la cabeza hacia atrás y una expresión reconcentrada en los ojos. Valva y Cecilia la recordaron en su etapa de modelo, cuando la veían desfilar sobre una pasarela con el mismo ímpetu y el mismo descaro con el que andaba por la calle o por los pasillos de la facultad. Era estupendo comprobar que no había perdido aquel aire de inquebrantable seguridad en sí misma, la forma de caminar que habría permitido localizarla entre un millón de personas. Se apoyó en la encimera y cruzó los brazos por encima del pecho. Cecilia hizo votos por que no dijese nada desagradable: de pronto, en aquella cocina, con un estofado en el fuego y el suave olor de la carne guisada, las tres volvían a ser las jóvenes que se hacían confidencias y que compartían secretos con la seguridad de no encontrar en las otras nada más que comprensión y benevolencia. A saber por qué Valva les había contado ahora aquella historia, pero, a buen seguro, no era para ser sometida a un juicio severo.

—Ay, Valvanera... Esto sí que no me lo esperaba. —Lanzó un silbido—. Tú y Mauro..., pues claro. Tendríamos que haberlo adivinado. De alguna forma, estabais hechos a medida. Anda, sírveme un poco más de vino. Vamos a brindar por esta novedad. ¿Os dais cuenta de que, después de tanto presumir de amistades verdaderas y toda esa historia, las tres nos hemos acostado con alguno de los chicos del grupo?

Las carcajadas sacudieron la cocina.

—Somos tres putones.

—Eh, eh, eh, alto ahí. Putones sois vosotras dos. Yo me tiré a Robe porque salía con él. Tú, Cecilia, te beneficiaste al ex de tu mejor amiga, y aquí Valva, la mosquita muerta, se enrolló con Mauro cuando tenía novia. No nos metas a todas en el mismo saco.

Iban a saludar el discurso con una nueva ración de carcajadas, pero la risa se les quedó a medio camino.

Porque en la puerta, con la cara desencajada y una horrible camiseta con la leyenda «Je suis allée a Avignon», estaba Isabel.

Las tormentas de verano son alarmantes y aparatosas, y la mayoría de las veces nos cogen por sorpresa. Suelen empezar con un golpe de viento y un aguacero de goterones gordos que arrancan a la tierra un olor formidable.

Luego viene la secuencia orquestal del rayo y el trueno: un crujido con efecto de luz seguido de un estruendo. Después, la lluvia se hace constante y mantiene una cadencia propia, y el cielo se encapota sin piedad. Lo malo de las tormentas estivales es que aparecen a traición para estropear la fiesta de un día caluroso y radiante. Lo bueno es que pasan tan rápido como vienen y sirven para limpiar el ambiente y refrescar la atmósfera cargada del calor polvoriento en las jornadas más extremas de los meses de calor.

Aquella tarde, en Les Liserons, las paredes parecieron retumbar con el primer trueno. Empezó a llover de una forma continuada y casi rítmica, y las gotas de agua se estrellaban contra las ventanas dejando en el cristal el dibujo de cientos de agujas finísimas. Sobre la mesa del comedor —mantel de hilo crema, una cristalería de colores, platos de porcelana con dibujos en verde, a tono con las velas del centro hecho con hiedras y flores—, Jorge había dejado media docena de botellas producto de su incursión en la bodega, pero nadie se había acercado a examinarlas. En la habitación reinaba un ambiente que solo se podría calificar de fúnebre. Isabel se había marchado a su habitación dando gritos y Mauro salió detrás de ella pidiendo calma. Valva estaba en la cocina, supuestamente dando los últimos toques a la cena, pero sus amigos la conocían lo suficiente como para adivinar que estaba rogando a alguna fuerza superior que uno de aquellos relámpagos fulminase Les Liserons con todo lo que tenía dentro. Mientras, Lourdes, Cecilia, Jorge y Roberto se miraban unos a otros sin saber qué hacer ni qué decir. Fue Lou la primera en tomar la palabra:

—Georgie, ¿podrías abrir alguna de esas botellas?

—Claro. ¿Quieres probar el Petrus o...?

Ella lo detuvo con un gesto.

—Jorge, no entiendo mucho de vinos y estoy a punto de sufrir un ataque de nervios. Quiero algo que tenga alcohol. Por mí como si me sirves en un vaso de plástico una sangría de vino peleón.

Él pareció hacerse cargo.

—En ese caso, apostaré por un Château La Mondotte del 2000..., un año en el que aún éramos capaces de pasar un fin de semana juntos sin acabar dando alaridos.

—Joder, haz lo que quieras, pero sírveme de una vez..., debería haber traído tranquilizantes..., ahora mismo me sentaría bien un Orfidal.

Robe le alargó la copa que Jorge acababa de llenar.

—Ha sido culpa mía —musitó Lou después de beber—. Si no hubiese dicho esa tontería, Isabel no se habría enterado de nada.

—No seas boba. Ni siquiera sabemos el tiempo que llevaba junto a la puerta escuchando la conversación. Esa mujer es como..., como un sioux o algo así. ¿Os habéis dado cuenta de que anda sin hacer ruido? Yo creo que lleva un calzado especial para poder pillar a la gente en un renuncio. Lo digo en serio. Caramba, Jorge, qué bueno está el vino.

—Esta botella cuesta mil euros en carta. Ya puede estar bueno. Y ahora que habéis remojado el gaznate, ¿alguien puede contarme con calma qué es lo que ha pasado? Lo único que me ha quedado claro es que Isabel está enfadadísima y que Mauro lo siente un montón. ¿Es por el beso de Valva? Me parece tan estúpido que...

—¡¡¡Chisssssss!!! ¡¡¡Ni se te ocurra mentar eso!!! Solo falta que Isabel se entere también.

—Ah, ¿que no es por lo del beso? —Robe había bajado la voz—. Entonces, ya no entiendo nada.

Había sido el último en incorporarse a la escena, cuando bajó de su cuarto atraído por los gritos de Isabel y se cruzó con ella y con Mauro, que subían la escalera en dirección al cuarto que compartían.

—A ver…, Isabel entró cuando Valva nos estaba contando que ella y Mauro tuvieron una…, ehhh…, una pequeña historia en el último año de universidad.

Jorge, que iba a llevarse la copa a la boca, se quedó con ella a medio camino y miró a sus dos amigas como si estuviesen intentando tomarle el pelo.

—Una pequeña historia…

—Que se acostaron.

—Es una broma.

—No, Jorge. No es una broma. Valva y Mauro tuvieron una aventura. Fue solo una vez, o eso entendí. Sucedió cuando estuvimos en Lisboa de excursión de fin de curso.

Jorge abrió las manos y las elevó en dirección al techo.

—Increíble. Llevo un día y medio con vosotros y acabo de darme cuenta de que este grupo era una versión *light* de Sodoma y Gomorra. Valva y Mauro, vosotros dos. —Señalaba a Cecilia y a Roberto—. ¿Qué hay de ti, LouLou? ¿No hay nada que deba saber? ¿Tal vez antes de conocerme te llamabas Manolo y conducías un camión? Porque, tal y como se está poniendo el ambiente, me espero cualquier cosa…

—Jorge, no hagas bromas… —Por una vez, la consternación de Lourdes parecía sincera—. ¡Todo esto es tan…, tan innecesario! Mierda, si Isabel hubiese llegado de su excursión media hora más tarde, ahora no tendríamos otra crisis.

—¿Y Valva? ¿Qué hace?

—Conociéndola, debe de estar excavando un agujero para meterse dentro de él y esperar allí hasta la próxima glaciación. Es genial, ¿eh? Su marido se larga con otra, la ex de su ex la despide y la echa de casa y ahora la acusan de robanovios con carácter retroactivo. Está pasando unos días geniales, sí, señor.

Valva entró con una bandeja llena de aperitivos. Lourdes se sintió fatal al mirar por el rabillo del ojo el contenido de aquellos platos: había una especie de salchicha guisada, jamón de pato y lo que parecían huevos de codorniz sobre pequeñas camas de arroz. Le horrorizó darse cuenta de que tenía hambre de nuevo. De buena gana habría saltado sobre aquellas exquisiteces, pero no parecía de buen gusto, así que intentó ignorar el olor del embutido y centrarse en Valva, que estaba pálida como la muerte.

—¿Dónde están?

—Arriba. No se oye ruido, así que no creo que estén rompiendo nada.

Valva se derrumbó en una silla.

—Qué horror.

Jorge cogió otra silla, la situó enfrente y obligó a Valva a apartar las manos de la cara.

—Val, vamos a relajarnos un poco, ¿eh? Esto no es agradable, pero me niego a hacer una tragedia griega de algo que ocurrió en el siglo pasado. Por el amor de Dios, ¡si hace media vida de todo eso! Ni siquiera teníamos teléfono móvil. El mundo ya no es el mismo, ni nosotros tampoco. Lamento que Isabel se haya enterado, y sobre todo que se haya enterado así, pero no creo que sea nada por lo que haya que rasgarse las vestiduras.

Cecilia se sentó también.

—Si os digo la verdad, a mí Isabel me preocupa menos que Mauro. Con lo poco que le gustan los números de circo, y ya lleva dos este fin de semana. Menuda dosis...

Valva había vuelto a ocultar la cara entre las manos. Ahora se preguntaba por qué demonios había tenido que contar a sus amigas lo que tan celosamente había guardado en secreto durante más de veinte años. Y se dio cuenta de que la respuesta era sencilla: porque su mundo se caía a pedazos y necesitaba rememorar aquella época en la que la vida era luminosa y azul, y ella había pasado la noche con un chico adorable que le acariciaba el pelo y le susurraba que era la mujer más guapa del mundo. Sí, eso le había ocurrido. Los recuerdos necesitan revivirse en voz alta. Por eso la gente mayor persigue a los nietos para contarles batallitas. De pronto no es suficiente con cerrar los ojos y poner a funcionar la máquina de la evocación. Si Valva quería recobrar aquel episodio tan cuidadosamente conservado en el desván de la memoria —y era algo que, dadas las circunstancias, le hacía mucha falta—, tenía que contárselo a alguien. Y quién mejor que sus dos amigas. Quién mejor que Cecilia y Lourdes, siempre listas para el asombro, siempre dispuestas a abrir la boca y lanzar gritos de sorpresa. Ellas dos, tan capaces de disfrutar también de su secreto veinte años después.

Lo malo es que había aparecido alguien que no estaba invitada a la fiesta.

Notó que el rencor le llegaba a la sangre: ¿por qué Isabel siempre tenía que apañárselas para estropearlo todo?

Isabel y Mauro estaban en la habitación, ella sentada en la cama, él en una butaca antigua tan bonita como incómoda. Isabel sollozaba. Fuera había empezado a llover, y un relámpago iluminó instantáneamente la lóbrega oscuridad en que había quedado sumida la tarde. Mauro pensó que la adorable mansión provenzal acababa de convertirse en el decorado de una especie de pesadilla gótica. La luz estaba apagada, y no se atrevía a encenderla, así que la habitación entera parecía una cámara funeraria, y los elegantes muebles se antojaban pesados y tétricos. El trueno llegó solo un par de segundos después, e Isabel se estremeció. Las tormentas le daban miedo. En otro escenario él habría corrido a abrazarla, pero conocía a su mujer y no era el mejor momento para prodigarle mimos. Estaba disgustada y enfurecida. Había subido las escaleras gritando como una demente, horrorizada ante sí misma y su pérdida de control. Una cosa era soltar cuatro lágrimas de cocodrilo y otra muy distinta comportarse como una chalada, y más en presencia de los amigos de Mauro. Cuando llegó a la habitación lloraba más de vergüenza que de pena. Mauro la miraba sin saber cuál era el siguiente paso y deseando tener un libro de instrucciones, aunque fuese tan intrincado como los que acompañan a algunos muebles de Ikea. Sí, montar uno de esos sofás cama suecos podría ser muy difícil, pero al menos había unos mínimos consejos y un puñado de herramientas para acometer la tarea. Él estaba solo ante el peligro.

—Isa…

—¡No me hables! Eres…, eres un cerdo, Mauro. ¡Cómo has podido hacerme esto!

Estaba esperando la frase. Miles, millones de personas en el mundo habían formulado antes que Isabel aquella pregunta sin respuesta. ¿Alguien habría sido capaz de contestar alguna vez a una cuestión puramente retórica? ¿Había en el planeta Tierra un hombre o una mujer capaces de explicar con calma las razones últimas de una infidelidad? Seguramente no. Cómo has podido… En el fondo, nadie está esperando una contestación. La frase es solo una pieza más en el inmenso mecano del derecho al pataleo que pueden ejercitar los amantes burlados. Ni Isabel ni nadie quiere saber por qué lo hiciste. Solo quiere constatar tu condición de miserable, tus hechuras de traidor. Sí, era el turno de Isabel. Y no sería él quien la privase de ese ejercicio de desahogo.

—Llevamos casi veinticinco años juntos. ¡Veinticinco!, y me acabo de enterar por casualidad de que te tirabas a tu amiga del alma. ¿Qué crees que tengo que hacer yo ahora?

Mauro le dirigió una mirada donde intentó contener todo un inmenso caudal de humildad, de deseos de perdón. Tampoco su actitud era muy original. Había pecado y deseaba ser absuelto. Pero se vio a sí mismo suplicando clemencia por algo que había ocurrido mucho tiempo atrás y se sintió ridículo. Si ya ni siquiera era capaz de recordar cómo besaba Valva, ni la forma de sus caderas, ni el tacto de su piel ni de su pelo, ¿era necesario rogar misericordia? ¿Qué quería Isabel? ¿Escuchar que lo sentía? Ni siquiera estaba seguro de que fuese verdad… Oh, por supuesto que lamentaba que su mujer se hubiese enterado, y más de aquella forma tan poco honorable. Lamentaba que se sintiese dolida y humillada, y lamentaba ser él el responsable de aquella humillación y aquel dolor. Pero ¿sería sincero al decir que se arrepentía de su aventura con Valva? Oh, por supuesto que podía mentir. Podía improvisar una farsa y decir a su esposa que durante más de veinte años había estado maldiciendo el momento en el que Valva y él se metieron bajo las sábanas de aquella cama en Lisboa. Pero no era cierto. La noche con Valva era consecuencia de algo pensado y meditado. Consecuencia directa de un amor fugaz, pero amor al fin y al cabo. Igual que luego, y también por amor, construyó junto a Isabel una familia maravillosa que había sido el motor de su vida durante más de dos décadas. No, no podía pedirle que renegase de lo ocurrido una vez, una noche, en un momento concreto de aquella vida suya que entonces se le antojaba una encrucijada. Había tenido que optar entre Valva e Isabel y había elegido la que llevaba dentro un hijo suyo. Y en el instante en que eligió empezó a olvidar a Valva y no había vuelto a recordarla nunca más. Ahora, todo aquello a lo que había renunciado por Isabel se le aparecía delante con una claridad abrumadora: sus amigos, la pintura, la vida social. Y Valva, por supuesto. Todo lo daba por bien empleado a cambio de lo obtenido. Pero Isabel no tenía derecho a pedirle nada más. Sí, le había sido infiel solo una vez. Pero, después de cuatro lustros, la deuda estaba saldada.

—Me gustaría que dijeses algo. —A ella le desconcertaba su silencio. Llevaban diez minutos allí solos, y Mauro no había hecho otra cosa que mirar al suelo o mirarla a ella. Se imaginó que estaba buscando las palabras adecuadas para pedir clemencia y adoptó la decisión preventiva de no darlas por buenas a la primera. No, esta vez no iba a ser tan sencillo.

—Isabel —dijo por fin—, ¿tú estás contenta conmigo?

—Pero ¿tú qué te crees? Acabo de enterarme de que…

Él la detuvo.

—No, no, no digo en este momento. Digo en general. ¿Eres feliz?

Isabel habría querido fingir que necesitaba pensar la respuesta, pero no era así. No tratándose de Mauro, que sacaba de ella todo lo que en su interior había de noble y bueno.

—Sí.

—Yo también lo soy. He sido feliz todos estos años. Bueno, hemos tenido nuestras cosas, como todo el mundo, pero…, pero en resumen yo diría que ha estado bien, ¿no?

Isabel tuvo la sensación de que las tornas habían cambiado. Aquella frase, «yo diría que ha estado bien», parecía ser la antesala de una declaración terrible. Tal vez de una ruptura. ¿Era eso lo que iba a pasar? ¿Estaba Mauro a punto de romper con ella? Sintió el vacío bajo sus pies. El abismo. El miedo a lo que venía después, ese pánico al futuro que le resultaba tan desconocido. Durante casi un cuarto de siglo se había sentido resguardada de esa sensación indeseable. Y ahora se había dado cuenta de que, como todos los hombres del mundo, Mauro podía marcharse. Le había ocurrido a Lou, sofisticada y glamurosa, le había ocurrido a Valva, tan bella y tan sensible… ¿Por qué a ella no? ¿Por qué no, si no era lista, ni simpática, ni guapa, ni brillante, ni rica? ¿De verdad estaba a punto de engrosar la lista de mujeres abandonadas?

—Mauro…

Un sollozo le agarrotó la garganta y no pudo seguir. Él se sentó a su lado, pero no hizo ningún ademán de tocarla. Isabel se dijo que posiblemente había llegado el final. Tal vez aquel fin de semana, bajo el cielo raso de la Provenza, se había dado cuenta de algo que en el fondo Isabel sabía desde siempre: que Mauro merecía algo mejor que ella.

—¿Me…, me vas a dejar? —dijo al fin, y sintió que se había quitado el esparadrapo de un tirón. Era preferible acortar aquella escena dramática.

Pero Mauro la miró con los ojos abiertos, y su cara era el perfecto ejemplo de la sorpresa.

—No…, Isabel, yo te quiero…, te quiero mucho, aunque a lo mejor no te lo digo todas las veces que debería. Doy por hecho que lo sabes. Yo también sé que tú me quieres a mí… Y eso creo que debería bastarnos a los dos. Sí, Isa, me acosté una vez con Valva. No puedo cambiar eso. Pero confío…, confío en que todos estos años me den derecho a pedirte que lo olvides.

Le dio un beso en los labios al que ella ni siquiera reaccionó, y salió de la habitación cerrando la puerta muy despacio.

Así que eso era todo.

Mauro no iba a marcharse.

Sintió que el peso que soportaba en el alma treinta segundos antes había sido eliminado dejando en su lugar una confusa sensación de plenitud y de alivio. Le entraron ganas de abrir la ventana y gritar de alegría. A pesar del dolor, a pesar del despecho, a pesar de que seguía odiando a su marido por lo que le había hecho, en aquel instante tenía la sensación de haber vuelto a nacer.

—Bueno...

Al escuchar la voz de Mauro, Valva sintió una punzada de miedo. Así que allí estaba. Miró hacia él con los ojos asustados de un animal que intenta escapar de una partida de caza, pero su amigo no parecía especialmente pendiente de ella. Valva llevaba media hora preguntándose si Mauro iba a convertirla en objeto de su ira, si pretendía reprocharle su indiscreción. Se había prometido que en cualquier caso no haría otra cosa que pedir disculpas. Si deseaba ejercer el derecho a la protesta, estaba más que dispuesta a trasegar el amargo cáliz de sus quejas.

—¿Cómo ha ido? —Robe intentó dar a la pregunta un tono casual, como si estuviese interesándose por una tarde en el cine.

Mauro se encogió un poco de hombros y respondió con una media sonrisa:

—Bueno, mi mujer está como una furia, cosa que comprendo, pero no llegará la sangre al río, y espero que en cuanto se tranquilice un poco empiece a poner las cosas en su sitio. Tendrá que respirar hondo… y entender que no es muy lógico enfadarse conmigo por algo que pasó cuando todavía no había empezado a caérseme el pelo.

Un suspiro de alivio recorrió todo el comedor. Aquel era exactamente el parlamento que todos necesitaban escuchar. Gracias al sentido común de Mauro, el cataclismo que los amenazaba se había convertido exclusivamente en un problema de Isabel, y era cosa de ella resolverlo o no. Sonó otro trueno, pero ni siquiera lo escucharon. Ahora que sabían que la verdadera tormenta estaba fuera, había dejado de importarles.

—Ay, Mauro… Lo siento mucho, muchísimo.

Valva estaba verdaderamente afligida. Mauro se acercó a ella y la besó en la frente.

—No pasa nada. De verdad. En todo caso, es culpa mía. Quizá debí contarle a Isabel lo que hubo entre nosotros, pero supongo que nunca encontré la oportunidad. Confesar una infidelidad es esa clase de propósitos que uno pretende realizar de la manera que cree más correcta, aunque a la hora de la verdad nos acogemos a la forma que nos resulta más cómoda.

Se sirvió vino, muy poco, y bebió un trago. Valva seguía dando vueltas a su propia desazón.

—No tendría que habérselo contado a las chicas…

—¿Y por qué no? Al fin y al cabo, también es tu historia… Podrías haberlo hecho hace veintidós años, y entonces sí que habría tenido consecuencias. Pero no dijiste nada, y siempre te lo agradecí. Nunca lo hablé contigo, Valva, pero en aquel momento pensé que tenías todo el derecho a contárselo a cualquiera. A pesar de todo, te lo guardaste para ti, y sé que lo hiciste porque eres mi amiga y no querías complicarme las cosas… Sería injusto que te reprochase haber esperado más de veinte años para compartir el secreto con tus amigas. Cualquier otra chica lo habría hecho mucho antes.

En ese punto Valva se puso de pie y se abrazó a Mauro. Todos se quedaron callados, y Cecilia notó que dos lágrimas enormes le recorrían las mejillas.

—¿Sabéis qué? —Era Lourdes, por supuesto—. Me están entrando ganas de vomitar. Esto empieza a ponerse demasiado cursi para mi gusto.

—¡LouLou! —protestó Jorge—. No seas mala. A mí me parece que ha sido una escena muy bonita. Quizá un poco intensa, pero bonita al fin y al cabo. Queridos míos, he llegado a la conclusión de que en este punto de nuestras vidas somos una especie de bombas emocionales. La senectud nos acecha y la sensibilidad se dispara.

—¿Qué bobada es esa? «La senectud nos acecha» —protestó Robe—. Será a ti… Tenemos cuarenta y cinco años.

Nos falta una buena parte de lo más interesante de la vida, o eso quiero pensar. Lo que pasa es que llevábamos demasiado tiempo haciéndonos los duros y de pronto hemos recordado cuánto nos queremos. Sí, eso es. Se nos había olvidado lo bueno que es estar todos juntos. Fuimos afortunados cuando nos conocimos.

Lourdes se acercó a la mesa y cogió un poco de pato ahumado.

—Lo siento, me muero de hambre —dijo sin dirigirse a ninguno en particular—. ¿Sabéis qué? Aunque esto sigue poniéndose muy blandito, Robe tiene razón. Yo tampoco me acordaba de lo mucho que me gusta estar con vosotros, a pesar de las broncas y todo eso. Fuimos unos cretinos dejando que pasasen diez años sin vernos. Y debéis prometerme que haremos esto un poco más a menudo. Reunirnos, quiero decir.

—Estaría bien. Pero no será tan fácil. Nosotros tres vivimos en Madrid, tú estás en Barcelona, Jorge en París, y Valva aquí…

—Por poco tiempo —dijo ella sonriendo—. Y es una lástima, porque Les Liserons sería un estupendo puerto franco para nuestras citas.

—Eh eh eh. —Jorge dio dos o tres palmadas recias como para llamar la atención—. No nos precipitemos. Aún nos quedan unas horas en Saint-Rémy, así que ya llegará el momento de hacer planes para el futuro.

—¡Y además, pronto nos veremos todos en tu boda! ¡Qué bien lo vamos a pasar!

Jorge rodeó con sus brazos a Lourdes y a Cecilia.

—Esto era exactamente lo que pretendía cuando organicé este fin de semana… Y ahora, Valva querida, ¿qué vamos a cenar?

—Primero, unas vieiras gratinadas. Y después, *boeuf bourguignon.*

Jorge hizo un gesto de aprobación.

—Excelente. Entonces, empezaremos con un Château Haut-Brion Blanc de 2006 y dejaremos para la carne a la *vedette* de la bodega... Un sublime Petrus de 1998, que es algo así como el caviar de los vinos. A Anouk le daría un ataque si pudiese vernos ahora mismo. Vamos, amigos míos, ya escucho el estruendo del ejército alemán..., imitemos a Rick y a Ilsa y acabemos con la bodega antes de que los malos lleguen a París.

A diferencia de la mayoría de los grandes vinos franceses, el Petrus no lleva delante la denominación *Château.* Por supuesto, hay una explicación. En Burdeos los viñedos se encuentran divididos por dos ríos que trazan una Y. La rama de la izquierda, el Garona, es la zona clásica y aristocrática, salpicada de palacios y grandes mansiones rurales. La rama de la derecha es la del Dordoña regando las viñas del Libournais: plebeya y menos antigua, durante años fue considerada una zona menor. Sin embargo, en la región de Pomerol, pegada a Saint-Émilion, una llanura extensa y plana se convirtió en cuna de algunos de los mejores vinos del mundo. Justo ahí, en el centro de esa ladera, está la viña de Petrus, donde no hay castillos ni palacetes blasonados: el edificio Petrus parece más bien un granero de dimensiones generosas. Por suerte, lo que sí hay es un suelo arcilloso que absorbe prodigiosamente la humedad y un subsuelo rico en hierro. Allí, en una extensión de menos de doce hectáreas de uva Merlot (también hay un cinco por ciento de Cabernet Franc, pero se supone que es imperceptible), crecen unas cepas que se miman con un despliegue de medios escandaloso: secan las uvas por medio de helicópteros que generan corrientes de aire, usan un sistema de estufas para luchar contra las heladas y evitan el efecto de las lluvias en plena vendimia alfombrando de plástico todo el viñedo. Tras esa inversión, a nadie puede extrañar que una botella de Petrus tenga un precio mínimo de seiscientos euros y en algunas añadas se multiplique por diez.

Cuando Jorge les contó que el vino que estaban bebiendo con un guiso de buey costaba más de cinco mil euros, Mauro meneó la cabeza y se alegró de que Isabel no hubiese bajado a cenar, porque ella no dudaría en decir en voz alta lo que él pensaba: que era obsceno pagar ese dinero por setenta y cinco centilitros de vino, por mucho helicóptero y mucha estufa que hubiesen sido necesarios para criarlo. Obviamente, el vino era exquisito, sedoso y tierno, y no se parecía en nada a ningún otro vino que hubiese probado antes, pero... ¿cinco mil euros? ¿De verdad había gente que pagaba esa cantidad por una bebida? Parecía evidente que sí existía esa clase de personas, y gracias a ellas subsistían negocios como el de Val y Étienne. Personas que no pensaban jamás en el dinero, personas que no miraban las etiquetas de la ropa cuando iban de compras ni tenían que repasar las ofertas del supermercado. El mundo era así, y eso no lo hacía peor. Que alguien estuviese dispuesto a pagar cinco mil euros por un vino no tenía nada que ver con que en su casa a todos los meses les sobrasen tres o cuatro días.

Y, de todas formas, allí estaba él, bebiendo ese Petrus sublime que estaba seguro de no ser capaz de apreciar en toda su dimensión. De vez en cuando, el universo conspira y se produce un trasvase, y el hombre de la tienda de pinturas tiene en la mano una copa cuyo contenido equivale a la caja de una semana. Paladeó a conciencia el siguiente trago y se dijo que se merecía aquel vino. Él y todos los demás. Después de veinticuatro horas de dramas a cuentagotas, aquella cena estaba resultando tan pacífica y tan divertida que parecía mentira que hubiera habido algún disgusto bajo el mismo techo. Se sentía exultante y tenía la sensación de que a sus amigos les pasaba lo mismo. Las piezas habían encajado como si todos necesitasen recordar lo bien que estaban juntos y lo mucho que se querían. Porque seguían queriéndose, o al menos así lo intuía Mauro. Sí, era como si todo aquel cariño, aquel amor de juventud que se profesaban hubiese estado profundamente dormido y hubiese despertado en una mansión provenzal, entre olor a mantequilla, guisos suculentos y aquel vino elegante y carísimo que Jorge escanciaba con la naturalidad que hubiese empleado para servir agua del grifo.

—¿Qué os parece?

—Es extraordinario —dijo Lourdes—. Aunque confieso que yo no sería capaz de distinguirlo de un vino que costase cincuenta veces menos.

—Tendría que haber elegido otra década para dejar de beber —rezongó Robe—. Ser abstemio cuando tienes delante un Petrus del 98 es bastante duro.

—¿Cuántas botellas nos hemos bebido?

—Solo dos. Las que había. ¿Crees que Étienne las echará en falta?

Valva suspiró.

—Por supuesto, pero no dirá nada. Es generoso, dice que las cosas están para disfrutarlas. Hasta creo que le alegrará saber que os las habéis tomado vosotros. —Se quedó callada, como recordando algo—. Siempre le gustasteis mucho.

Mauro rogó que aquella mención a Étienne no sirviese para enrarecer el ambiente festivo que duraba ya más de lo habitual.

—Bueno. —Cecilia pareció dudar—. Él también nos gustaba a todos.

—Muy bien usado el pretérito, Ce. Nos gustaba. —Lourdes señaló a Cecilia con el dedo—. A partir de ahora, Étienne Lescaut ha pasado a engrosar mi lista de personas indeseables que va creciendo a medida que pasan los años. Además, ni siquiera llegué a conocerlo muy bien. Vale, era guapo y muy fino, y tenía ese árbol genealógico tan llamativo… Reconozco que siempre me impresionó eso. ¿Es verdad que a su abuela la pintó Boldini?

—No, fue a una tía suya. Vi el retrato en casa de uno de los primos Lescaut. No es de los mejores, pero es un Boldini.

Recordaba perfectamente el día en que le mostraron aquel cuadro, tras un almuerzo en casa de Gaëtan Lescaut y su encantadora esposa Malika, una millonaria de origen chipriota que llevaba en el anular una esmeralda del tamaño de una pastilla de café con leche. Aquella mujer había sido incapaz de aprenderse el nombre de Val, y un coro de risas Lescaut saludaba su despiste cada vez que la llamaba Catalina, Serena o Kalimera. Convencida de que lo hacía a propósito, habría querido gritar: «¡¡Es Valvanera!!», pero siguió sonriendo y manifestando su entusiasmo ante el retrato de la tía Gertrude. Era lo que se esperaba de ella: una doctora en Bellas Artes tenía que expresar emoción ante un retrato como aquel, y ella intentaba no defraudar. Ahora que Étienne se había ido, empezaba a preguntarse si su marido había hecho todo lo posible para apoyarla ante aquellos parientes que la miraban de arriba abajo. Si no habría estado bien que fuese él quien le dijese a la esposa de su primo que había llegado el momento de esforzarse en recordar un nombre que le habían repetido no menos de treinta veces. Sin embargo, Étienne se había unido a las risas de los Lescaut cuando aquella ricachona empedrada en oro la había llamado Henrietta. Sí, las rupturas arrojan una nueva luz sobre aquellos a los que una vez amamos.

—Boldini no está mal —seguía diciendo Lou—, pero puestos a pedir, yo preferiría que me pintase William Merritt Chase. O Singer Sargent.

Todos sonrieron. Lourdes tenía esa forma infantil de solidarizarse con la gente a la que quería. En un pispás, era capaz de hacer bajar un par de enteros la cotización de un retratista. Étienne se había portado mal con su amiga y eso lo convertía en un hombre a quien detestar. Le parecía menos atractivo y menos simpático, su familia menos glamurosa y el cuadro de su tía una obra menor. Si le hubieran puesto delante el anillo de Malika, a buen seguro habría dicho que la piedra era falsa. El extremado sentido de la lealtad de Lou se manifestaba hasta en las cosas más ridículas. Todo lo que sus amigos tenían se convertía de inmediato en lo mejor de lo mejor. Perder por completo cualquier atisbo de objetividad podía no ser muy maduro, pero resultaba terriblemente tierno, y Valva pensó, por centésima vez en aquel fin de semana, que era una suerte que sus amigos anduvieran por allí justo cuando había llegado la hora del dolor.

—Tomaremos el postre en la biblioteca. No, no recojáis nada, ya lo haremos luego.

—¿Qué nos has preparado?

—Mi interpretación de la tarta Sacher. Lleva compota de frambuesa en lugar de mermelada de albaricoque. ¿Va bien con el vino que has elegido, Georgie?

—Guapa, es un Château d´Yquem 2009. Cualquier cosa va bien con este vino.

—¿Cuánto cuesta?

—La carta pone novecientos euros, pero yo creo que se han pasado un poco…

Nuevas carcajadas. Aquello, pensó Cecilia, empezaba a parecerse a una noche perfecta. El teléfono de Jorge sonó en ese momento.

—¿Aló? ¡Lidia! Qué alegría oírte.

En el rostro de Cecilia se dibujó una mueca de terror. Su hermana llamando a Jorge. ¿Le habría pasado algo a Selim? Adivinando su miedo preventivo, él le hizo con la mano un gesto de que todo iba bien mientras hablaba con Lidia, recibía sus felicitaciones por su próxima boda y la invitaba a la ceremonia.

—Nos casamos en Madrid, en la embajada francesa. Sí, Fabrice lo ha arreglado todo. Ya te diré la fecha en cuanto la cerremos. Luego habrá una fiestecita. Cuento contigo, ¿eh? Sí, aquí la tengo. Se pone ahora. Mil besos, Lidia querida. Me muero de ganas de verte.

Cecilia cogió el teléfono.

—¿Hola? Sí, sí, muy bien. Sí, por favor, pásamelo. Hola, mi vida…, ¿te estás divirtiendo? Ah, qué bien…, ¿y te lo has comido todo? Bueno, vale. Sí, eso, un beso muy grande, Selim. Dale el teléfono a tu tía… Lidia…, sí, ya veo que se lo está pasando en grande. Gracias por llamarme. Un beso para los niños.

Colgó, entre aliviada y dolida tras comprobar que Selim no la echaba de menos. Saltaba a la vista que la llamada había sido cosa de Lidia: su hijo apenas le había contado que la tía había hecho un pastel de nata muy grande y que habían visto una película de dibujos en el dvd. Pensó en su niño y sintió unas ganas enormes de verlo, de abrazarlo y de comerse a besos aquella carita de piel verdosa y extremadamente suave..., pero podía aplazar por unas horas aquella necesidad. Durante aquel viaje había descubierto que era muy capaz de estar sin su hijo y que tal vez fuera sano para ambos separarse de vez en cuando. Romper el primero de aquellos miles de hilos que los unían y que tarde o temprano acabarían por deshacerse.

—¿Todo bien en casa?

—Ajá. Ya me ha quedado claro que, como todo el mundo aseguraba, Selim se las arregla perfectamente sin mí.

—Pues brindo por eso. —Jorge levantó la copa y le dio un achuchón—. ¿Lo traerás a la boda?

Cecilia pareció pensárselo.

—¿Sabes qué? Creo que prefiero ir sola... Caray, nunca pensé que diría eso. Voy a dejar a mi hijo en casa. Ni siquiera me reconozco. Pero quiero presentarte a Selim en cuanto vengas. Es un niño maravilloso. Mi obra maestra...

Se le llenaron los ojos de lágrimas. Así había imaginado siempre que sería el amor que se siente por los hijos: incondicional, inmenso, desbocado. Un amor sin medida que suponía que iba a mantenerse inalterable. Tal vez el único amor que no evolucionaba. Un amor incapaz de mutar en otras formas distintas, como pasaba con el que uno siente por los padres y el que se siente por una pareja, que va cambiando a medida que pasan los años.

—¿Fue difícil? Hacerlo sola, quiero decir. —Jorge, al que no le gustaban demasiado los críos, parecía verdaderamente interesado.

—Claro que sí. Y no hablo de logística. Mi hermana me ayudó mucho, y encontré una estudiante de Enfermería que fue mejor niñera que la propia Mary Poppins... Pero es duro no tener a nadie con quien tomar decisiones. Cuando una noche a Selim le sube la fiebre y dudo de si sería mejor llevarlo a Urgencias o esperar a que haga efecto el Apiretal, o el día en que el dentista me dice que la ortodoncia no es necesaria, pero sí conveniente. Cuando tengo que decidir si le permito irse a la cama una hora más tarde, o cuando él mismo duda de si debería apuntarse a fútbol o a baloncesto. —Se echó a reír—. En fin, ya ves que no hay nada que no pueda sobrellevarse. Pero, por supuesto, habría preferido que mi hijo tuviese un padre.

Cecilia se sirvió un poco más de postre y aceptó la copa de vino que Jorge le tendía. Se dio cuenta de que le agradaba hablar sin paños calientes de su maternidad solitaria. Llevaba años diciendo a todo el que quería oírla que se las arreglaba a la perfección y que solo echaba de menos a un padre cuando había que sacar del coche al niño y a la vez hacerse cargo de algún equipaje. Pero no era cierto. Sí, aunque no se arrepentía de la decisión tomada, ser madre soltera es más difícil de lo que se quiere admitir.

—¿Sabe Miguel que adoptaste a Selim?

Miguel. Era curioso: aquel nombre se desplegaba ante ella y no notaba nada. Nueve años antes la sola idea de separarse de él le provocaba dolor físico.

—No lo creo. Al menos, no lo sabe por mí. No tenemos contacto. Me costó tomar la decisión de dejarlo, y una vez que lo hice pensé que no tenía sentido jugar a ser amigos y todo eso. Es mejor así, supongo.

—Yo creo que se portó como un capullo —dijo Mauro, a quien Miguel nunca le había acabado de gustar.

Cecilia se sintió en la obligación de ser leal a quien había amado.

—No, Mauro. Él no hizo nada malo. En todo caso fui yo quien se equivocó al presionarle tanto. Miguel no quería hijos, yo sí, insistí, no sirvió de nada y me marché. Mi único error fue no haberlo hecho antes. Pero él estaba en su perfecto derecho de renunciar a ser padre.

Robe rellenó su vaso de agua con el contenido de la botella de Perrier antes de tomar la palabra:

—Pues, mira, me alegro de que seas tan comprensiva con esa supuesta fobia de tu ex a tener descendencia. Bien que le cogió el gusto después.

Ceci notó que se ponía pálida al mismo tiempo que, con el rabillo del ojo, veía a Lourdes hacer gestos exagerados en dirección a Robe para indicarle que se callara.

—¿Cómo que «le cogió el gusto»?

—No, no he dicho eso…

—Sí que lo has dicho. Y si no me explicas esa frase empezaré a gritar tan alto que…, que vendrá la policía.

Robe abrió los ojos en dirección a su exmujer como pidiendo auxilio, pero Lou movió la cabeza. No es que no estuviera dispuesta a ayudarlo, pero no había forma de hacerlo.

—Joder, Ce, ahora no vayas a decirme que no lo sabías.

Cecilia frunció los labios mientras sentía que se le secaba la garganta. Buscó un vaso de agua, pero sobre la mesa solo quedaban las copas en las que habían servido ya el Sauternes.

—Robe, tienes cinco segundos…

—A ver, Cecilia. Miguel tiene familia. Lo…, lo supe por casualidad hace unos meses. Me los encontré en un avión cuando iba a llevar a las niñas a Barcelona.

—¿Cómo que «te los encontraste»? ¿A quiénes?

Una mariposa de la luz pasó muy cerca de la lámpara central y allí se quedó, aleteando enloquecida. Valva la miró. Cualquier cosa le parecía buena para distraer la atención aunque solo fuese durante dos segundos. Ahora que había dejado de llover fuera, estaba claro que la tormenta iba a traspasar otra vez los recios muros de Les Liserons. Robe se dejó caer hacia atrás, resignado a lo inevitable.

—Pues a Miguel… y a su mujer. Y a dos críos pequeños, yo qué sé, no tendrían más de tres o cuatro años. Ce, te juro que pensé que estabas enterada…, de haber sabido que no tenías ni idea…

Cecilia tragó saliva. Sin ponerse de acuerdo, sin hablar entre sí, sin haber pasado nunca por una situación parecida, Lou y Valva supieron cómo se estaba sintiendo su amiga en aquel instante. Habrían querido ayudarla, pero solo quedaba esperar a que pasase la tempestad, con su estrépito y su lluvia y el resplandor de los relámpagos.

—¿Cómo…, cómo era ella?

«Horrible. Muy fea. Una gorda vulgar. Bastante desagradable. Iba sin depilar. Tenía diez años más que él. Hablaba a gritos, parecía borracha. Oh, vamos, Robe, miente si es preciso, pero dale a Ceci un premio de consolación…»

—Yo qué sé, Cecilia, no me acuerdo…, una tía normal, una chica monilla, así rubita y con los ojos claros, muy joven.

«Gilipollas. Gilipollas, gilipollas, gilipollas.»

Cecilia, que tenía un brazo sobre la mesa, apoyó la barbilla en la palma de la mano y miró a todos.

—¿Alguien más lo sabía?

Jorge, Mauro y Valva se apresuraron a dejar clara su ignorancia. Solo Lourdes dirigió la mirada al suelo.

—Me lo dijeron las niñas. Iban con Robe en aquel viaje. Pensé que no valía de nada que te enteraras. Lo siento de verdad, Ce. Debí contártelo.

Ella dibujó una sonrisa amarga.

—Déjalo. Es natural. Apenas..., apenas nos vemos, ¿no? No ibas a llamarme solo para que supiese que no es que el hombre del que estuve enamorada no quisiera tener hijos. Es solo que no quería tenerlos conmigo. Lo cual no sé en qué lugar me deja a mí...

Todos dieron por hecho que Cecilia iba a echarse a llorar y aguardaron sus lágrimas como quien se resigna al dolor de cabeza después de una noche de juerga.

—¡Hijo de puta!

Aquel grito era lo último que se esperaba cualquiera que conociese a Cecilia.

—¡Hijo de puta! —repitió—. ¡Hijo de la grandísima puta!

Nadie dijo nada. Estaban preparados para reaccionar al llanto. Cecilia lloraba siempre y consolarla era algo que todos sabían hacer. Es muy fácil secar lágrimas, dar un abrazo, acariciar el pelo. Pero aquel rapto de cólera era algo que no sabían cómo gestionar.

—¡Estuve cinco años discutiendo con él por culpa de los niños! ¡Cinco putos años! Y al final tuve que buscarme la vida yo sola porque el señor siempre necesitaba más tiempo para pensárselo. Y ahora no es que tenga un hijo, no, ¡es que tiene dos! ¡Dos! ¿Eran niña y niño, Robe?

—Sí. —La voz de Robe era tan fina que no parecía suya.

—¡¡Hijo de puta!!

—Cecilia… —El tono de Valva era suplicante.

—No, Val, no me digas nada. No quiero escuchar ni una palabra. Necesito tomar el aire. Y que a nadie se le ocurra seguirme porque le daré un puñetazo.

Cecilia salió al jardín, dejando tras ella el alboroto de las cortinas y un rastro de corriente de aire. Jorge se apresuró a cerrar la puerta, como para darle una mayor privacidad.

—Joder —dijo Lou—. Te has lucido, Roberto.

—Lo siento. —Parecía verdaderamente fastidiado—. Pero ¿cómo iba a pensar que Ce no lo sabía?

—¿Y por qué iba a saberlo?

—Pues… no sé, supuse que Miguel se lo habría contado… Que, desde luego, es lo menos que podía haber hecho después de rehacer su vida. Pobre Cecilia. Menuda forma de enterarse…

Lourdes se encaró con Robe.

—Sí, eso te iba a decir…, ¿no podías haber mentido un poquito? No sé, decirle que esa tía que iba con Miguel pesaba ochenta kilos o tenía pelos en el sobaco.

—¿Para qué?

Valva y Lourdes se miraron encogiéndose de hombros, como quien tira la toalla.

—Déjalo, Robe. Definitivamente, es verdad eso de que somos de planetas distintos… Al final, va a ser una suerte que Étienne me haya dejado por una cincuentona. Es poco probable que nadie se la encuentre dentro de cinco años con un par de críos agarrados de la mano.

Jorge palmoteó feliz.

—Valva querida, acabas de hacer el primer chiste a cuenta de tu ruptura. Estoy muy orgulloso de ti. En cuanto a nuestra Cecilia, yo no me preocuparía por ella. Se ha puesto a dar gritos en vez de echarse a llorar, así que está claro que no está triste, sino enfadada. Tanto mejor. La cólera es muchísimo más fácil de superar. Dadle un minuto. Y, sobre todo, no se os ocurra compadecerla. Conozco bien a Ce, y es lo último que necesita en este momento.

Después de la lluvia, la tierra mojada olía deliciosamente. Cecilia se alegró de ser capaz de apreciar aquel perfume a pesar de la intensidad del disgusto. Dio un breve paseo por el jardín, y la longitud de las zancadas medía la particular escala Richter de su enfado. Le ocurría desde que era pequeña: cuando se enojaba le venía bien caminar a pasos largos, como si estuviesen esperándola en algún lugar. Tal vez lo que pretendía fuera llegar al sitio donde la ira podía empezar a disiparse. Notó la humedad subiendo por la fina cuña de esparto de sus zapatillas, pero no le importó, como tampoco echar de menos una chaqueta con la que cubrirse los hombros desnudos. Así que al final Miguel había claudicado en lo de no ser padre, y a falta de una criatura tenía dos. ¿Cómo se las habría apañado aquella mujer para convencerle? ¿Qué le habría dicho, cómo se lo habría planteado? Porque ella creía haber explotado todas las formas posibles: había rogado, había suplicado, había sido amenazadora y zalamera, y nunca había obtenido otra cosa que no fueran evasivas. Una vez, una sola, pensó incluso en liarse la manta a la cabeza, dejar de tomar anticonceptivos y hacer que Miguel tuviese que enfrentarse a los hechos consumados, pero no se atrevió. Lo encontró indigno de sí misma, de la persona honesta que decía ser. Quizá aquella desconocida disponía de un sistema ético un poco menos estricto y ahora tenía la familia con la que ella había soñado durante tanto tiempo.

—Hola.

Cecilia ahogó un grito, pero enseguida se dio cuenta de que aquella era la voz de Isabel.

—Menudo susto me has dado…

—Perdona. Es que me agobiaba en la habitación.

En otras circunstancias, Cecilia se habría compadecido un poco de ella, pero no aquella noche. Su enfado lo ocupaba todo y no había sitio para nada más.

—¿Qué haces aquí?

Cecilia suspiró. El primer impulso fue el de contestar: «Nada, tomar el fresco», pero por alguna razón prefirió decir la verdad.

—Acabo de enterarme de que el hombre a quien dejé porque no quería tener hijos ha formado una familia de anuncio de cereales para el desayuno. Supongo que yo también me agobiaba ahí dentro.

Cecilia apretó los dientes preparándose para la sucesión de tonterías que vendrían a continuación. Había salido en busca de la paz y el silencio y estaba a punto de ser víctima de la incontinencia verbal de Isabel. Definitivamente, era su noche de suerte.

—Pues…, es fuerte, sí.

—Muy fuerte.

—Estarás fastidiada.

—Muy fastidiada.

—Ya. Y ¿qué te molesta exactamente? Perdona que te lo pregunte, supongo que será difícil para ti hablar justo ahora...

Cecilia acababa de darse cuenta de que la pregunta de Isabel no era del todo mala. ¿Qué era, en concreto, lo que le parecía mal? Llevaba siglos sin saber nada de Miguel. Es más, llevaba siglos sin interesarse por nada relacionado con su vida. ¿De verdad era tan importante que tuviese dos hijos o media docena de ellos? Pensó la respuesta durante unos momentos.

—Creo que me cabrea que alguien haya conseguido algo de lo que yo no fui capaz.

Sí, eso era. Miguel siempre se había negado a formar una familia con ella. El que una mujer desconocida hubiese logrado vencer sus reticencias era desconcertante... y a la vez muy enojoso. Sí, saber que otra persona había triunfado en el mismo campo de batalla del que ella se había retirado con el rabo entre las piernas no hacía sino acentuar la conciencia del fracaso. Estaba claro que había una manera de hacerlo bien, y otra mujer la había encontrado. ¿Por qué no había sido Cecilia capaz de dar con la llave maestra, con el ingrediente secreto? Si hubiese buscado bien, tal vez habría hallado las claves y sería la madre de los hijos de Miguel, que fue lo que deseó ardientemente durante más de cinco años.

—Bueno, Cecilia, no sé muy bien qué decir a eso, la verdad, pero, chica, si tú tienes a tu niño, ¿qué más te da ya?... ¿No estás tan contenta con Selim? Entonces merece la pena que rompieras con Miguel y todo eso. Quiero decir que si hubieses tenido hijos con tu ex, pues nunca habrías adoptado a Selim. Yo creo que todo lo que tenemos obedece a un plan, ¿entiendes? A un plan establecido. No es que yo crea mucho en Dios, ¿eh?, pero sí creo que hay algo ahí..., algún ser superior que organiza todo lo que nos pasa. Una vez leí un libro que hablaba del «quismet». Es como el destino que nos han asignado. Todos tenemos un quismet...

Pero Cecilia ya no la escuchaba. Aquella mujer, a la que consideraba una tonta del bote, acababa de darle la clave de todo. Selim era su destino, su razón de ser, el mayor motivo para la dicha, la piedra angular. Sí, Isabel tenía razón. De haber tenido hijos con Miguel, Selim jamás habría entrado en su vida. Aquella posibilidad le recorrió la espalda como un escalofrío de pánico. Que se quedase con Miguel aquella mujer desconocida sin compartir con nadie la fórmula magistral que había conseguido su metamorfosis en amoroso padre de familia. Ni Miguel ni nada de lo que tenía que ver con él era ya asunto suyo. Su asunto era Selim. La mema de Isabel quizá no era tan mema, a pesar de que en ese momento estaba paseando por un laberinto de libro de autoayuda liándose con el karma, el plan divino y un montón de cosas raras que a saber de dónde habría sacado.

—Todo ocurre por algo, Cecilia.

Se quedó callada, quizá porque su intervención había concluido, quizá para tomar aliento, pero Ceci aprovechó la ocasión.

—Sí, Isabel. Tienes toda la razón. Gracias, me has ayudado mucho.

La otra la miró incrédula. ¿Le estaba tomando el pelo? Pero Cecilia parecía completamente sincera.

—Pues... me alegro.

—Y ya que estamos hablando con confianza..., ¿te puedo dar yo un consejo?

Isabel asintió. Era la primera vez que se sentía mínimamente cercana a alguien del entorno de Mauro, y no era una sensación desagradable.

—Isabel, creo que deberías aplicarte tu propia medicina. Tienes razón al decir que lo que debe importarme es Selim, así que, ¿qué más te da a ti lo que ocurrió hace siglos entre Mauro y Valva? Tú y él parecéis felices. Sí, lo digo en serio. Entiendo que no te haya gustado enterarte de lo suyo con otra mujer, pero... ¡pasó hace veintidós años!

—Sí, claro, veintidós años. Y durante ese tiempo he vivido engañada...

—Por favor, deja esas frases para los culebrones. «He vivido engañada»... No digas tonterías. Muy bien, tu novio te puso los cuernos cuando estaba en la universidad. Está muy mal, pero no creo que eso vaya a cambiar el... orden cósmico de la civilización ni nada parecido. Sí, Mauro se acostó con Valva. En aquella época, eso era algo a lo que aspiraban todos los tíos que conocíamos. Déjalo estar.

—Pero es que no sé si podré perdonarlo...

—No seas ridícula. Hasta los asesinatos prescriben después de cierto tiempo. —No sabía si era verdad, pero le daba igual—. ¿Vas a castigar a tu marido por algo que pasó cuando tú y él erais dos personas distintas? Sí, Isabel, hemos cambiado. Todos. Mauro, tú, yo, Valva... y hasta mi exnovio, que odiaba a los niños y resulta que tiene dos. Es algo que ocurre con el paso del tiempo. Ya no somos los mismos, y no puedes castigar a Mauro por una cosa que hizo cuando era joven. Lo que de verdad importa es lo que está haciendo ahora. Y ahora está enamorado de ti.

«Aunque bien sabe Dios que soy incapaz de entender por qué.»

Isabel se había apoyado en el tronco musgoso de un árbol. Cecilia pensó que iba a mancharse la camisa blanca que llevaba, pero no se lo dijo. Sospechaba que había un límite en la cantidad de consejos que aquella mujer era capaz de agradecer.

—Tienes razón al decir que es una idiotez que me preocupe por la vida de Miguel —insistió—. Pues aplícate el cuento y pasa página por algo que ya no le importa a nadie. Sobre todo, que no les importa a Valva ni a Mauro.

Isabel miró al suelo. Cuando levantó la cabeza estaba llorando. Cecilia se dijo que quizá debería abrazarla, pero no habría sido un gesto muy sincero. En lugar de eso, le acarició un brazo.

—Gracias —murmuró Isabel—. ¿Crees que debería entrar y hablar con Mauro?

Cecilia estaba a punto de contestar algo así como «Claro, adelante», pero, contagiada de la contundente sesión de sinceridad de aquel fin de semana, no tenía ganas de decir lo que otro quería escuchar.

—No, no lo creo. No es el mejor momento. Y perdona si te doy otro consejo: deja a Mauro un poco de espacio.

—No entiendo…

Suspiró. No era propio de ella ser tan directa, y jamás se había metido en las vidas de los demás, entre otras cosas porque su particular forma de egoísmo le impedía intervenir en problemas que no le concernían muy directamente. Pero supo que aquella era la gran ocasión de prestar un servicio a un amigo.

—Isabel, no quiero que esto te siente mal…, pero me da la impresión de que asfixias un poco a Mauro. Y todos necesitamos algo de margen, ¿entiendes? No tiene nada que ver con… el amor ni nada de eso. Yo quiero a Selim más que a mi propia vida, y después de cuatro años acabo de descubrir que cuarenta y ocho horas sin estar pendiente de él son un regalo de los dioses. Y eso no hace que lo quiera menos. Oye, yo nunca doy lecciones. No se me da bien, y además..., en fin, que no miento cuando digo que no me importa mucho lo que hagan los demás. Pero Mauro es mi amigo y..., bueno, creo que a veces no se lo pones fácil.

Esta vez le pasó fugazmente la mano por la espalda, como si quisiese colocarle un pegote de crema para que ella misma se la extendiera. Ella se apartó con brusquedad y miró a Cecilia con toda la dureza de la que era capaz.

—¿Por qué os caigo tan mal a todos?

—Isabel, no sé de dónde sacas que...

—No te hagas la tonta. No me tragáis. Sobre todo, vosotras tres. Y Valva y tú a lo mejor no tanto..., pero Lourdes me odia.

Cecilia deseaba acabar con aquella conversación, pero ya no podía ser. Había abierto la caja de Pandora y le tocaba apechugar con las consecuencias. Suspiró, poniendo los ojos en blanco, y se lanzó:

—Lourdes habría odiado a cualquiera que se acercase a Mauro. Era como su mascota. Tenía debilidad por él, y te aseguro que habría cogido manía a cualquier chica a la que se hubiese tomado en serio. Con respecto a Mauro, Lourdes es como una suegra, pero con más mala leche. En cuanto a los demás..., no es que nos cayeras mal. Pero reconoce que hiciste lo posible por acaparar a Mauro. No, Isabel, no pongas esa cara de sorpresa. Desde que empezasteis a salir era casi imposible quedar con él. Y cuando os apuntabais los dos a los planes del resto del grupo, siempre parecías tener prisa por marcharte.

Es difícil sentir simpatía por una persona que te aparta de tu mejor amigo.

Isabel volvió a apoyarse en el árbol. Cecilia había mirado su espalda con disimulo: en efecto, la camisa lucía ya un notable manchurrón verdoso.

—Siempre me disteis miedo. Las tres. Erais tan guapas y Mauro os admiraba tanto… Yo me moría de celos solo de pensar que se pasaba el día con vosotras, en clase, en la cafetería de la facultad, en aquellas exposiciones raras… No entendía qué estaba haciendo conmigo si podía estar con alguien como Lourdes o como tú… O como Valva.

Valva. Claro. El ejemplo que echaba por tierra toda la teoría de la amistad pura y dura, la camaradería, el afecto sin interés romántico. Se preguntó cuántas veces habría tenido Mauro que lidiar con los celos de Isabel, cuánto tiempo habría invertido en asegurarle que no tenía nada que temer de sus tres grandes amigas. Y ahora todo aquello sonaba a música desafinada.

—Él insistía en que no había nada de qué preocuparse, que él y vosotras solo erais amigos. Yo nunca le creí, y lo peor es que ahora sé que hice bien en no fiarme. Por eso me sienta tan mal. Porque al final era yo la que tenía razón.

Cecilia pensó que lo que dijese a continuación podía decidir el final feliz de aquella charla, así que rogó al cielo que le enviase el argumento perfecto.

—Isabel, si te sirve de consuelo, yo tampoco sabía lo que había ocurrido con Val. —Felizmente no añadió «Y Mauro». A Isabel tenía que dolerle escuchar aquellos dos nombres juntos—. ¿Y sabes por qué no lo sabía? Porque fue algo sin consecuencias y sin importancia. Una de esas cosas que uno hace cuando es muy joven y anda un poco despistado. ¿Sabes qué? Yo también tuve una aventura con Robe.

Cecilia se felicitó a sí misma por hacer aquella confesión tan oportuna. Isabel abrió mucho los ojos y se apartó del árbol embarrado.

—No te creo.

—Sí, hija. Ya ves. Sucedió hace siglos, se acabó y los dos nos olvidamos de que había pasado. No era importante. Tampoco lo de Mauro lo fue. Tienes que dejar de pensar en ello, Isabel. —Un soplo de viento agitó las hojas de los árboles—. Vuelvo dentro, y tú deberías hacer lo mismo. Creo que va a llover otra vez.

Al volver del jardín, Cecilia se demoró un par de minutos contemplando a sus amigos desde fuera. La biblioteca estaba cálidamente iluminada por varias lámparas que despedían una tenue luz amarilla, y eso le daba un aspecto hogareño y amable. Viendo cómo se pasaban platos de bombones y se servían una nueva ronda de aquel vino carísimo, Cecilia pensó que sus amigos parecían los miembros de una familia bien avenida. No podía escucharlos, pero los vio moverse y reírse, Lourdes de pie, elegantemente apoyada en la chimenea, Jorge sentado en una butaca de cuero contando algo con las puntas de los dedos unidas, como si estuviese dando una conferencia que Valva escuchaba con su hermosa cabeza ladeada. Junto a ella, casi reconcentrado en su seriedad, Mauro, que se colocaba bien las gafas cada dos por tres, y un poco más atrás, como fuera de foco, estaba Robe.

Robe.

Se preguntó si alguna vez, aunque solo fuese durante un minuto, había pensado en un futuro junto a él, pero ya sabía la respuesta. Robe no era alguien hecho para ella, igual que ella no estaba hecha para Robe. No hizo falta que nadie se lo dijera: hay certezas que se dan por hechas, sin más. Sin embargo, aquella aventura —apenas cuatro o cinco días, ya no se acordaba— le había servido para armarse frente al futuro. Estaba triste tras una ruptura y él la había ayudado. Cuando nos rompen el corazón es bueno que alguien nos recuerde que no es tan difícil volver a ponerlo en marcha. Sí, eso era lo que Robe había hecho. Recordarle que el mundo estaba lleno de posibilidades.

Se preguntó si Valva tendría tanta suerte. Si aparecería una persona dispuesta a dar cuerda al reloj. De remover todas esas cosas que, tras una ruptura, quedan en un lamentable estado mostrenco. Se fijó en ella, ahora que podía hacerlo sin ser vista. Parecía más frágil que nunca, casi quebradiza en aquella delgadez que tan bien le sentaba, pero que podía acabar agudizada por el disgusto. Sí, Valva necesitaba que le recordasen que era hermosa y apetecible. Pero ¿quién iba a hacerlo? Se dijo que era una pena no poder poner un anuncio en las redes sociales: hola, necesito a un hombre que anime a una buena amiga, es guapísima y aparenta quince años menos de los que tiene, es buena y dulce, sabe cocinar y no suele enfadarse. Luego se rio de su propia ocurrencia y cayó en la cuenta de que ella misma empezaba a necesitar algo así. Alguien dispuesto a espabilarla un poco. Hacía cinco años que no salía con nadie, y quizá debería ponerse de nuevo en circulación. Se acercó a los ventanales de la biblioteca y se quedó allí, observando a sus amigos hasta que estos repararon en su presencia tras el cristal y la miraron como queriendo adivinar su estado de ánimo. ¿Se habría desahogado? ¿La cólera inicial iba a dar paso a un ataque de tristeza? ¿Iba a llorar, iba a seguir gritando, estaría de mal humor? Para tranquilizarlos, Cecilia los saludó con el pulgar hacia arriba mientras les pedía con gestos que abriesen la puerta. Tal como había previsto, estaba empezando a llover otra vez.

—¿Todo bien? —Fue el saludo de Mauro al entrar.

—Sí. Por cierto, estuve hablando con tu mujer ahí fuera…

—¿Cómo está?

—Mejorando. Creo que te dará la absolución antes de que volvamos a casa.

Mauro se dijo que a lo mejor debía ir con ella. Sí, eso es lo que se espera de un marido como Dios manda. Pero no le apetecía. Llevaba más de veinte años haciendo exactamente lo que debía. Podría haber ganado el premio al marido ejemplar, al padre ejemplar y hasta al dependiente de tienda ejemplar. Se había ganado unas vacaciones, y era el momento de tomárselas. Una noche haciendo lo que de verdad le pedía el cuerpo, que era disfrutar de sus amigos, beber buen vino y comer aquellas golosinas que Valva había puesto aquí y allá: cuencos con bombones rellenos de lavanda, de crema de té Earl Grey, de maíz tostado… Probó unas pastas en forma de concha, recubiertas de fondant y pegadas entre sí con una crema de frutos secos. Eran pequeñas exquisiteces, símbolo de una vida distinta, la vida regalada y cara de los clientes de Les Liserons. Supo que tardaría un tiempo en volver a disfrutar de tantas cosas deliciosas y paladeó el chocolate con sabor a fruta de la pasión que se estaba comiendo.

—Robe, ¿cuándo inauguras?

—En octubre.

—¿Expones en Madrid? No lo sabía.

Robe habría preferido que Jorge no le preguntase por la dichosa exposición. No, no le había dicho nada a Mauro. Pensaba hacerlo, desde luego, pero más adelante. Un día, quizá a finales de septiembre, se pasaría por la tienda de pinturas y, como quien no quiere la cosa, le daría a su amigo la fecha y el lugar del acontecimiento y luego se marcharía con un inexplicable sentimiento de vergüenza muy parecido al que experimentaba, siendo muy pequeño, al pasar con un juguete nuevo delante del hijo del portero de su casa, un niño raquítico y mal vestido que lo miraba desde el chiscón sin atreverse a levantar los ojos del todo. A pesar de su corta edad, intuía que había algo de injusto en las diferentes circunstancias que rodeaban su vida y la del crío que a veces ayudaba a su padre a bajar la basura. La visión de aquel niño flacucho, con el pelo siempre rapado, tenía la virtud de desasosegarle, hasta el punto de que muchas veces apretaba el paso cuando lo veía venir. A buen seguro el hijo del portero interpretaba aquel gesto como una forma de desaire, cuando no era más que bochorno por la arbitrariedad con la que el destino había repartido las cartas. Recordó al chaval en ese momento, al sentir sobre sí la mirada de Mauro, que estaba cargada con una mínima munición de reproche.

—Si es que no hay nada seguro… Ni siquiera tengo confirmada la sala.

Era mentira, pero qué más daba ya.

—Ya avisarás cuando lo sepas.

—Sí, sí, claro.

—¿Sigues con el galerista de Basilea?

«Oh, Lourdes, cállate ya.»

—Sí… No es que me coloque muchas cosas últimamente, pero bueno…

—¿Has notado la crisis? —Esta vez era Cecilia quien interpelaba.

Robe se sentía cada vez más incómodo siendo el centro de aquella conversación, pero no acertaba a cambiar de tema.

—Sí, desde luego…, hubo meses malos de verdad.

—¡No seas llorica! —Jorge, cómo no, poniendo su grano de arena—. Los artistas siempre os estáis quejando de esto o de lo otro. Además, Robe, la mayor parte de tu mercado está en Estados Unidos. Estoy seguro de que te afectó mucho más la caída de Lehman Brothers que todo lo que ha pasado en España.

—Huy, pero Robe vende en todas partes. —La voz áspera de Lourdes tenía otra vez ese matiz de burla que reservaba para su exmarido—. Apuesto a que le ha perjudicado hasta el colapso de Grecia. Es el niño bonito de los coleccionistas millonarios.

En ese momento, Robe le dirigió una mirada que Lou entendió a la primera. No era de reconvención, sino de auxilio: por favor, deja el tema. Ella asintió de forma imperceptible, y él supo que estaba a salvo. Nadie más se dio cuenta de aquel mudo intercambio. Cuando dos personas se aman durante mucho tiempo —y ellos dos se habían amado de verdad—, queda entre ellos un misterioso canal de comunicación cuyos códigos, eternamente cifrados, no están al alcance del resto del mundo.

—Bueno, Ce, ¿y qué hay de ti? ¿Algún proyecto interesante sobre la mesa? —Misión cumplida, pensó.

—Voy a ilustrar una edición de la segunda parte del *Quijote* adaptada a los niños. De hecho, es lo que debería estar haciendo ahora: dibujar como una posesa, porque tengo que entregar el encargo a principios de septiembre.

—Yo estoy pensando en cerrar la tienda.

Era la voz de Mauro. Su frase fue seguida de un silencio tan pesado que Valva hubiese preferido escuchar de nuevo el fragor de la tormenta. Un trueno, el ruido rasgado de un relámpago, cualquier cosa sería preferible antes que aquellos dos segundos de incomodidad.

—Pero… ¿por qué?

—Imagínate. La crisis lo ha arrasado casi todo, y las tiendas de barrio se llevan la peor parte. Llevamos mucho tiempo trabajando solo para cubrir gastos. Hubo meses en los que ni siquiera pude cobrar mi sueldo, así que no tiene mucho sentido seguir aguantando. El local es nuestro, podemos venderlo… No creo que nos den mucho, pero será suficiente para saldar el crédito que pedimos para comprarlo y aún quedará algo. En fin, ya veremos.

Robe se dijo que Mauro nunca le había parecido tan pequeño como en aquel momento. Era como si aquella confesión ingrata le hubiese hecho menguar. Como si el peso de sus palabras lo estuviese aplastando un poco. Se había encogido en su sillón, tenía los hombros hundidos y la cabeza gacha. Habría dado cualquier cosa por saber qué decirle.

—Y… ¿qué vas a hacer? —Fue Valva quien preguntó, aunque se arrepintió de inmediato por si Mauro no tenía una respuesta. Rogó al destino que su amigo no contestase «No tengo ni idea». No habría sido posible sobreponerse a semejante frase.

—Tengo una oferta para dar clases de dibujo en un colegio del barrio. En buena hora te hice caso cuando me animaste a hacer contigo el examen de capacitación.

Valva recordó aquella historia: había sucedido en el último año de carrera, cuando se estrujaba el cerebro intentando encontrar maneras de pasar más tiempo con Mauro y se le ocurrió convencerle para seguir un curso de preparación docente. Nunca creyó que a su amigo le pudieran ser de utilidad aquellas clases, pero por lo visto su estrategia para estar con él había acabado convirtiéndose en una puerta abierta.

—Bueno, pues no es mala cosa, ¿no? —Robe notó cierta ansiedad en su voz, como si necesitase que alguien le asegurara que la vida de Mauro iba a cambiar para mejor. Se obligó a imaginar un aula luminosa y alegre llena de jóvenes entusiastas, dispuestos a dar rienda suelta a su creatividad y su talento de la mano de un profesor lleno de energía y de genio. Recordó *El club de los poetas muertos* y se preguntó si Mauro podría convertirse en una versión plástica del señor Keating.

—No, no lo es. —Obvió que el contrato que le ofrecían era a tiempo parcial y que iba a cobrar una cantidad miserable. Tampoco quería hacer naufragar una noche que parecía navegar con el mar en calma. Además, le aliviaba haber contado lo de la venta de la tienda: ni siquiera Isabel estaba al tanto del asunto, y el secreto empezaba a pesarle en el corazón como un saco de piedras. Compartirlo con sus amigos era una especie de ensayo general para cuando llegase el momento de contárselo a sus hijos.

—Deberías volver a pintar —dijo Jorge, y lo hizo con tanta naturalidad como si el regreso de Mauro a los pinceles formase parte del orden de las cosas.

Él meneó la cabeza con una sonrisa.

—Demasiado tarde…

—Venga ya, Mauro. ¿Y eso por qué?

—Pues porque hace siglos desde la última vez que cogí un pincel.

—¿Y? —Lourdes enarcó una ceja y se puso una mano en la cadera, que era lo que hacía para expresar desdén—. ¿Me vas a decir que se te ha olvidado cómo funciona? No seas burro, Mauro.

—Lou tiene razón…, en cuanto dejes la tienda tendrás más tiempo libre y podrás ponerte al día.

Mauro alargó la mano hacia la botella de Sauternes y dudó un momento antes de servirse lo poco que quedaba. Aquel gesto les hizo recordar a todos cómo era: obsequioso, prudente, considerado.

—Joder, Mauro, no seas capullo y acaba con el vino de una vez.

—Gracias, LouLou, me lo has quitado de la boca. —Jorge se levantó y volvió con otra botella. No era el Château d'Yquem que habían probado, pero aquel Tokaji Oremus tampoco estaba mal—. En cuanto a ti, Mauro, por supuesto que vas a volver a pintar. De hecho, no te va a quedar más remedio porque voy a pedirte un cuadro como regalo de bodas. —Detuvo con un gesto lo que parecía ser el inicio de una protesta—. No, no, ni una palabra: eso es lo que quiero, y no serás capaz de negármelo. Resultaría de muy mal gusto.

Mauro se bebió el vino de un solo trago y después miró a Jorge con un fondo de resignación tras sus gafas redondas. Apreciaba la buena intención de su amigo: pedirle aquel cuadro era para Jorge una forma de llevarlo de vuelta a la vida. Y si las cosas fuesen como en las películas, aquel encargo le haría recordar que un día fue un artista prometedor y recuperaría la pasión por la pintura. Pero no resultaba tan sencillo. No echaba de menos pintar. Casi le costaba recordar que un día lo había hecho, como si aquel joven alumno de Bellas Artes al que se auguraba un rutilante futuro fuese una persona desconocida. Sí, pintaría aquel cuadro, pero lo haría sin ganas, sin fe y sin ninguna confianza en el resultado. En aquel momento, ya ni siquiera podía creer que tiempo atrás se considerara a sí mismo un artista.

—Muy bien. Pues ya me dirás qué es lo quieres. Un bodegón, una marina, una escena de caza, o uno de esos cuadros con la Armada Invencible hundiéndose bajo el ataque inglés.

—¡Anda, mira, pero si sabe parecer cínico!

—No, no, hablo en serio. Si es un encargo, dame una pista.

—Haz un gamusino, no te jode. —Esta vez Lourdes fruncía el ceño con todas sus ganas—. Anda, Mauro, deja de tocar la flauta y pinta lo que te salga del culo. Sea lo que sea, será bueno, y me da igual el tiempo que lleves sin usar ni un carboncillo. No sé si alguien te ha dicho otra cosa, pero los años no se llevan el talento…

—Ya. Mira, Lou, no quiero ponerme intenso, pero lo de mi talento empieza a sonar a disco rayado. Si de verdad era tan bueno, no habría acabado detrás de un mostrador.

Cecilia se dijo que lo que pasase a continuación sería crucial a la hora de evaluar aquel fin de semana. ¿Alguien iba a embestir el capote que el bueno de Mauro estaba agitando sin disimulo delante de todos? ¿No sería preferible que declinasen la invitación? Pero, claro, pasar de largo ante un estímulo así era mucho para Lourdes.

—Acabaste detrás de un mostrador porque te dio la gana.

—Lo hice porque tenía que ganarme la vida.

—Y una mierda. Podrías haber seguido pintando. Y no me vengas con el cuento de los niños, de Isabel o del lucero del alba. No sé qué cojones pasó, pero dejaste la pintura porque quisiste. Fue tu decisión, Mauro. Ni la vida, ni el matrimonio, ni la paternidad ni el carajo de la vela.

Robe fue el primero en darse cuenta de que Lourdes parecía disgustada. No, no estaba disfrutando con su parlamento. Había un rescoldo de rabia en sus palabras, algo así como la sombra de un reproche. Como si al tirar la toalla, Mauro la hubiese traicionado. Se quedó mirando a su amigo con un fulgor de rabia en los ojos oscuros, y Robe hizo votos por que Mauro se diese cuenta de cuánto cariño había en aquel áspero reproche.

—Ya. Supongo que nunca tuve mucho carácter…

—¡Mauro!

—Es verdad. Cuando aquel pintor eligió a Robe para compartir su estudio, yo…, bueno, no me lo tomé muy bien. Ya está, ya lo he dicho. Pensé que si había elegido a otro es porque yo no era lo bastante bueno, así que para qué seguir. Y encima tenía una esposa, un bebé en camino y un trabajo no demasiado apasionante. Supongo que se juntó todo.

Esta vez fue Robe quien se alteró.

—¿Me vas a decir que dejaste de pintar porque Matías Blanco me invitó a mí a compartir su estudio?

Era como asumir una responsabilidad que le quedaba grande, y no estaba dispuesto a pasar por ahí. Mauro le dirigió una mirada de desmayo.

—No fue eso exactamente…, pero me sentó mal, Robe. En aquel momento me hacía falta un empujón, y no recibirlo hizo que me replantease muchas cosas. Es culpa mía. Y Lourdes tiene razón, nadie más que yo es responsable. Me desanimé y tiré la toalla. En mi descargo os recuerdo que tenía veintitrés años, que iba a ser padre en unos meses y que, resumiendo, estaba muerto de miedo. —Miró a Jorge—. Pintaré algo para ti, te lo prometo.

—Es todo lo que quería oír...

Buen final, pensó Cecilia. Era más de lo que cabía esperar. Ojalá la renuncia de Mauro y su abandono de la pintura acabase precisamente ahí: en una tímida esperanza de renacimiento.

Pero la realidad no siempre se adapta a lo que queremos, y Mauro hizo algo muy familiar: se quitó las gafas, las limpió con cuidado y se las volvió a poner. Todos recordaron que aquel gesto suyo solía preceder a algo importante, como si limpiar las lentes fuese una forma de ganar tiempo, de tomar aliento antes de emprender un camino cuesta arriba. Cecilia suspiró y le dieron ganas de ponerse los brazos sobre la cabeza, como quien se protege antes de una explosión.

—Robe, hay una cosa que siempre quise saber…, ¿llamaste tú a Matías Blanco?

—No entiendo…

Jorge se dio cuenta de que Mauro había enrojecido un poco. Tal vez acababa de caer en la cuenta de que había algo de vileza en aquella pregunta.

—Es que pensé…, bueno, que a lo mejor habías intentado ponerte en contacto con él antes de que se decidiera por uno de los dos.

El silencio permitió escuchar el repiqueteo de la lluvia. La tormenta había amainado, aunque quizá acabarían por echarla de menos: cualquier conversación pierde dramatismo ante el ímpetu de un trueno o el crujido de un rayo. La lluvia, sin embargo, prestaba a la escena una banda sonora cálida y amable que no casaba mucho con lo que podía pasar a continuación. Cecilia se sorprendió al esperar con cierta expectación la respuesta de Robe. Sí, ella también se había preguntado alguna vez si el simpático, el extrovertido, el alegre Robe había intentado llevar a aquel tipo a su terreno. Si no había tratado de conquistarlo como conquistaba a todo el mundo: a los profesores para que le subiesen la nota, a una galerista para que seleccionase obra suya para una exposición, a Lourdes para que se casara con él, a ella misma para tener una aventura. Robe, que nunca había tenido que enfrentarse a un no. Robe, experto en finales felices, en triunfales llegadas a meta. Vamos, contesta. ¿Llamaste a aquel tipo para convencerle de que el mejor negocio era contar contigo?

—No lo hice, Mauro. Te doy mi palabra. Y confieso que lo pensé. Le habría llamado de haber estado compitiendo con otra persona..., pero eras tú. No, no le dije nada.

Mauro se dejó caer en el sillón y se tapó los ojos con la mano.

—Lo siento.

—No te preocupes. Hiciste bien en preguntar. —Robe se cambió de sitio y buscó un asiento más cerca de Mauro—. ¿Sabes qué? Ojalá lo hubieras hecho hace mucho tiempo. Ojalá yo me hubiese adelantado diciéndote que no había tenido nada que ver. Entiendo que lo pensaras. Era muy propio de mí hacer esas cosas. Pero no contigo, Mauro. También tengo mis límites.

No parecía dolido, sino contento de haber aclarado la cuestión. En el fondo, sabía que Mauro sospechaba de él. Y, después de todo, ¿no era esa una forma de defensa? ¿No prefería Mauro pensar que había manipulado a aquel tipo para llevar el agua a su molino en lugar de aceptar que había apostado por él porque le parecía más talentoso? De pronto se preguntó si no habría sido mejor mentir a Mauro para que pudiera seguir pensando que en aquella elección habían primado otros intereses distintos de su capacidad como artista.

—Entonces ya está claro: te eligió porque pensaba que eras mejor. Perdóname, Robe —dijo una vez más—, está claro que soy un resentido.

Valva, que estaba muy pálida, levantó la cabeza.

—No, Mauro…, en realidad…

Solo Cecilia pudo darse cuenta de que, rápida como un rayo, Lourdes había clavado sus dedos tan finos como firmes en el delgado brazo de Valva. Ella sintió el pellizco a través de su blusa de seda, y obedeció —quizá de manera inconsciente— a aquella señal misteriosa en demanda de silencio.

—Valva, cariño…, deja que lo cuente yo… Mauro, la culpa fue mía. La noche que vino a la facultad, Matías Blanco se quedó hablando con Val y conmigo cuando todos os marchasteis, y digamos que presioné un poco en favor de Robe. Había decidido dejarle antes de irme a Londres y quería que tuviese un aliciente. A él le daba igual llevarse a su estudio a uno o a otro, así que se lo pedí como un favor. Era incapaz de resistirse a las súplicas de una chica guapa, de modo que…

—¿Así que fuiste tú? ¿Y solo porque ibas a plantarme y querías que encontrase un entretenimiento?

Lou se puso de pie con los brazos en jarras.

—Sí, Roberto, ¿qué pasa? Sabía que te iba a joder que te dejase, así que se me ocurrió apañarte una compensación.

—¿Y Mauro?

—¡Mauro pintaba mejor que tú! Pensé que en el futuro tendría más oportunidades, ¿estamos?

En ese punto, Mauro se echó a reír. Lourdes supo que nunca, en toda su vida, iba a sentir una sensación de alivio parecida a la que experimentó al escuchar la risa de su amigo. Aquella carcajada suponía la firma de un armisticio.

—Mauro, perdóname…

Él la abrazó, aún riéndose.

—Eres una bruja, Lou…, pero una bruja con buenas intenciones. No sabes cuánto te agradezco que me lo hayas contado… Esto es lo mejor que podía escuchar esta noche. Así que ni Mauro me traicionó ni Matías Blanco me consideraba un mal pintor…

—Mea culpa, querido mío. Soy un bicho…

De nuevo fue Cecilia la única en percibir la mirada que intercambiaron Valva y Lou.

—Debería enfadarme con los dos —rezongaba Robe—. Mauro, llevas más de veinte años pensando que soy una especie de…, de…, bah, ni siquiera se me ocurre la palabra. Y acabo de enterarme de que debo a mi exesposa todo lo que soy en la vida.

—Ay, Robe, no te pongas intenso. Además, ¿qué importa ya esa historia? Yo ni siquiera me acordaba.

—Pues yo sí —dijo Mauro, que parecía verdaderamente satisfecho—. Llevo años dando vueltas al asunto.

Al final era mucho menos retorcido de lo que pensaba. Robe, tendrías razón si te enfadases…

Jorge alzó las manos como si quisiese parar un balón que fuese a darle en la cara.

—Ah, no, nadie va a enfadarse ya. Queridos míos, la reunión ha sido un éxito. No hay cuentas pendientes, no hay secretos, no hay nada. Nos lo hemos dicho todo y nos vamos sabiendo un poco más los unos de los otros. Estoy verdaderamente orgulloso de mí mismo. Y para celebrarlo, haremos un brindis final con un Dom Pérignon de 2003 a la salud de la amistad recobrada.

Quitó el tapón con una maniobra de experto. El ruido del corcho fue contundente pero discreto, como una bomba de palenque que pone punto y final a una brillante sesión de fuegos de artificio.

En la habitación de la buhardilla había cinco pequeñas lámparas que esparcían por la pieza una luz del color del caramelo. Una de las paredes estaba entelada en Toile de Jouy con el dibujo en color violeta, el mismo del que estaba pintado el resto del cuarto. Las dos camas gemelas, con una mesilla de noche en medio, estaban cubiertas por sendas colchas lisas en un suave tono crema. Había un bouqué de flores sobre el escritorio —muguetes, fresias y astromelias— y tres grabados antiguos con escenas campestres. El suelo, de madera oscura, era muy parecido al original, y estaba cubierto a medias por una ligera alfombra de color blanco que era la pesadilla de la muchacha de la limpieza, porque cualquier pequeña mancha la hacía parecer terriblemente sucia. Valva había pensado más de una vez en cambiarla por otra más sufrida, pero luego echaba un vistazo a la pared entelada, a los cobertores, al escritorio y a la *chaise longue* tapizada en un brocado claro que contrastaba con el sobrio marrón de la madera, y cambiaba de idea. Aquella habitación era perfecta tal y como estaba. Pensó que en poco tiempo aquel cuarto tan bonito pertenecería a otra persona y se sorprendió al no sentir nada. Quizá había empezado a alejarse emocionalmente de Les Liserons.

—¿Crees que se notaría si me llevo esos cuadritos? —Lou parecía haberle leído el pensamiento—. Son una monada. Mi casa está llena de cachivaches, pero estoy segura de que les encontraría algún sitio.

—No lo creo. Ni Julien ni Gaelle tienen la menor idea de lo que hay en las habitaciones. —Miró a Lou y tragó saliva—. Lourdes, ¿por qué lo has hecho?

—Déjalo, Val.

—Ah, no. Aquí nadie deja nada. —Cecilia acababa de regresar del cuarto de baño lista para meterse en la cama: una camiseta estirada y un pantalón corto era lo que ella consideraba ropa de dormir—. Vais a contarme qué ha pasado ahí abajo, porque no soy idiota. Tú has pellizcado a Valva, que por cierto se había puesto del color de la cera. ¿De qué va todo esto? Pensé que se habían acabado los secretos…

Lourdes gimió y se tendió en la *chaise longue.* Se había puesto su bata de seda sobre el pijama de hombre y parecía una actriz de cine.

—¿Por qué le has dicho a Mauro que fuiste tú quien habló con Matías Blanco? —El tono de Valva era de súplica—. No tenías que…

Lourdes se incorporó para quedarse sentada. Luego miró alternativamente a sus dos amigas, Cecilia en su desastrada indumentaria, Valva embutida en su bata blanca ceñida a la cintura.

—Valva, durante veintitantos años intenté entender por qué habías aconsejado a Matías que invitase a Robe a compartir su estudio…

—¿Lo sabías?

—Sí. Él mismo me lo dijo tiempo después, cuando Robe inauguró la primera exposición. Le pregunté por qué se había decidido por él, y fue muy claro: «Tu amiga la rubia me lo pidió». Nunca lo comprendí. Hoy, cuando nos contaste que habías tenido una aventura con Mauro, empecé a atar cabos.

Val se dejó caer en la cama. Sí, ella había tenido la culpa de que aquel hombre excéntrico optase por Robe y no por Mauro. A él le daba igual proteger a uno o a otro. Eran dos chicos con talento, dos jóvenes igualmente prometedores. Ni siquiera tenía muy claro quién era Mauro y quién Robe. Por eso, cuando después de pasarse la noche coqueteando con él, Valva le sugirió que eligiese a Roberto Siero, aceptó sin más.

—Pero, Val, ¿por qué lo hiciste?

—No lo sé… Yo… lo estaba pasando mal, ¿entendéis? Me había hecho ilusiones con Mauro, ¿vale? Creía que iba a dejar a Isabel por mí…, y de pronto ella le dice que van a tener un bebé y él se limitó a fijar la fecha de la boda. Estaba cabreada, estaba dolida y estaba triste, y cuando aquel baboso me dijo: «A ver, bonita, ayúdame a decidir entre tus dos amigos», le dije que era mejor escoger a Robe. —Ocultó la cara en un cojín—. Dios, fui una verdadera hija de puta…, ¿cómo pude hacer eso? ¿Cómo fui capaz? Mauro se ha pasado más de veinte años vendiendo pinceles por mi culpa…

Esta vez Lourdes la frenó.

—Ah, ah, no exageres la nota. Mauro podría haber buscado otra oportunidad y no lo hizo. Y si quieres que sea sincera, viéndolo con perspectiva, creo que Robe aprovechó mucho mejor la ocasión de lo que lo hubiera hecho Mauro. No me veo yo a míster marido ejemplar yéndose a Nueva York durante seis meses, como hizo Robe, o pasando el verano de ciudad en ciudad para dejarse caer por una docena de galerías europeas para promocionar sus pinturas. Al final fue mejor así.

—Pero mi intención no podía ser peor, Lou... Lo único que buscaba era..., era poner una zancadilla a Mauro. No estaba acostumbrada a que me dejaran plantada y creí que tenía derecho a vengarme.

—¿Y estabas dispuesta a confesar?

—Sí, yo...

—Tú eres gilipollas, cariño. —Lourdes se cepillaba con brío su media melena perfectamente cortada—. Menos mal que te paré a tiempo. No sé si Mauro habría sido capaz de perdonarte. Lo mío se lo ha tomado como una frivolidad. Lo tuyo...

—Lo mío fue una forma de venganza. —Desde siempre, Val había demostrado muy poca piedad consigo misma—. Hay que ser muy mala persona para hacer lo que hice.

—Oh, deja ya de flagelarte. Tenías veintidós años, estabas enamorada y un lechuguino con cuatro ojos pasaba de ti para casarse con una tetona paticorta. Una campaña de desprestigio es lo menos que se merecía ese tontaina.

Se quedaron calladas. Hacía mucho calor en la habitación, y Cecilia abrió un poco la ventana. Desde el jardín entró un aire cargado de humedad y olor a tierra.

—¿De verdad te enamoraste de Mauro? —Cecilia arrugaba la nariz para subrayar su incredulidad.

—Sí…, bueno, eso creo…, por eso me marché a Roma. No me veía capaz de asistir a su boda. Ahora creo que fue muy infantil, pero entonces…

—Yo creo que hiciste bien. —Cecilia se recogió el pelo en un moño muy mal hecho del que se escaparon dos guedejas. Le hacía falta cortarse las puntas, pensó Lourdes—. Poner tierra de por medio ante una crisis siempre me pareció una buena idea. Y yo que me creí lo de la beca…

—Ya, ya…, me gasté todos los ahorros. Doscientas mil pesetas que tenía guardadas para una emergencia.

Lourdes se sentó junto a ella.

—Querida, *eso* era una emergencia. Como la copa de un pino. —La abrazó—. Tuviste que pasarlo fatal.

—Ay, Lou, no puedo dejar que tú cargues con toda la culpa…

Lourdes la miró de arriba abajo y luego la señaló con el dedo.

—Por supuesto que puedes. Y es lo que vas a hacer. —Cogió un bote de contorno de ojos y se lo aplicó hábilmente—. Val, es posible que esta sea la única mezquindad que hayas cometido en toda tu vida. Deja que yo también salte por encima de mis propias reglas y me comporte por una vez como una persona generosa. Es una excepción para ambas, ¿de acuerdo? Y ahora, si no os importa, me gustaría dormir un poco. Cerrad el pico, y mañana será otro día.

Cecilia entró la primera en la cocina. De espaldas a ella, afanado en lo que parecía ser alguna tarea doméstica —milagro milagro—, Jorge tarareaba unos compases de *1812*. Ella siguió la melodía a modo de saludo, y Jorge se volvió.

—Ce, mi querida Ce... Ahora recuerdo que eras la única a la que le gustaba Tchaikovski.

—Era la única a la que le gustaba un poco la música.

Los dos recordaron que en la época universitaria iban juntos a conciertos en el Auditorio Nacional y guardaban cola toda la noche esperando la apertura de las taquillas del Teatro de la Zarzuela para comprar entradas de ópera. En realidad, Jorge era el único a quien se podía considerar un melómano. Cecilia no compartía su pasión desmedida por el bel canto, pero le iba al rebufo porque le encantaba acompañarlo en aquel entusiasmo. Cuando lo veía aplaudir tras una interpretación memorable, envidiaba la sabiduría de Jorge, que era capaz de distinguir lo bueno de lo mejor. Ella nunca fue capaz. Cecilia disfrutaba de la música igual que disfrutaba de los buenos vinos: perfectamente consciente de no estar apreciándolos en toda su extensión. No, ella no se emocionaba con un lied, ni mostraba su frustración cuando un tenor fallaba una nota, cosa que Jorge podía tomarse como una afrenta personal.

—¿Recuerdas aquella vez que fuimos a escuchar a Alfredo Kraus? Aún conservo el programa firmado. Ninguno de los otros quiso venir conmigo.

—¡Y luego, en el *foyer*, nos encontramos a Lauren Bacall! —Cecilia se dio cuenta de que llevaba siglos sin rememorar aquella anécdota, a pesar de que, en su día, la contaron hasta el agotamiento.

—¿Y cuándo fuimos a *La traviata*? La mitad del patio de butacas gimoteaba en la escena final... Qué cosa tan ridícula. Fue culpa de *Pretty woman*. Antes de que estrenaran esa dichosa película, Mimí moría entre horribles sufrimientos y nadie derramaba una lágrima. Julia Roberts ha hecho mucho daño, Ce.

Ella se rio y luego se abrazó a él. Estaba cortando naranjas y dejó el cuchillo en su sitio para achucharla.

—¿Sigues yendo a conciertos?

—No desde hace siglos. Además, en Madrid solo los ricos pueden ir a la ópera. Los abonos del Real están por las nubes.

—Ya. Bueno, te prometo que... —Pero se calló.

Cecilia imaginó que se había mordido la lengua antes de hacer alguna de sus ofertas desproporcionadas, como regalarle un taco de entradas para toda la temporada operística del año siguiente.

—Buenos días.

Era Lourdes, recién duchada y fresca, luciendo unos vaqueros con unas bailarinas y una blusa blanca con encaje en el escote. Una vez más, Cecilia se preguntó cómo se las apañaba su amiga para resultar tan elegante. Ella llevaba puesto prácticamente lo mismo (excepto por el volante superior) y parecía más bien vulgar. La estudió sin disimulo.

—¿Qué pasa? ¿Llevo alguna mancha?

—Al contrario. Estaba pensando que siempre pareces recién salida de un figurín. ¿Por qué yo no puedo tener ese aspecto?

Lourdes estudió a Cecilia con más bien poca piedad. Estuvo a punto de decirle que sus vaqueros sentaban mejor que los suyos porque eran unos Armani de trescientos euros, pero se mordió la lengua. Y además, no era solo por el precio de los pantalones.

—Porque tú pasas de los complementos —dijo al fin—. Yo llevo una gargantilla y un cargamento de pulseras..., por no hablar de que me he maquillado y estuve media hora peleándome con el secador para que mi pelo estuviese en su sitio. Tendrías la misma pinta que yo si dedicases a arreglarte el tiempo que yo empleo.

Cecilia fingió pensárselo.

—Creo que paso.

—Haces bien. Te juro que el día menos pensado tiraré la toalla. Sí, eso es lo que voy a hacer. Dejaré de perder una hora delante del espejo todas las mañanas. Llevo toda una vida pendiente de mi aspecto y a lo mejor ya es hora de pasar a otra etapa: dejar que se noten las canas y comprar ropa cómoda y zapatos planos.

—¡LouLou! No te atrevas a blasfemar en mi presencia. ¿Qué será lo próximo? ¿Hablar de tu belleza interior? Te quiero siempre así de guapa, con el rímel puesto, el brillo de labios y unos buenos tacones.

—Buenos días.

Un saludo más tímido, casi vacilante. Isabel y Mauro acababan de entrar en la cocina torpemente agarrados de la mano. Era fácil adivinar que habían hecho las paces y que deseaban evidenciarlo delante de los demás. Lou se sintió aliviada. Seguía sintiéndose algo culpable de la crisis de la noche anterior. Ver a su amigo y a su mujer en amor y compañía era una buena forma de tranquilizarse la conciencia.

—Hola, chicos, ¿quién quiere zumo?

—Yo hago café. ¿Preparamos tostadas? Hoy no había cruasanes en la puerta...

—Supongo que el domingo no los traen. Hombre, el que faltaba. Buenos días, Roberto Painter.

—Hola, Bruja Malvada. ¿Has soñado con tus ejércitos del averno?

Lourdes suspiró. Sí, Robe pasaría el resto de su vida lanzándole puyazos a propósito de la supuesta intervención en su favor, pero se dijo que eran daños colaterales.

—He soñado con tu madre, Robe. ¿Qué pasa con las tostadas? ¿Las hacemos o no?

—Sí, pero no os paséis. Val dijo que quería hacer una comida especial a modo de despedida. Por cierto, ¿dónde está?

—Buenos días a todos.

Valva hizo su aparición. Llevaba el pelo recogido en un moño, una camiseta blanca y unos pantalones Capri de color azul marino. Sostenía una cesta de paja que entregó a Jorge. Dentro había una especie de bollo esponjoso y cubierto de azúcar.

—Pompe à l'huile. Es un dulce típico de Saint-Rémy. Lo había encargado para el desayuno y acaban de traerlo.

Sin quererlo, evitó la mirada de Isabel. Mauro, que se dio cuenta, se dijo que aquello iba a llevar su tiempo. No importaba. Podían esperar, y además era mejor que las cosas fluyesen. No tendría sentido auspiciar una reconciliación en toda regla, con Valva y su mujer abrazándose o algo así.

—Hoy hay mercado en el pueblo. ¿Por qué no vais a echar un vistazo? Es muy bonito. Todos los agricultores de la zona traen alimentos típicos de la Provenza y algunos artesanos locales venden sus productos. No es nada del otro mundo, pero tiene su gracia. Yo tengo mucho que hacer en la cocina, así que no podré haceros caso.

—Yo me apunto. —Lourdes untaba en las tostadas una cantidad desproporcionada de mantequilla y las iba colocando en una pila—. Así compraré algo para las niñas. He prometido llevarles un regalo.

—Entonces, de acuerdo. Nos tomamos un café y damos una vueltecita por el pueblo. LouLou, aprecio tu generosidad con la mantequilla, pero aspiro a volver a casa con todas mis arterias despejadas.

—No seas repelente. Y aprovecha. Lo que es yo, en cuanto regrese a Barcelona voy a ponerme a régimen estricto.

—¡Oh, Dios, tenéis que probar esto! —Jorge ponía los ojos en blanco tras catar el bollo que había traído Valva—. ¿Sabéis? Tengo ganas de cumplir los cincuenta y pasar por completo de los kilos de más. Así podré comer lo que me dé la gana.

Cecilia, que acababa de coger una de aquellas tostadas pringosas, movió la cabeza con pesar.

—No te hagas ilusiones. A partir de los cincuenta será tu médico el que te prohíba comer cosas ricas. Si queremos morir tarde nos espera una dieta de porquerías verdes y sosas. Me gustaría entender por qué razón los alimentos completamente sanos no saben a nada.

—A mí me resulta muy difícil no engordar. —Era la primera vez en horas que escuchaban la voz de Isabel, excepción hecha de los gritos de la tarde anterior—. Como a todas horas… Y con la tienda tampoco tengo mucho tiempo para hacer la compra y cocinar como es debido, así que suelo comer muchas cosas que no debo. Por suerte, eso está a punto de cambiar.

Los demás intentaron mirarse disimuladamente, pero no les salió muy bien. Isabel les dirigió una sonrisa más bien torpe.

—Mauro me acaba de decir que es mejor cerrar el negocio y venderlo. Yo estoy de acuerdo. Me fío de él.

—Buscó la mano de su marido y la apretó—. Y además, no sé nada de números. Si Mauro cree que es lo mejor…

—Nos apañaremos —dijo él.

—¡Pues claro que sí! —Jorge se las arregló para meterse entre los dos y echarles la mano por encima de los hombros—. El mundo no avanzaría si no hubiese gente dispuesta a tomar grandes decisiones, aunque impliquen un riesgo.

Mauro se echó a reír.

—Preparaos: Jorge está a punto de comparar el descubrimiento de América con el cerrojazo a una papelería.

—No seas así. Yo también he cerrado mi sala de exposiciones. Ah, queridos, creo que está a punto de empezar otra etapa para todos nosotros. Venga, acabad esas tostadas pringosas y vámonos al mercadillo. Lourdes lleva dos días sin gastar dinero y empieza a ponerse nerviosa.

El mercado provenzal de Saint-Rémy se celebra una vez por semana. Sus orígenes se remontan a cuando los pequeños propietarios rurales de la zona se daban cita en la localidad para intercambiar sus productos. Ahora poco queda de aquel medio centenar de productores que vendían quesos y embutidos. En la plaza del Ayuntamiento, desde primera hora de la mañana, se colocan camionetas atestadas de piezas de ropa, discos antiguos, sombreros de paja y utensilios de cocina. Quien se quede allí, entre delantales de plástico, camisetas estampadas y caros manteles bordados, se pierde el mercado de alimentación que se celebra por las calles del pueblo y que conserva la estética de otros tiempos. Hay puestos de mermeladas de flores y frutas, de panes artesanos, de galletas y *macarons* de colores. Unas mujeres vestidas con impecables delantales blancos venden verduras recién cosechadas, y un hombre rubicundo se las entiende con un asador donde preparan pollos para llevar a casa. Hay tarros de crema de chocolate que dan a probar con cucharillas de plástico, carritos donde despachan turrones y enormes trozos de caramelo, mesas donde se exponen patés de campaña, quesos de la Provenza y salchichones informes que atestiguan su origen casero. Se venden galletas, bizcochos, bombones rellenos, cerezas confitadas, encurtidos, aceitunas de mil clases, vasos de cartón llenos de frambuesas. Apenas se puede caminar por las calles abarrotadas y sumidas en un ambiente festivo de familias ociosas y turistas felices de conocer de primera mano los encantos de la campiña francesa.

Comandado por Jorge, el grupo caminaba por entre la gente con frecuentes paradas ante los puestos. Lourdes había comprado un cesto de paja al principio del recorrido, y allí habían ido a parar un montón de chucherías adquiridas casi sin pensar: una bandeja de *macarons*, un pedazo de brioche salpicado de pasas, una morcilla de tenebroso color negro y hasta un bote de mantequilla salada, a pesar de que Robe le advertía de que no le dejarían meterlo en el avión. Ahora estaba parada delante de una vendedora de jabones provenzales que olían a rosas, a lavanda o a citronella, y acercaba a las piezas su nariz perfecta antes de decidirse sobre cuál comprar.

—¡Este sitio es precioso!

—Caramba, Lou, ayer decías que ni muerta querrías vivir aquí…

—Ayer estaba de un humor de perros. ¡Oh, mirad, la suerte está de nuestra parte!

Una familia acababa de dejar libre una mesa rodeada de sillas en uno de los cafés. Lourdes se abalanzó sobre ella ignorando las protestas de un hombre que aseguraba que él la había visto antes.

—Disculpe, no tengo la menor idea de lo que dice. —Le dirigió una sonrisa rutilante—. ¡Chicos! Venid enseguida o este energúmeno es capaz de quitarme las sillas libres.

Obedecieron muertos de risa.

—Lou, eres un caso.

—Di lo que quieras, pero no creo que haya otra mesa con seis sillas en todo el pueblo. ¿Nos atienden aquí o hay que ir dentro? No veo ningún camarero.

—Yo pido. ¿Qué queréis?

—Cualquier cosa sin alcohol. Tengo la sensación de que llevo dos días borracha.

Una orquestina —guitarra, acordeón, solista y dos chicas de coro sin demasiada gracia— había encontrado sitio en una esquina de la plaza y desde allí interpretaban sin muchas esperanzas *Twist à Saint Tropez.* Nadie les hacía demasiado caso, salvo dos críos que los observaban con los ojos muy abiertos mientras comían sus helados. La ropa de los niños lucía ya una generosa colección de manchas de fresa, chocolate y caramelo, y por sus manos pringosas iba resbalando el helado derretido. Los dos se contoneaban al ritmo de la canción con sus pequeños pies embutidos en sus zapatos de lona.

—Ahora lo traen todo. —Jorge ocupó su silla con un gesto de satisfacción—. ¡Qué bien se está!

—Es una pena que Valva no haya venido. —El comentario era de Isabel y parecía dictado por una firme voluntad de subrayar el borrón y cuenta nueva.

—Pues sí. —Lou, magnánima, la miró al asentir, como si quisiese evidenciar que estaba hablando precisamente con ella—. Preferiría comer un bocadillo y que abandonase de una vez esa madriguera. No puede estar encerrada de por vida. Es necesario que salga de Les Liserons, y no veo yo que tenga mucha voluntad.

—Dice que no quiere que le pregunten por Étienne…

—Pues claro que no quiere —dijo Lou—. Después de una ruptura, lo más jodido es dar explicaciones. Yo lo pasé fatal cuando nos separamos y la gente que no sabía nada me preguntaba por ti. En ese sentido, envidio a los famosos que emiten un comunicado y se olvidan del asunto. Encima, Valva vive en un pueblo. —Echó una mirada circular—. Quizá podría escribir un papel contando lo que ha pasado y clavarlo en la puerta de la iglesia para que no le den la tabarra. Como un bando municipal o algo así… ¿Creéis que la gente de Saint-Rémy es muy cotilla?

Jorge meneó la cabeza.

—Los franceses son bastante chismosos. Lo disimulan, pero en ese sentido son incluso peores que los españoles. Claro que hablarán de ella y de Étienne.

—El asunto es que da la sensación de que Valva está muy sola —dijo Mauro—. Por lo que parece, no tienen muchos amigos por aquí…

—No tiene muchos amigos por ningún sitio. —Cecilia suspiró.

—El problema es cómo se las va a arreglar cuando nos vayamos nosotros.

—Eso me pregunto yo. —Jorge hacía señas al camarero para ayudarlo a identificar su mesa entre el gentío—. Si Fabrice no tuviese tanto follón en el trabajo, le propondría venir a pasar un par de semanas, pero está verdaderamente saturado.

—¿Qué es lo que hace exactamente?

—No tengo ni idea. Puedes preguntárselo cuando lo conozcas, a ver si tú lo entiendes. Mi opinión sobre las labores de los diplomáticos no es muy elevada, pero no se lo digáis a él. Siempre he pensado que no hacen otra cosa que comer canapés y fingir que son simpáticos. Aunque Fabrice *es* muy simpático. Me muero de ganas de que lo conozcáis.

El camarero dejó las consumiciones en la mesa sin demasiado cuidado y colocó en el centro un cuenco con cacahuetes salados que Lou miró con una sombra de asco.

—Odio los cacahuetes.

—¿Qué más cosas odias, Lou? Porque diría que la lista es eterna...

—¿Además de los frutos secos grasientos? —Fingió reflexionar—. Pues odio los pantalones pirata, la mermelada de ciruela, la ropa que nos poníamos en los primeros ochenta y a la gente que dice *empoderamiento, discursivo* y *victimizar* o cualquiera de sus derivados. También odio los libros de autoayuda, las botas de caña baja y las carrilleras de ibérico. No sé qué coño pasa con las carrilleras en España. Alguien debe de haber comprado un barco con doscientas toneladas de carrilleras congeladas y piensa servirlas en todos los banquetes hasta que se acaben.

Se rieron. Cecilia se preguntó cómo sería Lourdes despojada de su acidez, y se dio cuenta de que quitarle su mala leche proverbial sería como quitar a Valva su dulzura. No pudo evitar pensar en si tendría ella algún rasgo de carácter que la definiera y llegó a la conclusión de que no. Quizá por eso, se dijo, había sido siempre el eslabón más débil de aquella corta cadena, la pieza más prescindible de aquella tríada, la primera de las Tres Gracias a la que la gente olvidaba. Unos meses antes se había encontrado con un chico que trabajaba de camarero en el bar de la facultad. La reconoció y se saludaron, y lo primero que hizo fue preguntarle por sus dos amigas. A Cecilia le dio la risa, pero también notó una punzada de melancolía: nunca había tenido demasiada entidad propia. Si en vez de hacerse amiga de las dos chicas más guapas de la escuela se hubiese sentado junto a dos alumnas como ella, todo el mundo la habría considerado una muchacha del montón. Pero la luz de Val y de Lou era tan radiante que había bastado para iluminarla durante cinco maravillosos años. Sí, había tenido mucha suerte.

—Los zapatos me están haciendo daño…

Isabel se dirigía solo a Mauro, pero cuatro pares de ojos se posaron en ella. Tal vez el día anterior todos hubiesen ignorado su declaración, pero estaban en plena campaña de buena voluntad, así que fingieron mostrarse muy interesados por los pies de la mujer de Mauro. Al comprobar que llevaba puestas las mismas merceditas horribles del día anterior, Jorge se dijo que lo menos que se podía esperar de unos zapatos tan feos es que provocaran espantosos sufrimientos.

—Al pasar he visto un puesto de alpargatas. Podrías comprarte unas. —Cecilia se arrepintió de la sugerencia: seguramente Isabel no querría gastar el dinero en unas zapatillas que no necesitaba.

—No, yo… Creo que voy a ir a cambiarme.

—Espera, te acompaño.

La propuesta de Mauro quedó suspendida en el aire durante unos segundos. Isabel estuvo a punto de decir que sí, pero hubo un fugaz cruce de miradas con Cecilia.

—No, quédate. Iré más rápida yo sola. No tardo nada..., ¿estaréis aquí?

—No sé qué harán estos, pero te juro que yo no me muevo ni a tiros. Se está demasiado bien.

—Anda, ve. Te esperamos.

La vieron alejarse arrastrando los pies doloridos, moviéndose torpemente entre el gentío que abarrotaba el mercadillo. Se volvió una última vez para lanzarles lo que parecía ser un saludo. Mauro le dirigió una sonrisa y no apartó la mirada de ella hasta que la perdió de vista, engullida por la multitud. Robe se dijo que quizá eso precisamente era el amor y sintió un poco de envidia: ¿cuándo había sido la última vez que él había seguido a una mujer con la mirada hasta perderla de vista?

Isabel notaba que los pies le dolían cada vez más. Incluso parecía que se le estaba formando una ampolla en el talón derecho. No, aquellos zapatos no eran los más adecuados para callejear. Menos mal que el día anterior Jorge había insistido en que se los cambiara. Pero eran bonitos y le sentaban bien, por eso había querido llevarlos en aquel viaje. Ahora solo pensaba en las zapatillas de deporte que había dejado a los pies de la cama. Qué placer sería descalzarse y liberar sus dedos de aquella cámara de tortura... Recordó que Valva estaba en Les Liserons y se preguntó si sería capaz de llegar a la habitación sin cruzarse con ella. No sabía si estaba preparada para enfrentarse a solas a la mujer que se había acostado con su marido. Aquella idea sirvió para encogerle el ánimo, como si alguien le hubiese arrugado el corazón. Intentó serenarse: como Mauro y Cecilia le habían dicho la noche anterior, todo aquello había pasado prácticamente en la prehistoria. Pese a ello, la idea de que Valva y Mauro hubiesen tenido algo —cualquier cosa— le seguía doliendo en algún lugar del alma.

Empujó con cuidado la verja y se sintió algo estúpida: estaba andando casi de puntillas, pese a que de esa forma los zapatos la incomodaban incluso más. Notó que el corazón se le aceleraba, pero atravesó el pequeño porche y entró en la casa. Solo hacía falta un pequeño esprint hacia la escalera que conducía a las habitaciones y lo habría conseguido. Luego tendría que salir, pero al menos ya lo haría con los pies embutidos en unos zapatos que no fuesen un potro del dolor…

—¿Quién anda ahí?

La voz cristalina de Valva se escuchó sobre el noble crujido del suelo de madera. No, en Les Liserons resultaba casi imposible avanzar sin hacer ruido. Eso era para los suelos de gres o de terrazo, que permiten caminar discretamente.

—Soy Isabel. He venido a cambiarme.

Dicho y hecho, desde la cocina, casi deslizándose, Valva se materializó delante de ella, con sus pantalones capri y su sencilla camiseta marcando una cintura de adolescente, sus alpargatas de cuña y el cabello dorado recogido en un moño del que escapaban, como rayos de sol, unos mechones de apariencia sedosa. Isabel sintió un pinchazo en el corazón. No, no había nada que reprochar a Mauro: cualquier hombre habría caído rendido ante una mujer así.

—Hola.

—Los zapatos me hacen daño —casi balbuceó—, vine a ponerme otros. Creo que me ha salido una ampolla y todo.

Quiso salir volando hacia la habitación, pero una fuerza gravitatoria la mantenía allí clavada, ante la mujer que había sido su rival, su antagonista, su enemiga. Valva. Valva y su pelo rubio, Valva y sus huesos finos y elegantes, Valva y sus piernas larguísimas, sus ojos azules y húmedos, su piel transparente.

—¿Quieres una tirita?

«¿Tú crees que lo que a mí me pasa se cura con una tirita?, ¿que me puedes poner un esparadrapo en el amor propio?» Eso habría querido decirle. Pero el dolor del pie se agudizaba y, en efecto, quizá el talón necesitara unas curas, así que siguió a Valva hasta el cuarto de baño y se sentó en el borde de la bañera.

—Déjame ver eso. —Había cierta autoridad en su voz mientras Isabel se quitaba las merceditas de la discordia—. ¡Pero si tienes el talón en carne viva! No sé ni cómo aguantas. Espera un momento…

Descalza, sentada en aquella bañera, en aquel bonito cuarto de baño —azulejos de color vainilla, una cajonera con los tiradores de bronce, cuadros con especies vegetales disecadas y un enorme espejo antiguo apoyado en el suelo—, Isabel se sintió más torpe y más indefensa que nunca. Valva regresó con un botiquín de primeros auxilios y le lavó los pies con la alcachofa de la ducha. Luego se los secó. Aquella humillación apostólica sirvió para aumentar el desconcierto de Isabel, pero Valva no pareció darle importancia. Aplicó a la herida del talón un líquido blanco que escocía un poco y colocó un apósito sobre la herida.

—Deberías ponerte otros zapatos —dijo al fin.

—Tengo unas zapatillas arriba.

—No, no es buena idea. Te apretarían demasiado. ¿Qué número calzas?

—El 37.

—Estupendo. Ahora vengo.

Regresó en unos segundos con unas alpargatas sencillas de color blanco.

—Son nuevas. Las tenemos para casos de emergencia. No eres la primera persona que se viene a Saint-Rémy con el calzado menos adecuado.

Le sonrió. Isabel se dijo que uno podía conseguir casi cualquier cosa con una sonrisa como la de Valva.

—Te..., te las pagaré.

Ella se rio, pero a Isabel le pareció que no había nada hiriente en aquella carcajada breve.

—Mujer, no seas boba. Tengo media docena de pares, y no creo que me sirvan de gran cosa cuando eche el cierre al hotel.

—Mauro me lo contó. Lo siento mucho.

—Ya...

Era la primera vez que el nombre de Mauro se colocaba entre ellas. Isabel se puso las alpargatas con un suspiro de alivio.

—Qué gusto.

—No hay nada peor que una rozadura de zapato.

Se miraron y sonrieron. Isabel pensó que lo mejor sería darle las gracias otra vez, levantarse y volver con los otros, pero de pronto se encontraba bien allí, en aquel bonito cuarto de baño, junto a la mujer a la que el día anterior había odiado con toda su alma. No, quizá no era el momento de salir corriendo. Pensó en sus talones, que habían dejado de dolerle, y se sintió agradecida.

—Valva...

—Dime.

—¿Estabas enamorada de Mauro?

Ella misma se espantó con la pregunta. Nunca pensó que iba a atreverse a formularla, y de repente, sentada en una bañera, con los pies hechos cisco, se le había escapado con toda naturalidad. Se dio cuenta de que Valva estaba sopesando la respuesta. Que estaba midiendo las consecuencias que la verdad podría tener.

—Creo que sí —dijo por fin—, aunque ha pasado tanto tiempo que ya ni lo sé. Pero supongo que... No sé, Isabel, es muy difícil recordar esas cosas después de tanto tiempo. Lo que sí puedo asegurarte es que Mauro no sentía nada por mí. En serio. Quizá yo me hice ilusiones, pero para él lo que pasó entre nosotros fue solo una aventura. Son cosas que uno hace a los veinte años, ¿sabes? Sin pensarlas mucho ni nada por el estilo.

Isabel había bajado la cabeza y miraba la puntera de esparto de aquellas alpargatas liberadoras que iban a permitirle acabar el día sin ver las estrellas a cada paso, y se dio cuenta de que Valva se merecía algo más.

Se merecía la verdad.

—Él te dibujaba a todas horas.

—No te entiendo...

—Fue después de casarnos. Durante meses, y cuando estaba a solas, Mauro se pasaba el tiempo dibujando la figura de una mujer. Un día le pregunté qué era aquello y me dijo que nada. Ahora sé que te dibujaba a ti. Sí, Valva, aquella mujer eras tú. Creo que mi marido también te quería y yo..., pues yo algo sospechaba, pero no quise saber más. Íbamos a tener un hijo… Supongo que prefería creerme que aquellos carboncillos no representaban a nadie en particular. Por eso no quise investigar.

Valva se había sentado en un pequeño escabel de terciopelo y la escuchaba con los ojos muy abiertos y una expresión de perplejidad. Por unos segundos pasó por su cabeza un extraño desfile de posibilidades: todas las cosas que habrían pasado si ella y Mauro hubiesen tenido el valor —o tal vez la insensatez— de ser sinceros el uno con el otro. Sacudió la cabeza para alejar aquellas ideas. Pensar en lo que pudo haber sido y no fue estaba bien para los boleros, pero nada más.

—¿No dices nada?

—No. —Forzó un gesto infantil al encogerse de hombros—. Es que no hay nada que decir. Todo eso hace mucho que dejó de tener importancia. Mauro y tú sois felices. Y yo…, bueno, ahora mismo no soy la alegría de la huerta, pero en conjunto no me ha ido mal. ¿Qué tal el pie?

—Mucho mejor. —Se frotó un poco el talón—. Oye…, a los otros les preocupa qué va a pasar contigo.

—Ya supongo. —Estiró las piernas y volvió a encogerlas. No parecía tener mucha prisa por abandonar aquel curioso refugio: el cuarto de baño, convertido de pronto en un lugar seguro para las dos. Apoyó la espalda en la cómoda con los adornos de bronce y cerró los ojos.

—Valva, a lo mejor…, bueno, a lo mejor estarían más tranquilos si supiesen que ya sales de casa. Creo que les preocupa que te quedes aquí metida cuando nosotros nos vayamos.

Valva entornó los ojos.

—Ya veo. Creen que me voy a enclaustrar de por vida y que cuando lleguen los Lescaut para cerrar el hotel me encontrarán vagando por el jardín con el pelo sucio, la mirada perdida y la ropa hecha trizas... y una muñeca de trapo en las manos.

Isabel se rio al imaginar la escena.

—Algo así...

Valva se puso de pie de un salto.

—Bueno, pues despejemos esa preocupación.

—¿Qué vas a hacer?

—¿Tú qué crees? Voy a ir contigo. No creo que nos pase nada por comer media hora más tarde. Venga, vamos allá. Quiero ver la cara que ponen cuando me vean lista para enfrentarme al futuro.

La feria provenzal estaba en su apogeo. El asador de pollos funcionaba como un infierno en miniatura, y los cadáveres churruscados de las aves se cubrían de patatas e iban a parar a cajas de cartón en espera de sus futuros devoradores. Una mujer preparaba en un recipiente de hierro un sucedáneo de paella, patéticamente empedrada de mejillones. Se cortaban quesos y embutidos que luego se disponían en tablas, y también enormes focaccias y pizzas con desmesurados pedazos de jamón y mortadela. Un hombre preparaba en un infiernillo lo que parecía ser un guiso de salchichas del que escapaba un olor bravío y apetitoso, y a su lado un turco de espesos bigotes rellenaba el pan de pita de jirones de carne que daba vueltas en pinchos largos y ardientes.

—¿Qué hora es?

—Las doce.

—Pues estos ya están comiendo. —Lou miró a la mesa de al lado sin mucho recato, donde una pareja de ancianitos daban cuenta de un festín de arroz con pollo y guisantes—. La verdad es que yo también tengo hambre. Es terrible.

Miraba a la otra mesa con tan poco disimulo que los dos viejecitos le dedicaron una sonrisa.

—Entonces, Jorge, ¿tenéis ya fecha para la boda?

—No, pero es seguro que será en septiembre. ¿Os parece un buen mes para casarse?

—Es un buen mes para cualquier cosa.

La frase de Robe provocó una sonrisa colectiva. Mucho tiempo atrás, septiembre había sido para ellos el mes en el que comenzaban todas las cosas. El verano era una larga pausa en sus vidas, y aunque intentaban compartir algunas semanas de vacaciones, por lo general pasaban el mes de agosto separados. Jorge se iba con sus padres a algún sitio bonito y elegante, y desde allí mandaba a todos postales garabateadas en la oficina de correos de algún pueblo de la costa montenegrina o la Riviera francesa. Cecilia regresaba a Galicia con su familia y se aburría cordialmente bajo robles centenarios contando los días que faltaban para volver a la civilización. Lourdes se iba a Cadaqués, donde su madre tenía una casa preciosa que era asaltada por un ejército de primos gorrones, lo que imposibilitaba que ella pudiese recibir a sus amigos, así que se pasaba cuatro semanas enfurruñada y sin hablar con nadie para evidenciar su descontento. Valva acompañaba a sus padres en su visita al pueblo, donde su presencia era recibida cada año con una expectación insana: la belleza local llegada desde el foro. Al contrario que sus amigos, que veían en las vacaciones familiares algo parecido a un castigo, ella entendía aquellas jornadas como una amable obligación. Se dedicaba a leer, a visitar a ancianos parientes que casi no sabían quién era y a dejarse picar por un montón de insectos.

Robe y Mauro eran los únicos que se quedaban en Madrid. Sus familias no tenían casa en la playa ni en la montaña, y ambos aprovechaban las vacaciones para conseguir un poco de dinero con el que encarar el curso: daban clase de dibujo a escolares torpes, hacían de socorristas en la piscina pública o suplían las vacaciones de los empleados en los grandes almacenes. Por aquel entonces, el mes de agosto en Madrid era largo, aburrido y mortecino, y ambos encontraban consuelo mutuo al paréntesis estival. Cuando podían, buscaban el fresco en las salas inmensas del Prado y el Reina Sofía, o salían por la noche en busca de algún bar conocido que no estuviese cerrado por vacaciones. En aquellas jornadas de calor y tedio, y aunque no lo confesaran, los dos se dedicaban a contar los días que faltaban para el regreso de sus amigos. Solían volver en septiembre. Jorge era el primero: llegaba bronceado y más guapo que nunca, pleno de novedades de otros rincones del mundo, cargado de suvenires inútiles que había comprado para ellos. Luego Valva, cuyos padres volvían a abrir la casa de comidas después del bien ganado descanso, y casi al mismo tiempo hacía su aparición Lourdes, con la piel moteada de pecas, el pelo aclarado por el sol y el salitre y una cascada de reproches para Mauro, que no le había escrito ni una carta en todo el mes. En cuanto llegaba Cecilia, se citaban en cualquier sitio para ponerse al día y desplegar juntos la hoja de ruta del curso que estaba a punto de empezar, de las clases que tendrían y los profesores que escogerían, de las exposiciones a las que iban a asistir y las fiestas en las que intentarían colarse, y lo hacían con la convicción de que aquel ritual iba a repetirse en el final de todos los veranos de sus vidas. Empezaba septiembre y con él otra estación en el feliz viaje de su amable existencia.

Sin saber por qué, en aquel momento a Robe se le llenó la boca con el sabor de aquellos granizados de limón que tomaban en una terraza del Dos de Mayo, mientras escrutaban el programa de asignaturas de la escuela y se repetían que aquel iba a ser un gran año. Sí, septiembre era un mes maravilloso para empezarlo todo. Jorge acertaba al escogerlo para cambiar de estado civil.

—¿No os parece que Isabel está tardando mucho? A lo mejor se ha perdido… Mauro, ¿por qué no la llamas?

—No se ha llevado el móvil.

La boca de Lou se contrajo en un ademán de sorpresa.

—No puedo creerlo.

—¿Qué pasa?

Lourdes señalaba con el dedo hacia un puesto de dulces. Allí, en medio de la multitud, estaban Valva a Isabel. Se habían cogido del brazo, seguramente para no perderse entre el gentío, pero vistas desde lejos parecían dos amigas pasando una agradable mañana en el mercado.

—No sé si nos ven, hay más gente que antes.

—¡¡Isa!! ¡¡Val!! ¡¡Aquí!!

La voz de Cecilia se elevó apenas por encima del jaleo de la orquestina, que en aquel momento interpretaba una canción melódica italiana. Lourdes se puso de pie y echó mano de su habilidad para silbar: se metió el pulgar y el índice a ambos lados de la boca y consiguió un chirrido tan penetrante que los miraron desde las otras mesas.

—Perdonen a mi amiga —les dijo Jorge con una sonrisa de resignación—. Por lo demás, es una mujer normal.

Valva e Isabel se acercaron. Hubo un pequeño momento de desconcierto hasta que se encontró una silla para la recién llegada —la de Isabel había sido defendida con uñas y dientes de la codicia de quienes se instalaban en las mesas cercanas—. Jorge entró en el restaurante y salió con un taburete alto en el que se sentó, encantado de alzarse sobre el resto, como un vigía.

—¡Qué bien que hayas venido!

—Isa me convenció…

La aludida se ruborizó de satisfacción.

—¿Qué quieres tomar? Ahí viene el camarero.

Val palideció al ver que se acercaba el dueño del local: un hombre muy joven que regentaba el bar junto a su mujer y a quien conocía desde su llegada a Saint-Rémy. Él le dirigió la sonrisa cálida que se reserva a los clientes habituales.

—*Madame la comtesse, quel plaisir vous voir par ici… Et Monsieur le comte? Il ne vous accompagne pas ce matin?*[*]

A pesar del ruido y de la música, todos tuvieron la sensación de que podían escuchar el suspiro de Valva.

—*Monsieur le comte et moi nous sommes séparés, Armand. Je ne crois pas que vous alliez le voir en beaucoup de temps.*[**]

Él se limitó a enarcar una ceja.

—*Je suis désolé. Qu'est-ce-que vous allez prendre?*[***]

—*Une limonade avec beaucoup de glaçons, s'il-vous-plaît.*[****]

Armand se alejó a toda prisa a cumplir el encargo y a compartir con su mujer y con la parroquia habitual la

[*] Madame la comtesse, qué placer verla por aquí… ¿Y monsieur le comte? ¿No la acompaña esta mañana?

[**] Monsieur le comte y yo nos hemos separado, Armand. No creo que vuelva usted a verle en mucho tiempo.

[***] Lo lamento. ¿Qué es lo que quiere tomar?

[****] Una limonada con mucho hielo, por favor.

que sería la noticia de la temporada. Valva se volvió hacia los demás con una sonrisa resignada.

—Bueno, pues... que empiece el espectáculo, ¿no? En cuestión de horas lo sabrá el pueblo entero.

—Que les follen a todos.

La frase, por supuesto, era de Lou, que vencida por el apetito daba disimulados pellizcos al brioche que llevaba en la cesta.

A aquellos que no cocinan les cuesta entender que de verdad merezca la pena pasar horas frente a los fogones para que en cuestión de poco tiempo —mucho menos, desde luego, del que se emplea en preparar los platos— la comida desaparezca para siempre. Sin embargo, los cocineros entienden su trabajo como una forma de arte efímero en el que la volatilidad es señal de éxito: no hay nada más frustrante para un chef que observar a un comensal revolviendo, mirando y remirando, por no hablar del regreso a la cocina de un plato prácticamente intacto. En ese sentido, Valva no tenía motivos para preocuparse, sus amigos habían dado buena cuenta del menú de despedida que había preparado: habitas tiernas con jugo de bacalao y manzana, falso risotto de calamar con toques thai y jarrete de ternera con puré de limón.

Lo había servido en la enorme mesa de mármol en la cocina, un honor que en Les Liserons se reservaba a algunos clientes a los que se concedía el privilegio de verla trabajar. Por lo general no eran tantos comensales —cuatro como máximo, para que pudieran estar a sus anchas—, pero aquella era una ocasión única y no importaba mucho apurar el espacio. Cuando colocó la vajilla con los manteles individuales, las copas de Borgoña y los vasos de plata para el agua, Val se dio cuenta de que muy probablemente era la última vez que repetía aquel ritual con el que tantas veces había impresionado a críticos gastronómicos y *gourmets* reconocidos, pero no sintió nada especial. Llevaba tantos días atenazada por la melancolía que no iba a dejarse amilanar por una cuestión puramente anecdótica. Habiendo perdido tantas cosas, ¿qué más daba no volver a hacer una exhibición de pericia profesional frente a cuatro desconocidos?

—Valva, ¿qué es esto? Nunca he probado nada parecido.

Ella sonrió. Por lo general, cantaba los platos ante los comensales y explicaba las características de cada uno: «Hemos dado un pequeño escaldado a las habitas tiernas para poder pelarlas, y luego hicimos un jugo de bacalao con las pieles sin romper el hervor del agua para que el sabor del bacalao no sea demasiado potente…». Pero en aquella ocasión no había contado nada de eso, ni había aclarado que lo que parecía arroz era un calamar finamente cortado.

Ahora Roberto señalaba la carne que había servido, y no supo si su pregunta nacía de la curiosidad o del deseo de reconocer su trabajo. En cualquier caso, adoptó un tono profesional para responder:

—Es jarrete de ternera cocinado durante treinta y seis horas a baja temperatura. Lo he glaseado con puré de albeldo de limón. —Y ante el desconcierto de los otros—: Es la parte blanca…, y la guarnición son verduras de temporada. ¿De verdad os ha gustado?

—De sobra sabes que sí. Ha sido fabuloso. —Cecilia buscó sin mucho recato el último resto de puré—. No creo que vuelva a comer nada parecido en mucho tiempo. Tal vez en toda mi vida.

—Pues aún nos falta el postre. ¿Lo tomamos en la terraza? Ya recogeré la cocina cuando os marchéis.

La mención a la inminencia de la partida le provocó un nuevo pellizco de desánimo. Una furgoneta recogería al grupo a las seis y cuarto de la tarde para llevarlos a Marsella. Eran las cuatro, así que tenían solo un par de horas antes de que cada uno volviese a su vida. Lou se iría a Barcelona con sus hijas, Cecilia, Robe y Mauro tomarían un avión a Madrid, y Jorge regresaba a París. Y ella se quedaría allí recogiendo la mesa y los pedazos rotos de su vida. La perspectiva no podía ser menos halagüeña, pero se dijo que podía aplazar un par de horas el nuevo ejercicio de autocompasión. Saldrían a la terraza y tomarían el postre y fingirían que no estaban a punto de separarse otra vez, y ella ni siquiera mencionaría que se encontraba muerta de miedo ante lo que se le venía encima. Trató de sonreír mientras aceptaba la oferta de ayuda de Robe, que cogió la bandeja con el pastel y la precedió en el camino a la terraza. Se dio cuenta de que estaba haciendo un esfuerzo sobrehumano para no echarse a llorar. De repente, la inminencia de la soledad después de aquel extraño fin de semana se le venía encima como una losa. Se preguntó si alguno de sus amigos podía intuir lo que tenía en la cabeza. Era una sola cosa: miedo. Un miedo atroz. De buena gana habría soltado la bandeja llena de platos de postre —unos bonitos, caros platos de porcelana de Capodimonte— y habría echado a correr para escapar de aquella sensación. A su alrededor, los demás se sentaban y repartían cucharillas y servilletas. Así sería el mundo a partir de entonces, pensó. Estaría obligada a luchar contra su propio drama ante la indiferencia ajena. Se consoló pensando que en cierta forma era una suerte no tener que explicar a nadie lo que sentía. Pero, por otro lado..., ¡qué duro iba a ser estar sola mientras notaba el dolor en el corazón! Intentó distraerse mientras repartía el postre: una tarta que se llamaba Kids y que había inventado para los hijos de Étienne. Llevaba cremoso de gianduja, crujiente de avellanas, bizcocho, *mousse* de chocolate y un glaseado de cobertura de leche. Los elogios de sus amigos comenzaron nada más probar el dulce.

Tal vez esa fuera la solución para su desdicha: encerrarse en aquella casa a cocinar pasteles para comérselos después, ella sola, hasta que las arterias le reventasen a fuerza de consumir mantequilla y no hacer ningún ejercicio. Isabel preguntó tímidamente si podía repetir, y ella se apresuró a servirle otra generosa ración de tarta de chocolate. Come, querida mía, aunque no estoy segura de que lo necesites. Tú ya eres feliz.

A su lado, Jorge se había puesto de pie y miraba al suelo con algo parecido a la inquietud. Luego cogió su cucharilla y golpeó una taza de café como el padrino que reclama atención a los invitados de una boda.

—Bueno, quiero unos minutos de silencio..., o quizá no tanto, pero necesito que os calléis.

—¿Otro discurso, Georgie? Llevamos unos cuantos este fin de semana.

—Cierra el pico, LouLou. Además, no es un discurso, sino una noticia que voy a daros. ¿Todo el mundo está sentado?

Se hizo el silencio. Cecilia notó algo en la boca del estómago, pero no se le erizó la piel de los brazos. Estaba segura de que lo que Jorge iba a contar no era nada terrible, así que respiró hondo y cambió con Valva y Lou una mirada que quería ser tranquilizadora. Jorge miró a su alrededor.

—Veréis, es algo que tiene que ver con mis planes de futuro. Quiero decir, con los nuestros. Con los de Fabrice y con los míos. —Hizo una bien calculada pausa—. Ya os dije que trabaja para el servicio diplomático francés, y hace un mes que le notificaron su nuevo destino.

Se quedó callado otra vez, mirando a los demás con aire triunfal, como si estuviese esperando a escuchar un redoble de tambores o el grito de un jefe de pista anunciando el más difícil todavía.

—Queridos amigos: la futura misión de Fabrice tendrá lugar en España. El tío Jorge regresa a Madrid con su marido. ¡¡¡Yeahhhhhhh!!!

El silencio, que solo duró un segundo, fue sucedido por los gritos agudos de las chicas que taparon cualquier cosa que pudiesen decir Mauro y Robe.

—¡Es increíble!

—¿Desde cuándo lo sabes? ¿Qué va a hacer allí?

—¿Cuándo empieza?

—¡Joder, es demasiado bueno para ser verdad! ¡Jorge vuelve a casa!

—¿Es en la embajada? Dicen que sus fiestas son las mejores. ¿Nos vais a invitar?

—¿Dónde viviréis? ¿Os buscan casa? ¡Ay, no me digas que te vas a instalar en la embajada! ¡Está en un sitio precioso!

Hubo una ronda de besos y de abrazos y exclamaciones, tras la cual Jorge pidió silencio.

—A ver, un poco de tranquilidad, todavía no he terminado… Hay una cosa más… La venta de mi galería de París ha sido un buen negocio. He ganado bastante dinero y ya sabéis que no soy partidario de la acumulación. Prefiero… reinvertir. Además, no me va el papel de hombre objeto, y Fabrice estará muy ocupado con su trabajo en la oficina. En resumidas cuentas…, he decidido abrir una sala en Madrid.

—¡Georgie!

—Por supuesto, no será tan grande como La Monda… Estoy pensando en un lugar pequeño en una zona emergente, donde pueda dar una oportunidad a nuevos artistas y exponer lo que a mí me gusta prescindiendo de criterios comerciales. —Unió las manos y presionó la punta de los dedos, y pareció dudar antes de seguir hablando—. Por supuesto, voy a necesitar ayuda. Ayuda para encontrar un local, para reformarlo, para acondicionarlo… Mauro, no mires al suelo…, esto va por ti. No, no digas nada. Me hace falta un socio industrial. Yo no voy a poder con todo. Bueno, ni quiero ser el único que cargue con el muerto. Necesito a un colega con sentido común, y es evidente que eres la persona más sensata que tengo cerca. Además, qué demonios, esto será mucho más divertido si alguien a quien quiero anda por allí.

Los ojos de Mauro parpadeaban detrás de las gafas.

—Jorge…, te lo agradezco, pero no puedo…, es que no quiero que te sientas obligado…

—Querido, yo nunca me siento obligado a nada. Te juro que fuiste la primera persona en la que pensé cuando decidí abrir una nueva galería. Que hayas decidido cerrar tu tienda es una especie de… señal divina o algo así. ¿No ves que el universo ha cooperado para que trabajemos juntos? Será como en la universidad.

—Por Dios, Mauro, dile que sí de una vez. —Cecilia, en contra de su costumbre, había elevado un poco el tono de voz. Le ponía nerviosa que alguien se hiciera de rogar ante una oferta tan apetecible.

—Pues claro que le va a decir que sí. —Isabel tenía un pegote de chocolate en la comisura de la boca—. Porque, además, vamos, que tampoco se puede permitir el lujo de rechazar semejante bicoca..., que si cerramos la tienda, hijo, ya me dirás tú...

Jorge miró a Isabel, luego le puso las manos a ambos lados de la cabeza y le plantó en la frente un beso sonoro, como el que le hubiera dado un niño.

—Pues no hay más que hablar. Mi galería ya tiene director.

—¿Y cuándo os mudáis?

—Pronto. Prontísimo. En tres semanas, creo. Fabrice se incorpora a su puesto el 1 de septiembre y necesitará unos días para aterrizar. Mauro, prepara unos zapatos cómodos, nos patearemos Madrid hasta encontrar un local. Quiero abrir antes de navidades. ¡Ah, queridos, cuántas cosas buenas nos esperan! ¡Primero, la boda, y luego todo el jaleo de la inauguración! Señor, cuánto me voy a divertir... ¿Sabéis qué? Esto me rejuvenece. Sí, así es como me siento. Todas estas novedades me quitan veinte años de encima. Si además pudiesen quitarme algo de grasa, dejaría para siempre ese régimen del demonio.

Ninguno tenía duda de que su entusiasmo era sincero: Jorge desplegaba ante ellos la plenitud del hombre feliz. Era bonito verlo así, pensó Cecilia.

—¿Quién me mandaría a mí mudarme a Barcelona? —masculló Lourdes—. ¡Con lo bien que lo pasaría en Madrid!

—Pues vuelve —dijo Robe—. Sería estupendo poder ver un poco más a las niñas a partir de ahora.

Lou agitó la mano como para apartar la idea.

—Me encantaría, pero no puede ser. Nuestras hijas montarían en cólera si tuviesen que dejar su colegio y su casa, y ya es demasiado complicado llevarse bien con ellas sin someterlas a un traslado. No, imposible. Pero prometo ir mucho más por ahí a partir de ahora. Estoy segura de que el piso que alquile Jorge tendrá una preciosa habitación de invitados.

—Pondré tu nombre en una placa y la fijaré a la puerta.

—Eso espero. —Se acercó a Jorge y se acurrucó junto a él—. Ay, Georgie, qué bueno será tenerte cerca otra vez...

Valva recogió con el dedo un resto de chocolate que se había quedado pegado en la bandeja y lo chupó pensativa.

—Supongo que esto me convierte en el único miembro del grupo en el exilio francés... —Sonrió a Jorge—. Cariño, me alegro mucho de que el ministro de Asuntos Exteriores haya tenido tanta puntería. Podrían haber destinado a Fabrice a cualquier rincón de la Tierra.

—Sí, ya lo había pensado. Soy un tipo con suerte.

—Te echaré de menos —susurró—, eras el único al que esperaba seguir viendo por aquí.

Todos recordaron al mismo tiempo la situación de Valva: en efecto, la marcha de Jorge iba a tener en ella un efecto bastante diferente. Los nuevos planes de sus amigos parecían acentuar el limbo en el que ella se encontraba. Era la única que no tenía la menor idea de qué iba a hacer con su vida en los próximos meses. Jorge se acercó y la tomó por los hombros.

—Val..., vente con nosotros.

Ella sacudió la cabeza mientras arrugaba un poco la nariz.

—¿Adónde?

—A Madrid. —Miró a su alrededor—. En Saint-Rémy ya no se te ha perdido nada. Te has quedado sin marido, y perdona que te lo diga así, y esa zorra de Anouk se encargará de que pronto te quedes sin trabajo.

—Pero ¿qué voy a hacer allí?

—¿Y qué vas a hacer aquí? —Lou también se había puesto de pie—. ¿Buscar tréboles de cuatro hojas en el jardín hasta que vengan a pedirte que te vayas? ¿Deslomarte el resto del verano para que tu jodido Étienne eche el cierre a Les Liserons? Espabila, bonita…, en esta casa, en este puto pueblo, ya no tienes nada.

Valva soltó algo parecido a una risa nerviosa. Cecilia se dio cuenta de que empezaba a tomarse en serio la proposición.

—Val, Jorge tiene toda la razón… Vuelve a Madrid, vuelve con nosotros. Ya encontrarás algo que hacer. Allí…, allí también hay restaurantes. Y tienes tu doctorado y tu carrera. Puedes buscar un empleo, incluso preparar una oposición.

—¡Y hablas francés! —La contundencia con la que Isabel dijo la frase habría hecho pensar a un marciano que el dominio de otro idioma aseguraba un puesto de trabajo.

Un pájaro sobrevoló la mesa y, raudo, se llevó con el pico un trozo de chocolate que había quedado sobre la fuente. Robe siguió el rápido ascenso del ladrón en dirección a los árboles, donde desapareció con su festín.

—Valva —dijo entonces—, lárgate de aquí.

Ella parecía atribulada.

—Puedo pensarlo, claro…, pero necesito unos días…, poner las cosas en orden, hacer papeles…

—No. Tienes que venirte ahora. Con nosotros. Si no, te acabarás quedando. Te conozco, Valvanera.

—Robe, hay reservas todo el verano. ¿Qué voy a hacer con los clientes?

Lourdes la miró enarcando una ceja.

—Que se ocupe Étienne. O sus putos hijos. Son los dueños de todo, ¿no? Tú eres una simple empleada. Pues que venga y que se ocupe. Hay que tener cojones para largarse dejándote a ti con el muerto. Que regrese desde dondequiera que esté, con su puñetera fotógrafa, y que se pongan juntos a pelar patatas y a…, a hacer salsa de tomate, no te jode. A ver si ahora va a resultar que encima que esto no es tuyo vas a tener que hacerte responsable de cada puta cosa que ocurra aquí.

Había ido subiendo el tono a medida que avanzaba en su parlamento, y el final casi se había convertido en un grito. No era una pose: la sola idea de que Valva estuviese asumiendo las obligaciones empresariales de su marido a la fuga la había soliviantado de verdad. Robe, que conocía bien a su exmujer, sabía que de buena gana traería a rastras a Étienne para que se hiciese cargo del embolado.

—Val, venga…, olvídate de lo que se supone que debes hacer y haz lo que es mejor para ti. Recoge tus cosas y echa el cierre.

—¡Y, como dice Lourdes, dile a Étienne que, si tiene interés, venga él a tirar del carro! Después de todo, si los clientes pierden sus reservas, la culpa será del propietario, ¿no?

—Yo qué sé. —La voz de Valva tenía un fondo de risa—. Nunca…, nunca me he preocupado de eso… Yo no…

Mauro, que no había dicho nada, se rascó la cabeza.

—Val, entiendo que te preocupe lo de irte sin más, pero... imagina que hubiese una avería gorda en Les Liserons... Tendrías que cerrar, ¿no?

—Pues claro..., pero el caso es que no hay ninguna avería.

Mauro se puso de pie y, ante la sorpresa de todos, entró en la casa dando zancadas. No tardó ni dos minutos en volver.

—Ahí tienes tu avería. He cortado la conducción del gas. La cocina está inutilizada, y supongo que también el agua caliente. Vamos, recoge tus cosas. Yo iré preparando el cartel de «Cerrado por causa de fuerza mayor».

—Eso fue lo que pusimos en la tienda cuando se rompió una cañería —aclaró Isabel—. Pero, claro, ahora habrá que escribirlo en francés.

Durante la juventud, cuando llegaba septiembre, Valva se enfrentaba a la operación indeseable de hacer el equipaje. Había pasado un mes entero en el pueblo de su familia, al que viajaban como si preparasen una emigración definitiva —a veces sentía el vértigo del miedo al pensar que sus padres podían decidir inopinadamente quedarse para siempre en aquella aldea perdida—, y cuando acababan las vacaciones había que preparar el éxodo a la inversa: empaquetaban útiles domésticos, llenaban maletas con ropa que ni siquiera habían usado, recogían trastos tan inútiles allí como en Madrid (juegos de mesa a los que no jugaban, enseres de cocina duplicados) y llenaban cajas de cartón con trastos que les recordaban a todos la pésima organización que presidía la vida familiar. Cada año, al encarar aquella tarea desquiciada, Valva se prometía que en el futuro recordaría la batalla campal que se celebraba puntualmente al final de las vacaciones para convencerse de la necesidad de no acumular cachivaches inútiles.

Había seguido a rajatabla su propio consejo: apenas tenía cosas. Étienne se burlaba de ella porque, decía, le recordaba a un monje cartujo en su afán por no conservar nada que no pudiese calificarse de imprescindible. Su armario era de una sobriedad chocante: unas cuantas camisas de buena factura, una docena de camisetas azules y blancas, tres faldas, tres vestidos, dos pares de pantalones vaqueros y otros de lino blanco. En un arcón, embalado cuidadosamente, estaba su indumentaria de invierno, que era igual de limitada. Cuando sus amigas se asombraron de la cortedad de su armario, Valva les explicó que había firmado un pacto consigo misma, y cada vez que compraba una prenda de vestir se deshacía de otra.

Mientras la ayudaban a hacer el equipaje, Lourdes pensó qué ocurriría si sus amigas se hubiesen brindado a echarle una mano para recoger su casa. Imposible, se dijo. Solo sus zapatos hubiesen bastado para llenar dos maletas. Valva, en cambio, se las arreglaba con unas botas de agua, tres pares de alpargatas, dos bailarinas y unos mocasines, y unos stilettos a todas luces sin usar. Valva iba metiendo todo en una bolsa de viaje y Lou no se atrevió a decirle que la ropa iba a llegar hecha una pena: con toda seguridad a su amiga le daba exactamente igual. Es más, sospechaba que de buena gana hubiese dejado allí incluso aquellas cosas que cualquiera consideraría indispensables.

—¿Cuánto tiempo tenemos antes de que venga el coche? —preguntó Lourdes.

—Faltan cuarenta minutos.

—De sobra. Voy al jardín a fumarme un pitillo.

Cecilia la detuvo.

—Dadas las circunstancias, creo que puedes fumar aquí… ¿Qué dices, Val?

—No es probable que nadie venga a quejarse.

—Genial. —Se arrellanó en un sillón y encendió el cigarro—. Vamos, sentaos un rato conmigo. Cinco minutos de descanso con mis dos chicas.

Valva se encogió de hombros y dejó a un lado la bolsa de viaje. Cecilia pensó que el descanso era un error. Daría a su amiga un margen para replantearse lo que estaba haciendo: meter en un bolsón, y de cualquier manera, más de diez años de vida. Habría sido mejor seguir empaquetando con el piloto automático puesto, sin ese receso innecesario. Lourdes, a la que agotaba cualquier actividad física, estaba recostada en el sillón y hacía aros de humo. Valva se sentó a su lado, apoyó los codos en las rodillas y se tapó la cara. Ahí está, se dijo Cecilia: el temido momento de la reflexión. Si por culpa de aquel receso Valva se echaba atrás en sus planes, haría que Lou se comiese la cajetilla de tabaco *light* junto a su pereza proverbial.

—¿Qué estoy haciendo?

De libro, pensó Ce. Esto es de libro. Ahora dirá que esto no tiene pies ni cabeza, sacará los cuatro trapos que ha metido en esa bolsa y nos despedirá agitando la mano antes de ponerse a llorar.

—Recogiendo tus cosas para venirte con nosotras, guapa. —A falta de un cenicero, Lourdes sacudía el cigarro sobre un recipiente de porcelana—. Que es, por cierto, tu mejor opción.

—Pero ¿qué pasará cuando llegue a Madrid? ¿Adónde voy a ir?

—De momento, a casa, con Selim y conmigo. —Se le había ocurrido de repente y era una gran idea—. Mi hijo flipará cuando sepa que tiene una tía postiza que se va a instalar en la habitación del fondo. Y luego, ya veremos.

—Yo iba a haceros una propuesta... Aún queda mucho verano por delante, y tengo unos días de vacaciones. ¿Recordáis la casa de Cadaqués?

En la cabeza de Valva y de Cecilia apareció al mismo tiempo aquella residencia construida en los años veinte, con su porche y su pequeño jardín, y la terraza con vistas a un mar eternamente azul. Habían ido dos o tres veces, cuando Lou lograba reclamar un hueco para ella y sus amigos en el complicado calendario de la familia Balme. Claro que recordaban la casa. Cómo olvidarla. Había sido uno de tantos escenarios de la felicidad de entonces.

—Está libre la primera quincena de agosto. Quiero que vayamos. Las tres. Con mis hijas y también con Selim. Así nos lo imaginábamos, ¿os acordáis? Tendríamos cuarenta años y seríamos maravillosas y nos iríamos de veraneo juntas con todos los hijos que pensábamos tener. Vamos a hacerlo, ¿vale? Ni siquiera entiendo a qué hemos estado esperando durante todos estos putos años, pero no dejo de pensar que nos hemos perdido muchas cosas buenas. Vamos a ponernos al día. Quiero que conozcáis a mis hijas. Quiero que les contemos batallitas universitarias, y que vayamos a la playa con ellas. Quiero que cocinemos espaguetis las tres juntas y que tu hijo corra por la casa, y quiero ir con vosotras a comprar pescado y asarlo en la parrilla. Joder, eso era lo que pensábamos que íbamos a hacer cuando fuésemos mayores. Ya hemos desperdiciado demasiado tiempo. Así que en cuanto Val se instale y se ponga al día, haréis de nuevo las maletas y cogeréis el AVE a Barcelona, y yo os estaré esperando con mi coche y mis dos hijas enfurruñadas porque se van a ir unos días con su madre y sus amigas viejunas.

Se quedó mirando lo poco que quedaba del cigarro y lo apagó con toda intención en la pulida superficie de la mesa de madera. Un olor acre inundó la habitación mientras una quemadura negruzca y fea deslucía aquel mueble para siempre.

—Recuerdo de Lourdes Balme, con todo cariño para los futuros propietarios de este agujero. Volvamos al trabajo, nos empieza a hacer falta el tiempo.

Mientras, en la casa, Isabel hacía su propio equipaje. Robe, Jorge y Mauro estaban sentados en la biblioteca aparentemente tranquilos.

—¿Has podido arreglar lo del billete de Valva?

—¿Eh? Sí, sí, claro…

—¿En el mismo avión?

—Sí, no había problema de plazas.

—Pues es una suerte, siendo domingo y fin de puente en España.

—Sí que lo es. —Jorge se desperezó—. Pero ya sabes que siempre he tenido buena mano para estas cosas.

Mauro miró el reloj.

—Voy a ver qué hace Isabel. No entiendo cómo tarda tanto en meter en la maleta las cuatro cosas que hemos traído…

Entró en la casa y Robe y Jorge se quedaron solos. Robe dirigió a su amigo una de aquellas miradas penetrantes de las que tan orgulloso se sentía y que tenían la virtud de poner nerviosa a la gente. No a Jorge, por supuesto, que se la devolvió con una sonrisa y luego se concentró en la uña del dedo gordo de la mano derecha, que estaba levemente astillada.

—Vaya por Dios —musitó—, ¿tienes una lima?

—Sí, claro, llevo un kit completo de manicura en el bolsillo de los vaqueros. Deja de mirarte el dedo, Jorge…, vas a contarme un par de cosas.

El otro suspiró y levantó los brazos en dirección al cielo.

—Qué pasa…

—¿Sabes qué me parece muy raro? Que el gilipollas de Jean Marc, tan cotilla y tan portera, creyese que estabas enfermo y sin embargo no tuviese ni puta idea de que vas a casarte.

Esta vez la sonrisa de Jorge se transformó en una mueca y perdió la mirada en el macizo de hortensias.

—Ya ves… Jean Marc está muy loco.

—Jorge, es tu última oportunidad antes de que me cabree… Cuéntame la verdad. Por favor.

—He dicho la verdad. Toda. Y ya…

Jorge se rascó la barbilla y luego volvió a fijarse en su uña dañada, pero esta vez ya sabía que no le quedaba escapatoria.

—A ver…, pero no te alteres… Digamos que me enteré de que Étienne iba a dejar a Valva incluso antes que ella. —Se mordió el labio—. Étienne vino a verme a la galería y me dijo que había otra mujer y que iba a marcharse porque estaba enamorado, y me pidió que cuidase un poco de Val, y yo le dije «eres un hijo de puta» y le pedí que esperase unos días para darme tiempo a traeros a todos aquí, pero como me imaginaba que si os decía que veníamos por lo de Valva alguno se escaquearía...

—... le pediste a Jean Marc que viniese a verme y me contara lo de tu supuesta enfermedad.

Jorge miraba a Robe con aire contrito.

—¡Era un plan muy bueno!

—¡Joder, Jorge! ¡Es una idea de psicópata! ¡Hacernos creer que ibas a morirte! ¿No podrías haber actuado como una persona normal? No sé, decirnos: «Valva tiene problemas y deberíamos ir a verla».

—¿Y habríais venido todos? ¿De verdad? Pues mira, permite que lo dude. ¿Crees que Mauro iba a dejar su tienda por una bronca matrimonial? ¿Y Ce? Lleva cinco años sin salir de casa, por todos los santos... No no no..., hacía falta algo muy contundente que os hiciese mover el culo. Y ha funcionado.

Robe se pasó una mano por el cuello. Iba a tener algún tipo de tensión cervical, estaba seguro.

—¿Lo de montar una galería también estaba preparado?

—No, eso se me ocurrió cuando el bueno de Mauro dijo que iba a quedarse sin trabajo. Y ni se te ocurra decírselo o te cortaré las pelotas. Además, es una idea espectacular. Ya sabes que siempre necesito tener algo entre manos o me pongo nervioso.

Se quedaron callados.

—¡Eh! ¡Ya hemos terminado!

Valva, Cecilia y Lourdes salían de la casita del jardín llevando una bolsa de tela y una maleta de aspecto anticuado, y Lourdes agitaba las manos para llamar su atención.

—¿Necesitáis ayuda?

—¿A ti qué te parece? ¡Esto pesa un quintal, y no tiene ruedas! ¡Venid aquí cagando leches!

Jorge dio gracias al destino por aquel oportuno fin de la conversación.

—¡Eh! ¡Lourdes! Deja todo ahí, ya vamos.

—¡Eso pensaba hacer! ¡No quiero que me salga una hernia!

Robe miró a Jorge y bajó la voz:

—Eres un cabrón.

—Ya lo sé.

—Pero eres el mejor cabrón del mundo.

Lourdes soltó la bolsa para poner los brazos en jarras y lanzarles un alarido.

—¿Qué estáis haciendo? Joder, daos prisa, el coche va a llegar de un momento a otro... Os mataré si pierdo el avión..., ¿me habéis oído bien? Mañana trabajo, coño.

Pudieron escuchar el claxon de la furgoneta que acababa de aparcar frente a la puerta. En cuestión de minutos se formó un pequeño jaleo de maletas que el chófer colocó con la pericia de un experto. Valva estaba muy pálida, pero todos se habían puesto tácitamente de acuerdo en no preguntarle qué tal se encontraba: ya lo sabían. Se encontraba confundida, triste, abrumada. Y así estaría durante un tiempo. Y luego se le pasaría y entraría pisando con más o menos firmeza en otro momento vital que no tenía por qué ser malo.

—Bueno, pues ya está todo.

—¡Escuchad! Vamos a hacernos una foto. Una foto de despedida, ¿eh?

La propuesta la hizo Valva, y ninguno expresó su sorpresa porque el deseo de inmortalizar aquel instante partiese precisamente de ella. No, no era una foto para decir adiós a nada. Era una forma de dar la bienvenida a lo que tuviese que venir.

—Que nos la haga el conductor...

—No no. Os la saco yo.

Todos, sobre todo Mauro, sabían el ímprobo esfuerzo que le había costado a Isabel hacer aquella oferta, así que la aceptaron sin discutir. Se colocaron bajo el porche, donde las hiedras teñían de verde la luz melosa de la tarde de julio, y nadie les tuvo que pedir que sonrieran. Se abrazaron sabiendo que, muchos años después, aquella foto iba a ser uno de los mejores recuerdos de la segunda parte de sus vidas.

AGRADECIMIENTOS

Hay tres hombres a los que esta historia debe una especial gratitud. Pepe Solla diseñó la deliciosa cena que Valva sirve a sus amigos el primer día, y Paco Roncero el almuerzo de lujo con el que los obsequia cuando están a punto de marcharse. Y todos los dulces que comen los personajes —las tartas, los bombones, las pastas— existen de verdad y son obra de Oriol Balaguer…, bueno, excepto las vulgares galletas de almendra que Valva, Cecilia y Lou prueban en el jardín y que queda bien claro que hace el malvado Étienne.

Gracias de corazón, Pepe, Paco y Oriol, por haber prestado vuestro inmenso talento para dar a mi novela sabores y olores reales.